STEFFEN JACOBSEN

HYBRIS

STEFFEN JACOBSEN

HYBRIS

THRILLER

Aus dem Dänischen
von Maike Dörries

HEYNE

Die Originalausgabe erschien unter dem Titel
Enhjørningen
bei People's Press, Kopenhagen

FSC www.fsc.org
MIX
Papier aus verantwortungsvollen Quellen
FSC® C083411

Verlagsgruppe Random House FSC® N001967

in der Verlagsgruppe Random House GmbH,
Neumarkter Straße 28, 81673 München
Redaktion: Werner Wahls
Umschlaggestaltung: Johannes Wiebel, punchdesign, München,
unter Verwendung eines Motivs von emanoo / photocase.de
Satz: Schaber Datentechnik, Austria
Druck und Bindung: CPI books GmbH, Leck
Printed in the Czech Republic

ISBN 978-3-453-27182-1

www.heyne.de

Wir Menschen sind die genetische Elite; das sinnliche, denkende und kreative Produkt unzähliger genetischer Ereignisse, Mutationen und Fehlcodierungen.

Gary Hamel

PROLOG

Batapora, Kaschmir, Indien

WAS BATAPORA IN DEN AUGEN Michael Sanders von den meisten anderen grenznahen Städten in Kaschmir unterschied, war das Bezirksgefängnis. Das für ihn hoffentlich das Ende einer vier Monate dauernden Menschenjagd durch das Land der großen Flüsse am Fuße des Himalaja bedeutete.

Er saß auf der Rückbank eines Range Rovers, an dessen vorderem Kotflügel die dänische Flagge flatterte, und beobachtete die Ortschaft in der Talsenke durch einen Feldstecher. Die typischen ein- und zweistöckigen Betonkästen mit Flachdächern, wie zufällig am Ufer eines träge dahinfließenden, braunen Flusses verteilt, ein Gewirr tief hängender Oberleitungen und Wäscheleinen, verwoben zu einem komplexen Netz zwischen den Häusern, überfüllte Gassen – und dazu diese Gedrungenheit jeglicher Bebauung vor der Kulisse des mächtigen Hindukusch.

Für ihn sahen alle Orte in Kaschmir gleich aus.

Michael zündete sich eine Zigarette an und überflog noch einmal das zerknitterte Telex, für das er den indischen Sekretär der dänischen Botschaft in Neu-Delhi bestochen hatte, weil er überzeugt gewesen war, dass es entscheidende Informationen enthielt. Danach hatte er dem indischen Sekretär weitere 10 000 Rupien zugesteckt, damit er die Informationen dem übrigen Botschafts-Stab eine Woche vorenthielt und so schnell wie möglich dem Kommandeur des Gefängnisses seine Ankunft als Michael Berg ankündigte, *chargé d'affaires danoise*.

Das war zwei Tage her, und nun war er sich gar nicht mehr so sicher.

Er begegnete dem Blick seines Turban tragenden Chauffeurs im Rückspiegel, der eine gewisse Ungeduld ausdrückte. Der Chauffeur hatte seine Frau und die drei Kinder lange nicht mehr gesehen.

»Okay, Gurpal«, murmelte Michael, »fahren wir dort runter. Ich ertrage nur keine weitere ...«

»Ich bin sicher, dass Batapora unser endgültiges Ziel ist, Sahib«, sagte der Chauffeur mit Nachdruck. »Ich habe diesen Ort schon einmal gesehen ...«

»In einem Traum. Das sagst du immer, oh mächtiger Gurpal Singh, wenn wir auf einer holperigen Bergstraße stehen, an deren Ende du Shangri-La vermutest.«

»Irgendwo muss er schließlich sein«, warf Gurpal sehr vernünftig ein. »Kein lebender Mensch kann nirgendwo sein, Sahib Michael.«

»Vor vier Monaten hätte ich dir da noch zugestimmt, aber Silas Monell scheint genau dieses Kunststück zu gelingen. Oder ich bin schlicht und ergreifend nicht gut genug.«

»Sag so etwas nicht«, sagte Gurpal Singh entrüstet. »Lebe dein Leben nicht im Schatten gedachter Niederlagen.«

Michael zwinkerte dem Fahrer zu. Sie hatten sich vor einigen Jahren kennengelernt, als Gurpal Singh als Taxifahrer in Kopenhagen gearbeitet hatte. Er hatte Michael ohne Rücksicht auf sein eigenes Leben geholfen, einen islamistischen Terroranschlag auf das Außenministerium zu verhindern. Für die Ehrenpension, die der dänische Staat ihm dafür gewährt hatte, war er in seine Heimat und zu seiner Familie zurückgekehrt.

Der Range Rover holperte die letzten Kilometer der unebenen Bergstraße hinunter, während Michael noch einmal besorgt seine Unterlagen überflog.

Es gab vier Fächer für verstorbene Gefangene in dem winzigen, überhitzten und klaustrophobischen Leichenschauhaus. In allen Ecken dampften Wasserlachen unter undichten Kühlrohren. Michael filterte den Gestank durch eine nicht angezündete Zigarette.

Stabsunteroffizier Hazari, der junge Gefängnisleiter, lächelte nachsichtig.

Der Offizier sah tadellos aus. Gepflegter, dichter Bart, unangreifbares Lächeln, schneeweißer Turban, blank polierter Ledergürtel mit Schulterriemen. An den Bügelfalten der Khakiuniform konnte man sich schneiden. Offenbar war der Gefängnisleiter ein wechselwarmes Wesen, da in seinem Gesicht nicht ein Schweißtropfen zu sehen war, während Michael seine Kleider auswringen konnte. Hazari gab seinem Quartiermeister ein Zeichen, worauf dieser das obere linke Fach öffnete, eine hydraulische Hebebühne unter die Öffnung schob und bis auf Brusthöhe hochpumpte. Als er die Bahre aus dem Fach auf den

Lift zog, ließ die frische Welle Leichengeruch Michael einen Schritt zurücktreten und den Schlips lockern. Wieder betrachtete Hazari ihn mit seinem nachsichtigen Lächeln.

Die Hebebühne sackte unter dem in ein grob gewebtes, gebügeltes Laken gewickelten Leichnam bis auf Kniehöhe herunter. Am unteren Ende ragten ein paar knochige, weiße Füße heraus. Michael studierte das Stück Pappe, das mit Bindfaden an den großen Zeh des Verstorbenen geknotet war. Darauf war das heutige Datum notiert, aber kein Name.

»Er ist heute gestorben?«

»Frühmorgens, Mr. Berg. Der junge Mann ist erst vor drei Tagen verhaftet worden und hat sich geweigert, uns über seinen Namen oder seine Nationalität aufzuklären.«

Mit der Miene eines Zauberkünstlers zog der Quartiermeister das Laken von der Leiche. Michael schloss die Augen in einer Art erschöpften Triumphes. Er war sich seiner Sache augenblicklich sicher. Gurpal und er mussten nicht mehr weitersuchen.

Er schlug die Augen wieder auf und sah sich den abgemagerten, jungen Mann genauer an. Der Mund war ein schwarzes Loch, es fehlten mehrere Zähne. Der Tote trug diverse primitive Tätowierungen, Reminiszenzen an die Hippiekultur: Vögel, Kompassrosen, Friedenszeichen, Regenbogen und Sterne. Seine Iris hatte dieselbe Farbe wie seine Nägel, der schüttere, blonde Bart reichte bis zum Brustbein, das Haar war in dreckigen, blonden Dreadlocks verfilzt. Sein Körper war übersät von blauen, blutunterlaufenen Einstichstellen, am stärksten in der Leiste, an den

Handgelenken und in den Ellenbeugen. Der Hals lag in einer unnatürlichen Stellung, und ein bläulicher Streifen zog sich von einem Ohr zum anderen. Er hatte die typisch gekrümmte Nase der Familie und eine breite, vorgewölbte Stirn, vom Tod hervorgehobene Gesichtszüge.

Der Form halber blätterte Michael einen Stapel Fotografien durch, ohne das Gesicht des Toten aus den Augen zu lassen.

»Weshalb wurde er verhaftet?«

Hazari lächelte.

»Vorrangig, weil er am örtlichen Gymnasium Rohopium verkauft hat. Danach, weil er kein gültiges Visum oder eine Arbeitsgenehmigung hatte. Wir können nicht tolerieren, dass diese Abendländer unsere Jugend auf die schiefe Bahn bringen, Mr. Berg.«

»Natürlich nicht. Hatte er Geld bei sich?«

»Wir haben ein paar Rupien gefunden. Er wohnte in einem alten Fiat ohne Reifen und Nummernschilder, und es dürfte einige Zeit her sein, dass er eine ordentliche Mahlzeit zu sich genommen hat. Das ist sehr tragisch, Mr. Berg, aber bei Weitem nicht das erste Mal, dass wir einen dieser jungen Globetrotter verhaften. Aus unerfindlichen Gründen übt unser Land eine magnetische Anziehungskraft auf jüngere Abendländer aus.«

»Drogenabhängige, meinen Sie?«

Hazari sah unangenehm berührt aus. Er wollte nicht voreingenommen wirken, vermutete Michael.

»Well, vielleicht suchen sie so etwas wie geistige Reinigung in den Ashrams und Kommunen. Aber oft enden sie hier bei uns. Genau dort.«

Der Stabsunteroffizier zeigte auf das leere Fach in der Wand, das bei Michael die Assoziation einer Einbahnstraße ins Jenseits hervorrief.

»Wie auch immer. Er hatte keinen Pass bei sich, wenn ich es richtig verstanden habe?«

Michael presste die Worte mühsam in die dicke Luft.

Leise knarrend wippte Hazari in seinen blanken, braunen Stiefeln auf und ab.

»Wenn sie Hepatitis haben und kein Blut mehr spenden dürfen, ist der nächste Schritt in der Regel, ihren Pass an einen pakistanischen Zwischenhändler zu verkaufen. Die stehen in bestimmten islamischen Netzwerken hoch im Kurs, die international agieren. IS, al-Qaida, Boko Haram. Suchen Sie es sich aus.«

Hazari drehte sich um und zeigte auf eine Wand, an der mehrere Kacheln fehlten.

»Hundertfünfzig Kilometer westlich von hier liegt Abottabad, Mr. Berg. Osama bin Laden war viele Jahre sozusagen unser direkter Nachbar. Wir befinden uns in einer Art chronischer Belagerung von Pakistan.«

Michael sah auf seine Uhr.

»Verstehe. Was ist heute Nacht passiert?«

»Es ist ihm offenbar gelungen, seine Decke mit den Zähnen zu zerreißen. Die Stoffstreifen hat er zu einem Seil geflochten, es ans Gitter geknotet und sich erhängt. Bei der Morgenrunde war er bereits eine Weile tot.«

Im jungenhaften, glatten Gesicht des Offiziers hatte sich ein bewundernder Ausdruck ausgebreitet.

»War er alleine?«, fragte Michael.

»Wir können unseren Inhaftierten bedauerlicherweise keine Einzelzellen anbieten, Mr. Berg«, antwortete Hazari ernst. »Wir sind hier nicht in Dänemark, wissen Sie.«

»Er war also nicht alleine?«, wiederholte Michael seine Frage.

»War er nicht, nein.«

»Warum hat niemand Alarm geschlagen oder versucht, ihm zu helfen?«

Zu diesem Teil ihrer Unterhaltung hatte Stabsunteroffizier Hazari nichts Erhellendes beizutragen. Er sah Michael ausdruckslos mit seinen schwarzen Augen an.

»Vielleicht haben die Mitgefangenen seinen Wunsch respektiert, oder sie haben geschlafen. Wer weiß?«

Michael spürte einen starken Drang, diese trostlose Filiale des Mittelalters samt ihrem Gestank so schnell wie möglich hinter sich zu lassen. Er öffnete seinen Aktenkoffer.

»Sie gestatten?«

Hazari wischte einladend mit der Hand durch die Luft.

»Natürlich.«

Michael zog Latexhandschuhe über, öffnete eine Packung Spezialtape und nahm dem Verstorbenen sorgsam die Fingerabdrücke ab. Danach schob er dem jungen Mann ein Wattestäbchen in den Mund und rollte es auf der Schleimhaut hin und her. Er schob das Wattepad in ein Probenröhrchen mit Pufferlösung und brach das obere Ende ab, ehe er den Behälter verschloss und das Etikett beschriftete. Er beendete die Identifikation, indem er Fotos vom Gesicht und den Tätowierungen des Toten machte.

Hazari nickte dem Quartiermeister zu, der den Leichnam wieder zudeckte, die Hebebühne nach oben pumpte und die Bahre in das Wandfach schob. Michael stand davor und sah die Klappe mit einem endgültigen Klicken zufallen. Er nickte Hazari zu, der ihm höflich die Tür öffnete.

Sie durchquerten eine kühle Halle mit hohen Säulen, die in eine spitz zulaufende Gewölbedecke übergingen. Es war still wie in einer Kirche. Die Räume zwischen den Säulen waren mit schwarzen, von Stacheldraht und elektrischen Kabeln gekrönten Eisengattern abgesperrt. Dahinter waren unüberschaubar viele Gefangene zusammengepfercht. Michael konnte sich nicht vorstellen, dass der Bodenplatz für alle reichte. Vielleicht schliefen sie im Stehen. Oder abwechselnd. Alte, magere Männer mit silberweißen Bärten, Raubvogelprofil und zerlumpten Turbanen – Stammesleute aus den nördlichen Provinzen –, junge Städter in neonfarbenen Nylonshirts und Jeans, Kriminelle mittleren Alters, bullige Männer, die seinen Blick hemmungslos trotzig erwiderten.

Dieser Winkel Indiens war seit den Zeiten Alexanders des Großen ein Epizentrum für grenzüberschreitende Konflikte, die sich durch Stämme, Clans, Religionen und zeitweise Familien zogen. Es würde immer überfüllte Gefängnisse in Kaschmir geben, dachte er. Die Gefangenen hingen an dem Gatter und musterten ihn ohne jede Neugier – die meisten wohl ohne jede Hoffnung.

Hazari ignorierte die Gefangenen.

»Also, wer war er, Mr. Berg?«

»Er war das einzige Kind eines bedeutenden Mannes. Sein Name ist Silas Monell. Er wurde dreiundzwanzig Jahre alt.«

»Monell …? Der Name kommt mir bekannt vor.«

»Wenn Sie Ihr Mobiltelefon zerschlagen und ein Mikroskop zur Hand nehmen, finden Sie den Namen auf mindestens der Hälfte der Komponenten. Das Gleiche gilt für Ihren Computer und die Spielekonsole Ihres Sohnes, falls Sie einen Sohn haben.«

Hazari verharrte in seiner Bewegung.

»Der Monell?«

»Ja. Sie werden sich auf ein gewisses Interesse seitens der Weltpresse einrichten müssen, befürchte ich.«

Unteroffizier Hazari erstarrte für einen Augenblick bei Michaels Mitteilung. Dann streckte er den Rücken und schob das Kinn vor. Er war bereit, komme, was da wolle.

Michael war überzeugt, dass der Unteroffizier es noch weit bringen würde.

Sie traten in das grelle Sonnenlicht hinaus. Michael setzte die Sonnenbrille auf, atmete tief ein, um den Leichengeruch aus Hals und Nase zu bekommen, und zündete sich eine Zigarette an. Sein Blick schweifte über die unnahbar fernen, weißen Zinnen der Hindukusch-Kette. Er konnte die Anziehungskraft des Landes auf verirrte Seelen nur zu gut nachvollziehen. Es war ein guter Ort zum Untertauchen und Fliehen. Auch vor sich selbst.

Der weiße Range Rover parkte hinter zwei staubigen Polizei-Jeeps mit Blaulichtern und langen Antennen, die in dem leichten Wind schwankten, der durch das Tal zog. Als Gurpal Michael sah, startete er den Motor. Der Danebrog leuchtete rot-weiß auf dem Kotflügel.

»Woher wussten Sie, an welche Botschaft Sie sich wenden mussten?«, stellte Michael eine letzte Frage.

Unteroffizier Hazari zeigte auf den Wimpel des falschen Botschaftsfahrzeuges.

»Er hatte die gleiche Flagge auf seinem Rucksack, darum.«

»Gut kombiniert. Ich werde die Angehörigen informieren, Unteroffizier Hazari.«

Der junge Mann lächelte verlegen.

»Danke, Mr. Berg. Das weiß ich sehr zu schätzen. Am besten so schnell wie möglich. Wir haben nur vier Leichenfächer im Gefängnis, wie Sie gesehen haben. Mit Silas Monell sind alle belegt, von daher ... wären wir dankbar über so schnelle Anweisungen wie möglich, was den Verstorbenen betrifft.«

»Ich werde Sie umgehend informieren.«

Unteroffizier Hazari verabschiedete sich mit militärischem Gruß. Vielleicht erahnte er einen Waffenbruder unter Michael Sanders hellem, gut sitzendem Anzug mit weißem Hemd, neutraler Krawatte und der aufrechten Haltung.

MICHAEL TIPPTE EINE internationale Nummer in sein Mobilgerät und legte Gurpal eine Hand auf die Schulter.

»Dreh bitte die Klimaanlage auf, ich verdampfe gleich. Und lass uns fahren. Deine Vorahnung war übrigens korrekt. Wir sind am Ziel. Er war es. Du kannst zu Frau und Kindern zurückkehren.«

Gurpal lächelte mit all seinen Goldzähnen und gab Gas.

Eine Stimme meldete sich am anderen Ende.

»Michael?«

»Es war Silas, Herr Monell. Er ist tot. Mein Beileid.«

»Sind Sie sicher?«

Die Stimme war tonlos.

»Ich habe Fotos gemacht, Fingerabdrücke und DNA-Proben genommen«, sagte Michael. »Aber ich bin auch so absolut sicher.«

Die Mittagshitze in dem Tal war unwirklich. Michael wand sich aus der Anzugjacke, befreite sich von der Krawatte und schickte Gurpal Singh einen resignierten Blick. Der Sikh zuckte mit den Schultern. Er konnte seinem Auftraggeber auch nicht helfen. Die Klimaanlage des Wagens kämpfte einen aussichtslosen Kampf. Der Range Rover rumpelte durch eine Hauptstraße, die von Mauer zu Mauer mit Menschen und Tieren verstopft war. Ein Dromedar musterte Michael neugierig mit seinen mädchenhaften Augen. Er zwinkerte es an. Gurpal drückte die Hupe durch, und Michael steckte einen Finger in sein freies Ohr.

»Wann und wie ist er gestorben?«, fragte Bertram Monell.

»Er wurde vor drei Tagen verhaftet, weil er Rohopium an die Schüler des Gymnasiums im Ort verkauft hat. Heute Morgen wurde er erhängt in der Zelle gefunden. Wir befinden uns in einem kleinen Ort namens Batapora im Nordosten Kaschmirs. BA-TA-PO-RA. Das ist ganz in der Nähe von Srinagar, der Distrikthauptstadt.«

»Wusste jemand, wer er ist?«

»Nein.«

»War es Selbstmord?«

»Ja«, sagte Michael. »Der Gefängnisleiter wartet auf Instruktionen, was Silas betrifft. Das Gefängnis verfügt nur über vier Leichenfächer, die momentan gefüllt sind. Wenn es neue Leichen gibt, verbrennen sie ihn.«

»Er soll selbstverständlich hier auf der Insel begraben werden«, sagte Monell. »Neben seiner Mutter. Ich werde Kaufmann umgehend losschicken.«

Einen Augenblick herrschte Schweigen.

Gurpal hatte die Seitenscheibe heruntergekurbelt und rief ein paar träge auf der Straße wankenden Bauersfrauen mit Gemüsekiepen auf dem Rücken etwas zu, die den offiziellen Wagen hinter sich einfach ignorierten und weiter miteinander redeten, worauf er wutentbrannt mit der flachen Hand außen gegen die Tür schlug. Sie vollführten respektlose Handzeichen, und Gurpal raunzte sie vor Wut schäumend in einem lokalen Dialekt an.

»Michael …«

»Ja?«

»Es mag Ihnen vielleicht unsensibel erscheinen, dass ich ausgerechnet jetzt damit komme, aber es kann schlicht und ergreifend nicht warten. Wären Sie bereit, mir noch ein paar Tage Ihrer wertvollen Zeit zu schenken? Ich wäre Ihnen sehr verbunden. Sehr.«

»Worum geht es?«

»In der Hauptgeschäftsstelle in Paris scheint es ein Leck zu geben. Unser Hauptkonkurrent ... ich nenne keine Namen ... hat es in den letzten Monaten in magischer, ja, geradezu wundersamer Weise geschafft, wenige Tage vor uns Prozessoren zum Patent anzumelden. Prozessoren, die erstaunliche Ähnlichkeiten mit unseren haben. Das ist unakzeptabel. Hätten Sie Zeit, sich das näher anzuschauen? Ein frischer Blick von außen ist immer vorteilhaft.«

»Ein paar Tage?«

»Allerhöchstens. Die nötigen Flugtickets und eine Hotelreservierung könnten am Flughafen in Srinagar hinterlegt werden, wenn Sie einverstanden sind.«

Michael seufzte und zog sein feuchtes Hemd vom Rücken weg.

Es gab zwar keinen Grund zu feiern, aber er hatte bereits mit dem Gedanken an eine Woche in einer Hängematte unter raschelnden Palmen auf einer thailändischen Insel mit eisgekühlten Drinks gespielt.

Eigentlich sollte er so schnell wie möglich zurück nach Europa. Heim zu Lene. Er sollte so etwas wie Sehnsucht spüren. Immerhin hatten sie sich vier Monate nicht mehr gesehen.

Aber er mochte Paris. Warum also nicht das Angebot annehmen?

»Wenn ich im George V wohnen kann, bin ich dabei«, sagte er.

»Abgemacht. Danke.«

Es war Karma und unausweichlich, dass sein Telefon just in dem Augenblick klingelte und Lenes Konterfei auf dem Display erschien. Michael sah das Telefon in seiner Hand an, dann schaltete er es aus, steckte es in die Tasche und begegnete Gurpals vorwurfsvollem Blick im Rückspiegel.

»Neues Ziel, Gurpal. Flughafen Srinagar. So schnell es geht. Ich werde mich dort von dir verabschieden.«

Der Chauffeur nickte stoisch.

»Wir sehen uns wieder«, sagte er mit absoluter Gewissheit.

Michael lächelte. »Das hoffe ich doch sehr, Gurpal.«

Dänemark

BERTRAM MONELL SCHOB das Mobiltelefon zurück in die tiefe Tasche seiner japanischen Hose, ehe er mit dem fortfuhr, womit er beschäftigt gewesen war, als Michaels Anruf kam: der Justierung eines etwa ein Meter langen, ausgehöhlten Bambusrohres, eines *sozu*, Teil eines Wasserspiels im Bachlauf seines japanischen Gartens.

Er trat einen Schritt zurück und lauschte. Das kristallklare, gefilterte Wasser lief in die obere Öffnung des *sozu*, bis es durch die Schwerkraft bedingt vorne überkippte und sich in den tiefer liegenden Wasserlauf entleerte.

Nach ein paar weiteren winzigen Justierungen war Monell mit Ton und Intervall zufrieden. Sein Blick glitt liebevoll über die akkurat beschnittenen, kleinen Bergkiefern und die schmalen Fußpfade, die den Flanierenden unmerklich ins spirituelle Zentrum des Gartens führten, den Meditationshain, wo sich aus dem mit kunstvollen, endlosen Mustern geharkten, feinkörnigen Sandmeer die Miniaturkopie des heiligen Berges Fuji erhob. Als er vor fünfzehn Jahren mit der Anlage des Gartens begonnen hatte, war hier noch undurchdringliche Wildnis gewesen. Jetzt war der Garten fast perfekt. Fast.

Monell balancierte über eine Steinplatte in dem Bachlauf und trat in den Bambushain. Der schlichte Grabstein war in glatten Sand eingelassen: *Rebekka Monell geb. Favreau 1965 – 2012.* Er sah sich um. Hier sollte Silas liegen. Und ein Grabstein wie der Rebekkas würde die Symmetrie des Haines noch hervorheben.

Gedankenversunken wärmte er seinen dünnen, nackten Oberkörper in der Sonne, als er plötzlich Erik Kaufmann seinen Namen rufen hörte. Vor einer Viertelstunde hatte er tatsächlich den Helikopter landen hören, aber es gleich wieder vergessen.

War das der Anfang? Blitzschnell zählte er im Kopf eine Reihe Autorennamen und Filmtitel auf und die Namen der Firmen, die er im Laufe seines Lebens aufgekauft hatte. Sein gedanklicher Aussetzer hatte nichts zu bedeuten. Es lag an Sanders Anruf. Silas. Kein Grund zur Sorge. Es hatte noch nicht begonnen.

Monell folgte dem Wasserlauf zu den breiten Terrassen, die von flachen, japanisch inspirierten Gebäuden eingerahmt waren, die sich formvollendet in die üppige Vegetation und die Böschungen einfügten, wie von der Insel selbst hervorgebracht. Einzige Zeugnisse der Gegenwart waren das noch nicht ganz fertige, neue Windrad auf der Plattform am höchsten Punkt der Insel und die großen weißen Parabolantennen, die es ihm ermöglichten, seine weltumspannende Tätigkeit von zu Hause aus zu erledigen. Selbst im ruhigen Herzstück des Gartens, nah am Meer, hörte er die Presslufthämmer oben an der Baustelle, das Rauschen des Zementmischers, und er sah den Kranausleger wie ein Urzeitungeheuer über den langen weißen Zylinderrohren des Windradturmes, die darauf warteten, aufeinandergesetzt, verbolzt und verschweißt zu werden zum neuen Wahrzeichen der Insel.

Bertram Monell stieg die letzten Stufen zur Terrasse hoch und schlüpfte aus seinen Sandalen. Seine Assistentin Hana, eine junge türkische Frau, schwebte lautlos über die Zedernbretter und legte einen gequilteten Bauernkimono über seine nackten Schultern.

Monell sah sie mit großer Zuneigung an.

»Danke, Hana.«

»Tee?«

»Später, vielleicht.«

Sie nickte lächelnd und zeigte mit einer Handbewegung zu dem Gast, der in einem bequemen Korbsessel saß.

»Erik.«

Erik Kaufmann hob eine Hand zum Gruß, ohne Anstalten zu machen, sich zu erheben. Er war ein kräftiger, sinnenfreudiger und ausgeprägter Genussmensch mit dichter, grauer Löwenmähne, die über seinen Anzugkragen fiel. Die blauen Augen hinter der Architektenbrille funkelten wach, und er hatte etwas von einem erfolgreichen, elegant gekleideten Galeristen. Nichts war jedoch weiter von der Wahrheit entfernt als das: Kaufmann war seit über drei Jahrzehnten Monells Tensing Norgay. Seine unentbehrliche rechte Hand, die diplomatisch oder unter Anwendung gnadenloser Brutalität den Weg für Monells zeitweise exzentrische Wünsche und Vorhaben ebnete. Darüber hinaus war er ein echter Kosmopolit, der sich überall in der Welt zu Hause fühlte.

Kaufmann stellte die Kaffeetasse ab und zündete sich eine Zigarre an.

»Du siehst blass aus, Bertram«, sagte er.

»Sander hat ihn gefunden, Erik. Er hat Silas gefunden ...«

Der Milliardär drehte sich um und schaute, die Hände auf dem Geländer ruhend, über den Garten aufs Meer. Hana verschwand durch eine Glastür.

»Wo?«

»In irgendeinem gottverlassenen Gefängnis in Kaschmir. Batapora heißt das Kaff. Er wurde vor wenigen Tagen festgenommen und hat sich heute Morgen in seiner Zelle erhängt. Ich will ihn nach Hause holen, Erik. Er soll neben Rebekka begraben werden. Du musst dich beeilen.«

Kaufmann stemmte sich mit Mühe aus dem Korbsessel hoch. Ein Knie war von Gicht zerfressen, und er stützte sich auf einen kräftigen, knorrigen Stock. Er stellte sich neben Monell und teilte die Aussicht mit ihm, ohne etwas zu sagen.

»Wir haben viele Jahre auf diesen Moment gewartet, das weiß ich wohl, Erik«, sagte Bertram Monell leise. »Ich dachte, ich hätte mich im Laufe der Zeit an den Gedanken gewöhnt. Aber verdammt, doch nicht auf diese Weise. Einsam, in Kaschmir, in einem elenden Dorfgefängnis. Das ist furchtbar traurig und so erbärmlich.«

»Du bist sein Vater, Bertram. Kein Mensch kann sich auf den Tod seines Kindes vorbereiten, so unausweichlich er auch sein mag. Aber tu dir den Gefallen und vergiss nicht, dass du ihn, soweit es in deiner Macht stand, unterstützt und beschützt hast, versucht hast, ihn wieder auf die rechte Spur zu bringen. Ich habe irgendwann aufgehört mitzuzählen, in wie viele Entziehungskliniken er eingewiesen wurde … aus denen er sich selbst wieder entlassen hat.«

»Ich schon, an jede einzelne erinnere ich mich.«

»Entschuldige, aber …«

Kaufmann trat einen Schritt zurück, aber Monell legte eine Hand auf seine Schulter und hielt ihn zurück.

»Ich muss mich entschuldigen. Das Ganze ist einfach nur so furchtbar. Holst du ihn nach Hause?«

»Selbstverständlich.«

Monell schaute in seinen geliebten Garten, und seine Gesichtszüge entspannten sich.

»Wir müssen nie wieder darüber reden, aber ich muss gestehen, dass Silas einen Fehler hatte, eine fatale Charakterschwäche. Er hatte das Zeug für eine ganze Menge, aber nicht die nötige Disziplin, und er hatte kein Ziel in seinem Leben. Ich habe keine Ahnung, von wem er diese Initiativlosigkeit hatte. Jedenfalls nicht von mir oder Rebekka. Vielleicht haben wir es ihm zu leicht gemacht.«

»Vielleicht.«

Kaufmann zündete die Zigarre wieder an, nahm einen tiefen Zug, ließ den Rauch über die Zunge rollen und aus der Nase entweichen. Er hustete hinter breiter, vorgehaltener Hand.

»Und was jetzt?«, fragte er.

»Ich habe nicht vor aufzugeben, Erik. Das kann ich nicht.«

Er drehte sich mit einem unversöhnlichen Zug um den Mund zu dem Freund um.

»Du meinst … du willst deinen Plan weiter vorantreiben?«

»Nenn es, wie du willst. Ich habe mit acht Jahren meine erste Software geschrieben, die noch heute weltweit die

Flieger in der Luft hält. Ich will nicht, dass das alles verschwindet. Wir müssen dafür sorgen, dass das nicht passiert. Ich mag mir nicht ausmalen, dass ein amerikanischer Finanzfonds das Unternehmen aufkauft, es aufsplittet und in alle Himmelsrichtungen verteilt. Der Gedanke ist mir unerträglich. Außerdem ist da noch mein Name. Der Stammbaum der Monells reicht bis ins Jahr 1155 zurück. Das ist nicht gleichgültig.«

Kaufmann seufzte.

»Ich verstehe.«

»Bringen wir das Ganze ins Rollen.«

»Natürlich. Wir können sofort ausrücken. Dann ist es Sander also tatsächlich gelungen, Silas aufzuspüren? Und das in knapp vier Monaten? Fantastisch.«

Monell lächelte.

»Bitte kein Neid, Erik. Vergiss nicht, dass du selbst es warst, der ihn mir seinerzeit empfohlen hat. Du hast ihn als menschliches Schweizermesser bezeichnet, und du hattest recht damit. Er hat in den vergangenen fünf Jahren alle Aufgaben perfekt gelöst, und du weißt selbst, wie infam verwickelt einige davon waren. Ich betrachte Michael Sander als einen vorbildlichen Menschen.«

Kaufmann musterte den Milliardär scharf.

»Ach ja?«

»Er kommt übrigens morgen oder übermorgen nach Paris und ist im George V einquartiert. Würdest du bitte dafür sorgen, dass es ihm an nichts fehlt?«

Erik Kaufmann nickte abwesend. »Er wird einen unvergesslichen Aufenthalt haben. In jeder Hinsicht. Das garantiere ich.«

»Danke.«

Hana trat mit einem Glas Wasser, Essstäbchen und einer dampfenden Schale mit Reis und Fisch auf die Terrasse hinaus. Sie stellte das Tablett auf den Tisch, und die beiden Männer setzten sich.

Monell begann langsam mit seiner einfachen Mahlzeit, eine von zwei, die er sich am Tag gönnte.

Dann tupfte er sich mit der Serviette den Mund ab, trank langsam das Glas Wasser und schaute liebevoll über den Garten, der in goldenem Nachmittagslicht badete.

»Ich habe jetzt zwei Blüten«, sagte er zufrieden.

»Zwei Blüten? Du meinst, zwei Arten?«

»Ich meine zwei einzelne, individuelle Blüten, Erik. Mehr sollen es nicht werden, das erkenne ich jetzt. Es ist eine Frage von Eloquenz. Shibumi. Shibumi ist wahrer als die Wirklichkeit. Raffinesse ohne Oberflächlichkeit. Natürlichkeit und Unumgänglichkeit, wie ein fliegender Pfeil. Shibumi ist die Perfektion der Natur. Das ist es, was ich will. Das Einzige, dem ich mich für den Rest meines Lebens widmen will.«

»Ich dachte, das wäre das Privileg Gottes«, murmelte Kaufmann.

»Vielleicht war es das irgendwann einmal. Wir brauchen Gott nicht mehr.«

DER VERGOLDETE AUFZUG glitt das letzte lautlose Stück in die Lobby des Hotels George V hinunter, und Michael trat beiseite, um seine Begleiterin zuerst aussteigen zu lassen. Wie zufällig streifte sie im Vorbeigehen seinen Arm und hinterließ den Duft von Chanel Mademoiselle. Michael schaute ihr interessiert hinterher, alles andere wäre naturwidrig gewesen.

Etwa auf halber Strecke zum Ausgang blieb sie stehen, ging in die Hocke und rückte den Knöchelriemen ihrer Sandale zurecht. Ihr perfekt geformtes Hinterteil presste gegen den dunklen, strammen Rockstoff. Die Türen des Aufzuges glitten zu, und Michael machte einen hastigen Schritt nach vorn.

Die junge Frau mit dem schwarz glänzenden Haar balancierte ihre Handtasche auf den Knien und lächelte ihn selbstironisch über die Schulter an. Das Haar rutschte vor ihr vollendetes Profil. Dann erhob sie sich und schritt aufrecht und mit rhythmisch sinnlichem Gang durch die Schwingtür der Hotellobby. Der Türsteher verneigte sich.

Obwohl seine Gedanken immer wieder zu der Begegnung in der Hotellobby wanderten, konzentrierte Michael sich auf seine Arbeit in der Hauptgeschäftsstelle von Monell

Industries im Vorort Argenteuil. Mit IT-Chef Monsieur Alain, der äußerst kompetent und gut vorbereitet auftrat, ging er die internen Sicherheitsabläufe durch. Monsieur Alain entschuldigte sich gestenreich, wenngleich sie keinen Verstoß in den internen Protokollen der Firma entdeckten. Michael zog in Erwägung, Lenes Assistenten Bjarne heranzuziehen, dessen DNA seiner Meinung nach von Microsoft konstruiert worden war, schob den Gedanken aber schnell wieder beiseite. Lene hatte keine Ahnung, dass er in Paris war, und Bjarne war grenzenlos loyal.

Nach sechs anstrengenden Stunden vor dem Computerbildschirm hatte er genug. Alain war mit dem Kopf auf den Armen eingeschlafen.

Michael legte dem Franzosen eine Hand auf die Schulter, der mit einem Ruck den Kopf hob.

»Entschuldigung …«, murmelte er.

Er strich sich über den Anderthalbtagebart.

»Wollen Sie nicht nach Hause gehen?«, fragte Michael.

Er lehnte sich zurück und streckte sich, verschränkte die Finger hinterm Nacken und schaute an die Decke.

»Glauben Sie mir, Michael, nichts lieber als das. Aber ich begreife einfach nicht, wie das passieren konnte. In *meiner* Abteilung. Ich sehe das Problem. Die Fakten. Aber so etwas ist bisher noch nie vorgekommen, und ich bin seit achtzehn Jahren hier. Wir müssen …«

Michael nahm sich noch einmal die Bankauszüge der Schlüsselpersonen aus der Patentabteilung vor. Er konnte die Zahlen inzwischen auswendig.

»Keiner Ihrer Mitarbeiter hat plötzlich und unerwartet Schlösser in der Toskana, Bugattis, ukrainische Topmodels, gigantische Luxusjachten in der Karibik oder Gestüte in Irland erworben«, sagte er.

»Nicht, dass ich wüsste, nein. Lassen Sie mich klarstellen, dass die Gehälter bei Monell Industries erheblich über dem Durchschnitt liegen. So war es schon immer. Das ist natürlich bewusste Politik, die hellsten Köpfe an Bord zu holen, sowie eine gute Voraussetzung, dass niemand sich dazu veranlasst sieht, die Firma oder Monsieur Monell persönlich zu hintergehen.«

»Selbstverständlich.«

Michael schaute auf die Uhr.

»Wir sind beide müde, und niemand hat etwas davon, wenn zwei Zombies die ganze Nacht auf Bildschirme starren.«

Er leerte den Pappbecher mit kaltem Kaffee, stand auf und zog seine Jacke an. Monsieur Alain lächelte dankbar.

»Und Sie sind sicher nicht derjenige, der die Blueprints an die Konkurrenz schickt?«, fragte Michael beiläufig.

Alain errötete und begann, sich hektisch zu erklären.

Michael sah ihn gelassen an.

»Regen Sie sich nicht auf, Alain«, sagte er, als der Pariser den Wortschwall unterbrach, um Luft zu holen. »Das war ein Scherz. Wenn Sie ernsthaft unter Verdacht stünden, säße sicher nicht ich hier, sondern Erik Kaufmann und ein paar seiner Mitarbeiter, und die hätten Sie längst aufgefordert, sich die Finger abzubeißen. Soweit ich weiß, zieht er für seine Aktivitäten Mitarbeiter aus der Fremdenlegion vor.«

Alain lächelte bitter. »Der berühmte dänische Humor. *Très joli … très …* Und ja, das mit den Ex-Soldaten habe ich auch gehört. Warum auch nicht? Es ist allgemein bekannt, dass die französischen Spezialeinheiten die besten sind.«

»Der Meinung sind einige israelische Sajeret-Einheiten, amerikanische SEAL-Teams und das eine oder andre britische oder australische SAS-Regiment möglicherweise nicht«, sagte Michael.

Er sollte längst im Bett liegen, um seinen indischen Jetlag zu pflegen, aber irgendetwas hielt ihn an der legendären Bar im George V fest. Vielleicht hatte Coco Chanel genau hier gesessen. Charlie Chaplin. Pablo Picasso. Ernest Hemingway. Die Bar war ein hedonistischer Tempel, ausgestattet mit Marmor, Mosaiken, venezianischen Kronleuchtern, Ebenholz und poliertem Mahagoni. Michael schob das schwere Glas mit dem goldenen Single Malt in einem komplizierten und nur ihm schlüssigen Muster auf dem Bartresen hin und her und starrte auf sein Mobiltelefon. In den Ohren das zivilisierte Murmeln wohlhabender Touristen, primär Chinesisch und Russisch, begleitet von der wunderbar verdichteten Musik, die entstand, wenn der Barkeeper die berühmten Cocktails des Hauses mixte.

Die alte Rastlosigkeit, die er seit seiner Kindheit kannte, war mit voller Stärke zurückgekehrt. Er sehnte sich nach den Fahrten mit Gurpal über staubige Landstraßen, die sich durch die Berge und Täler des Himalaja schlängelten. Wieso gab es zwischen Mann und Frau nicht so eine großzügige und nachsichtige Freundschaft? Weil jede Bemerkung unausweichlich durch ein vorgehaltenes Prisma früherer Konflikte, Kompromisse, Komplexe, eingefahrener Kommunikationsmuster und Neurosen gedeutet wurde. Weil ihre Mütter, Schwestern und Freundinnen immer mit im Bett lagen. Weil Frauen niemals irgendetwas vergaßen, keine Bagatellgrenze kannten und weil alles die gleiche Priorität hatte, Großes wie Kleines; zutiefst emotional, sensibel. Und weil Großzügigkeit eins der ersten Todesopfer jeder Beziehung war.

Philosophen und Soziologen hatten unrecht: Frauen und Männer kamen nicht von unterschiedlichen Planeten. Sie kamen von entgegengesetzten Rändern unterschiedlicher Galaxien. Er und Lene jedenfalls schienen in friktionsloser Stille aneinander vorbeigeglitten zu sein und in verschiedene Himmelsrichtungen auseinanderzutreiben.

Er hätte in diesem Moment nichts dagegen gehabt, von Bertram Monell oder einem anderen seiner Stammklienten mit einem neuen und nahezu unmöglich zu lösenden Auftrag in den hintersten Winkel der Erde beordert zu werden, nur um nicht zurück nach Dänemark zu müssen.

Michael sah sie im Spiegel. Sie stand an der Eingangstür und sah sich mit leicht zusammengekniffenen Augen um, als wäre sie kurzsichtig, aber zu eitel, eine Brille zu tragen. Das elegante Kleid schmiegte sich ebenso verliebt um ihren Körper wie das, das sie am Vormittag getragen hatte. Sie gehörte zu der Sorte Frau, die das Licht anzog und es freigebig wieder zurücksandte.

Michael bestellte seufzend einen weiteren Lagavulin.

Eine SMS von Monsieur Alain informierte ihn über Zeit und Ort für die morgige herkulische und vermutlich fruchtlose Arbeit in Argenteuil. Michael las die Nachricht und hörte ihre Stimme sehr nah neben sich.

»Was empfehlen Sie mir, *Old Fashioned, A Slap And A Tickle* oder doch eher einen *Sidecar*?«

Sie stand dicht neben ihm, er spürte die Wärme ihres Körpers.

Er drehte den Barhocker eine viertel Umdrehung und lächelte freundlich.

»Pardon?«

Die junge Frau lachte ihn an.

»Es ist nur … Ich bin nicht sehr bewandert, was das hier angeht …« Sie wedelte mit der umfangreichen Getränkekarte. »Allein die Namen. Bei manchen weiß man nicht, ob man einen Drink bestellt oder den Barkeeper und seine Freundin gleich mit auf sein Zimmer einlädt.«

Sie klappte die Karte wieder auf.

»Taugt ein *Stinger* was, oder ist das ein Nuttencocktail?«, fragte sie skeptisch.

Michael betrachtete sie ruhig. Die junge Frau hatte eine große, mit schweren Büchern und Mappen beladene Schultertasche dabei. Er hatte schon immer schräge Vögel angezogen – Männer wie Frauen –, aber sie war anders.

»Ich könnte mir denken, dass er genau das ist«, antwortete er.

Sie lächelte und sah ihm tief in die Augen. Sie war jung. Viel, viel zu jung.

»Okay, ich dachte nur, Sie sehen aus wie einer, der sich auskennt …« Sie brach den Satz abrupt ab, errötete und legte eine Hand auf seinen Arm. »Entschuldigen Sie, ich wollte damit nicht sagen, dass Sie aussehen wie einer, der ständig in Bars rumhängt und in kein Glas spuckt.«

»Sie müssen sich nicht entschuldigen. Ich habe tatsächlich ein recht inniges Verhältnis zu Hotelbars«, sagte Michael.

Er nahm ihr die Karte ab.

»Was mögen Sie?«

»Keine Ahnung. Harry's Bar hat ihren *Bellini* und The Artesian seinen *Digivida*. Ich dachte, George V hätte vielleicht auch so einen Haus-Cocktail.«

Sie lehnte sich so dicht an ihn, dass kein Geldschein mehr zwischen sie passte.

»Damit Sie in Facebook posten können? War hier, hab alles probiert?«

»So bin ich überhaupt nicht«, sagte sie nüchtern.

»Natürlich nicht. Wie auch immer, die Bar hat tatsächlich einen Signature Cocktail, den *Voodoo Vanda*. Irgendwas mit Wodka und ... verschiedenen Blütenlikören. Lila. Ich bin sicher, das hat was mit dem sich durch alle Bereiche ziehenden Orchideenmotiv des Innenarchitekten zu tun.«

»Haben Sie ihn schon probiert?«

»Ich bin heterosexuell«, sagte Michael.

Sie lachte und streckte ihm die Hand entgegen: »Rose.«

»Michael. Sie sind aus Südafrika?«

»Kapstadt, ja. Und Sie?«

»Dänemark.«

Rose schob sich auf den Barhocker neben ihm.

Er genoss den magischen Moment, weil er so unerwartet kam und ohne sein Zutun. Es lag eine anspruchslose Leichtigkeit und ein ungekünstelter Lebensappetit in ihrer Art.

»Was trinken Sie?«, fragte sie.

»Single Malt. Lagavulin. Keine Kräuter oder Blüten.«

Rose gab dem Barkeeper ein Zeichen.

»Ich hätte gerne das Gleiche wie er. Und Sie, noch Lust auf einen?«

Michael zögerte und sah sie an. Dann zuckte er mit den Schultern.

»Warum nicht?«

MICHAELS SUITE WAR in Grautöne getaucht. Ihre Körper verschwammen in den Schatten; unzertrennlich vereint. Rose saß über ihm, ganz fokussiert auf ihren Genuss. Angespannte Kiefermuskeln, nach innen gewandter Blick. Ihre vollendeten Brüste wippten elastisch vor seinen Augen, Michael konnte sich nicht sattsehen an ihnen. Ihre feuchten Finger glitten verspielt in seinen Mund, seinen Hals hinunter, in ihren eigenen Mund, ehe sie auf seiner Schulter liegen blieben. Ihre Nägel bohrten sich in seine Haut. Sie stöhnte rhythmisch und heiser.

Michaels Griff um ihre Hüfte wurde fester, er drückte sie so fest an sich, dass ihre Bewegungen kaum noch zu spüren waren. Sie hielt die Luft an, öffnete die Augen und sah mit geweiteten Pupillen durch ihn hindurch. Dann zog ihre wunderbar weite Möse sich zusammen, zuerst wie sanfte Flügelschläge um seinen Schwanz – ganz tief –, dann fester und schließlich fast krampfartig. Sie ließ ihn los und fuhr sich ekstatisch mit den Fingern durchs Haar, als sie kam, und er hielt sie fest, als wollte er sie nie mehr loslassen.

Die Bewegungen ebbten langsam aus. Rose kehrte in die Wirklichkeit zurück und legte schwer atmend den Kopf in den Nacken. Zwischen ihren Brüsten glänzten Schweißtropfen, ihre dunklen Brustwarzen waren hart. Ihre attraktiven

Bauchmuskeln zogen sich in den letzten Zuckungen des Orgasmus zusammen. Im nächsten Augenblick stemmte sie sich hoch und legte sich neben ihn auf den Rücken.

Gleich darauf stützte sie sich auf den Ellenbogen ab, legte ihre Hände an Michaels Gesicht und bewegte sich mit ihrer Zunge in einem langsamen Tanz durch seinen Mund.

Sie zog den Kopf zurück, lächelte Michael an und spreizte einladend die Beine.

»Jetzt bist du dran. Jetzt. Michael. Komm.«

Michaels Verstand war ausgeschaltet. Er schob seine Hände unter ihre seidenweichen Pobacken und saugte und leckte aus ihrer Möse, die nach Apfel und Reinheit schmeckte, aber Rose ließ ihn nicht, sie nahm seinen Kopf und zog ihn mit desperater Kraft über sich.

»Ich will dich in mir spüren, verdammt noch mal«, fauchte sie ihn an. »Komm schon!«

Michael glitt in sie hinein. Sein Schwanz gehörte nicht ihm, er führte ein Eigenleben. Er war ihm noch nie so hart und fordernd vorgekommen. Der Rest des Körpers folgte ihm willenlos. Er war unschuldig.

Später.

»Danke. Verdammt noch mal ... Danke, Michael.«

Roses Kopf lag auf seinem Brustkorb, er blies ein paar dunkle, kitzelnde Locken von den Nasenlöchern.

»Bist du wahnsinnig«, murmelte er. »Ich muss mich bedanken.«

»Nein, es ist mein Ernst. Es ist so lange her ... wirklich verdammt lange her, dass ich mit einem Mann geschlafen habe. Ich dachte, ich hätte längst vergessen, wie das geht.«

»Ich geh mal davon aus, dass es nicht anders als Radfahren oder Schwimmen ist«, sagte Michael sinnierend. »Hat man es einmal gelernt ...«

Er schob sich ein Stück im Bett nach oben. Ihr Kopf folgte seiner Bewegung, und ihr Griff um seine Taille wurde fester.

»Rose ...?«

»Mmmm...«

»Mir ist klar, dass ich ein bisschen spät darauf zu sprechen komme und klinge wie ein hirnloser Gymnasiast, der sein Kondom in der Gesäßtasche vergessen hat, aber ...«

»Vergiss es«, sagte Rose. »Ich kann nicht.«

»Du kannst nicht?«

»Ich kann nicht. Was eigentlich eine Schande ist.«

»Ist es das?«

»Ich bin mir sicher, wir hätten ein schönes Kind zusammen machen können«, sagte sie.

In dem Augenblick, als er wach wurde, war Michael klar, dass Rose aus seinem Leben verschwunden war. Eine bleigraue Wolke aus Scham und Schuldgefühlen senkte sich über das Bett. Er stöhnte und schloss die Augen. Alles war besser, als wach zu sein.

Als er das nächste Mal die Augen aufschlug, malte die Sonne Streifen auf den dicken, taubengrauen Teppichboden.

Er wollte einfach nur liegen bleiben, aber irgendwie musste er es schaffen, in den Tag und raus in die Welt zu kommen, in die Wirklichkeit anderer Menschen. Um den Schein zu wahren. So tun, als ob nichts gewesen wäre. Er vermisste Gurpal. Den Range Rover. Einen endlosen Weg und einen leeren Horizont.

Rose hatte keine Spuren in seinem Zimmer hinterlassen, außer ihrem Parfüm, ein vergifteter Erinnerungshauch in der Luft – und einem gelben Post-it-Zettel am Champagnerkühler.

Michaels Gesicht verzerrte sich, als er die Nachricht las.

Ich wünsche dir ein glückliches Leben, Michael,

Rose

PS Deine Frau sieht toll aus. Du solltest sie vielleicht besser anrufen.

Neben dem Champagnerkühler lag sein Handy. Lenes Gesicht erschien auf dem Display. Sie hatte ihm seit Mitternacht fünf Nachrichten geschickt und genauso oft angerufen.

Michael stöhnte.

Sollte er versuchen, Rose zu finden? Er fand alles und jeden. Das war sein Beruf. Aber wozu? Sie war um die dreißig, er fast fünfzig. Das war pathetisch. Und er war verheiratet, verdammt noch mal. Er begriff nicht, wieso er so tief geschlafen hatte, erinnerte sich an nichts ... außer an das Spülen der Toilette mitten in der Nacht, Wasserrauschen im Handwaschbecken, einen durch den Türrahmen gleitenden Schatten, das Geräusch klirrender Eiswürfel in dem Champagnerkühler.

Das Mobiltelefon auf der Tischplatte vibrierte giftig.

Monsieur Alain. Zum dritten Mal.

Michael hätte vor zwei Stunden in Argenteuil sein sollen.

Scheiße, verdammt, verdammt.

15 MONATE SPÄTER

ES WAR EIN TAG wie jeder andere in Marias Gefangenschaft, abgesehen von den Worten und dem Messer.

Sie hatte wie gewohnt mit an die Wand gedrückter Stirn und geschlossenen Augen dagestanden, die Hände hinter dem Rücken verschränkt, während das Bettzeug gewechselt, der Boden gesaugt und das Bad geputzt wurde. Die junge Frau, die sich darum kümmerte, war auf dem Weg aus dem Raum lautlos an ihr vorbeigegangen. Dabei hatte sie wie zufällig leicht mit der Hand über ihren Rücken gestrichen. Das hatte sie noch nie gemacht, und nach dieser Geste waren Marias Knie weich wie Butter.

Der Wachmann hatte ihr auf die Schulter getippt, das Signal, dass sie die Augen wieder öffnen durfte. Sobald er weg war, hatte sie das Ohr an die glatte Stahltür gedrückt und ihre sich entfernenden Schritte im Kies gehört. Sie war auf die Knie gefallen und hatte hektisch unter das Bett geschaut, die Bezüge von Kissen und Decke gerissen und die Matratze angehoben.

Nichts.

Hatte sie sich die Berührung nur eingebildet? War sie zufällig und bedeutungslos? Sie hatte das Gesicht der anderen Frau nie gesehen, wusste nur, dass sie jung und duftlos war, schlanke Beine hatte und meist leuchtend bunte

Sneaker trug. Und wenn niemand in der Nähe war, flüsterte sie Maria mit sanfter, melodischer Stimme verstohlene, tröstende Worte durch die verschlossene Tür zu. Sie war einen Monat fort gewesen, in dieser Zeit hatte der Wachmann ihre Aufgaben übernommen. Aber nun war sie zurück.

Maria setzte sich auf den Boden, zog die Knie unters Kinn und schlug rhythmisch mit dem Hinterkopf gegen die Wand. Ihr war schlecht, und sie schwitzte, obgleich eine moderne Klimaanlage für eine immer gleichbleibende Temperatur in der Zelle sorgte.

Jetzt war sie an der Reihe zu verschwinden. Sie war die Letzte.

Sie hatte versucht, sich die Wirklichkeit vom Leib zu halten, indem sie so viel wie möglich geschlafen und ihre Übungen gemacht hatte, um ihren Körper stark und geschmeidig zu halten, statt darüber nachzudenken, woran sie absolut nicht denken durfte, um nicht wahnsinnig zu werden. Sie hatte minutiös ihr kurzes Leben Revue passieren lassen, von den ersten verschwommenen Erinnerungen an ihre Familie, ihre Eltern, die Schule, die Gasse, in der sie gewohnt, die Läden, in denen sie eingekauft hatten. Das blaue Meer und das kleine Fischerboot ihres Vaters. Sie hatte das hier nicht verdient. Sie war immer freundlich und hilfsbereit gewesen. Aber es war geschehen, und jetzt war sie an der Reihe. Das Licht um sie herum begann zu verlöschen, und die Dunkelheit verdichtete sich. Sie öffnete die Augen, hörte auf, den Kopf gegen die Wand zu schlagen, und starrte auf die Tür zum Badezimmer.

Tränen der Enttäuschung brannten hinter ihren Augenlidern. Nichts. Die Duschkabine sah aus wie immer. Die

Berührung war zufällig gewesen, die junge Frau hatte ihr nichts damit sagen wollen. Oder aber die Berührung war als Warnung gemeint gewesen: dass sie nichts tun konnte, um ihr zu helfen.

Die Wände waren mit bruchsicheren, glatten, anthrazitfarbenen Fliesen gekachelt, der Spiegel in die Wand eingemauert. Sie hatten ihr die notwendigsten Toilettenartikel gelassen, einen Lippenstift und Mascara. Der Lippenstift stand aufrecht auf der stählernen Ablage unter dem Spiegel.

Maria sah sich um. Sie klappte den Toilettendeckel hoch und stöhnte. Dort, auf der Unterseite des Deckels, hatte die junge Frau mit Marias Lippenstift *GET AWAY RIGHT NOW! They don't need you anymore. I'll take care of it* geschrieben. Darunter klebte mit zwei Klebestreifen befestigt ein lächerlich kleines, aber scharfes Kräutermesser.

Maria hatte auf dem Boden gesessen und das Messer und die Nachricht angestarrt, während ein jämmerlicher und rudimentärer Plan in ihrem Kopf Form annahm, wie sie dieser sterilen Hölle entkommen konnte. Sie hatte die Stunden gezählt und wusste, dass es Nacht war.

Irgendwann hatte sie die Hand auf den blau schimmernden Bildschirm unter der Gegensprechanlage gelegt, die mit einem elektrischen Rauschen reagierte.

Maria biss die Zähne aufeinander und drückte die Hand immer wieder auf den Bildschirm. Irgendwann kam eine Antwort.

»Bist du dir im Klaren darüber, wie spät es ist?«

Die Stimme klang verschlafen und gereizt. Marko. Der gut aussehende junge Mann, der ihr an jenem Abend in

Hamburg die Nadel in den Hals gerammt hatte, dort, wo der Albtraum begonnen hatte.

»Ich blute«, rief sie mit verzweifelter Stimme. »Es hört nicht mehr auf!«

»Du blutest? Was soll das heißen?«

»Unten, du Arschloch. Hol Hilfe, verdammt noch mal, ich krepiere.«

Der Bildschirm wurde dunkel. Sie kniete sich mit dem Kräutermesser in der Hand vor die Toilettenschüssel und schnitt sich über dem verhassten GPS-Armband, das sie seit dem ersten Tag ihrer Gefangenschaft ums Handgelenk trug, ins Fleisch. Aus einer Vene pulste Blut, und sie hielt den Arm so über ihren Schoß, dass es aussah, als würde sie tatsächlich aus der Scheide bluten.

Sie hatte die Flügelmuttern unter der schweren Toilettenbrille gelöst und die Bolzen herausgezogen.

Die Zellentür öffnete sich mit einem druckausgleichenden Seufzer. Maria steckte das Kräutermesser in die Tasche und schob zwei Finger in den Hals. Sie würgte und spuckte Galle in die Toilette. Das Blut breitete sich wie gewünscht auf den Fliesen unter ihr aus. Sie hörte die Schritte verharren und schielte auf Markos Schuhe.

»Du blutest ja tatsächlich ...«, sagte er alarmiert. »Warum zum Teufel blutest du? Das ist doch drei Monate her.«

Als er neben ihr in die Hocke ging, schwang sie mit dreizehn Monate aufgestautem, vergorenem Hass den schweren Toilettendeckel in einem kurzen Bogen gegen sein Gesicht. Seine Nase brach, und in der oberen Zahnreihe klaffte eine Lücke. Marko kippte mit gespreizten Beinen rückwärts gegen die Wand und starrte sie mit leerem Blick an. Er versuchte, sich hochzustemmen, aber die Hände rutschten seitwärts weg. Maria stand auf, riss die Schlüsselkarte von der Kette um seinen Hals und trat ihn sicherheitshalber mit Wucht in den Schritt, ehe sie sich aus der Tür schob.

Maria lief durch lange, fensterlose Flure in dem nachtstillen Haus und landete in einer großen Küche. Sie riss Schubladen auf, bis sie einen großen Messerblock entdeckte. Sie griff sich das größte Messer, legte die Hand mit dem GPS-Armband auf die Tischplatte und schlug immer wieder mit dem schweren Messergriff auf das Armband. Ungläubig begutachtete sie das Resultat: Das kleine LED-Lämpchen glühte weiter grün, die Keramikbeschichtung des Armbandes hatte nicht mal einen Kratzer. Sie drehte sich um, um die Küche zu verlassen, als sie Marko entdeckte, der mit ausgestreckten Armen ihren Fluchtweg blockierte. Sein makelloses Gesicht war verwüstet, ein Auge zugeschwollen. Er keuchte vor Wut.

»Ich bring dich um, du verfluchte, nutzlose Nutte!«

Maria lief auf ihn zu, und Marko riss das intakte Auge auf. Die letzten Meter rutschte sie auf dem Rücken über die Bodenfliesen zwischen seine gespreizten Beine. Sie stieß das Messer nach oben, und die scharfe Klinge ging glatt durch Stoff, Haut, Fettgewebe, Muskeln und die großen Blutgefäße.

Marko presste eine Hand auf die klaffende Wunde und versuchte, den Blutstrom zu stoppen, der zwischen seinen Fingern herausquoll. Er warf Maria einen vorwurfsvollen Blick zu, als wollte er sagen, dass das doch nun wirklich nicht nötig gewesen wäre. Aber ein todbringender Rachegott hatte die Kontrolle über ihre Hände übernommen, sie schnitt ihm mit sicherer Bewegung die Kehle durch, als hätte sie in ihrem Leben nie etwas anderes getan.

Sie rutschte mit dem Tennisschuh in Markos Blut aus, als sie versuchte aufzustehen, und musste sich am Türrahmen hochziehen.

Marko lag sterbend auf den weißen Bodenfliesen, während Maria eine Schublade nach der anderen aufriss, bis sie eine Rolle Alufolie fand. Sie wickelte die Folie um das GPS-Armband, nicht wissend, ob das irgendeinen Effekt hatte.

Das Haus erwachte. Aus allen Richtungen waren Stimmen zu hören.

Sie richtete ihre Aufmerksamkeit auf die elektronische Schließanlage neben der Glastür, die raus in den Garten führte. Sie zog Markos Schlüsselkarte durch den Schlitz, und die Tür glitt automatisch auf.

Zum ersten Mal seit dreizehn Monaten spürte Maria eine frische Brise im Gesicht und atmete Luft ein, die nicht vorher durch eine Klimaanlage gefiltert war. Draußen war es stockdunkel. Es regnete, das Haar klebte ihr in schwarzen, nassen Strähnen im Gesicht. Hinter ihr am Haus pulsierte blaues Licht, als die Alarmanlage ansprang. Sie lief eine Treppe hinunter, dem Wind entgegen und durch die nasse, fremdartige Vegetation.

Sie lief im Zickzack zwischen Bäumen und Büschen, glitt aus, fiel, stieß gegen raue und harte Hindernisse, fluchte und rappelte sich wieder auf, während sie versuchte, die Blutung ihres Unterarmes zu stoppen und zu verhindern, dass die Alufolie von dem verräterischen Armband rutschte.

Sie blieb stehen, als sie feststellte, dass sie bis zum Knie im Wasser stand. Der Mond tauchte hinter einer Wolke auf, und sie sah vor sich eine endlos schwarze Wasserfläche. Das Wasser schmeckte salzig. Sie drehte sich um und betrachtete die hüpfenden Lichtkegel zwischen den Bäumen, hörte das rasende Kläffen der Hunde und die Kommandos der Hundeführer.

Rechts? Links?

Sie musste sich entscheiden, auf der Stelle, als sie ein Stück entfernt am Uferstreifen einen dunklen Umriss ausmachte, der wie ein Bootshaus auf Pfählen aussah. Vielleicht konnte sie sich dort verstecken und Kräfte sammeln.

Marias Gesicht brannte von den Peitschenhieben der Zweige auf ihrer wilden Flucht durch das Gestrüpp. Das Blut schmeckte salzig und metallisch. Sie stapfte durchs Wasser, rutschte auf den glatten Steinen aus und betete, dass die Hunde ihre Fährte verloren. Die Stimmen und Lichtkegel waren im einen Moment ganz nah, dann entfernten sie sich wieder.

Das Bootshaus ragte vor ihr auf, dunkel und kantig vor dem matten Schein des Mondes, der zwischen zwei Wolkenbänken am Himmel hing.

Wenn der Mond hinter den Wolken verschwand, würde sie die Orientierung verlieren.

Da entdeckte sie ein Schlauchboot. Verstärkter Rumpf mit Mittel-Steuerkonsole und ein riesiger Außenbordmotor. Sie robbte über den Anlegesteg und rollte über den Seitenschlauch auf die breite, feste Bodenplatte. Gleich daneben schwappte ein Zwillingsgefährt. Sie schnitt die Taue durch, mit denen das Boot am Steg vertäut war, beugte sich über die Seitenwand und stach mit dem Messer in die Luftschläuche des Nachbarbootes. Die Luft entwich mit einem warmen WOUMMPHH! und blies ihr die Haare aus dem Gesicht. Das Gummiboot sackte ab und kippte zur Seite.

Maria legte eine Hand ans Steuer und drehte den Zündschlüssel. Der große, 350 PS starke Mercury erwachte mit lautem Brüllen zum Leben. Sie zog den Gashebel zu sich heran und wendete das Boot weg vom Haus und dem Ufer aufs offene Wasser. Mit Booten kannte Maria sich aus. Ihr Vater war Fischer gewesen, und in diesem Augenblick, in dem sie es wirklich brauchte, kam alle Erinnerung zurück.

Hinter ihr ertönten Schüsse, und dicht neben dem Boot spritzte Wasser auf. Lichtkegel malten verworrene Muster auf die Oberfläche. Sie schaltete auf Leerlauf und merkte sofort, wie die Brandung das Boot aufs Land zutrieb. Dann machte sie den Motor ganz aus und biss in den Ärmel ihres dünnen T-Shirts, weil ihre Zähne vor Kälte aufeinanderschlugen. Sie hörte die Dünung leise ans Ufer rollen und zischelnd zwischen den großen Steinen entlang des Ufers versickern.

Sie legte eine Hand über das von Aluminiumfolie bedeckte Armband, als könnte sie so den verfluchten Mechanismus daran hindern, ihre Position den Verfolgern zu verraten. Sie startete erneut den Motor, drehte den Bug in die Richtung, aus der sie gekommen war, und ließ sich ins Wasser gleiten.

Maria tauchte, bis ihre Lunge kurz vorm Platzen waren und sie festen Grund unter den Füßen spürte. Sie rutschte immer wieder auf den glitschigen Steinen aus, weil ihre

Füße vor Kälte völlig taub und gefühllos waren, während das Boot langsam und mit wenigen Umdrehungen in die Dunkelheit trieb. Maria taumelte über den Strandstreifen und blieb hinter den ersten Bäumen stehen.

Direkt vor ihrem Gesicht flatterte ein Vogel von einem Ast auf, und sie stieß einen unterdrückten Schrei aus. Der Vogel hinterließ eine merkwürdig saugende Stille, die von einem tiefen, niederfrequenten Summen erfüllt wurde. Parallel zur Küste sah sie die Laternen einer riesigen Motorjacht durch die Dunkelheit gleiten. Im nächsten Augenblick leuchtete auf der Flybridge ein Scheinwerfer auf, und der schlanke, grelle Lichtkegel schwenkte über den Strand, über die niedrigen Bäume, über ihr Gesicht und weiter. Einen Augenblick später kehrte er um, aber da hatte sie sich schon mit angehaltenem Atem in das niedrige Kieferngestrüpp zurückgezogen.

Sie kniete sich in eine Sandmulde, presste die Alufolie fester um das Armband und schloss die Augen.

»Ave Maria, gratis plena, dominus tecum. Benedicta tu in mulieribus, et benedictus fructus ventris tui, Iesus. Sancta Maria, Mater dei …«

Sie wusste nicht, woher die Worte kamen, aber sie ließ sie fließen, das Gebet ihrer Kindertage, wiederholte es immer wieder. Es spendete ein wenig Trost und Ruhe.

Sie kam wieder auf die Beine und lief weiter, als sie das Klirren einer Kette hörte. Die Motorjacht war nicht weit von ihr entfernt vor Anker gegangen. Die großen Gasturbinen verstummten. Die Henker an Bord wussten genau, wo sie sich befand, und sie hatten alle Zeit der Welt, sie zu fangen und zurück in ihre Zelle zu bringen.

»Ave Maria …«

Sie knallte mit dem Kopf gegen einen Stamm. Ihr wurde schwarz vor Augen, und sie biss sich auf die Unterlippe. Sie wusste kaum noch, wieso sie weiterlief, was sie in diesem beängstigenden Wald auf den Füßen hielt, der so fremd roch und aussah. Das Einfachste wäre es, sich hinzusetzen. Aufzugeben. Sie kommen zu lassen. Und genau das hätte Maria sicher getan, wenn nur ihr eigenes Leben auf dem Spiel gestanden hätte.

Sie starrte auf das Armband. Versuchte erneut erfolglos, die Hand aus dem Ring zu winden. Es fehlte nur ein Hauch, um das Armband über den Daumenballen zu ziehen. Weniger als ein Hauch. Sie leckte über die Haut, probierte es immer wieder, bevor sie aufgab. Dann schaute sie das Messer an. Das Blatt schimmerte im schwachen Licht.

Sie sah ihre Hand an.

Das Messer.

Das sehr scharf war.

Sie biss die Zähne aufeinander und drückte fest zu.

Die Welt zog sich zu einer kleinen weißglühenden Kugel unbeschreiblichen Schmerzes zusammen.

Maria schnappte nach Luft und keuchte stoßweise. Sie drückte die Hand gegen den Bauch, riss und schnitt einen Ärmel von ihrem T-Shirt und wickelte den Stoff um die Hand, ehe sie hektisch eine Kuhle in den Sandboden zwischen den Kieferwurzeln buddelte, in der sie ihren linken Daumen und das permanent blinkende GPS-Armband vergrub.

Das Blut presste augenblicklich durch den notdürftigen Verband, und sie dachte an die Hunde.

Erst in der Mitte der Straße begriff sie, wo sie war. Sie erstarrte in der Bewegung, hob die Hand vor die blendenden Scheinwerfer eines Wagens, hörte das Quietschen von Bremsen und ein aggressives Hupen, als das Fahrzeug in letzter Sekunde ausscherte und an ihr vorbeirauschte. Dann sah sie die Wagen, die aus der anderen Richtung kamen und den Mittelstreifen zwischen ihren Füßen erleuchteten. Ihre Verfolger mit dem Hund waren jetzt ganz nah. Das Tier pflügte durchs Unterholz und stürmte in langen Sätzen auf sie zu. Maria war von den Haarspitzen bis zu den Zehen gelähmt. Sie sah die weißen Reißzähne im aufgerissenen Maul des Hundes, seinen pelzigen, wuchtigen, dunklen Körper – der plötzlich wie von Zauberhand auf wundersame Weise aus ihrem Blickfeld verschwand. Erneutes, schrilles Bremsenquietschen bohrte sich durch ihren Schädelknochen. Der Hund kollidierte mitten im Sprung mit dem Fahrzeug und überschlug sich mehrmals, ehe er reglos am Straßenrand liegen blieb.

Ein Mann mit einer langen Leine in der Hand trat zwischen den Bäumen hervor und sah sie mit leerem Blick an. Er drehte den Kopf zur Seite und sah den Hund im Gras und einen schockierten Autofahrer und ein kleines Mädchen, die aus dem Lieferwagen gestiegen waren. Die dumpfe, zum Bersten gespannte Stille wurde vom metallischen Krachen schlingernd miteinander kollidierender Fahrzeuge unterbrochen. Marias Hirnsignale erreichten endlich wieder ihre Füße, die sie über die feuchte Fahrbahn trugen, in der sich gelbe Warnblinker, rote Rücklichter und weiße, lange Scheinwerferzungen spiegelten.

Hinter ihr ertönte eine Serie merkwürdig bedeutungsloser Explosionen, als sie den Waldrand erreichte. Im nächsten Augenblick wurde sie von einer verirrten Kugel unter dem linken Schulterblatt getroffen. Ihr Körper wurde zwischen die Büsche geschleudert. Die Luft verschwand aus ihrer Lunge. Sie sah nur Dunkelheit.

Ein tierischer Überlebensinstinkt übernahm die Kontrolle über ihren Körper und zwang Maria, auf dem Bauch durchs Unterholz zu robben.

Hinter ihr brach die Apokalypse aus.

Sie erreichte die ersten Bäume.

Schob und zog sich zwischen die Stämme. Weiter.

»Gott, schau in Gnade auf ... Maria ... schau in Gnade auf mein ...«

Sie hatte keine Kraft mehr. Da war nichts mehr. Die Kälte hatte in ihrem Herzen Wurzeln geschlagen. Der Schmerz in der Schulter war unbeschreiblich, ihr linker Arm war gelähmt; ein unbrauchbares Anhängsel. Maria rutschte in eine Mulde und zog ein paar tote Zweige vom Waldboden über sich.

WIE EINE KLUGE FRAU einmal gesagt hat, Gott hat Paartherapeuten nicht erschaffen, um Scheidungen zu verhindern, sondern um sie so zivilisiert wie möglich über die Bühne zu bringen. Auf Michaels Veranlassung hin hatten sie die Therapiegespräche vor einem Monat beendet. Er hatte den Psychologen nicht ausstehen können, der entweder in weißen Jeans oder Lederhose herumlief, beides unakzeptabel.

An diesem milden Sommertag saß er aufrecht auf einem ungemütlichen Stuhl im Wohnzimmer ihrer ehemals gemeinsamen Wohnung in Frederiksberg, während sie das Wrackgut ihrer Ehe aufteilten. Ihm war elend zumute.

Seine Frau, Polizeiinspektorin Lene Jensen, angestellt bei der Obersten Polizeibehörde im Dezernat Personengefährdende Kriminalität, saß an dem langen rustikalen Tisch und kaute gedankenverloren am oberen Ende eines Bleistifts. Er ertrug es nicht, sie anzusehen. Sie hatte noch immer einen Arsch wie eine achtzehnjährige Volleyballspielerin, war fantastisch in Form, ihr langes Haar hatte diesen besonderen kastanienroten Schimmer, ohne dass sie es färbte, ihr Hals war glatt wie Marmor, und ihre klaren, grünen Augen wurden eingerahmt von feinen Lachfalten. Vor ihr lagen die ausgebreiteten Scheidungspapiere.

Sie hatten die Angelegenheit bis jetzt beide einzigartig vernünftig, reif und zivilisiert durchgezogen.

»Was ist mit den Büchern?«, fragte sie.

»Was für Bücher?«

»Du hattest Bryson, Shakespeare und Hemingway im Gepäck, als du eingezogen bist.«

»Behalte sie«, sagte er.

»Sicher?«

»Ja.«

Lene machte einen Haken auf ihr Blatt.

»Was ist mit deiner Skiausrüstung?«

»Wenn du sie einpackst, sorge ich dafür, dass sie abgeholt wird.«

Ihre Augen wurden blank, und ihr Mund verzog sich, obwohl sie versuchte, sich zu beherrschen. Er schaute weg.

Schuld war elementar und körperlich, wie er festgestellt hatte. Sie besaß Form und Farbe und Gewicht. Und sie schmeckte nach Schuld.

»Was ist mit den Hochzeitsgeschenken?«, sagte sie. »Die grüne Lampe, das Salatbesteck und …«

»Kannst du nicht einfach alles behalten?«, murmelte er.

»Gibt es wirklich nichts aus den letzten drei Jahren, das dir etwas bedeutet?«

»Ich nehme die Lampe«, sagte er matt.

»Aber die hätte ich auch gern …«

Michael schob die Hände in die Taschen und ballte sie zu Fäusten.

»Dann behalte sie, Herrgott noch mal! Ich wollte ja nur …«

Lene trank einen Schluck Tee. Starrte in das Glas. Rührte nachdenklich mit dem Löffel darin. Unermüdlich. Dieses ewige, klirrende Rühren hatte ihn schon immer wahnsinnig gemacht, aber er hatte nie etwas gesagt.

»Genau so bist du«, stellte sie fest. »Du willst das Ganze doch nur so schnell wie möglich hinter dich bringen, um hinterher so tun zu können, als wäre nichts geschehen.«

Michael hatte unbändige Lust auf eine Zigarette.

»Du hast vollkommen recht«, sagte er. »Das ist das Einzige, was ich will. Können wir weitermachen?«

Ihr Handy klingelte. Es lag neben ihrem linken Ellenbogen, und ihr Blick wanderte automatisch zum Display.

Er schüttelte den Kopf: Genau so war Lene!

»Kannst du dieses scheiß Teil nicht wenigstens jetzt leise stellen«, platzte er heraus.

Lene hörte ihn nicht.

Es war Charlotte Falster, ihre Chefin, und natürlich nahm sie das Gespräch an.

Michael schaute aufgewühlt aus dem Fenster. Er wusste genau, was jetzt kam.

»Ja?«

Ihre Chefin kam wie üblich ohne Umschweife zur Sache – eins der wenigen Dinge, die Lene tatsächlich an ihr schätzte.

»Heute Morgen hat ein Waldarbeiter in einem Waldstück nördlich von Kalundborg die Leiche einer jungen Asiatin gefunden. Also, genau genommen sein Hund. Sie hatte eine Schusswunde im Rücken. Unter anderem.«

»Und? Ist die Polizei vor Ort gerade beim Coaching für Nudge-Techniken von Rockerbanden, oder warum rufst du mich an? Ich stecke mitten in einer Scheidung, Charlotte. Wenn ich mich um alle Trafficking-Opfer kümmern würde, hätte ich bald nichts anderes mehr zu tun.«

»Mir ist völlig klar, dass du mitten in einer Scheidung steckst.«

Lene sah Michael skeptisch an, als er die Position wechselte. Er sah aus, als stünde ihm eine komplizierte Wurzelbehandlung bevor.

»Woher weißt du das?«

»Ich habe zufällig deinen Mann getroffen, und wir haben einen Kaffee zusammen getrunken. Das machen Leute so. Man begegnet sich und redet miteinander. Das solltest du auch mal irgendwann probieren. Normalerweise würde ich mich nie in dein Privatleben einmischen, aber in diesem Fall muss ich sagen, dass das alles ein riesiger Mist ist. Michael hat es geschafft, dich ein bisschen menschlicher zu machen, was ich niemandem zugetraut hätte. Wollt ihr es euch nicht doch noch mal anders überlegen?«

Lene sah Charlotte vor sich in ihrem großen, nüchternen Büro in Glostrup, das die Polizeipräsidentin versucht hatte, mit persönlichen Gegenständen aus dem klassischen Zeitalter dänischer Möbelindustrie, Fotos von ihren Kindern und ihrem Mann, Vibeke-Klingt-Läufern und Louisiana-Revy-Magazin-Stapeln etwas wohnlicher zu gestalten.

»Das ist kein Friseurtermin, Charlotte, sondern eine Scheidung«, sagte sie. »Und nein, wir warten nicht auf bessere Zeiten, weil die nicht kommen werden.«

Sie spürte Michaels vorwurfsvollen Blick.

»Warum kümmern die Kollegen vor Ort sich nicht darum?«, fragte sie noch einmal. »Sie ist Asiatin, sagst du? Die kommen doch jeden verdammten Tag zuhauf über die Grenze.«

Lene sah zu Michael rüber, der lautlos die Worte formte: *Können wir weitermachen?*

Sie schüttelte den Kopf, trat ans Fenster und drehte ihm den Rücken zu.

»An diesem Fall kommen wir nicht vorbei«, sagte Charlotte Falster mit der Stimme, die keinen Widerspruch duldete. Die setzte sie nur selten ein, aber wenn sie es tat, war davon auszugehen, dass tatsächlich kein Weg daran vorbeiführte.

»Warum?«

»Die junge Frau wurde aller Wahrscheinlichkeit nach gefangen gehalten. Die Spürhunde haben auf der anderen Seite der Landstraße zwischen Baumwurzeln vergraben ein Keramikarmband gefunden. Das Armband funktioniert als GPS-Sender. So etwas tragen Personen, die unter Hausarrest stehen, oder demente Bewohner in Pflegeheimen, die immer wieder abhauen. Dieser Sender ist allerdings kompakter und avancierter als alles, was die Techniker jemals gesehen haben.«

Lene legte die Stirn in Falten. Ganz gegen ihren Willen war ihr Interesse geweckt, und sie wusste, dass Charlotte wusste, wie sie Lenes Begeisterung für einen Fall triggern musste, und dass Charlotte wusste, dass Lene das wusste. Man musste nur die richtigen Knöpfe bei Lene drücken, um die gewünschte Reaktion zu bekommen. Einer dieser Knöpfe hieß »ermordete, vergewaltigte oder anderweitig misshandelte junge Frau«. Dafür gab es ganz konkrete Gründe.

»Erzähl weiter«, murmelte sie.

Sie hörte ihre Vorgesetzte schlucken. Charlotte Falster war Juristin, und ihre Kenntnisse über die brutalen Seiten der Polizeiarbeit waren sozusagen nichtexistent.

»Die Frau hat ihren linken Daumen zusammen mit dem Armband vergraben. Den Daumen musste sie vermutlich amputieren, um den Peilsender loszuwerden. Sie ist bereits einige Tage tot, und der Fundort liefert kaum Informationen. Es gibt keine relevanten Spuren. Die letzten Nächte hat es in dem Bereich geregnet, und es ist reiner Zufall, dass sie überhaupt entdeckt wurde.«

»Wo ist sie jetzt?«, fragte Lene.

»Unterwegs in die Rechtsmedizin, vermutlich bereits dort.«

»Lass Helle Englund die Untersuchung machen. Sie ist die Beste.«

»Das werde ich veranlassen.«

Lene machte eine Pause.

»Wenn sie keine Prostituierte ist, die aus irgendeinem Landbordell abgehauen ist«, sagte sie. »Obwohl mir bisher noch nie untergekommen ist, dass die mit Peilsendern überwacht werden.«

»Wohl kaum. Ich habe übrigens vergessen zu sagen ...«

»Das hast du natürlich nicht, aber schieß los.«

»Danke. Das Mädchen lag in einer Mulde neben einem Wirtschaftsweg. Trotz der Schusswunde ist es ihr gelungen, sich mit Zweigen zuzudecken. Neben ihr lag ein sehr scharfes, sehr teures französisches Küchenmesser, mit dem sie sich vor Eintritt des Todes Buchstaben und Zahlen in die Bauchdecke und die Oberschenkel geschnitten hat. Vermutlich ihren Namen und ihr Geburtsdatum. Ich kann mir nicht vorstellen, dass in seeländischen Landbordellen zig Tausend Kronen teure Küchenmesser benutzt werden, Lene.«

Lene schloss die Augen.

»Okay. Wie hieß sie?«, fragte sie.

»Maria de la Reyes. Sie ist 21 Jahre alt geworden.«

»Maria de la Reyes? Ich werde es mir ansehen«, sagte Lene.

»Danke.«

Lene lief durch die Wohnung und packte Sachen in ihre Schultertasche. Sie öffnete den Waffenschrank im Schlafzimmer, kontrollierte die schwere, schwarze H-&-K-9-mm-Pistole, drückte ein frisches Magazin in den Schaft und schob sie mit dem Schaft nach vorne in das Holster über der linken Hüfte. Dann nahm sie ihr Schlüsselbund und ihre Geldbörse und ging zurück ins Wohnzimmer.

Sie sah Michael an, als hätte sie vergessen, wer er war.

»Wir haben einen Fall«, murmelte sie. »Können wir ein andermal weitermachen?«

Er zog die Schultern hoch und stand auf.

»Na klar. Ist ja nicht weiter wichtig. Nur eine Scheidung. Was wollte Charlotte?«

»Mir von einer jungen, toten Asiatin in einem Waldstück erzählen. Jemand hat ihr in den Rücken geschossen, und sie liegt schon ein paar Tage dort. Offenbar hat sie einen Peilsender ums Handgelenk getragen und musste ihren Daumen amputieren, um ihn loszuwerden.«

»Das hört sich aber absolut nicht nach gewöhnlichem Trafficking an.«

»Möglich. Vor ihrem Tod hat sie noch ihren Namen und vermutlich ihr Geburtsdatum in die Haut geschnitten. Mit einem Küchenmesser. Nicht geritzt. Das ist unbegreiflich tapfer, finde ich. Wahnsinn. Wer kann sich zu so etwas überwinden?«

»Maria de la Reyes?«

»Ja.«

»Könnte philippinisch sein.«

»Und hat viele Buchstaben.«

Im Türrahmen zum Flur blieb er stehen.

»Hört sich ungesund an. Organisiert. Pass auf dich auf«, murmelte er ernst.

»Tue ich das nicht immer?«, konterte sie mit spröder Forschheit, von der sie nichts in sich spürte.

»Nein. Du leidest nur an der Illusion, unsterblich zu sein.«

»Dank dir habe ich absolut keine Illusionen mehr. Und könntest du dir freundlicherweise verkneifen, unsere Ehe mit meiner Vorgesetzten durchzuhecheln? Lässt du die ganze Welt daran teilhaben?«

Er sah sie mit unergründlichem Gesichtsausdruck an. Machte er sich wirklich Sorgen um sie? Noch immer?

»Ich glaube nicht, dass die Welt sonderlich an uns interessiert ist«, sagte er müde. »Ich habe Charlotte zufällig in der Stadt getroffen. Sie kennt uns beide. Es ist normal, dass Bekannte miteinander über solche Dinge reden.«

»Für mich nicht«, wandte Lene ein.

»Weil du mit niemandem über irgendetwas sprichst.«

»Weil du nie jemanden treffen willst, Michael.«

»Ich habe dich nie davon abgehalten, dich mit deinen Freunden zu treffen.«

»Okay, wenn du meinst. Mach's gut.«

LENE HASSTE DAS Rechtsmedizinische Institut. Sie hasste alles, was damit zu tun hatte, abgesehen von Helle Englund, die sie schon ewig kannte und sehr schätzte. Die Obduzentin war eine Frau Ende dreißig mit blonder Wuschelmähne und energisch-dynamischem Auftreten, die aussah, als bekäme sie jede Nacht acht Stunden ungestörten Schlaf, was, wie Lene sehr wohl wusste, weit von der Wahrheit entfernt war.

Helle empfing sie mit einer herzlichen, antiseptisch duftenden Umarmung, bevor sie den Sektionssaal mit den Stahltischen und den üblichen, grenzüberschreitenden Abscheulichkeiten betraten. Wie gewohnt blieb Lene exakt in der Mitte zwischen den Handwaschbecken und der Glasschiebetür stehen, falls sie sich übergeben oder fluchtartig den Raum verlassen musste.

Bei einem ihrer letzten Besuche hier hätte sie Helle um ein Haar erschossen bei dem verzweifelten Versuch, ein paar horrorartige Tiefseeaale ins Jenseits zu befördern, die sich in der Leiche eines jungen Mannes eingenistet hatten, den sie aus der Nordsee gefischt hatten.

Lene konzentrierte sich auf den Leichnam auf dem Seziertisch vor sich. Einundzwanzig Jahre könnten passen, obgleich es immer schwierig war, das Alter von Toten zu schätzen. Die junge Frau war zierlich, aber nicht abgemagert. Sie hatte schulterlanges, schwarzes Haar und üppige Brüste. Die gleichmäßigen Gesichtszüge waren asiatisch und trotz des längeren Aufenthaltes auf dem Waldboden intakt.

Sie hatte keine Tätowierungen oder Piercings, nur die großen, kantigen, tief in die Bauchdecke und die Oberschenkel geschnittenen Buchstaben und Ziffern. Lene konnte sich nicht vorstellen, wie ein Mensch imstande war, so etwas zu tun. Sie konnte oder wollte sich die letzten Momente der Frau nicht ausmalen, alleine, verblutend, sterbend, in einer kalten Erdmulde in einem fremden Wald, aber die Bilderserie in ihrem Kopf ließ sich nicht abschalten.

»Wer um alles in der Welt tut so etwas?«, hörte sie sich selber fragen.

Helle sah sie an, während sie sich Handschuhe überzog. Sie schüttelte den Kopf.

»Wir haben das Armband an die Kriminaltechnik geschickt«, sagte sie. »Scheint ganz was Ausgefeiltes zu sein. Von den Technikern hat keiner so ein Material schon mal gesehen. Sehe nach NASA aus, meinten die Techniker.«

»Aha?«

Lene konnte den Blick nicht von dem bleichen Gesicht der jungen Frau losreißen. In diesem Augenblick wünschte sie sich nichts mehr, als die Hand auszustrecken und das Mädchen zurück ins Leben zu ziehen.

»Was ist die eigentliche Todesursache, technisch gesehen?«, murmelte sie.

Helle drehte die Leiche auf die Seite, stützte die Hüfte und den Schulterbereich mit schwarzen Gummiblöcken ab und zeigte Lene die saubere Einschussstelle unter dem linken Schulterblatt. Danach rollte sie die junge Frau behutsam auf den Rücken, zog die Handschuhe aus und zeigte auf ein Röntgenbild in dem Leuchtrahmen über den Waschbecken.

»Das ist eine Aufnahme des Brustkastens. Hinter dem Herzen ist das deformierte Projektil zu sehen. Möglicherweise war es ein Querschläger, weil er im Körper stecken geblieben ist. Oder es wurde aus sehr großer Entfernung geschossen. Ich tippe auf Ersteres. Jedenfalls war die Kugel nicht unmittelbar tödlich, auch wenn sie zum Kollaps des linken Lungenflügels führte.«

Die Vizestaatsobduzentin schob mit einer müden Geste eine blonde Locke aus den Augen unter die Haube und studierte mit zusammengekniffenen Augen das Röntgenbild.

»Der Schuss war also nicht unmittelbar tödlich?«, fragte Lene.

»Nein, aber es gab eine Reihe anderer Ursachen, die nahezu Schlange gestanden haben. Unterkühlung, zum Beispiel. Der Blutverlust durch den abgeschnittenen Daumen, die Schusswunde natürlich und die Buchstaben und Zahlen. Ihre Kleider, das heißt Jeans, Slip und ein elend dünnes T-Shirt, waren nass von Meerwasser, und sie hatte Sand in den Gummischuhen.«

Lene zog die Augenbrauen hoch.

»Die Küste ist etwa zwei Kilometer von der Fundstelle entfernt. Es könnte sich also um Trafficking handeln. Vielleicht hat sie eine Gelegenheit ergriffen, von einem Coaster auf dem Weg nach Holland oder Deutschland zu fliehen.«

»Vielleicht«, sagte Helle.

»Aber das glaubst du nicht?«

»Nein. Zum einen ist die Wassertemperatur da draußen nur 16 Grad, zum andern führt die internationale Fahrrinne vier Seemeilen vor der Küste vorbei, und sie sieht nicht gerade wie eine olympische Schwimmerin aus. Außerdem beträgt die Strömung an der betreffenden Stelle zwei Knoten nördlich, das heißt, weg von der Küste. Und zu guter Letzt schätze ich, dass man für den Preis des Armbandes ein halbes Dutzend asiatische Prostituierte kaufen könnte. Sie sieht gepflegt aus. Wir konnten keine Drogen in ihrem Blut nachweisen, und sie hat keine Einstichstellen. Keine Vermisstenmeldung passt auf sie. Aber wenn du glaubst, dass sie von einem Schiff geflohen ist, solltest du dich mit dem Marinegruppenkommando in Verbindung setzen. Vielleicht können die dir ja weiterhelfen.«

Lene schaute zu Boden.

»Ich wäre zu gerne bei deiner Disputation zum Ph. D. in Ozeanografie dabei gewesen.«

Helle lächelte sie an.

»Ich mache nur deinen Job und schließe verschiedene Szenarien aus. Zumindest die schwächsten.«

Lene war kurz davor, sich ernsthaft gekränkt zu fühlen.

»Weil du meinst, dass ich selber nicht dazu in der Lage bin?«

»Red keinen Unsinn. Ich habe nur gehört, dass ...«

Lene wusste, was jetzt kommen würde, und hätte am liebsten mit dem Fuß aufgestampft, was natürlich völlig kindisch gewesen wäre.

»Dass was?«

Die Rechtsmedizinerin sah sie mit großen Augen an.

»Ich habe gehört, dass du und Michael … na ja, dass ihr euch scheiden lasst. Und darum bin ich selbstverständlich davon ausgegangen, dass du gerade andere Sorgen hast. Das ist alles. Du musst nicht gleich in die Luft gehen.«

»Ich bin aber geladen. Ist eigentlich das ganze Universum über mein Privatleben informiert? Wo hast du davon gehört?«

Helle zuckte mit den Schultern und wedelte mit der Hand.

»Ich hab neulich zufällig …«

»… zufällig Michael getroffen«, vollendete Lene den Satz.

»Ja! Genau. Ich war mit den Kindern in der Stadt. Wir kamen aus dem Kino, als wir Michael getroffen haben, und haben einen Kaffee zusammen getrunken.«

Helle lächelte.

»Ich wusste gar nicht, dass er so gut mit Kindern kann. Witzig war er.«

Lene sah sie skeptisch an.

»Witzig? Michael? Michael Sander? Wir meinen denselben Mann?«

Helle wurde rot, ihre eisblauen Augen schimmerten metallisch.

»Ja, verdammt noch mal, dein Mann!«

»Hör zu, Helle: Michael trifft niemanden zufällig, solche Sachen plant er bis ins letzte Detail. Im Mittelalter wäre er ein Eremit gewesen, der in einer Höhle oder auf einer Säule lebt, okay? Er hat nie Lust auszugehen. Er mag nicht reisen, weil er beruflich ständig in der ganzen Welt unterwegs ist. Er lehnt es vehement ab, andere Menschen zu treffen außer seiner kostbaren Schwester. Meine Freunde findet er ausnahmslos banal, zum Himmel schreiend uninteressant und öde. Zum Himmel schreiend uninteressant ist sein Ausdruck, nicht meiner. Und jetzt tritt er plötzlich als der kinderliebe KiKa-Moderator auf? Herzlich, offen und ... witzig?«

»Vielleicht ist er das, wenn er mit anderen Menschen zusammen ist«, sagte Helle gereizt und sah Lene kopfschüttelnd an. »Tut mir leid, aber ich hatte den Eindruck, dass ihn die Aussicht, dich zu verlieren, sehr mitnimmt.«

»Und wieso bitte sollte ihn das nicht mitnehmen?«, konterte Lene. »Mich nimmt das auch mit. Und es ist ja wohl nur gerecht, wenn er ebenfalls leidet, aber daran hätte er vielleicht denken sollen, bevor er ...«

Helle sah, dass Lene allmählich warmlief.

»Bevor er was getan hat, Lene ...?«

»Nichts. Aber eigentlich will er immer nur Paris haben, nehme ich an.«

Wutentbrannt marschierte sie auf die Glastür zu.

Helle schaute überrumpelt hinter ihr her.

An der Tür drehte Lene sich um.

»DNA, Fingerabdrücke, Fotos?«

»An Interpol weitergeleitet. Wir sind nicht so blöd, wie du denkst, Frau Polizeiinspektorin.«

»Gut. Melde dich, wenn du herausgefunden hast, wer sie ist, okay?«

Helle musterte sie mit besorgtem Blick.

»Da ist noch etwas«, sagte sie leise.

»Was?«

»Sie hat gestillt.«

»Gestillt? Was willst du damit sagen?«

»Damit will ich sagen, dass ihre Brüste mit Muttermilch gefüllt und ihre Brustwarzen zerkaut sind. Sie hat gestillt!

Maria de la Reyes, wenn das ihr Name ist, hat vor zwei, drei Monaten ein Kind zur Welt gebracht, ihr Hormonprofil entspricht exakt dem einer Frau, die vor Kurzem eine Geburt hatte. Der Säugling muss ziemlich groß gewesen sein, da sie einen Dammriss hatte, der genäht wurde. Professionell. Die Fäden sind schon lange entfernt.«

Lene sah sie mit leerem Blick an.

»Was sagst du da?«

»Sie war Mutter, Lene! Eines neugeborenen Kindes. Was daran verstehst du nicht, verdammt noch mal? Du hast das selbst mal ausprobiert!«

»Mutter?«

Helle sah sie resigniert an.

»Ja. Zum ersten und zum letzten Mal.«

MICHAEL STELLTE DIE KOFFER auf dem Gartenweg ab und betrachtete die große Villa, die seinerzeit von einem königlichen Kammersänger erbaut und später in drei große Wohnungen aufgeteilt worden war. Seine Schwester Ida und er hatten die Erdgeschossetage gekauft und anderthalb Jahre zusammen dort gewohnt, bis Michael und Lene geheiratet hatten. Ida hatte die meiste Zeit mit der Trauer um ihren verunglückten zwanzigjährigen Sohn verbracht und vielen kreativen Versuchen, sich umzubringen, wenn sie nicht gerade in irgendwelche psychiatrischen Einrichtungen eingewiesen war. Michael seinerseits hatte die Zeit damit verbracht, sie an ihren Vorhaben zu hindern.

Das war lange her. Ida ging es inzwischen gut, sie war stabil. Sie arbeitete als Augenärztin am Rigshospital, hatte einen Partner, der die Erde anbetete, auf der sie ging – und sie bauten zusammen ein Boot, auf dem sie die Welt umsegeln wollten, wenn es fertig war.

Michael schirmte die Sonne mit der Hand ab. Er kam sich vor, als würde er zu seinen Eltern zurückziehen. Die pure Niederlage.

Ida saß in der Küche und las Zeitung. Sie begrüßte ihn mit einer Bärenumarmung, und er hielt sie lange fest. Sie duftete nach Kaffee. Dann schob sie ihn von sich weg und musterte ihn mit einem intensiven Blick aus Augen, die genauso tiefblau waren wie seine eigenen. Aber sie waren größer und mit einer ähnlichen unheilbaren Melancholie ausgestattet wie Lenes. Wie bei allen Menschen, die ein Kind verloren haben.

»Kaffee?«

»Ja, gerne.«

Er setzte sich an den Tisch, während sie in der Küche herumlief.

»Neue Gardinen?«, fragte er.

»Gefallen sie dir?«

»Ja. Wieso ziehst du eigentlich nicht mit John zusammen? Du bist doch ohnehin die meiste Zeit bei ihm. Stell dir vor, was du sparen …«

»Ich bin gerne hier zu Hause. Mit Platz und Zeit nur für mich. Und ich freue mich, dass du wieder hier einziehst, Bruderherz. Jetzt bin ich mal an der Reihe, mich um dich zu kümmern. Der Gedanke gefällt mir.«

Sie hatte eine dunkle, gutturale Stimme und rollte die R. Ida hatte seit ihrem neunzehnten Lebensjahr in Israel gelebt und fast ausschließlich Hebräisch gesprochen.

»Ja, wunderbar«, brummelte er. »Danke.«

Sie lächelte ihn an.

»Wenn es sich schon mal so ergibt. Ich habe deine alte Matratze rausgeschmissen und ein neues Bett für dich gekauft. Ein ordentliches Bett. Und einen Schrank.«

»Und Gardinen?«

»Gardinen mit Ponys drauf.«

»Ponys?«

»Das war ein Witz, verdammt noch mal.«

Sie stellte einen Becher Kaffee vor ihn auf den Tisch und lächelte zärtlich.

»Ich hab Zimtschnecken für dich gebacken.«

»Ida … Ich bin dein großer Bruder, kein Pflegeheimbewohner, den du bemuttern musst, okay?«

»Schon gut. Probier sie wenigstens.«

Er biss in eine noch warme Zimtschnecke, die überraschend gut schmeckte. Eigentlich sollte er sich über ihre Fürsorge freuen und dankbar sein.

Sie setzte sich zu ihm und musterte ihn abwartend, während er Kaffee trank und den Rest der Zimtschnecke in den Mund schob.

»Und? Habt ihr alles geregelt?«, fragte sie.

Michael schüttelte den Kopf und kaute fertig.

»Lene hat einen Anruf von ihrer Chefin bekommen und ist augenblicklich in Trance verfallen. Ich bin fast sicher, dass Charlotte Falster ein Codewort für ihr Unterbewusstsein hat, das Lene Dinge tun lässt, an die sie sich später nicht mehr erinnert.«

»Wie in diesem Film, *Manchurian Kandidat*, wo der Typ den Präsidenten meuchelmorden soll?«

»Genau. Wir haben es verschoben. Wie geht es mit eurem Boot voran?«

Idas Freund war Bootsbauer mit eigener Werft auf Südseeland.

Ihre Augen strahlten, als sie das Mobiltelefon in die Hand nahm.

»Schau selber. Sieh dir das an!«

Sie setzte sich neben ihn und zeigte ihm eine Serie Bilder einer edel ausgestatteten Zwölf-Meter-Jacht.

»Jetzt fehlt nur noch der Mast, und dann segeln mein Liebster und ich in den Sonnenuntergang.«

»Ein irre schönes Boot, Schwesterherz. Und das hat John wirklich ganz alleine gebaut?«

»Mmh. Er hat sehr geschickte Hände.«

Sie errötete unter Michaels skeptischem Blick.

»Das Boot ist grandios. Morgen ist Schiffstaufe. Eine hochfeierliche, komplizierte Zeremonie, die ellenlange Verse an Poseidon und umfangreiche Opfergaben guten Weins erfordert. Kommst du?«

Er legte das Handy beiseite. Er freute sich für sie. Und war ein bisschen neidisch.

»Ich glaube, ich bin momentan nicht die beste Gesellschaft. Das würde mir leidtun für euch und das Boot. Aber danke für die Einladung. Und wie wird es heißen?«

»Ida. Das ist eine Form von Unsterblichkeit, und ich nehme das sehr ernst. Ganz davon abgesehen ist der Name praktisch kurz, wenn man ein Mayday absetzen muss, sagt John.«

»Sehr pragmatisch.«

Sie erhob sich und räumte den Tisch mit den ihr in allen Lebenslagen eigenen energischen Bewegungen ab.

»Ich muss zur Arbeit und fahre morgen früh direkt von der Klinik zu John. Ruf mich an, wenn du was brauchst, okay? Hast du Geld genug?«

»Ausnahmsweise ist Geld mal kein Problem. Bertram Monell war ausgesprochen großzügig, was mein Honorar betrifft. Ich werde eine Weile nicht arbeiten müssen. Ich kann einfach, du weißt schon …«

Sie hörte nicht wirklich zu, checkte ihre SMS. Dann hob sie den Blick.

»Da hat übrigens die letzten Tage mehrmals ein junger Mann angerufen. Sehr höflich und niedergeschlagen, aber hartnäckig. Keine Ahnung, woher er wusste, dass wir verwandt sind, er will jedenfalls unbedingt mit dir sprechen.«

»Hat er einen Namen?«

»Jacob Winther. Ich schreibe dir die Nummer auf, dann kannst du dir überlegen, ob du Zeit für ihn hast.«

Sie kritzelte ein paar Zahlen auf einen Block.

»Worum geht es?«, fragte Michael ohne sonderliches Interesse.

»Bettina Horst.«

Er lächelte ironisch.

»Bettina Horst? Soll ich das Loch-Ness-Ungeheuer fangen oder dem Yeti das Fell über die Ohren ziehen?«

Ida sah ihn fragend an.

»Dazu hat er sich nicht geäußert. Aber er klang verzweifelt. Auf eine stille, würdige Art. Würde es dich umbringen, mit ihm zu reden?«

»Nein, aber das hört sich verdächtig nach Journalist in der Ausbildung an, der seinen Chefredakteur im Nacken hat. Das ist die absolute Gurkenzeit, wenn du mich fragst. Und der Fall Bettina Horst ist un-lös-bar, Ida. Sie ist die erwachsene Madeleine McCann. Man wird sie niemals finden, weil sie Staub ist. Staub. Die Art von Staub, aus der Träume gemacht sind. Oder Albträume. Das perfekte Verbrechen.«

Ida lächelte nachsichtig.

»Spar dir die Luft, Bruderherz, und ruf ihn an, okay? Ich habe ihm versprochen, dass du dich meldest. Und er hat sich nicht nach Journalist angehört.«

Michael seufzte.

»Ja, Mama.«

Als er den Motor von Idas Porsche hörte und ihr durch das Küchenfenster zugewinkt hatte, nahm er seine Koffer, ging den langen Flur hinunter und stieß die Tür zu seinem Zimmer auf.

Und blieb wie versteinert stehen.

Das Boxspringbett war okay, der neue IKEA-Kleiderschrank auch einigermaßen erträglich, aber die Gardinen mit den sich endlos wiederholenden Figuren aus dem My-Little-Pony-Universum in Gold und Rosa waren ein Schock für die Augen, passend zum Bettzeug.

Michael setzte sich auf die Bettkante und legte das Gesicht in die Hände. Es war hier verdammt zu still und zu leer.

Er beschloss spontan, gratis für jeden zu arbeiten, der ihm einen unlösbaren Auftrag erteilte, um nur ja nicht über sein verkorkstes Leben nachdenken zu müssen.

IM GROSSRAUMBÜRO VOR LENES kleiner Besenkammer war kaum noch jemand, aber sie verspürte kein Bedürfnis, nach Hause zu gehen. Ihr beleibter, vierzig und ein paar zerquetschte Jahre alter und genialer Mitarbeiter Bjarne saß an seinem von elektronischen Kleinteilen und Apparätchen übersäten Tisch. Mit einer Lupenbrille auf der Nase und der Zunge im Mundwinkel lötete er an einer briefmarkengroßen Platine herum. Soweit Lene wusste, wohnte er bei seiner Mutter, aber sie sah ihn nie das Büro verlassen.

Lene hatte ihre Stiefel auf die Schreibtischplatte gelegt und starrte mit im Nacken verschränkten Händen an die Neonröhre unter der Decke.

»Sie hat vor Kurzem ein Kind bekommen, Bjarne. Ich meine ... *Christ* ...«

»Mmh ... das ...«

Sie schielte über die Schulter zu ihm rüber.

»Was machst du da eigentlich?«

»Ein Geschenk.«

»Für wen?«

»Für dich.«

»Wow, ein Transmogrifizierer? Das wäre mal was Nützliches.«

Bjarne schaute sie über den Rand der Brille an.

»Ich glaube nicht, dass du es verstehst, aber das ist ein Aktiv-Transponder, so eine Art Funkwellenverstärker für elektronische Schlüssel, mit bis zu zweihundert Meter erhöhter Reichweite. Mit dem Ding kannst du mit dem Original-Schlüssel in der Nähe prinzipiell jedes neuere Fahrzeug öffnen und starten. Zum Beispiel, wenn der Schlüssel in einem Haus liegt, vor dem du stehst. Solche Teile gibt's für 17 Dollar bei Amazon, aber dieser hier hat eine entschieden größere Reichweite.«

Lene starrte ihren Mitarbeiter an.

»Zwischendurch bilde ich mir immer mal ein, ich wüsste, wer du bist, aber dann sagst oder tust du etwas, das mich einsehen lässt, dass ich weit, weit davon entfernt bin. Hast du übrigens mit Michael gesprochen?«

»Nein, schon länger nicht. Warum?«

»Gott segne dich. Nichts weiter. Und jetzt erklär mir, weshalb ich auf meine alten Tage anfangen soll, Autos zu knacken? Dir ist schon klar, dass wir bei der Polizei arbeiten, oder?«

»Das sehe ich an meiner Gehaltsabrechnung. Ich dachte nur, falls du irgendwann mal in der Klemme stecken solltest ... was ja eigentlich immer der Fall ist ... könnte dir das hier ziemlich nützlich sein.«

Er reichte ihr das fertige Produkt.

»Danke, Bjarne.«

Lene besah sich das Ding von allen Seiten, ehe sie es in die Tasche steckte. Dann öffnete sie Google Earth, sah sich den vorläufigen Bericht der Polizei von Mittel- und Westseeland an und markierte den Fundort der jungen Frau wenige Kilometer von der Küste entfernt in einem Waldstück nahe einer Ortschaft namens Skippinge.

Sie zoomte den betreffenden Küstenabschnitt heran und kaute auf ihrem Bleistift. Nordwestlich der Insel Nekselø war ein braungelbgrüner Fleck in Form eines Kommas zu sehen. Auf der Ostseite der Insel ragte ein hufeisenförmiger Hafen in die Sejerøbucht.

»Virkø«, murmelte sie.

»Das ist eine Privatinsel«, sagte Bjarne hinter ihr.

»Sag mal, was weißt du eigentlich nicht?«

»Schwer zu sagen«, antwortete er. »Die Insel gehört Monell. Er hat sie Ende der Neunziger gekauft.«

»Bertram Monell?«

»Das Genie, ja.« Bjarne nickte. »Das sagt man zwar von vielen Menschen, aber er ist wirklich außergewöhnlich. Mit vierzehn hat er sich an der DTH eingeschrieben, und als Achtzehnjähriger wurde er aufs MIT in den USA geschickt. Seinen ersten Code hat er mit acht Jahren geschrieben, der wird heute noch in der Originalversion angewendet. Er berechnet die optimale Großkreis-Navigation interkontinentaler Flug- und Schiffsrouten. Eigentlich hat er sich gar nicht sonderlich für Navigation interessiert und ist mehr oder weniger zufällig auf diese äußerst elegante und effektive Lösung eines klassischen mathematischen Problems gekommen.«

»Großkreis-Navigation?«

»Ja. Die Erde ist nämlich rund, Lene.«

»Was du nicht sagst.«

Bjarne sah sie mit verkniffenem Mund an. Abfällige Bemerkungen über Bertram Monell fand er offensichtlich völlig daneben, wie sie seinem Gesichtsausdruck entnahm.

»Die kürzeste Entfernung zwischen zwei Punkten mit einer gewissen Distanz auf der Erdkugel ist folglich keine gerade Linie. Bei einem Flug von San Francisco nach Tokio sollte man zur Optimierung von Zeit und Geschwindigkeit die Breitengrade möglichst im exakt gleichen Winkel kreuzen. Der Code berücksichtigt zur Berechnung der kürzesten Flugroute die Oberflächenwölbung der Erdkugel. Das spart Zeit und Treibstoff, was im Interesse aller Beteiligten liegt. Im Grunde genommen weiß man das seit Galilei, aber Monell hat das Programm dafür geschrieben. Das übrigens auch von Schiffen genutzt wird. Und Satelliten. Den meisten Menschen würde das völlig reichen, aber für Monell war es nur der Anfang seiner Karriere. Er war, wie gesagt, erst acht Jahre alt.«

»Einer deiner Helden?«

»Kann man so sagen, ja.«

Das war der längste zusammenhängende Vortrag, den sie je aus Bjarnes Mund gehört hatte.

»Und er hat also eine Insel gekauft?«

»Sieht so aus.«

Sie zoomte die kleine, vielleicht drei Kilometer lange und an der breitesten Stelle zwölfhundert Meter breite Insel heran. Die höchste Erhebung, der Ørredbakken, herausgepresst aus den Moränen der Eiszeit, maß 64 Meter über dem Meeresspiegel. Richtung Westen gab es freie Flächen, wo vermutlich mal alte Häuslerwohnungen gestanden hatten, dazwischen eine Handvoll brachliegender Äcker. Monells mutmaßliche Residenz bestand aus einer Ansammlung flacher, dunkelgrauer Gebäude, die durch Fußpfade und überdachte Passagen miteinander verbunden waren. Sie waren so geschickt in die üppige Vegetation und das wellige Gelände eingefügt, dass sie auf der Satellitenaufnahme kaum zu erkennen waren. Von den Gebäude führte ein Kiesweg zu einem Plateau auf der Nordseite des Ørredbakken. Davor lag ein lang gestreckter Garten, durch den sich ein Bach schlängelte. Der Garten war streng geometrisch angelegt, mit vereinzelten Abweichungen in Form von Seen, Beeten und kleinen Hainen.

Im Hafenbecken lag neben Jollen und Gummibooten eine gigantische, weiße Motorjacht vertäut. Es gab einen offenen, asphaltierten Ladeplatz, daneben ein paar rote Holzschuppen und leere Trockengestelle. Vom Hafen bis in die Vegetation hinein zogen sich gepflegte Stacheldrahtzäune.

Die Insel strahlte Uneinnehmbarkeit und eine sehr hohe Wertschätzung der Privatsphäre aus.

»So eine eigene Insel, das wär's doch«, sagte Lene sehnsüchtig und sah Bjarne an. »Diese traumhafte Ruhe.«

Bjarne war lautlos in seinen Maoschlappen an sie herangeschlichen und schaute ihr über die Schulter.

»Im Augenblick sind griechische Inseln billig zu haben«, murmelte er.

»Ich habe meinen Kredit schon jetzt in biblischem Ausmaß überzogen.«

»Ich glaube nicht, dass die damals schon Kredite hatten.«

»Halt die Klappe, Bjarne.«

»Falls du wissen willst, was vor einigen Nächten im Fahrwasser los war, könnte ich das Marinegruppenkommando und BELTREP in Korsør kontaktieren«, sagte er. »Es dürfte kein großer Aufwand für die sein, uns mitzuteilen, welche Fahrzeuge in den Quadranten um Nekselø und Virkø unterwegs waren.«

Lene nickte.

»Genau das machen wir. Ich übernehme BELTREP.«

AM NÄCHSTEN NACHMITTAG stand Lene auf der mittleren Mole in Havnsø in der Sonne und aß ein Eis in der Waffel, während sie auf das Boot wartete, das sie rüber nach Virkø bringen sollte. Das Treffen war überraschend schnell und effektiv nach einem Anruf in Monells Konzernzentrale in Bagsværd zustande gekommen. Herr Monell verließ die Insel nur selten, wurde ihr mitgeteilt, sei aber bereit, Lene für ein Interview zu empfangen, wenn sie sich kurzfasste.

Virkø lag weit draußen auf der Horizontlinie und trieb verträumt auf dem in der Sonne glitzernden Meer.

Lene folgte hinter den dunklen Gläsern ihrer Sonnenbrille dem schnittigen Speedboot, das jetzt in den Hafen einbog und routiniert an den Segelbooten mit sommerlich gekleideten Familien vorbeinavigierte. Der sonnengebräunte junge Mann am Steuer zeigte auf sie und rief etwas, das sie nicht verstand. Sie winkte und sprang runter auf den Steg, als das Boot anlegte.

Die Zylinder wummerten niedrigtourig. Der Mahagonirumpf glänzte wie ein polierter Flügel, dazu gab es im Überfluss rostfreien Stahl und cremefarbene Lederbezüge. Der Steuermann sah aus wie ein Rettungsschwimmer aus St. Tropez.

»Inspecteur Lene?«, rief er.

»Mais oui«, murmelte sie und griff nach der sonnengebräunten Hand, um sich an Bord helfen zu lassen. Der Mann begrüßte sie mit einem strahlenden Lächeln und reichte ihr ein weißes Seidentuch.

Er zeigte auf sein eigenes langes, schwarzes Haar. Sie kam sich ein bisschen vor wie Grace Kelly, als sie das Tuch um den Kopf band und die Sonnenbrille zurechtrückte.

»Rafael«, sagte er in feierlichem Ton.

»Lene«, antwortete Lene.

»Okay. *On y va.*«

Der Motor erwachte mit einem Brüllen, und Lene musste sich an der Windschutzscheibe festhalten, als Rafael mit Zahnpastalächeln das Boot wendete, das sich über dem Achtersteven aufbäumte, als er die Gashebel nach vorne schob. Hinter ihnen zerstäubte ein Kometenschweif feiner Wassertropfen.

Lene ertappte sich dabei, dass sie von einem Ohr zum anderen grinste. Wegen der Sonne im Gesicht, dem Meer und dem stromlinienförmigen, schnellen Boot. Jetzt fühlte sie sich tatsächlich wie in einem der zeitlosen Cary-Grant-Filme, die sie so liebte

Sie drehte sich um und betrachtete den breiten Gischtstreifen hinter dem Achtersteven, wobei sie unauffällig das ebenmäßige, maskuline Profil des Franzosen in Augenschein nahm. Er hatte seine Ray Ban vor die Augen geschoben und schaute geradeaus, wobei ihm aber offensichtlich nicht entging, dass er beobachtet wurde, weil er den Kopf drehte und sie entspannt anlächelte. Lene betrachtete seinen muskulösen Hals und die kräftigen Adern unter der glatten, sonnengebräunten Haut.

Zwanzig Jahre jünger …, dachte sie.

Im Ausschnitt des Poloshirts wurde ein silbernes Kreuz sichtbar, als der Steven eine Welle durchschnitt, und sie sah eine dreieckige Tätowierung auf dem rechten Oberarm: eine schwarze, großäugige Eule, eingerahmt von den Worten LEGIO-PATRIA-NOSTRA.

»What does it mean?«, fragte sie und zeigte auf seinen Arm.

Der junge Mann sah sie an.

»The Legion is my country«, sagte er. *»Still is.«*

»The Foreign Legion?«

Er zog die Schultern hoch.

»It says what it says, madame.«

Damit war das Thema abgeschlossen.

Diesen jähen Wechsel zwischen freundlicher Offenheit und kühler Abweisung kannte sie nur zu gut. Der junge Franzose erinnerte sie an Michael Sander in einer zwanzig Jahre jüngeren Ausgabe. Die beiden könnten Vater und Sohn sein.

Sie wickelte das Tuch fester um den Hals und schwieg für den Rest der Fahrt.

Virkø schien aus dem Meer herauszuwachsen, sie erkannte immer mehr Details. Auf der Südseite der Insel lag ein mit langen weißen Zylinderrohren beladener Lastkahn, Bauteile für ein Windrad, wie es aussah. Er tuckerte gemächlich in den Inselhafen. Virkø war hügeliger, als sie gedacht hatte. Und üppig grün mit dichter, undurchdringlich wirkender Vegetation.

Hinter der ersten Granitmole ragte eine vertäute Motorjacht auf. Lene hatte noch nie eine so riesige Privatjacht gesehen, mehrere Decks übereinander, teakverkleidete Stege, Stufen und Plattformen. Auf dem Achterdeck standen ein abgedecktes, großes Schlauchboot und ein Motorrad. Die Laternenmasten und die hohe, kuppelförmige Satellitenantenne überragten die schneeweiße Flybridge.

Sie legte dem Franzosen eine Hand auf die Schulter und zeigte auf die Jacht.

»Is it Monell's?«

Der junge Mann nickte.

»Oui, c'est L'Aragon.«

Sie glitten durch den kühlen Schlagschatten der gigantischen, nicht enden wollenden Jacht. Dahinter entdeckte Lene eine hochgewachsene, schlanke Gestalt, die sie auf der hinteren Mole erwartete.

Der Mann fing die Taue in der Luft auf, die der Franzose ihm zuwarf, ehe er die Fender über die Reling hievte und der Mann an Land das Boot an den Kai zog und an den Pollern vertäute. Obgleich es eigentlich nicht nötig war, griff Lene Rafaels Hand und ließ sich von ihm von Bord helfen.

»Monsieur Monell«, präsentierte Rafael den Inselherrn mit gedämpfter Stimme und blieb neben dem Boot stehen, den Rücken gestreckt, kurz vorm militärischen Gruß.

»Thanks for the trip«, sagte Lene.

Selbstverständlich hatte sie alles gelesen, was es über den weltbekannten, zurückgezogen lebenden Industriellen und Erfinder zu lesen gab. Er war größer und dünner, als die Pressebilder vermuten ließen.

»Polizeiinspektorin Lene Jensen«, stellte sie sich mit einem Lächeln vor.

Monell musterte sie mit matten, grauen Augen hinter dem Metallbrillenrahmen und hieß sie – ebenfalls lächelnd – willkommen.

»Bertram.«

Sein Händedruck war kräftig und trocken, und sein Gesicht nahm wieder den nach innen gewandten Blick an.

Es war kühler auf Virkø als auf dem Festland. Monell trug eine Fleece-Kapuzenjacke über einem hellen Leinenhemd, dazu eine Art schwarze Aikido-Hose. Seine Füße steckten in Wanderschuhen mit offenen Schnürsenkeln.

»Gehen wir durch den Garten«, schlug er vor. »Der ist jetzt am schönsten.«

Während die anthrazitgrauen Gebäude, Terrassen und überdachten Passagen sich natürlich in das hügelige, baumbewachsene Terrain zwischen Licht und Schatten einfügten, hatte der Garten etwas Paradoxes. Hinter den Zäunen gab es nur eine sehr sparsame Vegetation, breite Kies- und Sandwege, akkurat beschnittene Bonsai-Büsche, kleine Haine zischelnd knarzender Bambusrohre und zwei hohe, japanisch anmutende, offene Gebilde, Bethäuser oder Tempel vielleicht, gedeckt mit hübschen, grauen Zedernholzschindeln. Von den Häusern bis hinunter zu den nassen, glatt geschliffenen Steinen am Ufer wand sich ein schmaler Bach. Es dauerte eine Weile, bis Lene das gleichmäßig hin und her nickende Bambusrohr entdeckte, das mit gutturalem Klicken und darauffolgendem hohlen Seufzer Wasser in den darunterliegenden Bachlauf ergoss. Wie ein Lebewesen, das seinem unheilbaren Lebensüberdruss Ausdruck verlieh.

Im geometrischen Zentrum des Gartens, einem sternförmigen, in sich wiederholendem Muster geharkten Sandplatz, ragte die Miniaturausgabe des Fuji empor.

Monell bückte sich und hob ein Blatt auf, steckte es in die Tasche.

Lene deutete auf die hohen Laubbäume um die Häuser herum.

»Was machen Sie im Herbst?«

»Der Garten wird täglich zweimal gesaugt«, sagte Monell. »Gefällt er Ihnen? Ich arbeite seit fünfzehn Jahren fast täglich daran.«

»Absolut«, log Lene. »Hier scheint kaum etwas dem Zufall überlassen zu werden.«

Monell musterte sie von der Seite. Ein leichtes Zucken lief über sein Gesicht, ehe das gastfreundliche, höfliche Lächeln zurück auf seine schmalen Lippen kehrte.

»*Zufall* gehört nicht zu dem von mir favorisierten Wortschatz«, sagte er. »Das ist korrekt.«

Er blieb vor einer kleinen, moosüberzogenen Steinrose stehen. In einer Lücke zwischen zwei grünen Steinen wuchs eine einzelne, blauviolette Blüte mit feinen, spitzen Blättern.

»In meinem Garten wachsen zwei Blüten. Das hier ist eine *Sumire*, was übersetzt *Tintenfass* heißt. Sumire ist eine japanische Winterblume. Sehr selten. Ich kann mich glücklich schätzen, dass ich sie hier zum Blühen gebracht habe.«

Lene nickte und lächelte, bis ihr Kiefer fast verkrampfte.

»Wunderschön«, sagte sie.

Monell ging weiter einen schmalen Pfad entlang und über einen steinigen, nackten Hügel. Dahinter zeigte er ihr die zweite Blüte des Gartens.

»Ume«, sagte er. »Diese Blüte symbolisiert das Frühjahr. Dass die beiden Blumen zur gleichen Zeit blühen, ist nicht rational zu erklären. Genetisch haben sie sich an Flora, Klima und die übrigen Lebensumstände in Hokkaido angepasst.«

»Aber Pflanzen wissen doch nicht, wo sie sich befinden.«

»Nein, und solange es ihnen niemand sagt, fühlen sie sich wohl. Ohne die Wahrheit, sozusagen.«

Lene nickte und sah sich die prunklose, rötlich angehauchte Blüte mit den gelben Staubgefäßen genauer an. Ihre Mutter werkelte ständig in ihrem Apothekergärtchen in Vordingborg herum, Lene hatte diese Leidenschaft nie nachvollziehen können.

»Was ist mit Sommer und Herbst?«, fragte sie.

»Nichtssagende, uninteressante Jahreszeiten, wenn Sie mich fragen«, sagte er leise und sah sie an. »Tod und Wiederauferstehung, Ende und Anfang, das ist es doch, worum sich letztlich alles dreht.«

Er nahm das Blatt aus der Tasche, sah es bedauernd an und steckte es wieder ein.

»Wohl wahr«, murmelte sie.

Monell bewegte sich rasch, ökonomisch und energisch, als wäre jede Geste im Voraus geplant.

Wie eine unermüdliche Ameise, dachte Lene.

Sie blieben vor einem Rondell kreisförmig angepflanzter, grüner Bambusstangen stehen, deren Spitzen sich hoch über ihren Köpfen einander zuneigten und einen Torbogen bildeten, der in einen Raum mit lebenden, knarrenden Wänden führte.

»Dort drinnen liegen meine Frau und mein Sohn begraben«, sagte Monell.

Lene sah ihn an und wusste für einen Augenblick nicht, was sie sagen sollte.

Er lud sie mit einer Handbewegung ein, vor ihm durch den Torbogen zu treten.

Der Raum öffnete sich in einem perfekten Kreis, in dem zwei einfache Grabsteine in den festgetretenen Sand eingelassen waren. Lene las die Inschriften.

»Mein Sohn Silas ist letztes Jahr gestorben«, sagte Bertram Monell. »Meine Frau ist inzwischen vier Jahre tot ... wie Sie sehen.«

Monell betrachtete schweigend die Steine. Seine Arme hingen tatenlos an der Seite herunter, sein Gesichtsausdruck war unmöglich zu deuten, aber der Milliardär war umgeben von einer Aura unendlicher Einsamkeit.

Geld kann eben auch nicht alles kaufen, dachte Lene. Monell sah aus wie ein Mann, der eine große Sehnsucht in sich trägt. Vielleicht nach der Wiedervereinigung mit seiner verstorbenen Familie.

»Das tut mir sehr leid«, sagte Lene.

»Entschuldigung? Ja ... Ich war mir sicher, das wäre das Ende der Familie Monell. Aber wie sich zeigte, ist das nicht der Fall. Wie durch ein Wunder ist ein Kind gekommen. Haben Sie Kinder?«

»Nein.«

»Das ist schade. Kinder zu bekommen ist ein Schritt in die Unsterblichkeit«, sagte Monell.

»Das habe ich schon öfter gehört«, sagte Lene und verließ die wiegende Grabkammer mit den greisen, heiseren Stimmen der Bambusstämme.

LENE SCHOB DIE SONNENBRILLE ins Haar, als sie sich den Gebäuden näherten.

»Eine tolle Architektur«, sagte sie. »Die Gebäude passen sich sagenhaft in die Landschaft ein.«

Monell lächelte freundlich, war aber mit den Gedanken offensichtlich woanders.

»Das ist eine schöne Insel«, sagte er, »die allen Respekt verdient. Sie sollte nicht von uns behelligt werden, die wir nur vorübergehend hier wohnen. Dasselbe gilt für den Garten. Wir haben fünf, sechs internationale Architekturbüros durchgeschleust, ehe wir das richtige für uns gefunden haben. Meine Frau hatte einen sehr sicheren und kritischen Blick.«

»War sie selber Architektin?«

»Weberin.«

Ein etwas höheres, breites Gebäude schob sich weit in den Hang hinein.

Lene sah nirgendwo Fenster. Aus dem Innern war das leise Surren einer Klimaanlage zu hören. Das Gebäude hatte die Dimensionen eines Museums oder einer Bibliothek. Über den Außenwänden schwebte ein ungewöhnlich spitz zulaufendes Pagodendach.

»Warum hat das Gebäude keine Fenster?«

Monell zögerte, warf einen Blick auf seine Uhr und sah sie mit seinen mattgrauen Augen an.

»Wegen der sozusagen lichtscheuen Sammlungen, die vertragen kein Tageslicht. Die ultravioletten Strahlen. Haben Sie Zeit und Lust, sie sich anzuschauen? Ich kann mich nicht erinnern, wann ich das letzte Mal einen Gast mit hineingenommen habe, bin selber lange nicht mehr dort gewesen. Mein langjähriger polnischer Konservator, der sich vortrefflich um die Ausstellungsstücke gekümmert hat, ist bedauerlicherweise letztes Jahr gestorben.«

»Wie traurig. Ich sehe sie mir gerne an.«

»Bevor wir hineingehen, muss ich Sie warnen. Einige der Kleinodien können auf empfindsame Seelen ein wenig beunruhigend wirken.«

»Ich bin nicht sonderlich empfindsam«, sagte Lene.

»Wunderbar.«

»Warum Japan?«, fragte sie.

»Ein bemerkenswerter Menschenschlag«, sagte Monell ernst. »Mit Ende zwanzig bin ich aus den USA dorthin gezogen und habe ein paar Jahre in einem japanischen Dorf am Fuß des Mount Shiomi gelebt. Das Business hatte mich krank gemacht, die ständige Feilscherei und die fordernden Kunden, die wie fette Strasbourg-Gänse mit neuer Elektronik gestopft wurden. In mir meldete sich so etwas wie ein Gewissen, ich hatte schlicht und ergreifend die Nase voll. Zumindest eine Zeit lang.«

Er senkte den Blick.

»Ich will mich nicht besser darstellen, als ich bin. Ich bin zurückgekehrt in die Industrie und zur Verbraucherelektronik, im ganz großen Stil, aber meine Zeit in Japan werde ich nie vergessen. Ich habe mich während der Zeit in Hokkaido dem Studium klassischer Gärten gewidmet. Es gab viele traditionelle Handwerker im Ort, die ihre Produkte noch auf die gleiche Weise verarbeiteten wie im europäischen Mittelalter. Die Zeit war dort in vielerlei Hinsicht stehengeblieben. Die meisten Menschen nutzten sozusagen jede wache Stunde, unabhängig von Beruf oder Alter, zur Perfektionierung ihrer Fähigkeiten. Von den Schulkindern bis zu Keramikern, Webern und Schmieden. Das war unglaublich inspirierend. Besonders für jemanden wie mich, der aus einem Land kommt, in dem Mittelmaß als offizieller Standard akzeptiert wird. Mit allen Vor- und Nachteilen. Hauptsächlich Nachteile, denke ich, weil es voraussetzt, dass alle Menschen gleich viel wert sind und das gleiche Potenzial haben, was natürlich eine himmelschreiende Illusion ist.«

»Verstehe«, sagte Lene knapp.

Sie gingen eine breite Treppe hoch und traten in die Schatten unter dem gewölbten Dach. Lene schüttelte sich fröstelnd, als Monell einen Code in das elektronische Türschloss eingab. Die hohen Holztüren schwangen geräuschlos auf, und sie traten in die Dunkelheit dahinter. Lene drückte sich die Nase zu, um den Druck auf den Ohren auszugleichen.

Es hing ein ganz spezieller Geruch in dem riesigen, an das Innere einer Kirche erinnernden Raum, und es dauerte eine Weile, bis Lene aufging, woher sie ihn kannte: aus dem Rechtsmedizinischen Institut.

»Formalin?«

Monell nickte zustimmend. Die Konturen seines Körpers in den dunklen Kleidern lösten sich vor ihren Augen auf, als die Türen hinter ihnen zuglitten.

»Ein furchtbarer Geruch, ich gebe es zu«, klang die vom Körper losgelöste Stimme des Milliardärs aus der Dunkelheit. »Aber viele Exponate sind mehrere Hundert Jahre alt und nach alten Methoden konserviert. Wir sind natürlich bemüht, undichte Behälter zu reparieren oder auszutauschen, aber es sind extrem empfindliche Objekte darunter, die einem beim Öffnen förmlich zwischen den Fingern zerfallen würden. Selbst den fähigsten Konservatoren.«

»Das sind also nicht Ihre eigenen Exponate?«

»Der erste Monell wird im 13. Jahrhundert in Kirchenbüchern erwähnt. In Aragonien im nördlichen Spanien. In nahezu jeder Generation hat es passionierte Sammler und Naturforscher gegeben. Ich würde das hier eher als ein Raritätenkabinett bezeichnen. Wir behalten die Dinge für uns, obgleich es immer mal wieder Anfragen von Forschern und Universitäten gibt. Aber sie würden den dahinterstehenden Grundgedanken nicht verstehen.«

»Der da wäre?«

»Die Untersuchung und Konservierung des Unperfekten.«

Das trockene Klicken eines Schalters war zu hören, und vor ihnen öffnete sich ein tiefer Raum im goldenen Schein einer in der Decke verborgenen Armatur.

Lene stand mit offenem Mund da. Vor ihr erstreckten sich Reihe um Reihe identische, elegante und verglaste Schaukästen aus dunklem Holz in geometrisch perfekten Linien und verloren sich in der Ferne. Sichtbar war nur ein Teil des gesamten Saales, der tief in den Hang hineingebaut war.

»Warum nicht?«

»Entschuldigung?«

»Warum würden sie es nicht verstehen?«

Er lächelte zerstreut.

»Das grundsätzliche Anliegen der meisten Sammlungen ist es ja wohl, die am besten erhaltenen Exemplare der Kategorie, für die man sich interessiert, zu finden und auszustellen, seien es geologische Proben oder Skulpturen. Die Mona Lisa hinge wohl kaum im Louvre, wenn die Hälfte der Leinwand fehlen würde oder Leonardo da Vinci in einem Augenblick geistiger Umnachtung Lisa Gherardini mit einem Vollbart gemalt hätte.«

»Wohl nicht«, räumte Lene ein.

»*Wir* würden eine Aufnahme in unsere Sammlung aber sehr wohl in Erwägung ziehen. Und eben das macht diese Sammlung einzigartig. Meine Vorfahren haben sich mit dem Unvollkommenen und Missgestalteten befasst. Der misslungenen Schöpfung Gottes oder des Menschen. Mit anderen Worten: Wo etwas schiefgelaufen ist, gründlich schief.«

»Warum?«

Monell lächelte und steckte die Hände in die Hosentaschen.

»Eine sehr gute Frage, deren Antwort sich in der Vergangenheit verliert. Es ist irgendwann zur Tradition geworden. Ich gehe davon aus, dass die Mutationen und Missbildungen meiner Familie als Warnung dienten, als Memento an nachfolgende Generationen, nach Perfektionismus zu streben, aber auch, um die oft nur haarfeine Grenze zwischen dem Gelungenen und Misslungenen sichtbar zu machen. Gehen wir weiter?«

Lene nickte stumm. Der Formalingeruch bereitete ihr Kopfschmerzen und Übelkeit. Die einzigen Geräusche in dem Gewölbe waren ihre Schritte auf den versiegelten, dunklen

Bodendielen und das leise Hintergrundrauschen der Klimaanlage.

Monell führte sie in den ersten Korridor zwischen den mannshohen Vitrinen, und Lene war überwältigt von der schillernden Farbvielfalt und Schönheit, die sich ihr offenbarte. Sie konnte nicht sagen, was sie erwartet hatte, aber das hier ganz gewiss nicht: sorgfältig ausgebreitet und auf alte, vergilbte Korkplatten geheftet, strahlten Tausende hauchdünne Schmetterlingsflügel in allen nur erdenklichen Farben, Formen und Nuancen.

Sie sah den hochgewachsenen Mann an.

»Die sind doch wunderschön!«

Monell entblößte die Zähne in einem angedeuteten Lächeln und nickte wohlwollend. Dann streckte er einen Arm über den Kopf und zog ein an einer Messingschiene montiertes Vergrößerungsglas herunter und schob es vor ein getigertes Exemplar des *dryadula phaetusa.*

Lene sah sich den seltenen Schmetterling durch die Linse an.

»Rechter Flügel, in der Mitte«, murmelte Monell dicht an ihrem Ohr und zeigte mit einem knochigen Finger auf die Stelle, die er meinte. »Dort ist die Abweichung. Die mittlere schwarze Linie ist unterbrochen und knickt ab. Ein misslungenes, deformiertes Exemplar.«

»Es ist wunderschön«, protestierte Lene.

Monell lächelte stumm und zog die Schultern hoch.

»Möglich, aber jedes Schmetterlingsweibchen würde die durchbrochene Linie sofort erkennen und sich um nichts auf der Welt mit dem Männchen paaren und seine defekten Gene weiterverbreiten.«

Lene schaute mitfühlend auf den Schmetterling, der sein Leben ungeliebt beendet hatte. Wie es aussah, würde das auch ihr Schicksal sein.

Sie gingen weiter. Auf die Schmetterlinge folgten Tausende kastanienrote, grüne, gelbe, schwarz und bläulich schimmernde Käfer.

Lene war begeistert von der geballten Schönheit, aber Monell wies sie gnadenlos auf jede einzelne Abweichung von der Norm hin.

»Sie scheinen sehr viel Lebenszeit mit den Sammlungen verbracht zu haben.«

Der Milliardär errötete leicht.

»Oh nein, ganz und gar nicht.«

Sie gingen zurück im mittleren Gang, und Monell warf einen neuerlichen Blick auf seine Armbanduhr.

»Die Zeit läuft, Lene. Ich schlage vor, wir lassen die Gräuel hinter uns und beschließen unsere Exkursion mit etwas Schönerem und Interessanterem.«

»Selbstverständlich.« Lene nickte.

Der Formalingeruch wurde mit jedem Schritt stärker.

Monell bog scharf links in einen neuen Korridor ein. Lene blieb wie angewurzelt vor den ersten Präparaten stehen, ehe sie wie aus Trance erwachte und Monell weiter zwischen den Vitrinen folgte. Rechts von ihr schwebte eine frisch geschlüpfte Natter mit Köpfen an beiden Enden schwerelos in einem sehr alt aussehenden Glasbehälter mit grünlich schimmernden Unebenheiten und trüben Flecken. Ein Stück weiter verharrte sie vor einem menschlichen Fötus, dem Albtraum jeder werdenden Mutter: Er hatte zwei Gesichter, nach vorne ein natürliches Gesicht mit fast geschlossenen Augenlidern und einem farblosen, kleinen Fischmund und darüber, wo die Stirn sein sollte, ein unheimliches Gesicht mit plattem, knubbeligem Nasenansatz, offenem Mund mit grauen Zähnen, bleicher Zunge und halb geöffneten, übereinander angeordneten Augen, die Lene aus der Gefangenschaft in der Ewigkeit brutalen, unermesslichen Grauens anstarrten.

Lene betrachtete die Missgeburt mit angehaltenem Atem. Sie konnte den Blick nicht von dem gruseligen Präparat losreißen. Der Fötus schwebte in einer milchig gelben Flüssigkeit, die winzigen Hände wie unter größter Qual geballt, und anstelle des rechten Ohres stand eine knochenlose Hand mit fünf schlangenartigen, sich in der Flüssigkeit wiegenden Fingerauswüchsen ab. Die Nabelschnur wand sich in Spiralen bis zur Plazenta, die wie eine Meduse am Glasboden klebte.

»Ein Teratom«, konstatierte Monell lakonisch.

Lene kniete sich vor die Vitrine, um den Fötus von unten anzusehen. Sie verfluchte sich im Stillen für ihre perverse Neugier.

»Teratom?«, fragte sie nach.

»Eine Art Tumor, ein Amoklauf der Genetik«, antwortete Monell mit einem Hauch wohligen Grusels in der Stimme. »In der fetalen Entwicklungsphase haben die Organe Raum und Zeit komplett durcheinandergebracht, mit den katastrophalen Folgen, die Sie hier sehen. Man kann sich die Reaktion der Mutter lebhaft vorstellen, als sie ihr das sehnsüchtig erwartete Kind in den Arm gelegt haben. Vermutlich unmittelbar, bevor sie es getötet haben.«

Lene starrte ihn an.

»Wollen Sie damit sagen, dass dieser Fötus als lebensfähiges Wesen geboren wurde?«

»Sehr wahrscheinlich. Die Lungen waren jedenfalls voll entfaltet.«

Er beschrieb einen Bogen mit der Hand.

»Weiter vorne gibt es noch ausgeprägtere Exemplare.«

»Nicht nötig.«

Monell lächelte spöttisch.

»Ich habe Sie gewarnt«, sagte er.

»Das haben Sie.«

Er zuckte mit den Schultern. »Wollen Sie den Engel sehen?«

Lene musterte ihn skeptisch.

»Einen Engel«, echote sie. In ihren Ohren begann es zu pfeifen.

»Ein perfekter, in jeder Hinsicht perfekter Säugling, bis auf die Flügel.«

»Flügel?«

»Lange, flügelähnliche Auswüchse an den Schulterblättern, eine Form von Neurofibromatose. Das ist die Krankheit, an der der Elefantenmensch John Merrick gelitten hat. Haben Sie den Film gesehen? Dieses Mädchen stammt aus dem achtzehnten Jahrhundert und wurde bei seiner Geburt sicher als ein aus der Hölle ausgestoßener Engel betrachtet oder als Folge eines Fluches, der auf der Familie lastete. Sie ist zwei Monate alt geworden. Man kann nur raten, wie sie ihrem Leben ein Ende bereitet haben.«

»Ich denke, den Teil überspringe ich, und raten möchte ich auch nicht«, sagte sie mit belegter Stimme. »Ich habe leider eine sehr ausgeprägte Fantasie.«

»Wie Sie wollen«, murmelte er.

Sie passierten weitere Glasvitrinen, und Lene konnte sich nicht verkneifen hinzuschauen, obwohl ihre Füße und der übrige Körper eigentlich nur wegwollten. Sie verfluchte ihre angeborene Neugier.

Zwei Küken waren am Grund ihrer gemeinsamen Eierschale zusammengewachsen. Es sah aus, als wollte das eine nach Osten und das andere nach Westen davonlaufen. Daneben war ein graupelziges, distinguiertes Pinseläffchen mit zwei gesunden und zwei verkümmerten Armen zu sehen, das augenscheinlich bis ins hohe Alter überlebt hatte. In einem kugelförmigen Glasbehälter hing ein riesiger Männerkopf. Lange, schwarze Locken schwebten in dem Formalin, das sich mit der Zeit bernsteingelb verfärbt hatte. Der Kopf hatte grobe Gesichtszüge, und ein Auge war leicht geöffnet, als würde er Lene zublinzeln. An einem Ohr trug er einen Goldring, und sein Oberkiefer war voller primitiver Goldzähne. Die wächsern blassen Wangen waren von grauen, matten Bartstoppeln übersät. Der Halsstumpf war ungleichmäßig und unprofessionell abgetrennt.

»Ein Verwandter?«

»Wer?«

Lene zeigte auf den Glasbehälter. »Der Mann ohne Unterleib da drüben.«

»Das ist Gaspard Fletcher«, sagte Monell mit Wärme in der Stimme und betrachtete den Kopf mit einer gewissen Hingabe. »Er gehörte sozusagen zur Familie. Während der Napoleonischen Kriege war er von Saint-Malo in der Bretagne aus als Pirat unterwegs. Einer meiner Vorväter, ein britischer Marineoffizier, hat ihn nach einer kleineren Seeschlacht im Ärmelkanal arretiert. Normalerweise hätte er ihn direkt an der Rahnock aufgehängt, aber irgendetwas an Fletchers Art hat ihn offensichtlich so für ihn eingenommen, dass er den Piraten begnadigte und ihn in seinen Haushalt aufnahm. Es heißt, er sei ein herausragender Butler gewesen.«

»Und warum ist der Kopf dann hier?«

»Wegen einer Frau, wie kann es anders sein. Fletcher ist nach London zurückgekehrt, um sie zu sich zu holen. Nach einem Duell mit ihrem Liebhaber oder Gatten wurde er festgenommen und auf der Stelle hingerichtet. Mein Vorfahr war am Boden zerstört und hat dem Henker ein ordentliche Summe gezahlt, damit er ihm den Kopf ausliefert.«

»Reizend«, sagte Lene.

»Respektvoll«, korrigierte Monell sie. »Aber nehmen wir Kurs auf ruhigeres Fahrwasser. Weg von den Gräueln.«

»Meinetwegen gerne«, sagte Lene.

Im dritten Bereich des Ausstellungsraumes war das Licht gedämpfter, und die Vitrinen waren breiter und höher. In den meisten waren traditionelle, an Büsten drapierte Seidenkimonos ausgestellt, einer auserlesener und berauschend schöner als der andere. Lene hätte am liebsten die Stoffe durch ihre Finger gleiten lassen.

»Atemberaubend«, platzte sie heraus. »Kühlend und wärmend zugleich, nicht wahr?«

»So ist es«, sagte Monell.

»Man möchte sie berühren.«

»Wie wahr, aber das ist leider nicht möglich.«

Am unteren Rand jeder Vitrine war eine Messingplatte angebracht. *Rebekka Favreau* war in zierlichen schwarzen Buchstaben darauf geprägt.

»Ihre Frau?«

»Ja, das hier ist Rebekkas Sammlung. Sie war Seidenweberin in dem japanischen Dorf, in dem ich gewohnt habe. Dort habe ich sie kennengelernt und mich verliebt.«

Er zeigte auf einen mitternachtsblauen Traum mit silbrig schimmerndem Blumenmuster.

»Ihr Gesellenstück.«

»Wunderschön.«

»Erkennen Sie die Ume-Blüte aus dem Garten wieder? Das war ihr Lieblingsmotiv.«

Plötzlich war Leben und Anteilnahme in den grauen Augen des Milliardärs zu erkennen. Er lächelte Lene an.

»Aber er ist unvollkommen.«

»Das meinen Sie nicht ernst«, protestierte Lene. »Wie können Sie so etwas sagen. Das ist ein Meisterwerk, das sehe selbst ich!«

Monell legte ihr eine Hand auf die Schulter.

»Beruhigen Sie sich. In seiner Unvollkommenheit ist er vollkommen. Und das mit voller Absicht.«

Er zog eins der überall vorhandenen Vergrößerungsgläser heran und platzierte es an der rechten Vitrinenkante.

»Sehen Sie sich die Blumenborte am rechten Ärmelsaum genauer an und achten Sie dabei auf die Ausrichtung der Staubgefäße.«

Lene beugte sich zu den filigran gestickten Blüten vor und erkannte eine für das bloße Auge nicht sichtbare Abweichung im Muster.

»Sie haben recht«, sagte sie enttäuscht. »Sie drehen sich im Uhrzeigersinn, aber die Stängel neigen sich in unterschiedliche Richtungen.«

»Und das ganz bewusst«, erklärte Monell geduldig. »Darin ist nämlich eine Mitteilung enthalten.«

»So etwas wie ein Code, meinen Sie?«

»Genau. Diese Kimonos waren nicht für jedermann. Sie waren dem Kriegsadel vorbehalten, dem Shogunat. Die Wände der Wohnhäuser waren aus Papier, jedes Wort konnte abgehört werden. Nennen Sie es die Kunst des Verrats.«

»Das heißt, man hat sich über in Seide eingewebte Codes verständigt? Wie genial ist das denn?«

»Sehr genial. Ein Austausch von Nachrichten vor den Augen der misstrauischen Hofspione. Aber die Codes hatten auch noch andere Funktionen. Beispielsweise als diskrete Mitteilungen zwischen Liebenden.«

Lene sah ihn an.

»Was hat Ihre Frau Ihnen mit dem Ärmel mitgeteilt?«

Monell errötete.

»Tut mir leid, das ist privat.«

»Selbstverständlich.«

»Um 1500 herum wurden die in das Gewebe der Kimonos eingearbeiteten Codes raffinierter.«

Monell zog eine Fernbedienung aus der Tasche und schaltete das Licht aus.

»Was soll das?«, fragte Lene beunruhigt.

»Wenn Sie einen Schritt nach links machen und sich umdrehen, werden Sie es verstehen«, hörte sie seine frei in der Dunkelheit schwebende Stimme.

Sie befolgte Monells Anweisung, konnte aber nichts sehen.

»Da ist nichts.«

»Geduld.«

Lene kniff die Augen zusammen, und plötzlich sah sie einen diffus radargrünen Schimmer, der nach und nach die Umrisse einer Pagode mit zwei Bäumen und zwei Liebenden annahm. Das war großartig.

»In den Gemächern des Adels gab es nur wenig Privatsphäre«, sagte Monell. »Die unverheirateten Frauen schliefen in großen Sälen zusammen und unverheiratete Männer für sich. Damals fand ein geschäftstüchtiger Weber heraus, dass er dem Schwanz der Feuerfliege den phosphoreszierenden Stoff abgewinnen kann, mit dem er die Seidenfäden färbte. Am Tage unsichtbar, aber nachts sehr praktisch, um in einem Schlafsaal voller fremder Menschen seine Auserkorene zu finden.«

Wieder ertönte ein Klicken, und es wurde hell.

»Fantastisch«, sagte Lene. »Er dürfte ein reicher Mann geworden sein.«

SIE VERLIESSEN das Ausstellungsgebäude durch eine Hintertür und traten hinaus auf einen Waldweg hinter den Häusern. Irgendwo in dem Dickicht war ein herzzerreißendes Heulen zu hören. Lene blieb stehen und schaute sich suchend nach der Quelle des Klagegesangs um. Monell legte eine Hand auf ihren Arm, als wollte er sie aufhalten, aber Lene ignorierte die Geste. Hinter einer dichten Brombeerhecke stieß sie auf einen von zwei Meter hohem Maschendraht eingefriedeten Hundezwinger, in dem ein Schäferhund mit eingekniffenem Schwanz herumlief. Neben der Tür standen ein Futter- und ein Trinknapf aus rostfreiem Stahl. Der Hund unterbrach seine Runden immer wieder kurz, indem er sich hinhockte, die Schnauze gen Himmel reckte und ein kehliges Wolfsheulen ausstieß, das Lene durch Mark und Bein ging.

Monell betrachtete den Hund ohne jede Empathie.

»Fehlt ihm etwas?«, fragte Lene und bemerkte im gleichen Augenblick die zwei Hundehütten in dem Zwinger – beide in japanischem Stil mit Zedernholzschindeln.

Wer um alles in der Welt baut japanische Hundehütten?, dachte sie und im gleichen Atemzug, dass der Mann, die Gebäude und der Garten ein extremes Gefühl von Unwirklichkeit vermittelten, das noch verstärkt wurde durch die lähmende Stille, die sich herabsenkte, wenn der Hund verstummte und seine ziellose Wanderung wiederaufnahm. Den Gebäuden war nicht anzusehen, ob sie einen Haufen Menschen beherbergten oder leer standen. Es drang kein Laut nach draußen, und die meisten Fenster waren mit Holzläden verschlossen.

Monell hatte die Hände in die Jackentaschen gesteckt und schaute verliebt zurück auf seinen Garten.

»Das kann ich Ihnen nicht sagen«, murmelte er. »Ich maße mir nicht an, etwas über das Gefühlsleben von Hunden zu wissen. So sie denn eins haben.«

Lene hakte nach. »Sind sie normalerweise zu zweit?«

Er musterte sie mit einem leichten Lächeln.

»Sie kommen und gehen. Wie das mit Hunden eben so ist. Wollen wir weitergehen?«

Sie verließen den Zwinger und stiegen die Treppe zu einer großen Terrasse hoch. Die großen Räume hinter der Fensterfront waren bis auf ein paar niedrige Sitzgruppen auf Unterlagen aus Tatamimatten, die extrem unbequem aussahen, nahezu leer. Monell streifte an der oberen Stufe die Wanderstiefel ab und schob die Füße in ein Paar dünne Sandalen.

»Lassen Sie Ihre Schuhe ruhig an, Lene.«

Sie setzten sich an einen runden Tisch, und eine schwarzhaarige Frau trat durch eine der Türen ins Freie und kam lächelnd auf sie zu. Lene dachte unwillkürlich an die Werbung einer nahöstlichen Fluggesellschaft: jung, schlank und wohlproportioniert. Mit einem Wort: perfekt.

Sie verbeugte sich leicht.

»Hana«, stellte Monell sie vor.

Lene erwiderte das Lächeln.

»Lene.«

»Möchten Sie einen Kaffee?«, fragte Monell. »Tee? Wasser? Sie müssen entschuldigen, ich bin sozial etwas eingerostet, weil wir nur selten Gäste haben. Seit dem Tod meiner Frau.«

Lene schüttelte den Kopf.

»Nein danke.«

Die junge Frau lächelte sie zurückhaltend an, und Lene nahm einen Schatten in ihren dunklen Augen wahr und eine leichte Rötung ihres Halses. Sie trug einen einfachen, hübsch gemusterten Seidenkimono und hohe, traditionelle Holzsandalen, und Lene hörte förmlich die unausgesprochenen Nachrichten zwischen ihr und dem älteren Mann mit einem statischen Sirren in der Luft kollidieren.

Lene nahm ihren Notizblock heraus und sah Monell an, der die junge Frau mit einer kurzen Handbewegung abfertigte, worauf sie sich wieder ins Haus zurückzog.

Im Hintergrund heulte der Hund.

»Und was können wir jetzt für Sie tun?«, fragte er. »Meine Sekretärin meinte, Sie hätten etwas Wichtiges mit mir zu besprechen und dass Sie sich kurzfassen wollten, was die Voraussetzung für unser Treffen war.«

Lene schaute auf ihren aufgeschlagenen Block und sammelte ihre Gedanken. Sie fühlte sich beobachtet und überlegte, ob Hana sie vielleicht von einem nicht einsehbaren Platz im Haus observierte.

»Vor zwei Tagen wurde südlich von hier in einem Waldstück zwei Kilometer von der Küste eine asiatischstämmige Leiche entdeckt. Die Kleidung war von Meerwasser durchnässt, und in den Schuhen haben wir Sand gefunden«, begann Lene. »Wir vermuten, dass die betreffende Person an einer Stelle vor Virkø an Land geschwommen ist, nachdem sie möglicherweise von einem Segelboot, einer Jacht oder einem größeren Schiff über Bord gegangen ist. Die internationale Fahrrinne verläuft allerdings an dieser Stelle relativ weit von der Küste entfernt. Davon abgesehen konnten wir nirgends Spuren einer Rettungsinsel oder Ähnlichem finden, es wurden keine Notfeuer-Signale im Fahrwasser beobachtet, und die Person hatte weder Rettungsweste noch einen elektronischen Notsender bei sich. Laut Lyngby Radio und dem SOK ist in der betreffenden Zeitspanne auf Kanal 16 kein Notruf abgesetzt worden. Wir stehen damit vor einem Rätsel, Mr. Monell.«

Er vollführte eine kurze, ungeduldige Geste.

»Die Welt ist voller Flüchtlinge, illegaler Immigranten und rücksichtsloser Menschenschmuggler.«

»Absolut korrekt, aber die Leiche stammt nicht aus dem Nahen Osten oder Nordafrika.« Lene schob eine Kunstpause ein. »Außerdem hatte die Leiche eine Schusswunde am Rücken und war nur mit einer Hose, Gummistiefeln, Unterwäsche und einem T-Shirt bekleidet. Flüchtlinge werden normalerweise so nicht bei uns vorstellig.«

»In den Rücken geschossen?«

»Das war letztendlich die Todesursache, ja.«

Der Milliardär zog die Schultern hoch.

»Das ist natürlich tragisch, Frau Polizeiinspektorin. Wirklich tragisch«, wiederholte er langsam. Lene konnte keine Zeichen von Mitgefühl in seinem Gesicht oder seiner Stimme erkennen. »Aber wäre es nicht naheliegender, mögliche

Segler, Sommerhausbesitzer oder Fischer in der Gegend zu verhören?«

»Da sind wir dran«, versicherte sie ihm und schaltete ihr Mobiltelefon ein. Sie öffnete eine Seekarte von der Sejerøbucht, die Bjarne mithilfe des SOK erstellt hatte. Die Karte war mit einer Filmsequenz verknüpft, die sich über acht Stunden erstreckte. Sie aktivierte die Sequenz und legte das Handy vor Monell. Er schaute auf das Display, rührte das Gerät aber nicht an.

»Auf der Karte sind die Bewegungen Ihrer Jacht Aragon, wie auf dem AIS-Sender-und-Empfänger des Schiffes registriert, zu sehen. Daran ist deutlich zu sehen, dass sich die Aragon in der betreffenden Nacht dicht vor der Küste bewegt hat, genauer gesagt innerhalb des Radius einer Seemeile von der Stelle entfernt, wo die Person vermutlich an Land gegangen ist. Danach hat die Aragon zwischen 1 Uhr 33 und 3 Uhr 24 vor der Küste geankert.« Lene lächelte freundlich. »Die Positionen Ihrer Jacht sind, wie Sie sicher nachvollziehen können, höchst interessant für uns. Darum würden wir gerne wissen, ob Sie oder jemand von der Schiffsbesatzung etwas Außergewöhnliches im Fahrwasser beobachtet haben. Trotz der schlechten Sichtverhältnisse in der betreffenden Nacht wegen starker Regenschauer.«

Monell lehnte sich zurück und schaute mit ausdruckslosem Gesicht hinaus in seinen geliebten Garten.

»Ich verstehe, was Sie meinen, Lene«, sagte er schließlich. »Dafür gibt es allerdings eine ganz natürliche Erklärung. Die Aragon hat vor einer Woche neue Lager für die Antriebswelle installiert bekommen, eine Routinemaßnahme nach fünfzehntausend Seemeilen. *Nautic Italia* hat den Austausch vorgenommen, ich schicke gerne umgehend die dazugehörigen Verträge und Rechnungen an Ihr Büro. Sie haben an dem betreffenden Tag bis spätabends gearbeitet, und mein französischer Skipper hat sie getestet, solange die italienischen Mechaniker noch an Bord waren. Darum die Nachtfahrt. Er hat keine besonderen Vorkommnisse aus der Nacht vermeldet. Und ich selbst war in Stockholm.«

Er lächelte.

»Mir ist nichts von toten asiatischen Frauen oder irgendwelchen dramatischen, nächtlichen Schießereien zu Ohren gekommen. Die Inspektion verlief bilderbuchmäßig und völlig ereignislos. Alle Schrauben und Lager funktionierten, wie erwartet.«

»Hat Ihr Skipper auch einen Namen?«, fragte sie.

»Martin Cousteau. Er ist momentan in Marseille, ein Krankheitsfall in der Familie.«

Lene lächelte und steckte das Handy wieder ein.

»Ah ja. Danke.«

Hinter ihr knarrte eine Holzdiele. Sie drehte sich um und sah Hana am anderen Ende der Veranda mit einem Säugling auf dem Arm hin und her laufen. Sie summte eine Melodie und lächelte Lene an.

Monell räusperte sich, worauf Lene ihre Aufmerksamkeit wieder dem Milliardär zuwandte.

»Der Stammhalter?«, fragte sie.

»Stammhalterin. Die eigentlich jetzt schlafen sollte«, murmelte er.

Hana kam näher, und Lene erhob sich.

Das Kind war in ein weißes Lammfell gewickelt, und Lene sah nur eine Strickmütze und eine kleine, geballte Faust.

Als sie bei Hana angekommen war, klappte die das Lammfell beiseite. Ein Säugling mit langen Fingern, blonden Haaren und blauen Augen sah sie wach an.

Normalerweise machte Lene sich nichts aus kleinen Kindern. Kinder wurden erst interessant, wenn man mit ihnen ins Kino gehen und sich über wichtige Dinge wie Folketingswahlen und globale Erwärmung unterhalten konnte. Oder wenn man sie beim Hürdenlauf oder Hockeyspielen von der Tribüne aus anfeuern konnte.

Aber die Kleine war wirklich süß.

»Wie alt ist sie?«

»Fast drei Monate«, sagte Hana und hielt ihr das Bündel hin.

Monells Stuhl schrammte mit einem unangenehmen Kreischen über den Boden, als er eilig aufstand und sich zwischen sie schob. Von dem umsichtigen und passionierten Führer im Ausstellungsgebäude war nichts mehr zu merken.

»Ich denke, die Frau Polizeiinspektorin hat für solche Sachen keine Zeit, Hana«, sagte er mit hochgezogenen Schultern und leiser Eishauchstimme. »Das hoffe ich zumindest, solange sie noch in dem unaufgeklärten Mordfall ermittelt.«

Das Licht in Hanas Augen erlosch. Sie murmelte etwas Unverständliches und errötete bis an den Haaransatz. Lene, die ihre Arme ausgestreckt hatte, um die Kleine entgegenzunehmen, ließ sie unverrichteter Dinge sinken. Sie verspürte den nahezu unwiderstehlichen Drang, dem Milliardär die Faust in seine graue, schmale und unzufriedene Visage zu pflanzen. Stattdessen rang sie sich ein Lächeln ab und versuchte, den Augenkontakt zu der jungen Frau zu halten.

»Ein sehr hübsches Kind. Passen Sie gut auf sie auf.«

Hana nahm die Hand der Kleinen und winkte Lene zu.

Der Milliardär schritt steif vor ihr an den Rand der Veranda, und es herrschte eisiges Schweigen zwischen ihnen, bis sie zurück bei der Motorjacht und dem französischen Model-Traum Rafael waren.

»Tut mir leid, dass ich Ihnen nicht weiterhelfen konnte«, sagte Bertram Monell zum Abschied.

Lene stieg in das Speedboot. Dann drehte sie sich um, schirmte die niedrig stehende Sonne mit der Hand ab und lächelte.

»Sie haben mir sehr geholfen, Herr Monell«, sagte sie neutral. »Viel Erfolg weiter mit Ihrem Garten und herzlichen Dank für die Führung.«

Er sah sie skeptisch an, zuckte mit den Schultern und drehte sich um.

Rafael löste die Vertäuung und verstaute die Seile auf dem Boden des Bootes. Er schaute dem großen, schmalen Mann hinterher und schüttelte den Kopf.

»He didn't like you, madame inspecteur«, stellte er fest.

Lene nickte zustimmend und setzte sich.

»It's okay. I didn't like him much either«, sagte sie und fügte ruhig hinzu: *»In fact, I think, he's an asshole.«*

Der Franzose sah sie schockiert an. Dann lächelte er breit und gab Gas.

ANDERTHALB STUNDEN SPÄTER saß Lene in einem Büro der westseeländischen Polizei in Roskilde. Vor ihr stand ein überladener, unaufgeräumter Schreibtisch, und an der Wand dahinter hing eine Korktafel mit Kinderzeichnungen.

Polizeiassistent Aske Thomsen gehörte einer neuen Generation Polizisten an. Davon gab es immer mehr, und Lene kam sich zwischendurch richtig alt vor. Diese jungen Leute sahen sich nicht als kompromisslose und schlagkräftige Speerspitzen des staatlichen Gewaltmonopols, sondern eher als Coaches oder Sozialpädagogen. Lene verstand sie nicht. Thomsen war freundlich und lächelte die ganze Zeit. Er trug einen von Adidas gesponserten Trainingsanzug einer Dachdeckerfirma und hatte einen gepflegten Hipster-Vollbart, der den größten Teil des Halses verdeckte.

Eigentlich hätte er an diesem Nachmittag die Knirpse trainieren sollen, bei denen sein Sohn Mikkel mitspielte, aber Lene hatte ihm unmissverständlich klargemacht, dass er spätestens im Büro zu sein hatte, wenn sie selbst dort eintraf. Lene pochte nicht oft auf ihren Dienstrang, aber wenn nötig, zögerte sie nicht.

Vor Thomsen auf dem Tisch lag die dünne Fallakte mit allen bisherigen Informationen zur Leiche im Waldstück.

»Gibt es was Neues?«, fragte Lene.

Der junge Mann blinzelte überrascht.

»Nicht, dass ich wüsste. Ich habe jedenfalls nichts gehört.«

»Es interessiert mich nicht, was Sie gehört haben oder nicht. Haben Sie selbst irgendetwas in dem Fall unternommen?«

»Ähm, nein. Wir haben Bescheid bekommen, dass Sie ... dass die Rigspolizei ...«

»Kennen Sie Bertram Monell?«

»Vom Hörensagen«, antwortete er vorsichtig.

Lene hatte durchaus das Gefühl, dass Thomsen gerne helfen wollte – er wusste nur nicht, wie.

»Ich glaube, ihm fehlt ein Hund«, murmelte sie.

Thomsen runzelte die Stirn. »Äh, ein Hund?«

Lene trommelte mit den Fingern auf der Schreibtischplatte.

»Hat es in der Nähe des Fundortes der Leiche in der Nacht nicht einen größeren Auffahrunfall auf der Landstraße gegeben?«

Der Polizist nickte eifrig.

»Das ist korrekt. Auf dem Abschnitt ist die Straße eigentlich nicht sonderlich stark befahren, und schon gar nicht um die Zeit. Aber an dem Abend hatte es ein Aufstiegs-Match gegeben und eine Hochzeit, darum ...«

»Was genau ist da eigentlich passiert?«

»Schwer zu sagen. Kommt ganz drauf an, wen man fragt. Die meisten sind sowohl in östlicher als auch in westlicher Richtung aufeinander aufgefahren, ohne genau zu wissen, warum. Die Fahrer der vorderen Fahrzeuge behaupten, da sei etwas oder jemand über die Straße gelaufen, aber es liegt keine verwertbare Personenbeschreibung vor.« Er zuckte mit den Schultern.

»Schüsse oder Verfolger?«

»Eventuell ein Lichtblitz … Sie wissen ja, wie das ist …«

Lene wusste, was er meinte. In der Geschichte der Kriminologie hatte es noch nie zwei Zeugen gegeben, die sich bei ein und demselben Ereignis in allen Punkten einig gewesen wären. Während der eine schwor, eine Giraffe gesehen zu haben, hatte der andere einen Heißluftballon gesehen.

Thomsen legte die Stirn in konzentrierte Falten. Er zog die Fallakte zu sich und schlug sie auf.

»Die detaillierteste Zeugenaussage stammt von einem dreizehnjährigen Mädchen, Olivia Hougaard aus Holbæk«, sagte er schließlich. »Der Vater ist Zimmermann und hatte sie in der Nacht in seinem Lieferwagen aus einer Pfadfinderhütte abgeholt, weil sie eine Halsentzündung bekommen hatte. Sie haben ausgesagt, dass ihnen unmittelbar vor der Massenkarambolage etwas vors Auto gelaufen sei.«

Lene sah ihn an.

»Wurde der Lieferwagen auf Blutspuren, Fasern oder Haare untersucht?«

Aske Thomsen errötete unter seinem Bart.

»Wir sind chronisch unterbesetzt, darum haben wir es noch nicht geschafft …«

Lene schnipste mit den Fingern und stand auf.

»Die Adresse?«

Der Kommissar kritzelte die Adresse auf einen Zettel, während Lene erschöpft auf ihre Uhr sah. Wollte dieser Tag denn gar nicht enden?

Sie nahm den Zettel und las, was darauf stand.

»Würden Sie bitte die Familie anrufen und ihnen mitteilen, dass ich in spätestens einer Dreiviertelstunde bei ihnen auf der Auffahrt stehe und dass ich mit dem Mädchen und seinem Vater sprechen möchte?«

»Klar, mach ich«, sagte der Polizeiassistent kleinlaut.

»NICHT VERZAGEN, MEISTER SNARE FRAGEN« stand auf dem Lieferwagen, der vor der gewöhnlichen Garage eines gewöhnlichen Einfamilienhauses in einem gewöhnlichen Wohnviertel parkte.

Lene sah sich um. Die Sonne ging gerade unter, aus den Gärten roch es nach Holzkohle und Grillfleisch, auf der Straße spielten Kinder, auf einem Dachfirst sang eine Amsel. Sie sah sich den Lieferwagen genauer an und ging vor dem rechten vorderen Scheinwerfer in die Hocke. Das Glas neben der Fassung war eingedrückt, der Kotflügel darunter zerbeult und die Stoßstange leicht verschoben. Sie seufzte über die Schlampigkeit der Polizei von Westseeland im Allgemeinen und Aske Thomsen im Besonderen, zupfte ein paar Haare von der Gummilitze um den Scheinwerfer und schob sie in einen Plastikbeutel.

»Kann ich Ihnen behilflich sein?«

Lene richtete sich langsam auf.

Ein kräftig gebauter Mann Anfang dreißig in Shorts und Holzpantinen stand auf den Gartenzaun gestützt da und musterte sie in sommerlicher Gelassenheit.

»Sind Sie Snare?«, fragte sie.

»Meister Snare«, sagte er lächelnd.

»Lene Jensen, Rigspolizei.«

Der Mann nickte. Er hatte blaue Augen, einen offenen Blick und eine Reihe militanter Tätowierungen, unter anderem von der Leibgarde, die sie aus einem alten Fall kannte.

Einem Fall, der sie ihr Kind gekostet hatte. Und in dem sie Michael kennengelernt hatte.

Snare machte ihr das Tor auf und ging vor ihr durch den gepflegten Garten in die Waschküche des Hauses. Er zog die Holzpantinen aus. Eine Katze strich um Lenes Beine. Sie kraulte sie unter der Schnauze.

»Na, Mille«, sagte der Zimmermann.

»Mille?«

»Ja.«

Er öffnete die Tür zum Garten und scheuchte die Katze hinaus.

Eine Frau mit dunklem Pagenkopf saß an einem Piet-Hein-Tisch in der Küche und machte Hausaufgaben mit einem vielleicht zehn Jahre alten Jungen. Sie stand auf, strich das T-Shirt glatt und gab Lene die Hand.

»Hallo, Anne. Willkommen.«

»Danke. Lene.«

»Wo ist Olivia?«, fragte der Mann.

»Oben.«

Lene lächelte die Frau an.

»Lassen Sie sich nicht stören. Ich möchte nur kurz mit Ihrer Tochter und Ihrem Mann reden.«

»Kaffee? Oder lieber ein Bier?«

Lene schüttelte den Kopf.

»Danke, nein.«

»Olivia! Die Polizei will gerne mit dir sprechen!«, rief ihr Mann vom Fuß der Treppe in die obere Etage.

Am Ende der Treppe tauchten ein Paar dünne, nackte Beine auf. Flipflops klatschten auf die Stufen. Unten in der Küche angekommen, sah Olivia Lene verlegen an.

»Willst du der Frau nicht die Hand geben?«, sagte ihr Vater.

Das Mädchen gehorchte. Sie war dünn, sommersprossig und flachsblond, trug eine Zahnspange und machte einen aufgeweckten Eindruck.

»Wollt ihr euch nicht ins Wohnzimmer setzen, Snare?«, fragte die Mutter nervös.

Tochter und Vater setzten sich aufs Sofa, Lene nahm in dem erstaunlich bequemen Fernsehsessel Platz. Als sie sich zurücklehnte, kippte der Sessel in fast horizontale Position, und eine Beinstütze klappte nach oben. Wenn sie das Kinn an den Brustkorb drückte und zwischen ihren Füßen hindurchschielte, konnte sie Vater und Tochter auf dem Sofa sehen. Sie kam sich ziemlich bescheuert vor, als sie vergeblich versuchte, den Sessel zurück in eine aufrechte Position zu bringen.

Das Mädchen sah sie mit großen Augen an und fing an zu lachen. Lene konnte nur mitlachen. Der Mann eilte ihr zu Hilfe und richtete den Stuhl wieder auf.

»Das ist ja die reinste Todesfalle«, sagte Lene.

»Absolut«, sagte der Vater.

»Wenn ich richtig informiert bin, waren Sie vor einigen Tagen nachts in einen Unfall auf der Landstraße verwickelt? Du warst im Pfadfinderlager, Olivia, oder?«

Das Mädchen sah seinen Vater an, der den Kopf schüttelte.

»Antworte der Frau selber, Olivia. Du bist doch sonst weiß Gott nicht auf den Mund gefallen«, sagte er.

»Da ist ein Tier über die Straße gelaufen«, sagte das Mädchen. »Wir dachten zuerst, es wäre ein Reh, und Papa hat wie verrückt gebremst.«

Lene sah wieder ihren Vater an, der nickte.

»Ich habe schon mal ein Reh angefahren. Mit dem Auto meiner Frau. Das war, wie gegen einen Betonklotz zu fahren. Echt schockierend. Der Kühler war komplett eingedrückt. Dieses Mal war es anders. Ich hab das Tier nicht frontal erwischt, und es war auch kein Aufprall zu hören oder irgendwas. Offenbar haben wir es nur gestreift.«

»Der arme Hund«, sagte das Mädchen mit Tränen in den Augen. Der Vater nahm ihre Hand.

»Ja, Olivia, der arme Hund. Danach sind wir ein Stück über die Straße geschlingert und auf dem Randstreifen zum Stehen gekommen. Der Wagen ist mit Werkzeug, Holz und Metallregalen bepackt und verdammt schwer, der Bremsweg ist auf alle Fälle länger als normal. Als wir ausgestiegen sind, brach hinter uns die Hölle los. Aus beiden Richtungen sind die Fahrzeuge aufeinandergekracht, die reinste Massenkarambolage. Der totale Wahnsinn. Aber ich glaube nicht, dass das mit uns zusammenhing.«

»Haben Sie den Hund gesehen.«

Der Mann nickte.

»Ein schwarzer Schäferhund, mausetot. Die Beule habe ich erst am nächsten Tag entdeckt.«

Olivia wischte sich mit dem Handrücken über die Augen.

»Wie ging es weiter?«, fragte Lene.

Vater und Tochter sahen sich an.

»Das war schon komisch, stimmt's, Papa?«

»Ja. Wir sind losgegangen, um zu schauen, ob wir helfen konnten. Darüber verging bestimmt eine halbe Stunde. Zum Glück war niemand ernsthaft verletzt. Die Polizei und Krankenwagen kamen und haben die Straße abgesperrt. Als wir schließlich zum Auto zurückkamen, war der Hund weg.«

»Weg?«

»Als wäre er nie dort gewesen.«

»Hat er sich vielleicht zwischen die Bäume geschleppt?«

Snare schüttelte energisch den Kopf. »Nach meiner Lehre war ich vier Jahre beim Militär. Ich hab drei Sondereinsätze in Afghanistan mitgemacht ...« Er schielte zu seiner Tochter. »Dort habe ich einiges gesehen ... wenn Sie verstehen, was ich meine ...«

Lene nickte.

»Verstehe. Aber Menschen haben Sie keine gesehen, ist das korrekt?«

»Doch, ich schon«, sagte die Tochter. Ihr Vater legte zärtlich seine Hand in ihren Nacken.

»Du hattest hoch Fieber, Olivia.« Er sah Lene an. »Miss Sherlock Holmes behauptet steif und fest, sie habe jemanden gesehen.«

»Ich hab Fotos gemacht«, beharrte das Mädchen.

Der Vater verdrehte die Augen, aber Lene beugte sich vor.

»Was für Fotos?«

Olivia bekam einen roten Kopf und zog ein verschrammtes, gelbes Handy aus der Tasche.

»Die Gören fotografieren doch alles«, sagte der Vater. »Wenn es möglich wäre, würden sie noch ihre eigene Beerdigung filmen.«

Olivia klickte sich fingerfertig durch das Menü und reichte Lene ihr Telefon.

Lene schaute verwirrt auf das Display, auf dem mit sehr viel gutem Willen – und wenn man es wusste –, möglicherweise die zackige Kontur von Baumspitzen vor einem etwas helleren Himmel zu erkennen war. Am unteren Rand des Displays waren rote und weiße Kometenstreifen zu sehen, verschwommene Konturen und helle Flecken, vermutlich die Scheinwerfer und Bremslichter der zusammengekrachten Fahrzeuge.

Sie sah Olivia an.

»Was ist was?«

Der Vater lachte, worauf Olivia wieder rot wurde. Sie setzte sich auf die Armlehne des Fernsehsessels und zog das Bild mit ihren dünnen Fingern größer.

»Da. Sehen Sie das? Da ist ein Mensch auf der anderen Straßenseite. Er ist ein bisschen schwärzer als die Bäume.«

Lene konnte ums Verrecken nichts erkennen, was Ähnlichkeit mit menschlichen Konturen hatte.

Olivia duftete nach Mädchen, Shampoo und Sonne.

»Das ist super«, sagte Lene. »Vielleicht lassen sich deine Bilder mit einem Spezialprogramm behandeln, damit sie etwas klarer werden. Könntest du sie mir schicken?«

Lene hatte selten erlebt, dass bei jemand die Gesichtsfarbe so spontan von allgemeiner Sonnenbräune zu Pfingstrosenrot wechselte. Das war bühnenreif.

Lene fummelte eine Visitenkarte aus ihrem Notizbuch.

»Hier ist meine E-Mail-Adresse. Schickst du mir die Bilder? Mein Kollege Bjarne würde sich dann bei dir melden, wenn wir noch was brauchen.«

Die Augen des Mädchens strahlten, und es nickte eifrig.

»Wenn Sie wollen, kann ich es auch gleich machen …«

»Ja, tu das«, sagte der Vater.

Olivia lief aus dem Wohnzimmer.

»Brauchen Sie Hilfe?«, fragte der Vater. »Um aus dem Sessel hochzukommen?«

»Ja, bitte. Das Teil ist fleischfressend.«

»HAST DU IHN GETROFFEN?«, fragte Bjarne am nächsten Morgen. Bei der Aussicht auf persönliche Informationen zu seinem Idol lächelte er sogar.

Lene ließ sein Lächeln unbeantwortet.

»Ich finde ihn, ehrlich gesagt, ziemlich unsympathisch. Ein echter Sonderling, fanatisch, ohne jeden liebenswerten Charakterzug. Launisch. Ein seltsamer Mann in einer seltsamen Welt. Obwohl ich ein paar faszinierende Dinge gesehen habe.«

»Kaffee?«

Bjarne reichte Lene einen Becher, und sie rührte drei Würfelzucker hinein. Dann nahm sie ihre Lieblingsposition mit den Füßen auf dem Schreibtisch ein.

Sie blies auf die schwarze Flüssigkeit.

»*Inception*, Bjarne. Sagt dir das was?«

»Unmittelbar nicht, nein. Aber du siehst aus, als würdest du es mir gleich erzählen.«

Sie nickte.

»Sehr gerne. Inception ist ein Begriff aus der Psychologie, wenn aus einem sprachlichen Kontext heraus bestimmte Begriffe im Unterbewusstsein provoziert werden. Dieser Impuls ist bei vielen Menschen sehr ausgeprägt, besonders bei pedantischen Individuen, die sich anderen Menschen überlegen fühlen. Wie Monell. Er konnte der Versuchung nicht widerstehen, die in seinen Augen hirntote Ermittlerin zu korrigieren.«

»Clever.«

Bjarne hatte sein Doppelkinn auf den sommersprossigen Handrücken gestützt und sah sie mit ausdruckslosem Blick an. Er schien noch immer angekratzt zu sein wegen ihres unbarmherzigen Urteils über Bertram Monell.

»Wenn ich jetzt zum Beispiel sage: Es regnet, und die Straße ist …«

»Nass?«, schlug er gelangweilt vor.

»Oder glatt. Diese Technik wird von den besten und erfahrensten Verhörleitern angewendet, Bjarne.«

Ihr Mitarbeiter seufzte.

»Tu mir den Gefallen und hör auf zu seufzen. Das ist nicht gut für mein Selbstvertrauen.«

»Dem scheint aber offensichtlich nichts zu fehlen.«

»Offenbar hat Bertram Monell noch nichts von *inception* gehört«, sagte Lene.

Sie schwang die Füße auf den Boden, legte das Handy vor Bjarne auf die Tischplatte und spielte ihm das Interview mit dem exzentrischen Milliardär vor. Bjarnes Gesichtszüge entspannten sich, als er Monells Stimme hörte.

»Unter dem Vorwand, ihm die Seekarte mit den Bewegungen seiner überdimensionierten Milliardärsjacht in der betreffenden Nacht zu zeigen, habe ich heimlich unser Gespräch aufgenommen. Kannst du mir folgen?«

»Ich gebe mir Mühe«, sagte er trocken.

»Gut. Wie du hörst, erwähne ich an keiner Stelle das Geschlecht der Ermordeten. Nichtsdestotrotz kommentiert er meinen Beitrag mit den Worten: ›*... tote asiatische Frauen ...*‹ Frauen, Bjarne. Woher soll er das wissen? Inception pur.«

Sie schaltete die Aufnahme aus und sah ihn vielsagend an.

Bjarne musterte sie skeptisch.

»Ich weiß nicht, Lene. Dass er von ›Frauen‹ spricht, ist ja wohl kaum der Beweis dafür, dass er in ein Verbrechen verwickelt ist.«

Lene funkelte ihren fantasielosen Mitarbeiter verärgert an. Sie nahm das Handy wieder an sich und drehte sich um.

»Natürlich nicht«, murmelte sie. »Aber zumindest ist es ein Indiz. Und ein Anfang. Das ist kein Zufall, Bjarne.«

»Arne hat sich übrigens wegen der Haare am Lieferwagen gemeldet«, sagte Bjarne. »Er hat sie sich heute Nacht angesehen, und ich soll dir einen Gruß ausrichten, dass er in drei Monaten in Pension geht und du dir einen anderen Idioten suchen musst, dem du das Leben zur Hölle machen kannst.«

Bjarne sprach von dem international geschätzten Chef der Kriminaltechnik, der ein langjähriges und ambivalentes Verhältnis zu Lene hatte. Im Augenblick war es verhältnismäßig gut, aber sie hatten im Laufe ihrer gemeinsamen Zeit legendäre Zusammenstöße gehabt.

»Ach Gott, ja, Arne«, sagte Lene. »Er ist absolut unersetzlich. Wir müssen dran denken, ihm ein Geschenk zu kaufen. Was hat er gesagt?«

»Hundehaar.«

»Welche Rasse?«

»Das konnte er nicht mit Sicherheit sagen, aber relativ nah verwandt mit *canis lupus*, dem europäischen Grauwolf. Mit anderen Worten, nicht weit entfernt vom Stammvater aller Hunde.«

»Sehr gut. Monell hat einen Schäferhund verloren, und ich würde eine Million wetten, dass es der ist, der auf der Landstraße angefahren wurde.«

Sie öffnete ihren Computer und checkte den Posteingang. Olivia hatte Wort gehalten. Lene leitete die drei Fotos an Bjarne weiter. Dann stand sie auf und stellte sich hinter ihren Mitarbeiter, der die Aufnahmen an einem seiner gigantischen Monitore vergrößerte.

»Was ist das?«, fragte er. »Ein astronomisches Phänomen?«

»Das ist eine Landstraße bei Nacht.«

Der Techniker vergrößerte das Bild weiter, beschnitt es, legte Farbfilter darüber, entpixelte und arbeitete an der Auflösung. Seine Finger bewegten sich wie die eines Konzertpianisten über die Tastatur. Er zeigte auf die weißen Flecken in der Nähe der Bäume auf der zur Küste gewandten Straßenseite, die jetzt sternhafte Konturen angenommen hatten.

»Mündungsfeuer«, sagte er.

»Bist du sicher?«

»Ziemlich. Von einer Handfeuerwaffe. Zwei Schüsse. Bei einem Gewehr ist es breiter, gelber und länger.«

»Wer feuert die Schüsse ab?«

Der Techniker zeigte auf einen undeutlichen Umriss vorm Waldrand.

»Der da ... oder sie. Schwarz gekleidet. Skimaske.«

Lene löschte die Deckenbeleuchtung. Das Büro lag jetzt im Halbdunkel.

Mit jedem Tastendruck hob sich der Schütze stärker vom Hintergrund ab, aber für eine Identifikation reichte es nicht, individuelle Gesichtszüge waren nicht zu erkennen. Lene richtete sich frustriert auf.

»Deutlicher ist das nicht hinzukriegen«, sagte er. »Jedenfalls nicht von mir.«

»Dann von niemandem. Aber das Mädchen hatte also recht. Da war jemand.«

Lenes Computer verkündete das Eintreffen einer neuen Mail. Sie las die Nachricht. Und gleich noch ein zweites Mal.

»Wie spät ist es in Manila?«, fragte sie.

»Viertel nach vier«, sagte Bjarne. »Wieso?«

»Wir haben ein Match. Maria de la Reyes. Sie heißt tatsächlich so. Sieh dir das an.«

Bjarne beugte sich über ihre Schulter und sah das Passbild einer hübschen, aber schmollenden jungen Frau. Er langte an Lene vorbei und kopierte die mitgeschickten Fingerabdrücke, öffnete die Files in Interpols Formatierungsprogramm und zog die Abdrücke aus Manila herüber. Sie passten perfekt.

»Ruf sie an«, sagte er. »Constable Leandro Mendoza ist der zuständige Dezernent. Sie war Hoteltänzerin. Was ist eine Hoteltänzerin?«

Lene schnappte sich den Telefonhörer und begann zu tippen.

»Ist das nicht einfach eine andere Bezeichnung für Nutte?«

Nach ewigem Klicken und Überseerauschen in der Leitung landete sie in der Telefonzentrale von Camp Rafael C. Crame, Quezon City, dem Hauptquartier der Philippine National Police.

»Constable Mendoza, Leandro, please, the department for missing people. This ist Lene Jensen from Denmark's National Police calling.«

Sie fühlte sich wie die Moderatorin des Dansk Melodi Grand Prix und sah Bjarne angespannt an.

»*One moment, please*«, sagte die Dame am anderen Ende klar und knapp.

»*The constabulary, Mendoza speaking.*«

»*This is chief superintendent Lene Jensen, constable Mendoza.* Ich habe soeben aus Ihrem Büro die bestätigte Identifikation einer gewissen Maria de la Reyes, San Pablo City, bekommen, einundzwanzig Jahre alt. Sie haben als Dezernent unterschrieben.«

Mendoza klang freundlich, aber müde und abgehetzt.

»*Chief Superintendent Jensen*, meine Unterschrift als Dezernent steht auf Hunderten solcher Anfragen aus aller Welt, meistens computergeneriert, wissen Sie, weil dort irgendein Name stehen muss.«

Lene schaltete die Lautsprecher zum Mithören ein. Bjarne lehnte an der Gipswand und kaute offenbar geistesabwesend auf einem Zahnstocher, aber Lene wusste, dass er hinter den dicken Brillengläsern und den halb geschlossenen Augenlidern alles registrierte. Noch in einem halben Jahr würde sie ihn mitten aus dem Tiefschlaf wecken können, und er würde das Gespräch wörtlich wiederholen. Hin und wieder war sein Asperger ein wahrer Segen. Dann wieder enorm mühsam.

»Oh ja, ich verstehe Sie sehr gut, *Constable Mendoza*«, versicherte sie mit ihrer verständnisvollsten Stimme. »Aber wir haben eine junge, ermordete Frau bei uns in Dänemark gefunden, bei der es sich aller Wahrscheinlichkeit nach um Maria de la Reyes handelt. Fingerabdrücke und Fotos stimmen überein.«

»Aha. Augenblick.«

Die Verbindung war so klar, dass Lene im Hintergrund das leise Klappern von Mendozas Tastatur hören konnte.

Gleich darauf war er wieder am Apparat.

»Hier hab ich sie. Zumindest die vorläufigen Details. Maria de la Reyes … Maria de la Reyes wurde vor etwa 15 Monaten vermisst gemeldet. Ledig, kinderlos, Eltern verstorben. Es gibt keine Kontaktdaten von irgendwelchen Angehörigen. Sie hat in einer kleinen Wohnung in San Pablo gewohnt, ihre Miete nicht rechtzeitig bezahlt, worauf der Eigentümer den Vertrag aufgehoben und ihre wenigen Habseligkeiten verkauft hat. Ihr Handyvertrag ist ebenfalls ausgelaufen und wurde nicht verlängert.«

Mendoza schwieg einen Moment.

»Ich weiß, dass Ihnen das auch nicht viel weiterhilft, Miss Jensen. Das Problem ist, dass auf meinem Schreibtisch eine Liste von 550 000 Menschen liegt, die in den letzten zehn Jahren verschwunden sind, hauptsächlich Mädchen und jüngere Frauen. Manchmal glaube ich, dass sie unsere vorrangige Exportware sind.«

Fast flüsternd fügte er hinzu: *»Deus esset cum ea.«*

»Entschuldigen Sie, was haben Sie gesagt?«

»Ich habe nur gesagt: *Möge Gott mit ihr sein.*«

»Ja … Ich danke Ihnen …«

Sie wollte das Gespräch gerade beenden, als Bjarne ihr etwas zuflüsterte.

»Constable Mendoza …?«

»Ja, ich bin noch da«, sagte er.

»Wenn es keine Kontaktdaten von Verwandten gibt, wer hat dann die Vermisstenanzeige aufgegeben?«

»Miss Isabella Linares, TMI Filippino Overseas Recruitment. Das ist eine der größten und angesehensten Rekrutierungsfirmen im Land. Ich sehe übrigens gerade, dass TMI sich auch um für Deutschland ausgestellte Arbeits- und Aufenthaltsgenehmigungen gekümmert hat. Offenbar sollte Miss de la Reyes sich zurückmelden, was sie nicht getan hat.«

Lene machte ein paar Notizen auf einem Telefonblock.

»Okay. Dürfte ich Sie bitten, für die betreffende Periode die Abflugzeiten nach Deutschland zu checken? Ach, und übrigens, was ist eigentlich eine Hoteltänzerin?«

Am anderen Ende war es still, und Lene befürchtete schon, dass die Verbindung unterbrochen war, als Mendoza sich wieder meldete.

»Das kann ich Ihnen so nicht sagen, *Chief Superintendent*, aber ich glaube nicht, dass das eine Rolle spielt. Es geht sicher nicht um zertifizierte Kernphysiker oder akkreditierte Diplomaten, sondern schlicht und ergreifend um ganz gewöhnliche, teilweise sehr junge Mädchen ohne sonderlich rosige Zukunftsaussichten. Hoteltänzerinnen, Cocktailkellnerinnen, Escortdamen, Zimmermädchen, Kindermädchen, Putzpersonal, Küchenhilfen. Manchmal kommen sie in einigermaßen guter Verfassung zurück, meistens nicht. Ich werde mir die Passagierlisten ansehen und mich wieder bei Ihnen melden, wenn ich etwas finde.«

»Tausend Dank. Sie waren mir eine große Hilfe, *Constable Mendoza.*«

»De nada.«

Lene reckte sich und gähnte, ihre Rückenwirbel knackten bedrohlich. Sie überlegte, auf dem Heimweg einen kurzen

Abstecher in den Trainingsraum zu machen, um sich im Boxring für ein paar Runden an einem ahnungslosen Opfer abzureagieren. Vorzugsweise einem der jungen, männlichen Polizeiassistenten.

Zurzeit empfand sie eine besondere Befriedigung dabei, Männer auszuknocken.

»Sie sollte nach Deutschland«, teilte sie Bjarne mit.

»Und ist im Transit verschwunden?«

»Sozusagen. So langsam scheinen wir die Spur aufzunehmen, oder?«

»Ganz bestimmt, Lene. Absolut.«

Sie sah ihren Mitarbeiter an.

»Du hast recht. Wir haben nichts. Die Spur endet garantiert an einem Flughafen in Deutschland, und wir sind kein Stück weiter. Abgesehen von Bertram Monell.«

»Ich kann das nicht glauben«, sagte Bjarne. »Warum? Er hat doch alles.«

»Niemand hat alles.«

MICHAEL RECHNETE in nächster Zukunft nicht mit einem aktiven Einsatz, trotzdem sah er zu, sich physisch in Form zu halten. Das hatten ihn seine vielen Dienstjahre beim Militär und danach im global agierenden Sicherheitsunternehmen Shepherd & Wilkins gelehrt. Für den Fall, dass es kein Fitnesscenter in der Nähe gab, hatte er ein selbst gestricktes, aber anstrengendes Programm zusammengestellt, das er überall absolvieren konnte, wo er Verankerungspunkte für seine TRX-Gurte und etwas Platz für seine Krav-Maga-Katas hatte.

In letzter Zeit hatte Michael das Training ziemlich schleifen lassen und darum an diesem Morgen zwei Stunden hart trainiert. Danach hatte er ausgiebig geduscht und saß nun mit seinem zerlegten Scharfschützengewehr und der 9-mm-Pistole am Küchentisch, einen Becher Kaffee und seine Zigaretten in greifbarer Nähe.

Er wurde von der Türklingel aus seinem meditativen Flow gerissen. Vor der Tür standen zwei Alarmtechniker, ihr Firmenwagen parkte hinter ihnen am Bürgersteig.

»Ja?«

»Ida Selinger?«

»Ich bin ihr Bruder, worum geht es?«

»Sie hat vor zwei Tagen eine Alarmanlage für die Wohnung bestellt«, sagte der Ältere.

»Augenblick.«

Michael schloss die Tür und rief Ida an.

»Hast du eine Alarmanlage bestellt?«

»Deinetwegen.«

Er hörte einen der Techniker vor der Tür telefonieren.

»Meinetwegen?«

Ida sagte etwas in unverständlichem Ärztejargon zu einer Person im Hintergrund.

»Ich hab gerade Visite ... Ja, wegen eines Einbruchs vor anderthalb Jahren durch ein Kellerfenster. Es wurde nichts weiter gestohlen, deshalb habe ich nichts unternommen. Obwohl der Glaser damals meinte, dass es in der Nachbarschaft eine ganze Einbruchsserie gegeben habe, die reinste Epidemie, wie er sagte. Und da dachte ich, wenn du jetzt einziehst, könnte eine Alarmanlage vielleicht nicht schaden, bei den seltsamen Zeitgenossen, mit denen du immer wieder zu tun hast ...«

»Okay, okay. Danke.«

»Michael ...?«

Er beendete das Gespräch, sammelte mit routinierten Bewegungen die Waffen ein und verstaute sie in dem Waffenschrank in seinem Schlafzimmer. Danach ging er zurück an die Haustür.

Er lächelte die Techniker an, die seinen Blick nicht gerade freundlich erwiderten. Der Jüngere von beiden schaute demonstrativ auf die Uhr.

»Kommen Sie rein und entschuldigen Sie meine schroffe Begrüßung, aber man weiß ja nie.«

»Wohl wahr«, sagte der Ältere unverbindlich. »Darum sind wir ja sozusagen hier.«

»Was hat meine Schwester bestellt?«

Der jüngere Techniker schaute auf das Auftragsformular, während der andere teuer aussehende Kisten im Flur abstellte.

»Ein Rundumpaket«, sagte der Ältere. »Infrarot, Bewegungsmelder. Haben Sie Haustiere?«

»Nein.«

»Gut.«

Er entfernte einen Aufkleber von dem Auftragszettel.

»Das sind PIN-Code und Telefonnummer der Alarmzentrale«, sagte er.

»Danke.«

Michael hängte seine Schultertasche über und übergab dem älteren Techniker seinen Haustürschlüssel.

»Legen Sie ihn einfach unter die Fußmatte, wenn Sie fertig sind.«

»Das geht nicht«, sagte der Jüngere ernst und richtete sich auf. Er hatte Sidecuts und einen in den Schneidezahn eingesetzten Rubin.

»Wieso nicht?«

»Ihre Schwester hat einen großen Wassertank mit elektronischen Aalen und Piranhas für den Keller bestellt, für den wir unter der Fußmatte eine Falltür einbauen. Wenn Sie vorm Öffnen der Tür nicht den Code eingeben, landen Sie im Tank.«

Michael sah ihn an.

»Haben Sie schon mal eine Karriere als Stand-up-Comedian in Erwägung gezogen?«

Der Ältere nahm den Schlüssel.

»Hat er. Ermuntern Sie ihn nicht noch dazu. Wir legen den Schlüssel unter die Matte. Schönen Tag.«

MICHAEL SCHAUTE EIN YOUTUBE-VIDEO. Bettina Horst spielte Brahms' erstes Violinkonzert mit dem Amsterdam Concertgebouw. Die Aufnahme hatte über zehn Millionen Likes. Sie sah weit abwesend und zugleich total präsent aus, in ihrer ganz eigenen, souveränen Welt. Die halb geschlossenen Augen sahen weiß Gott was, innere Landschaften und Farben vielleicht. Zwischendurch schickte sie dem Dirigenten kurze Seitenblicke.

Die junge Dänin war eine der umschwärmtesten Frauen und gefragtesten Namen in den Konzertsälen der Welt gewesen.

Bettina Horst war eine interessante Mischung aus Emo und kultiviertem Weltstar. Über ihren linken Arm wanden sich lange Tätowierungen: grüne Wasserlilien und der Name der verstorbenen Mutter, Irene. Ihr blondes Haar war über das linke Ohr gekämmt. Sie spielte eine Lord-Wilton-Guarneri, eine Dauerleihgabe vom Mærsk-McKinney-Møller-Fonds. Das rechte Ohr war von fünf Goldringen durchbohrt. Am linken Handgelenk identifizierte Michael ein Festivalarmband aus Roskilde, während die Schuhe von Louboutin und das Kleid von Elie Saab waren. Sie war ein wandelndes Paradoxon und bediente so kreuz und quer alle Stereotypen und Stilrichtungen, dass Madonna im Vergleich mit ihr geradezu bieder wirkte. Ähnlich wie Madonna hatte Bettina Horst sich auf einer bemerkenswerten Reise aus der sozialen Verarmung ins Rampenlicht mehr oder weniger selbst erschaffen. Dass ihre Identität unterwegs immer wieder ein wenig zerfaserte, war leicht nachvollziehbar.

Und dann verschwand sie.

Sechsundzwanzig Jahre alt, verdampfte sie irgendwo zwischen den roten Teppichen und dem tosenden Applaus des Publikums.

Michael summte die ersten Takte der Solostimme mit und schaute hoch, als jemand ans Fenster klopfte. Er saß in einem gut besuchten Café, umgeben von Studenten, dem unermüdlichen Tastaturgeklacker von MacBooks, gedämpftem Gemurmel, den trockenen, kratzigen Duft von Examensaufgaben in der Nase.

Michael winkte dem jungen Mann vor dem Fenster zu. Jacob Winther war Ende zwanzig, sah aber entschieden älter aus. Er klappte seinen Laptop zu und begrüßte den Mann mit Handschlag, ehe sie sich einen Tisch in einer ruhigen Ecke suchten.

Winther lächelte Michael mit rettungslos verzweifeltem Gesichtsausdruck an. »Ich bin Ihnen unendlich dankbar, dass Sie sich Zeit für mich nehmen«, sagte er ansatzweise enthusiastisch.

»Nicht der Rede wert«, sagte Michael.

»Ich denke, Sie wissen, worum ich Sie bitten möchte. Ich erwarte keine Wunder … oder vielleicht genau das.«

Michael nickte zurückhaltend.

»Wunder haben Seltenheitswert, Jacob. Wie Schneeleoparden oder Politiker mit Realitätssinn. Ich glaube, unser

Herrgott hat beschlossen, Wunder zu rationieren, bis wir unsere Lektion gelernt haben oder er eine Gelegenheit findet, uns persönlich in den Hintern zu treten.«

Jacob Winther trank einen Schluck von seinem Latte.

»Aber Sie glauben trotzdem an Wunder?«

»Wenn es keine gäbe, würde niemand darüber reden«, sagte Michael mit einem Schulterzucken. »Ich habe eine Menge über Ihre Freundin gelesen und mir alle möglichen Videos angeschaut. Sie ist wirklich ein außergewöhnlicher Mensch, was ich nicht so schnell über jemanden sage. Und sie ist zu einer Mauer in Ihrem Leben geworden. Sie kommen nicht weiter. Das ist ganz natürlich. Sie werden niemals wieder eine Frau wie sie finden.«

»Oh ja, sie war außergewöhnlich. Aber sie war auch einfach meine Freundin. Wir wollten heiraten. Sie hat nicht Geige für mich gespielt. Jedenfalls nicht immer.«

Der junge Mann sprach mit einer altmodischen, stillen Würde, die Michael für ihn einnahm.

»Warum jetzt und warum ich?«, fragte er.

»Ich bin vor einer Woche aus New York zurückgekommen. Jemand hatte behauptet, Bettina in einem Park in Brooklyn gesehen zu haben. Außer in den USA wurde sie auch in Rio de Janeiro gesehen, am Bahnhof in Horsens, am Ayers Rock in Australien und in einem Café in Amsterdam. Kann sein, dass ich besessen bin, und ich weiß, wie unsinnig es ist, dass ich weiter daran glaube. Bettina hat ungefähr den gleichen Status wie Ufos, Heinzelmännchen oder Elvis. Wie auch immer, auf dem Heimweg habe ich einen alten Schulfreund getroffen, der Sie kennt.«

»Wie heißt er?«

»Simon Hallberg. Er ist Wirtschaftsjournalist und Researcher bei *The Economist* in New York. Er war äußerst diskret, was Ihre Beziehung angeht, aber er hatte wohl Mitleid mit mir. Oder einfach nur die Faxen dicke von meinen Jeremiaden. Jedenfalls hat er vorgeschlagen, Sie zu kontaktieren. Er meinte, Sie seien …«

»Was?«

»Jemand, der Unmögliches möglich macht.«

Michael seufzte.

»Hört sich an, als hätte er Crack geraucht«, sagte er. »Aber er ist in Ordnung, ein Meister im Finden von Dingen und Zusammenhängen, die sonst keiner findet.«

Jacob sah Michael flehend an.

»Ich bin Ingenieur und habe einen guten Job. Reich bin ich nicht, aber ich könnte für Ihr Honorar einen Kredit auf meine Wohnung aufnehmen. Ich könnte …«

»Was war Ihre Freundin für ein Mensch?«

Der junge Mann studierte einen Fleck auf der Tischplatte.

»Sie stammte aus einer sozialen Klasse außerhalb jeder Kategorie. Hat in ihrer Kindheit und Jugend an zig verschiedenen Orten gewohnt. Unter anderem in einem verfallenen Schrebergartenhäuschen auf Amager. Ich konnte es nicht glauben, als sie es mir irgendwann gezeigt hat. Das war der reinste Hühnerstall. Ich glaube, ihre Mutter hat getan, was sie konnte, aber sie hatte einfach keine Reserven. Sie war bis zum Vorruhestand Sozialhilfeempfängerin, Alkoholikerin. Vater unbekannt. Vermutlich wusste Irene es nicht mal selber. Als sie starb, war Bettina zwölf und kam ins Kinderheim und später in ein Jugendwohnheim.

Später auf dem Konservatorium wurde sie mehr oder weniger von ihrem Geigenlehrer adoptiert.«

»Wann hat sie angefangen zu spielen?«

»Das ist der Grund, warum ich an Wunder glaube. Während ihrer Zeit im Kinderheim ging sie auf eine gewöhnliche Grundschule. Eines Tages hat ihr jemand eine Geige in die Hand gedrückt, und sie hat das Instrument von Anfang an beherrscht. Sie konnte keine Noten lesen, aber spielen, dass die Engel weinten. Und sie hatte das absolute Gehör. Das Interesse der Lehrer, die sie als leicht retardiert, um nicht zu sagen dumm eingestuft hatten, war geweckt. Sie wurde zu einer Schulpsychologin geschickt, die eine Reihe Intelligenztests durchführte. Und dann gleich noch ein paar mehr, weil sie den Ergebnissen der ersten nicht traute. Bettina hat jede Skala gesprengt. Sie war völlig unterfordert und hat sich in der Schule zu Tode gelangweilt, ohne es zu ahnen.«

»Und sie sah gut aus«, sagt Michael. »Sehr. Bevor Sie gekommen sind, habe ich sie Brahms' Erste mit dem Concertgebouw spielen sehen. Sehr schön. Wo haben Sie den Mut hergenommen? Ich hätte mich niemals getraut, jemanden wie sie anzusprechen. Das ist ja, als würde man Charlize Theron ein Date vorschlagen, wenn sie zufällig in der Fußgängerzone an einem vorbeigeht.«

Zum ersten Mal hellten sich Jacob Winthers traurige Gesichtszüge ein wenig auf, aber nur für einen kurzen Augenblick.

»Das hätte ich mich auch nicht getraut, wenn ich ihr auf der Straße oder in einem Café begegnet wäre. Sie war immer von einem Heer Agenten, Assistenten, Komponisten, Dirigenten und anderen Musikern umgeben, Leuten, die ihre Unterschrift auf einem Plattenvertrag oder ein Benefizkonzert von ihr wollten. Nein, wir haben bei gemeinsamen Bekannten zufällig nebeneinandergesessen. Sie war völlig natürlich, selbstironisch und eher schüchtern. Im Gespräch haben wir festgestellt, dass wir beide Indie-Rock lieben, Sie wissen schon, Arctic Monkeys, The Libertines, The Black Keys, so was in der Art.«

»Ich bin nie so richtig über Led Zeppelin hinausgekommen«, sagte Michael.

Jacob sah ihn mitfühlend an.

»Die waren auch ... richtig, richtig gut. Na ja, wir haben uns beim North-Side-Festival in Århus verabredet und danach waren wir zusammen. Ich gehe davon aus, dass unsere Beziehung wie jede andere auch war, außer dass sie ständig auf Tournee war.«

»Verstehe«, sagte Michael und leerte sein Kaffeeglas. »Ehrlich gesagt, Jacob, kenne ich mich in der internationalen, klassischen Musikszene nicht aus. Hatte sie Feinde, irgendwelche verschmähten Primadonnen, die einen Hass auf sie hatten?«

»Nicht, dass ich wüsste. Es gibt nicht mehr so viele Maria Callas auf dieser Welt. Die meisten Künstler kennen sich, haben in allen möglichen Konstellationen überall auf der Welt zusammen Musik gemacht. Auf mich machen sie alle einen sehr seriösen, zuvorkommenden, freundlichen und eher langweiligen Eindruck.«

Michael begann zu ahnen, woran die Nachforschungen anderer irgendwann gescheitert waren. Alle, inklusive des verschwundenen Wunderkinds, waren »freundlich« oder

»zuvorkommend« gewesen wie die Teilnehmer eines Mindfullness-Seminars auf Kreta.

»Wie sieht es mit Missbrauch aus?«, tastete er sich vor. »Ich meine, ihre Mutter war Alkoholikerin, vererbt sich so etwas nicht? In meiner Familie tut es das.«

Jacob Winther dachte nach.

»Sie hat sehr viel Süßigkeiten gegessen, wenn sie nervös war und das Gefühl hatte, nicht gut genug zu sein«, sagte er.

»Ich meinte *Missbrauch.*«

»Sie hatte Attacken, in denen sie wahnsinnig viele Zigaretten geraucht hat. Aber sie konnte von einem Tag auf den nächsten aufhören.«

Michael faltete die Hände vor sich auf dem Tisch und sah den jungen Mann eindringlich an.

»Ich habe es ernst gemeint, als ich sagte, dass ich an Wunder glaube. Aber Ihre Freundin ist vor anderthalb Jahren verschwunden, und das ist eine lange Zeit in meiner Welt. Eine Reihe talentierter und ausgezeichneter Menschen haben nach ihr gesucht. Profis mit Elektronenmikroskopen, speziell ausgebildeten Hunden, Taucherausrüstung, Datenbanken, grenzüberschreitenden Netzwerken und unbegrenzten Ressourcen.«

Jacob sah ihn nicht an und sackte in sich zusammen.

»Wer von denen hätte nicht gerne aufgedeckt, was exakt mit Bettina Horst geschehen ist? Das wäre wie die Entdeckung des Bernsteinzimmers oder die Aufklärung des Attentates an J. F. Kennedy. Beamte von New Scotland Yard, der Gendarmerie Nationale und vom FBI haben es versucht, angespornt vermutlich von musikbegeisterten Gattinnen gewisser Politiker. Unermüdliche und engagierte Ermittler, Jacob. Die Besten.«

Der junge Mann sah noch elender aus, aber mit einer hartnäckigen Glut in den Augen.

Michael seufzte. Er wird niemals aufhören zu suchen, dachte er.

»Ich tue alles, um Sie bezahlen zu können«, sagte Jacob. »Simon hat voller Ehrfurcht von Ihnen erzählt.«

»So viel Geld haben Sie nicht«, sagte Michael. »Und werden Sie auch nicht zusammenkratzen. Also hören Sie auf, davon zu reden, okay?«

Er faltete energisch eine Serviette auf Briefmarkengröße zusammen.

»Aufgrund gewisser Umstände habe ich momentan nicht allzu viel um die Ohren«, sagte er. »Ich werde die vorliegenden Informationen durchgehen und schauen, ob ich etwas finde, was andere möglicherweise übersehen haben, obwohl ich mir das kaum vorstellen kann.«

Jacob hob den Kopf.

»Ist das Ihr Ernst?«

»Aber versprechen kann ich nichts. Es ist mir wichtig, dass Ihnen das klar ist.«

»Klar.«

Jacob schob einen USB-Stick über den Tisch, bevor Michael es sich anders überlegte.

»Da ist alles drauf, was jemals zu der Sache geschrieben wurde«, sagte er. »Zeugenaussagen. Chronologie. Ich habe alle einsehbaren Berichte eingescannt. Wenn Sie noch etwas brauchen, besorge ich es Ihnen.«

Michael nahm den Stick.

»Wenn ich etwas brauche, frage ich meine Frau. Sie arbeitet bei der Polizei.«

»Ach? Simon hat gar nicht erwähnt, dass Sie verheiratet sind …«

»Gewissermaßen«, nuschelte Michael und stand auf. »Ich melde mich, falls ich etwas herausfinde.«

BJARNE BEGRÜSSTE SIE MIT vorwurfsvollem Mutterblick. Lene war nur allzu klar, dass sie am Abend vorher zu tief ins Rotweinglas geschaut hatte. Danach war sie den Rest der Nacht um die eigene Achse rotiert und hatte sich schließlich, nachdem sie es aufgegeben hatte einzuschlafen, die dritte Staffel *Breaking Bad* angeschaut. Ganz offensichtlich hatte sie ein Alter erreicht, in dem man so etwas nicht mehr ungestraft und ohne verräterische Spuren im Gesicht wegsteckte.

»Morgen«, sagte ihr Mitarbeiter knapp.

»Einen doppelten Espresso, bitte.«

Bjarne schlurfte zu ihrer privaten Kaffeemaschine, und Lene knallte ihre Füße auf den überfüllten Schreibtisch und starrte vor sich hin.

»Ich habe nachgedacht.«

»Das ist gut, Lene.«

Er stellte die Tasse vor sie.

»Das Mädchen aus dem Meer.« Lene machte eine Pause und zählte an den Fingern ab: »Die vor Kurzem ein Kind bekommen hat. Die von jemandem genäht wurde und deren Fäden wieder gezogen worden sind. Die ein teures, französisches Küchenmesser bei sich hatte. Die erschossen wurde. Die nicht weit von Bertram Monells Insel an Land gekommen ist. Und die wie ein ganz normales philippinisches Au-pair aussieht. Ich komme mir vor, als würde ich ein Zebra am Nordpol suchen. Das ergibt alles keinen Sinn.«

»In dem Fall ein Zebra mit Flugticket«, sagte Bjarne und setzte sich. »Mendoza hat gestern Abend eine Mail geschickt. Maria de la Reyes ist am 2. April letzten Jahres mit Asiana Airlines über Bangkok nach Frankfurt geflogen.«

Lene schwang die Beine vom Tisch und sah ihn aufmerksam an.

»Tatsächlich? Da gibt es doch bestimmt Überwachungskameras. Vielleicht wurde sie von jemandem abgeholt. Vielleicht haben wir ja einfach mal ein bisschen Glück.«

Bjarnes Blick glitt an ihr vorbei. Er hatte Probleme, anderen Menschen in die Augen zu schauen, und er ertrug keinen körperlichen Kontakt. Manchmal hatte Lene das Gefühl, ihr Büro mit Rainman zu teilen.

»Vielleicht. Ich war so frei, Miss Isabella Linares von der Rekrutierungsfirma anzurufen.«

»Die Maria als vermisst gemeldet hat? Was hat sie gesagt?«

Bjarne schaute wieder an Lene vorbei, die allmählich ungeduldig wurde.

»Sehr reizende Frau ... entgegenkommend ...« Seine Stimme versandete.

»Dann heirate sie doch, verdammt noch mal. Was hat sie gesagt?«

Bjarne seufzte gestresst. Seine Tasse war leer, und er schielte zur Kaffeemaschine.

»Wenn du auch nur einen Schritt in Richtung Kaffeemaschine machst, schieß ich dich auf der Stelle nieder.«

Sein Mund verzog sich.

»Sie hat erzählt, dass ein deutsches Unternehmen Maria de la Reyes angeheuert hat, vorerst für ein Jahr, mit einer Option auf Verlängerung, wenn alle Seiten zufrieden waren. Miss Linares war sehr angetan von dem Deal. Alles ganz transparent und hochprofessionell. Die deutsche Firma vermittelte Arbeitskräfte an Hotels, Restaurants und Kreuzfahrtschiffe. Auf ihrer Homepage waren Empfehlungen zufriedener Kunden und die Kontaktdaten einer dynamischen und hilfsbereiten Kontaktperson namens Hildegard Gerschner.«

»Hat diese ach so prächtige Firma auch einen Namen?«

»Germanische Zukunft International. Hauptsitz in Hamburg.«

»Und?«

»Sie haben für die ersten drei Monate 12 000 Euro Vorschuss bezahlt, inklusive der Provision für das Vermittlungsbüro. Sie haben Marias Visum und Arbeitsgenehmigung bezahlt, und sie haben über die Stelle hinaus eine kleine Wohnung für sie bereitgestellt. Miss Linares war, wie gesagt, sehr angetan. Auch, weil die Verhandlungen so ungewöhnlich glatt liefen. In der Regel wurde mit den Kunden lange hin und her verhandelt, aber die Deutschen bezahlten anstandslos.«

Lene sah ihn an.

»Und diese großzügige und ergebene Firma, existiert die in Wirklichkeit?«

»Am 10. April haben sie beim Amtsgericht Hamburg einen Konkursantrag gestellt und existieren seitdem nicht mehr.«

»Eine Woche, nachdem sie Maria de la Reyes angeheuert haben? Super Arbeit, Bjarne.«

Der Mitarbeiter wurde rot.

»Das war noch nicht alles«, sagte er.

»Raus damit. Schläfst du eigentlich nie? Ich würde dich mir gerne noch länger erhalten wissen.«

»Danke. Wie sich herausstellte, war die Germanische Zukunft International eine Tochtergesellschaft eines größeren Firmen-Konglomerates namens European Recruits Overseas, registriert in Luxemburg, die wiederum eine Holdinggesellschaft unter Enigma Trading war, einem englischen, in Nassau, Bahamas, notierten Unternehmen. Danach habe ich nicht mehr weitergeforscht.«

»Eine Firma in einer Firma in einer Firma. Wie lautet die Hamburger Adresse?«

»Ecke Grindelallee/Rentzelstraße in einem recht exklusiven Teil von Hamburg. Die gewerblich genutzte Wohnung war Anfang Februar letzten Jahres vermietet, jetzt ist dort ein Reisebüro.«

Bjarne machte sich nie Notizen.

»Das ergibt keinen Sinn. Das ergibt schlicht und ergreifend keinen Sinn«, sagte Lene, stand auf und lief rastlos im Raum hin und her.

»Zur Akquise junger Asiatinnen oder Osteuropäerinnen, die verschwinden können, ohne dass irgendjemand sie vermisst, stellt man Annoncen auf Dating-Seiten, auf denen ihnen ein glückliches, erfolgreiches Leben mit einem blonden, gut aussehenden Börsenmakler mit Manieren versprochen wird, der romantische Abendessen bei Kerzenschein, Tennis und Kinder liebt. Man bestellt sie wie Take-away bei einem Menschenschmuggler oder entführt sie von der Straße weg, chloroformiert sie und sperrt sie in Containern ein. Das hier ist viel verwickelter, zivilisierter … und teurer.«

Bjarne starrte vor sich hin.

Er hat noch was in petto, dachte Lene und starrte ihrerseits ihren Mitarbeiter an.

»Ich habe keine Lust auf Rätselraten«, warnte sie ihn.

»Verstehe. Das ist nur nicht so einfach für mich, wenn du … Also, da waren drei. Sie sind zusammen gereist. Über dieselbe Firma. Alles gleich. Ich habe Miss Linares um einen Cross Check von Germanische Zukunft International gebeten. Die Mädchen sind zusammen aus Manila abgereist. Sie saßen im selben Flieger nach Frankfurt. Und sie sind alle ohne Angehörige eingetragen. Anfang zwanzig. Klone.«

»Drei?«, wiederholte Lene benommen.

»Die anderen zwei heißen Kayla Torres und Marissa Castro. Ich gehe davon aus, dass Mendoza uns auch noch Informationen zu ihnen schickt.«

Lene setzte sich auf ihren Bürostuhl, beugte sich vor und stützte sich mit den Ellenbogen auf ihren Knien ab. Sie starrte auf den Nadelfilz vor ihren Stiefelspitzen.

»Vielleicht waren sie nicht alle zum gleichen Ort unterwegs«, sagte sie.

»Vielleicht nicht«, sagte Bjarne.

»Aber wir wissen, dass das nicht stimmt.«

Bjarne nickte.

MICHAEL STAND MIT einem Cocktail von Schmerztabletten in der Hand im Bad und schaute in den Spiegel. Das hätte er besser nicht tun sollen. Sein Gesicht war aschfahl, die Haut spannte trocken über den Wangenknochen. Er schluckte die Pillen, spülte mit Wasser aus der gewölbten Hand nach und schloss die Augen. Es war Nacht und wie immer zu diesem Zeitpunkt einer Ermittlung: hoffnungslos. Andere Privatberater hatten vielleicht weniger Probleme, wichtige Ermittlungen mit ihrem Familienalltag, Ferien, Hobbys und Freunden unter einen Hut zu bringen. Bei Michael gab es nur zwei Einstellungen: »on« und »off«. Er hatte es aufgegeben, etwas daran zu ändern.

Die letzten drei Tage hatte er Jacob Winthers Material gründlich gesichtet. Kolossale Mengen an Material. Alleine die Berichterstattung der Medien zu Bettina Horsts Verschwinden war enorm.

Er ging zurück in die dunkle Küche, setzte sich an den Computer, zündete sich eine Zigarette an und bekam fast einen Herzinfarkt, als eine Hand auf seiner Schulter landete.

»*Jesus Christ*, Ida! Schleich nicht wie ein verdammter Ninja durchs Haus! Ich hätte mir fast in die Hose ...«

Seine Schwester ignorierte den Ausbruch und umrundete den Tisch. Mit demonstrativ ausladenden Gesten zog sie die Gardinen auf, öffnete alle Fenster und wedelte mit beiden Händen vorm Gesicht herum.

»Hier stinkt es wie in einer abgefackelten Tabakfabrik, Michael. Isst du genug? Und wann hast du dich das letzte Mal rasiert? Du siehst grauenvoll aus.«

»Danke. Welche Frage soll ich zuerst beantworten? Wenn ich Wert auf ewige Vorwürfe, Kritik, Schuldgefühle, Gejammer, Scham und Konflikte legen würde, könnte ich einfach verheiratet bleiben.«

Sie machte Licht, und Michael krümmte sich wie ein Vampir, der von Sonnenstrahlen getroffen wird.

»Verdammt noch mal«, knurrte er.

»Hast du was gegessen?«, fragte sie und suchte, ohne seine Antwort abzuwarten, etwas im Kühlschrank, das sie in die Mikrowelle schieben konnte.

»Fuck, was für ein Scheißtag ... fünf Operationen ... Mamma mia ... Warum zum Teufel geben die Leute nicht besser auf sich acht?«

Sie nahm auf der anderen Tischseite Platz und betrachtete ihn.

»Was machst du eigentlich?«

»Ich schieße meine Gehirnzellen ab, oder das, was von ihnen noch übrig ist«, sagte er mit geschlossenen Augen. »Sie haben recht, alle zusammen. Das Verbrechen ist unmöglich aufzuklären. Ich begreife nicht, wie eine Weltberühmtheit sich einfach in Luft auflösen kann, und das treibt mich in den Wahnsinn. Ich bin schon fast so weit zu glauben, dass sie von Aliens entführt wurde.«

Ida stand auf und verteilte das Essen auf zwei Teller. Dann schenkte sie Rotwein ein und legte Besteck auf den Tisch.

»Wenn du mir sagst, um wen es geht, kann ich dir vielleicht weiterhelfen.«

Michael starrte auf seinen Teller und schob einen Bissen in den Mund. Seine Schwester aß mit gutem Appetit.

»Bettina Horst. Du selbst warst es, die mir diesen Scheißfall eingebrockt hat.«

Sie lächelte ihn überrascht an.

»Dann hast du mit dem jungen Mann gesprochen? Das ist wirklich nett von dir, Michael. Und wenn jemand das Rätsel lösen kann, dann du.«

Er kaute vorsichtig.

»Was ist das?«

»Keine Ahnung, aber es schmeckt gut, oder? Der menschliche Organismus kann definitiv nicht am Laufen gehalten werden mit einer Diät aus Kippen, Kaffee, Keksen und Whisky, Michael. Ich weiß das, weil ich Ärztin bin.«

Michaels Magen knurrte.

»Schmeckt okay«, murmelte er.

Sie prostete ihm zu.

»Ich bin sicher, dass du eine Lösung findest. Das tust du immer.«

»Dieses Mal nicht«, sagte er finster. »Unmöglich. Es ist zu lange her. Der Mensch ist vergesslich.«

Ida ließ den Wein kreisen, der einen schlierigen Film auf der Innenseite des Glases bildete.

»Was ist passiert?«

Michael legte Messer und Gabel beiseite und wischte sich mit einem Blatt Haushaltspapier den Mund ab.

»12. Februar, letztes Jahr: Bettina Horst spielt Schostakowitsch im DR-Konzertsaal. Nach der Pause stand Carl Nielsens

Bläserquintett auf dem Programm. Der Abend war seit Monaten ausverkauft, weil Bettina Horst nur selten im Lande war.«

»Schostakowitsch ... Und dann?«

»Sie beendet ihre zweite Zugabe um 21 Uhr 15. Der Assistent hat ein Taxi bestellt, das sie und ihre Guarneri zum Flughafen fahren soll. Sie hat am nächsten Tag Proben im Lincoln Centre in New York. Sie verlässt das Konzerthaus wie gewohnt über eine Hintertür, aber beim Taxifahrer ist sie nie angekommen. Er hat danach die Spanische Inquisition durchlaufen, aber die Firma bestätigt sein GPS. Niemand außer dem Täter hat sie gesehen. Anfangs rechnen alle mit einer Lösegeldforderung, die aber nie kam.«

»Was glaubst du, was geschehen ist?«

Er breitete die Arme aus.

»Ich habe absolut keine Ahnung. Das Einzige, was ich mir denken könnte, wäre, dass sie vor dem Konzerthaus irgendeinen Bekannten getroffen hat. Nicht unbedingt einen näheren Bekannten oder Freund, aber zumindest eine Person, der sie vertraut. Aber das ist nur eine Vermutung.«

»Wieso kein naher Bekannter?«

»Weil deren Bewegungen an diesem Tag und Abend bis ins kleinste Detail rekonstruiert worden sind.«

»Selbst berühmte Menschen können einem primitiven Verbrecher begegnen, weil sie zur falschen Zeit am falschen Ort sind«, gab Ida zu bedenken. »Weil Bettina Horst berühmt und eine Ausnahmekünstlerin war, muss das noch lange nicht heißen, dass sie Opfer eines außergewöhnlichen Plots war. Vielleicht ist sie einem Psychopathen in die Arme gelaufen, der hinterher festgestellt hat, dass er einen

Promi auf dem Gewissen hat und bis zum Hals in der Scheiße steckt, dem es dann aber gelungen ist, alle Spuren zu verwischen.«

Michael nickte.

»Im Prinzip gebe ich dir recht, aber dazu war keine Zeit. Es lagen höchstens fünf Minuten zwischen dem Moment, als sie sich von ihrem Assistenten verabschiedet hat, und den zweihundertfünfzig Metern zwischen der Hintertür und dem Taxistand. Was sag ich, eher zwei. Ganz davon abgesehen glaube ich nicht, dass Serienmörder oder Vergewaltiger ihren Opfern vor einem Konzerthaus auflauern.«

Ida schnappte sich eine seiner Zigaretten, zündete sie an und inhalierte genüsslich.

»Was gedenkst du also zu tun?«, fragte sie. »Und kannst du dir das leisten? Was ist mit der italienischen Firma, die dich bekniet hat, dich mit Industriespionage oder so was zu befassen?«

»Die habe ich an einen englischen Kollegen vermittelt.«

Obwohl er müde wirkte, hatte Michael diesen besonderen Ausdruck sturer Entschlossenheit im Gesicht, den Ida besser als irgendwer sonst kannte. Sie hatte ihn zum ersten Mal an ihm gesehen, als sie als Elfjährige in Tränen aufgelöst aus der Schule nach Hause gekommen war, weil ein paar ältere Jungs sie immer wieder aufzogen, dass sie eine weltfremde Träumerin sei. Das Ganze hörte schlagartig auf, nachdem die Jungs mit ernsten Verletzungen ins Krankenhaus eingeliefert worden waren. Keiner von ihnen konnte eine brauchbare Beschreibung der Person geben, die sie überfallen hatte, aber die Polizei fand ein blutverschmiertes Stahlrohr in der Nähe des Tatortes – ohne Fingerabdrücke.

Michael hatte nie darüber gesprochen, aber Ida wusste, dass er es getan hatte.

»Ich habe Geld genug«, sagte er. »Erst recht, wenn ich die Finger vom Whisky lasse.«

»Kannst du das?«

»Ich kann es versuchen. Im Fall Bettina Horst liegt die Lösung in einem Detail, dessen Bedeutung bis jetzt noch niemand erkannt hat. Ich brauche noch mehr Einzelheiten. Das ist wie die berühmte Suche nach der Nadel im Heuhaufen ...«

Er zog Jacob Winthers USB-Stick aus dem Port und sah ihn hasserfüllt an.

»Ich hab jedes Detail auf diesem Ding abgeklopft, aber ich brauche was Neues, Frisches, Vielversprechendes.«

»Zum Beispiel?«

»Kontoauszüge, Steuerunterlagen, Alltagskram, nicht den ganzen Glamour, sondern wo sie ihren Kaffee trank, zum Friseur ging, wo sie ihr Bikinizonenwaxing hat machen lassen, Klamotten gekauft hat, wohin und mit wem sie ausging. Mit wem sie persönlich, aber zufällig gesprochen hat.«

»Wo willst du solche Informationen herkriegen?«

»Von Lene. Oder genauer gesagt, von ihrem Mitarbeiter Bjarne.«

Er sah sie wenig optimistisch an. »Was bedeutet, dass ich bei der Furie vorsprechen und sie überzeugen muss. Fuck!«

Ida schenkte Wein nach und atmete tief ein.

»Michael?«

»Was?«

»Du hast nie darüber geredet, und ich weiß sehr wohl, wie sehr du es hasst, ausgefragt zu werden, aber was ist eigentlich schiefgelaufen? Ich meine, ihr seid beide wärmegesteuerte Raketen und fanatisch, aber ihr habt euch doch verstanden, oder? Ich hab immer gedacht, ihr wärt füreinander bestimmt.«

Michael sah seine Schwester an.

»Das waren wir wohl auch. Aber ich hab's verkackt, Schwesterherz.«

Ida nutzte die Öffnung.

»Hast du irgendwas Falsches gesagt?«

»Nein, getan. In Paris bin ich zufällig einer unwiderstehlichen Person begegnet. Sie war ein Traum. Opium.«

Er wischte sich erschöpft über die Stirn. »Vielleicht war es auch kein Zufall, ich weiß es nicht.«

»Das sieht dir gar nicht ähnlich.«

»Aber es ist passiert.«

Er erhob sich von seinem Platz, fuhr sich mit den Händen übers Gesicht und schob die Finger durch die Haare. Dann zog er so fest daran, dass es ihr bis ins Mark wehtat.

»Danke fürs Essen. Ich geh ins Bett. Gute Nacht.«

»Warte, verdammt noch mal. Wer war sie?«

»Sie hat gesagt, sie heiße Rose und komme aus Südafrika. Der Akzent passte. Sie hat erzählt, sie sei Meeresbiologin und nach Paris eingeladen, um einen Vortrag über Korallen zu halten. Sie existiert nicht.«

»Wie meinst du das?«

»Dass sie nicht existiert. Jedenfalls nicht als Meeresbiologin.«

»Du hast sie nicht wiedergesehen?«

»Nein. Aber wenn ich ihr noch einmal begegne, werde ich ihren perfekten Arsch ins nächste Jahrhundert katapultieren. Sie hat sich als hinterhältig bösartige Teufelin entpuppt. Als hätte sich im Nachhinein herausgestellt, dass Mona Lisa kleine Kinder geschlachtet und gefressen hat.«

»Was hat sie gemacht?«

»Vergiss es. Das ist unwichtig.«

Sie musterte ihn aufmerksam.

»Komm mal zu mir, damit ich mir das ansehen kann. Dein Auge ist ganz rot und geschwollen.«

»Ach ja? Wahrscheinlich hab ich zu viel geraucht.«

»Komm schon.«

Sie zog ihn in den Lichtkegel der Lampe über dem Tisch.

»Du hast ein fußballgroßes Gerstenkorn. Hast du das gar nicht gemerkt?«

»Keine Ahnung.«

Sie schüttelte den Kopf.

»Ich schreib dir ein Rezept für ein Antibiotikum. Versprich mir, gleich morgen in die Apotheke zu gehen.«

»Natürlich, Frau Doktor.«

AM NÄCHSTEN ABEND STAND Michael vor Lenes Tür und hob die Hand, um anzuklopfen, obwohl es ihm widerstrebte, an die Tür der Wohnung zu klopfen, die bis vor Kurzem sein Zuhause gewesen war.

Sie machte auf und ging vor ihm ins Wohnzimmer. Er bemerkte eine Reisetasche im Flur mit Baggage-Tag am Haltegriff: CPH-HAM. Daneben lag ihre Sporttasche mit verschrammten roten Boxhandschuhen und einem Handtuch. Das Handtuch war feucht.

Sie setzte sich auf die andere Seite des langen Tisches. Überall waren frische Schnittblumen, die sagten: »Es geht mir viel besser ohne dich.« Das gedimmte Licht der Lampen hob ihren breiten Mund hervor. Sie sah entspannt aus, und Michael fand sie ungeheuer attraktiv. Er entdeckte eine leichte Schwellung auf ihrer linken Wange über dem Unterkiefer und die Andeutung eines blauen, mit Concealer getarnten Fleckens.

Er setzte sich und faltete die Hände im Schoß.

»Du warst in Deutschland«, sagte er, um etwas zu sagen.

»Das war ich.«

»Geschäftlich oder zum Vergnügen?«

»Sowohl als auch. Ich hab mir am Flughafen Strümpfe gekauft.«

Schweigen.

Sie justierte mit ruhiger Hand eine Rose in der Vase, und er spürte das dringende Verlangen nach einer Zigarette.

»Ich möchte nicht, dass du hier rauchst, Michael.«

»Natürlich nicht, ich ...«

»Willst du was Bestimmtes, oder machen wir einfach weiter, wo wir das letzte Mal aufgehört haben?«

Michael wurde sauer.

»Musst du mir auch noch die Weisheitszähne ziehen? Ich bin gekommen, weil ich dich um professionelle Hilfe in einem Fall bitten will, an dem ich im Augenblick arbeite. Und ich würde das Gleiche auch für dich tun, völlig unabhängig von unseren Eheproblemen. Wenn du mir einen Drink anbietest, könnten wir noch mal neu starten.«

Lene musterte ihn mit kühl distanziertem Blick, und Michael wusste, dass sie gerade überlegte, ihn rauszuschmeißen. Dann nickte sie verkrampft und holte Gläser und eine Flasche Whisky. Sie schenkte sich auch einen ein. Michael begann, sich zu entspannen.

»Du hast Nasenbluten«, sagte er.

Sie sprang auf und stürmte ins Badezimmer. Er hörte sie fluchen und lächelte still vor sich hin.

Kurz darauf kehrte sie mit Watte in den Nasenlöchern zurück und sah leicht mitgenommen aus. Michael lächelte mitfühlend, weil er wusste, dass sie das fuchste. Er nippte an seinem Whisky, der richtig gut war.

»Wie geht's dem anderen?«, fragte er.

»Was meinst du?«

»Ich habe die Sporttasche im Flur gesehen. Das Handtuch ist feucht, also gehe ich davon aus, dass du jemanden im Boxring misshandelt hast. Basim?«

Basim war Lenes zwei Meter großer Kollege syrischer Herkunft und ihr favorisierter Sparringspartner.

»Eine Neue, frisch von der Polizeischule.«

»Die Arme. Deine Handschuhe sollten mit Warndreiecken gekennzeichnet sein.«

Lene schnaufte.

»Ach was, sie hätte nur besser in Form sein müssen. Ich habe ihr einen Dienst erwiesen, was sie sicher irgendwann einsieht. Mit der Zeit. Besser, ich knocke sie aus als ein Rocker oder ein Schläger aus einer der Einwandererbanden. Okay, worüber wolltest du mit mir reden?«

»Bettina Horst. Ich schaue mir den Fall noch einmal an. Nenn es eine gute Tat. Ihr Verlobter hat mich darum gebeten.«

»Du und eine gute Tat?«

Michael überhörte den sarkastischen Unterton.

»So ist es.«

»Hoffnungslos, Michael. An dem Fall haben sich alle die Zähne ausgebissen. Eines Tages wird man bei der Verbreiterung einer Straße auf ihre sterblichen Überreste stoßen.«

Michael nickte.

»Das vermute ich auch. Aber irgendjemand hat die Tat begangen. Irgendjemand weiß, was geschehen ist.«

Sie zuckte mit den Schultern und nippte an ihrem Whisky.

»Okay, auch wenn ich finde, dass das an Größenwahn grenzt. Was willst du wissen?«

»Ich könnte mir vorstellen, Bjarne auf Details anzusetzen. Friseur, Zahnarzt, Ärzte, Lieblingsläden, Telefonnummern, Masseure, Geigenbauer. Das Kleingedruckte in unseren Leben, sozusagen.«

Lene dachte nach.

»In Ordnung. Aber ich will nicht, dass irgendwas von der Recherche irgendwann auf mich oder auf Bjarne zurückfällt, denn er muss dafür alle möglichen Datenbanken hacken, okay?«

Michael nickte, leerte sein Glas und hielt es Lene hin. »Noch einen?«

Sie schenkte nach.

»Last order«, sagte sie.

»Wie geht es mit der Frau aus dem Waldstück voran?«

Lenes Reserviertheit verschwand, jetzt war sie in ihrem Element.

»Es waren eigentlich drei Frauen. Drei philippinische Klone, vermittelt von ein und derselben Agentur in Manila an eine deutsche Firma, die Personal für Bars, Restaurants und Kreuzfahrtschiffe rekrutiert. Sie sind über Frankfurt in den Schengener Raum gekommen, wo sich ihre Spur verliert. Mit Ausnahme von Maria de la Reyes. Ich bin sicher, dass die anderen zwei ebenfalls tot sind. Kayla Torres und Marissa Castro.«

Sie zögerte und senkte den Blick.

»Alles war super und professionell organisiert. Sie haben ein Gehalt, Visa und Arbeitsgenehmigungen, Sozialversicherungen und Flugtickets bekommen. Aber eine Woche nach Ankunft der Mädchen ist die deutsche Firma vom Radar verschwunden.«

»Das hört sich verzwickt an.«

»Das kannst du laut sagen. Ich habe zwei Tage damit verbracht, mir die Aufnahmen der Überwachungskameras vom Frankfurter Flughafen anzusehen. Am Ende sind mir fast die Augen rausgefallen. Hättest du Zeit, dir ...«

Ihre Stimme verebbte.

»Selbstverständlich«, sagte er.

Lene schaltete den Laptop ein, öffnete Google Earth und setzte sich neben ihn.

Ihre Schulter berührte fast seine.

»Die Firma war hier ... in diesem Gebäude an der Ecke Grindelallee und Rentzelstraße. Das ist eine der teuersten Adressen Hamburgs.«

Michael zeigte auf ein graues Viereck direkt daneben.

»Was ist das da?«

»Eine jüdisch-orthodoxe Schule, die Joseph-Carlebach-Schule. Google Earth hat sie unkenntlich gemacht, aber ich bin ein paarmal dort vorbeigegangen. Die haben eine Million Überwachungskameras, die alle Ein- und Ausgänge abdecken, inklusive des Aufgangs in das Haus, wo die Germanische Zukunft untergebracht war. Mein Problem ist, dass ich eine Genehmigung aus Jerusalem brauche, um mir die Aufnahmen anzusehen.«

»Und der Flughafen?«

Lene zeigte ihm die Überwachungsvideos vom Flughafen Frankfurt am Main. Drei junge, asiatische Frauen, die aufgeregt miteinander plauderten. Jeans, billige T-Shirts, dünne Jacken. Sie wirkten erwartungsvoll gespannt. Man folgte ihnen durch die Passkontrolle, ans Gepäckband, in die Ankunftshalle, wo sie verschwanden.

»Sind sie von jemandem abgeholt worden?«

Lene schüttelte den Kopf und klappte den Laptop zu.

»Ich habe eine großartige Kollegin in Hamburg, Kitta Krupp. Sie wird den Israelis mit Sicherheit auf die Zehen treten, aber vorher muss die Hamburger Polizei ein offizielles

Ersuchen an das deutsche Innenministerium stellen, das ans Außenministerium weitergeleitet wird, um am Ende vom israelischen Sicherheitsdienst geprüft zu werden. Bevor da eine Antwort kommt, bin ich zweimal in Rente.«

»Nicht unbedingt«, sagte Michael nachdenklich. »Ida ist immer noch gut befreundet mit einem Typen aus dem Kibbuz, Gabriel irgendwas, der später beim Mossad gelandet ist. Sie schreiben sich, und er war Pate von ihrem Sohn. Ich könnte sie bitten, ihn zu kontaktieren. Sozusagen als Abkürzung durch die bürokratischen Mühlen.«

Lene musterte ihn mit zusammengekniffenen Augen.

»Würdest du das wirklich tun? Warum?«

Michael fingerte an dem Feuerzeug in seiner Tasche.

»Wenn du Bjarne dazu bringst, mir mit Bettina Horst weiterzuhelfen, ist es doch nur natürlich, dass ich ...«

»Ich setze ihn auf der Stelle daran«, sagte Lene. »Hast du immer noch deine alte Gmail-Adresse?«

»Ja.«

Sie schenkte unaufgefordert noch einen Whisky ein und massierte zerstreut die Beule am Kiefer.

»Als ob das nicht alles schon kompliziert genug wäre, gibt es möglicherweise irgendwo noch einen vierten Betroffenen. Oder genauer einen halben«, murmelte sie.

»Was heißt, einen halben?«

»Ein Neugeborenes. Maria de la Reyes hat gestillt. Sie hat vor zwei, drei Monaten ein Kind bekommen.«

»Das heißt, dass es irgendwo ein mutterloses Neugeborenes gibt?«

»Ja, wenn jemand die Mühe auf sich genommen hat, das Kind am Leben zu lassen.«

Michael stand auf und lief im Zimmer auf und ab.

»Das ist ja furchtbar, Lene. Du musst diesen Fall so schnell wie möglich aufklären.«

»Glaubst du, das wüsste ich nicht.«

»Doch, klar, aber …«

Er setzte sich wieder und spürte die Rastlosigkeit und eine merkwürdige, namenlose Trauer in sich aufsteigen. Er sah sie an. Ihr breiter Mund, die zarte Haut und ihre kleinen Ohren mit den Delfinsteckern.

Sie fing seinen Blick auf und schaute weg.

»Lene …«

»Nein, nein, nein, Michael! Vergiss es, hörst du?«

»Verdammt, wieso ist alles zwischen uns so hasserfüllt?«

Sie sah ihn an. Dann schob sie ihren Stuhl ein Stück zurück, als wollte sie den Abstand zwischen ihnen vergrößern.

»Weil du mich hattest, Michael. Mit Leib und Seele. Und ich habe mich auf dich verlassen. Die ersten anderthalb Jahre unserer Ehe waren die beste Zeit meines Lebens.«

Er wollte etwas sagen, aber Lene wischte es mit einer Handbewegung weg.

»Es fällt mir nicht schwer, das zu sagen, weil es die Wahrheit ist. Das hat sich schlagartig geändert, als deine Liebhaberin die geniale Idee hatte, dich mit deinem Mobiltelefon zu fotografieren und mir das Bild mitten in der Nacht zu schicken. Du schlafend in einem Hotelbett mit einem breiten, zufriedenen Grinsen im Gesicht und deinem schlaffen, feuchten Schwanz auf dem Oberschenkel. Auf dem Kopfkissen lag ihr Slip. Vielleicht sollte ich dankbar sein, dass du ihn nicht auf dem Kopf hattest. Das war die Antwort, die ich auf eine halbe Million SMS bekommen habe, in denen ich dir gesagt habe, wie sehr ich dich vermisse. Darum. Wir haben wie erwachsene Menschen versucht, mithilfe eines Therapeuten da rauszukommen, aber seit der Nacht ist unsere Ehe ein verficktes Picassogemälde.«

Michael senkte den Blick. Dem gab es nichts hinzuzufügen.

»Du warst vier Monate lang weg«, sagte Lene und strich eine lange Haarsträhne aus der Stirn. Ihre Pupillen weiteten sich, als sie zu Boden sah. »Vier Monate, in denen ich nicht wusste, wo zum Teufel du warst.«

»Du weißt genau, wie das ist«, protestierte er. »Ich kann dir nichts von meinen Aufträgen oder Klienten erzählen.«

Sie seufzte und zog die Schultern hoch.

»Deine ach so heilige Verpflichtung deinen Klienten gegenüber. Warum vertraust du mir nicht?«

»Ich vertraue dir, genau so, wie meine Klienten mir vertrauen. Das gilt für beide Seiten.«

Lene stand auf und öffnete die Tür zum Flur.

»Wenn du meinst, dann ist es eben so. Aber wie du ganz richtig über Bettina Horst gesagt hast: Es ist passiert. Du hast es aus freien Stücken getan und bist nicht vergewaltigt worden. Und ich hoffe bei Gott, dass sie es wert war.«

»War sie nicht«, murmelte er.

»Wie ärgerlich. Und jetzt darfst du gerne gehen. Aber wir haben eine Abmachung. Gute Nacht.«

MICHAEL STAND IN EINER SCHLANGE vorm Tresen der Apotheke in der Jægersborg Allé und probierte mithilfe telepathischer Gedankensignale, die unvermeidliche, unerträgliche Yuppiemutter vor sich in Begleitung ihres unvermeidlichen Trophäenzwerges in Markenklamotten zum Verdampfen zu bringen. Die junge Frau hatte die Apothekerin gefühlte Stunden über die submolekularen Bestandteile einer Sonnencreme für Kinder ausgefragt.

Irgendwann war er mit seiner Geduld am Ende und tippte der Frau mit dem Zeigefinger hart auf die Schulter.

»Ich weiß nicht, ob es Ihnen aufgefallen ist, aber hinter Ihnen steht eine ganze Reihe arbeitender Mitbürger, deren Leben weiterläuft. Das ist kein Plutonium, sondern eine verdammte Sonnencreme. Kaufen Sie das Scheißzeug oder verschwinden Sie.«

Ein Handwerker hinter Michael klatschte Beifall, die Apothekerin grinste hinter vorgehaltener Hand. Die junge Yuppiemutter starrte ihn aufgebracht an, war aber zu gut erzogen, ihm eine zu knallen. Sie drehte sich um, riss das Kind mit sich und pflügte durch die Menge.

Michael bekam seine Augentropfen, tastete seinen PIN-Code ein und wartete. Dabei fiel sein Blick zufällig auf eine Werbung für eine Gesichtscreme. Das Gesicht des Models war glatt und tadellos, plastisch glänzende Wassertropfen glitten über die Haut.

Das war Roses Gesicht.

Er starrte das Bild an, und alles um ihn herum verschwamm.

Die Apothekerin öffnete den Mund.

»Sonst noch etwas?«, fragte sie.

Michael zeigte auf die Werbung.

»Wer ist das?«

»Ähm ... Das ist eine Gesichtscreme. Feuchtigkeitsspendend ... fürs ... ja, also, fürs Gesicht.«

»Hallo, kaufen Sie die Creme oder lassen Sie's bleiben«, sagte der junge Handwerker hinter ihm.

Michael starrte ihn in Grund und Boden. Dann riss er die Reklame aus dem Rahmen und verließ mit langen Schritten die Apotheke.

Später abends saß er hinterm Steuer seines silbergrauen Mercedes auf dem Parkplatz vor der Rigspolizei in Glostrup und hörte auf der BOSE-Anlage Bettina Horst Beethovens Violinkonzert in D-Dur, Opus 61, spielen, während er immer wieder hoch zu Lenes Eckbüro schaute. Endlich sah er das Licht ausgehen, ein paar Minuten später verließ sie das Gebäude. Das Licht einer Straßenlaterne traf ihr rotes Haar. Sie öffnete die Tür ihres kleinen Peugeot und setzte rückwärts aus der Parklücke.

Michael erreichte Bjarne, der gerade sein Rad aufgeschlossen hatte und einen Fahrradhelm auf seinem großen Kopf montieren wollte. Michael war Bjarnes Han Solo, seit er ihn vor einem akut durchgeknallten Agenten des dänischen Geheimdienstes gerettet hatte.

Bjarne lächelte ihn überrascht und verlegen an.

»Hallo, Bjarne.«

Lenes Mitarbeiter sah sich um.

»Willst du Lene sprechen? Die ist schon weg ...«

»Zum Glück«, sagte Michael von Herzen. »Hör mal, Bjarne, ich ...«

»Hast du die Files von Bettina Horst nicht bekommen?« Bjarne schaute auf seine Uhr. »Ich hab sie vor ungefähr einer Stunde geschickt.«

In Bjarnes Welt war es undenkbar, seine Mailbox nicht mindestens zweimal pro Stunde zu überprüfen.

»Doch, doch. Tausend Dank dafür. Sie sind magisch, Bjarne, wirklich. Aber ich bräuchte dringend deine Hilfe in einer anderen Angelegenheit.«

Michael faltete das Reklameblatt für die schweizerische Gesichtscreme auseinander und hielt es Lenes Mitarbeiter unter die Nase.

»Kannst du rausfinden, wer das hier ist? Mir ist schon klar, dass die Informationen nicht gerade üppig sind. Der Name der Werbeagentur steht im Kleingedruckten unten in der Ecke, eine französische Firma.«

Bjarne sah das Bild an, ohne es in die Hand zu nehmen. Normalerweise nahm er nur Aufträge von Lene entgegen. Andererseits bekam er nur allzu selten die Gelegenheit, mit einer solchen Herausforderung seine extraordinären Fähigkeiten in ihrer vollen Breite unter Beweis zu stellen.

Michael sah ihn durchdringend an.

»Knackst du die Nuss? Kriegst du raus, mit welchen Model-Agenturen sie zusammenarbeitet, damit ich dort weitersuchen kann?«

Bjarne schaute sich um, als befürchtete er, dass jemand zuhörte, aber der Parkplatz war leer.

»Ähm ... Ich weiß nicht, Michael. Ganz ehrlich. Diese Model-Agenturen ... Die verschlüsseln normalerweise ihre Zugänge bis zur Hölle und zurück, weil zu viele Idioten sich in Models verlieben und sie stalken ... Wie Filmstars, du weißt schon.«

Er streckte den Arm aus und nahm vorsichtig die Reklame in die Hand, und Michael wusste, dass er kurz vorm Ziel war.

»Andererseits ...« Er sah Michael mit ernstem Ausdruck an. »Die *ist* aber auch extrem hübsch. Schön. Sehr.«

»Ich versichere dir, dass ich nicht in dieser Weise an ihr interessiert bin. Sie ist in den Bettina-Horst-Fall involviert. Möglicherweise kannten die beiden sich, vielleicht aber auch nicht. Dem will ich auf den Grund gehen. Das ist wichtig.«

Bjarne wurde etwas ruhiger.

»Ist Lene informiert?«

Michael seufzte. Er legte Bjarne eine Hand auf die Schulter, obgleich er wusste, dass Bjarne keine körperliche Nähe ertrug. Dabei kramte er einen besorgten Gesichtsausdruck hervor, was ihm nicht schwerfiel.

»Ich will ganz ehrlich zu dir sein, Bjarne. Du hast doch bestimmt mitbekommen, dass Lene und ich, dass wir ... dass wir augenblicklich ein paar Probleme haben. Miteinander, meine ich. Du wirst sicher bemerkt haben, dass sie sehr niedergeschlagen ist, darum möchte ich sie nicht mit meinen eigenen Ermittlungen belasten. Ich weiß ja, dass ihr mehr als genug mit den philippinischen Frauen an den Hacken habt.«

Bjarne nickte und versuchte, seinen Stolz zu verbergen, dass er in Michaels und Lenes Privatleben eingeweiht wurde. Er schwang den Rucksack von der Schulter und steckte das Bild in eine Außentasche.

»Ich sehe es mir an«, sagte er. »Das geht allerdings nur von zu Hause. Von dort habe ich Zugriff auf einen Cray Supercomputer an einer Universität in Colorado. Vielleicht kann ich darüber die Anfrage starten. Die Agentur hat sich garantiert mit gottbegnadeten Firewalls und 128-bit-Verschlüsselungen abgesichert.«

Michael wusste, dass das außergewöhnliche Gehirn des Technikers bereits mit den feineren Details avancierten Hackings beschäftigt war – oder Black Hat, wie es heutzutage wohl hieß.

»Das wäre super. Bis morgen?«

Lenes Mitarbeiter erwachte aus seiner Trance.

»Morgen?«

Michael nickte.

Bjarne sah ihn entschieden an.

»Morgen, okay. Wenn es funktioniert, nimmt es eigentlich nicht viel Zeit in Anspruch. Wie gesagt, wenn es funktioniert.«

»Das ist echt nett, Bjarne. Danke.«

WIE GEWOHNT WURDE MICHAEL dreimal nacheinander vom Brett gefegt. Er verstand nicht wirklich, wieso er sich immer wieder von seiner Schwester zu einer Partie Schach überreden ließ. Das tat seinem Selbstbewusstsein definitiv nicht gut.

Ida hatte Schwarzbrot, Pickles, Gewürzgurken, eingelegte Zwiebeln und erschreckend reifen Käse aufgetischt und das Ganze mit »Russischer Abend« betitelt. In der Ecke zischte der Samowar, und Michael trank widerstrebend und in kleinen Schlucken den schwarzen Tee aus einem Glas mit verziertem Silberfuß und kleinen Glöckchen, während er das Foto von Idas verstorbenem Sohn im Regal betrachtete: der lächelnde, braun gebrannte Josiah in der Uniform der israelischen Armee vor dem Hintergrund von Sinais brauner, flacher Bergkette.

Michael kippte seinen weißen König um und lehnte sich zurück.

»Kannst du mich nicht ein einziges Mal gewinnen lassen?«, beklagte er sich.

»Schmoll nicht und bettel nicht. Ich bin nun mal die bessere Schachspielerin von uns beiden. Das ist genetisch bedingt. Wie alles andere. Daran kann ich nichts ändern. Und du auch nicht.«

»Dann ist es wohl so. Wie war die Schiffstaufe?«

»Gut. Ich glaube, Poseidon hat uns erhört und war sehr zufrieden mit dem Wein. Und wie läuft es mit deinem Phantom-Girl?«

»Sie ist weiter ein Phantom, aber inzwischen habe ich dank Bjarne eine Menge neuer, enorm langweiliger Details aus ihrem Leben zusammengetragen. Hattest du schon Gelegenheit, deinen Freund beim Mossad zu kontaktieren?«

Ida verteilte die Schachfiguren in der Schachtel und klappte sie zu.

»Selbstverständlich. Sie schauen sich die Aufnahmen an. Vielleicht redigieren sie noch ein wenig, bevor Lene Zugang zu den Daten bekommt. Ich verstehe diese Geheimniskrämerei nicht. Das ist doch nur eine Schule?«

»Eine jüdisch-orthodoxe Schule. Die hohen Sicherheitsvorkehrungen kann man ihnen kaum zum Vorwurf machen, man kann ja leider nicht behaupten, dass wir Europäer im Moment jüdische Leben besonders schützen.«

Ida betrachtete ihn neugierig.

»Wieso hilfst du ihr? Ich dachte, ihr seid nicht gut aufeinander zu sprechen.«

»Weil sie mir auch hilft. Lene hat gelernt, Arbeit und Privates zu trennen. Was vielleicht nicht weiter schwer ist, wenn man kein Privatleben hat.«

»Du meinst, für die Aufklärung eines Verbrechens würde sie alles tun?«

»Das zumindest haben wir gemeinsam«, sagte Michael. »Oder auch nicht. Für Lene ist es eine Religion, den Täter zu finden. Eine unbarmherzige, harte Religion. Und sie hat recht. Wer nicht bereit ist, sich selbst zurückzunehmen und sich in den Schatten der Aufgabe zu stellen, so schmerzhaft es auch sein mag, hat von Anfang an verloren. Diese Lektion hat Lene besser gelernt als jeder andere Mensch, der mir je begegnet ist. Darum hat ihre Tochter Selbstmord begangen. Weil sie weitergemacht hat.«

Lange, nachdem Ida ins Bett gegangen war, lief Michael in einem der großen, fast leeren Zimmer auf und ab – mit kurzen Abstechern zu seinem Computer. Es war überwältigend, was dabei herauskam, wenn man ein modernes Menschenleben durch das digitale Mikroskop betrachtete. Das Ergebnis war massiv und ambig, schlicht und ergreifend erdrückend. Er kam sich vor, als wollte er im Schneetreiben eine bestimmte Flocke fangen.

Er blieb stehen und betrachtete das Pressefoto einer lächelnden Bettina Horst.

»Jetzt sprich schon mit mir, du Miststück!«

Statt sich die Haare zu raufen, was er dann doch zu theatralisch fand, schenkte er sich ein Glas Lagavulin ein und leerte es in einem Zug, ehe er sich an den Computer setzte. Er zündete sich eine weitere Zigarette an und ließ eine Patrone auf dem Couchtisch kreiseln. Bettina Horst war Stammkundin bei einem Tätowierer in der Teglgårdsstræde, es war also davon auszugehen, dass sie einen Haufen Verzierungen am Körper trug, die bei ihren Konzertauftritten nicht zu sehen waren. Wenn sie in Mailand auftrat, kaufte sie Dessous bei La Perla, in New York trank sie in einem bestimmten Café auf der Madison Avenue doppelten Espresso mit Sojamilch und kaufte Platten in einem Laden in der Barrow Street. Frankfurt war die Stadt, in der sie bei einem Geigenbauer in der Elbestraße Bögen und Saiten kaufte.

In der Art ging es endlos weiter. Michael rieb sich die Augen und kehrte zu Bettina Horsts Kontoauszügen zurück. Dort fiel ihm ein Posten von 150 000 Kronen für ein Unternehmen namens Genova Counseling auf. Er loggte sich auf deren Homepage ein und blieb hängen. Die Firma bot professionelle Beratung bei allen Arten künstlicher Befruchtung und Behandlung von Kinderlosigkeit an, Gentests und Ganzkörper-MRT. Das Unternehmen arbeitete mit den führenden Samenbanken der Welt zusammen und residierte in einem restaurierten Sanatorium im Skodsborg Strandvej, rund zwanzig Kilometer nördlich von Kopenhagen, wo die Mieten vermutlich astronomisch waren. Die Dienstleistungen variierten auf einer Bandbreite von bescheidenem Bronze-Paket, das herausfand, ob man Anlagen für Depressionen oder Brust- oder Eierstockkrebs hatte, bis zum Platin-Paket, bei dem die DNA an einer halben Million Stellen untersucht und eine ausführliche Hormonanalyse, Maßnahmen gegen die Kinderlosigkeit und ein komplettes MRT durchgeführt wurden.

Michael hatte schon von Design-Babys und Gen-Dating gehört, aber das hier fand auf einem deutlich höheren Level statt. Das Gold- und Platin-Paket beinhalteten ein persönliches Gespräch mit der Inhaberin und Gründerin von Genova Counseling, Dr. Ramineh Sherazi-Petersen, MD, Fachärztin für Gynäkologie und Geburtshilfe sowie Ph. D. in Genetik.

Die Frau schien selber ausgezeichnete Gene in sich zu vereinen. Glatte Haut, langes, glänzendes und volles schwarzes

Haar mit vereinzelten grauen Strähnen, große strahlende, arabische Augen und dazu ein schneeweißer, gestärkter Arztkittel. Unter dem Kittel trug Dr. Sherazi-Petersen einen figurbetonenden, dünnen Smedley-Pullover, Slacks und Perlenkette.

Die Homepage sah aus wie die von einem Rolex-Händler.

Hatten Bettina und Jacob geplant, Kinder zu bekommen, was sich als problematisch erwiesen hatte?

Er klickte die Seite weg, als eine E-Mail ankam. Bjarne hatte Wort gehalten und noch mehr. Viel mehr als erwartet, könnte man sagen.

Michael öffnete den File und studierte schlafwandlerisch ein Dutzend Coverseiten der Vogue, Elle und Harper's Bazaar. Alle mit Rose in unterschiedlichen, in der Regel verführerischen Posen, abgelichtet von einigen der gefragtesten Modefotografen der Welt. Die 33 Jahre alte Rose McCullen war halb schottischer und südafrikanischer Herkunft und lebte in London. Der Höhepunkt ihrer Karriere war 2002 die Coverseite der Vanity Fair und 2005 der Mittelteil der Sports Illustrated Swim Suit Edition. Sie war für Tom Ford, D&G, Lauren und Dior auf dem Laufsteg gewesen. Mit den Jahren hatte Roses Karriere sich naturbedingt auf bescheidenere Kampagnen für beispielsweise enzymhaltige Gesichtscremes oder Bohemeschmuck-Kollektionen beschränkt.

Mit einer gewissen Perversion hatte Bjarne fast ausschließlich Dessous- und Bademode-Aufnahmen ausgewählt. Michael lehnte sich stöhnend und mit einem Kissen vorm Gesicht auf dem Sofa zurück.

Er nahm das Kissen herunter, weil er sich beobachtet fühlte. Ida stand auf der Türschwelle, in ihrer schlabberigen

Yogahose und einem ihrer Furcht einflößenden T-Shirts mit Farben und Mustern, die man sonst nur sah, wenn man sich zu fest die Augen gerieben hatte.

»Was um Himmels willen machst du zu so unchristlicher Zeit am Computer, Michael?«

»Nichts. Ich stecke fest. Ich werde sie niemals finden«, sagte er.

Er erwartete eine lange, sarkastische Suada seiner Schwester, aber Ida sah ihn nur verständnisvoll an, und in diesem Moment verstand er, wieso sie immer noch nicht mit John zusammengezogen war.

Eine Amsel begrüßte den neuen Tag mit einem langen, perlenden Triller aus dem Apfelbaum mitten im Garten.

Michael zeigte mit einer wedelnden Geste zum Laptop auf dem Couchtisch.

»Es ist nichts, Ida, nur ein idiotischer Clip von *Sex & the City*. Klamotten, Cafés, Taschen, Schuhe und noch mehr Schuhe. Wie viele Schuhe braucht eine sechsundzwanzigjährige Frau? Vielleicht ist sie ja freiwillig verschwunden. Das kommt immer wieder vor. Vielleicht fand sie ja, dass ihr Leben zu fantastisch war und dass sie all die Anerkennung oder ihr Talent nicht verdient hatte. Vielleicht hat ihre schreckliche Vergangenheit sie wieder eingeholt, wer weiß, und sie lebt unter anderem Namen auf Lolland, leitet eine Jugendherberge und hat einen Landmaschinenmechaniker geheiratet. Und ihre Geige verbrannt.«

Ida setzte sich in einen der Sessel, zog die Beine an und faltete die Hände unter den Knien.

»Ich weiß nicht, was du erwartet hast. Sie war jung, sah blendend aus, war erfolgreich und wohlhabend genug, sich alle Schuhe zu leisten, auf die sie Lust hatte. Ganz davon abgesehen beschließt du mit sechsundzwanzig Jahren nicht einfach zu verschwinden. Das macht man mit neunundfünfzig, wenn man damit rechnet, jeden Augenblick angezeigt zu werden, weil man Geld unterschlagen oder Kinderpornografie im Netz angeschaut hat. Und vergiss nicht, du bist erst eine Woche an der Sache dran. Wenn es so einfach wäre, hätten die anderen sie längst aufgespürt.«

Michael setzte sich auf und schleuderte wütend das Kissen auf den Boden.

»Keine der Fakten weist in die gleiche Richtung.«

»Wann wurde sie das letzte Mal gesehen?«

»Ihr Assistent hat sie das Konzerthaus durch die Hintertür verlassen sehen. Das habe ich dir doch schon gesagt!«

»Gab es keinen Portier oder Kameras?«

»Es handelt sich um eine solide Brandtür. Um hineinzukommen, braucht man eine Zugangskarte oder einen PIN-Code. Das ist fürs Verlassen des Gebäudes nicht nötig. Draußen gibt es zwei Überwachungskameras, die beide außer Betrieb waren.«

»Wie praktisch. Aber kannst du dir wirklich vorstellen, dass sie die Kameras ausgeschaltet hat, wenn sie tatsächlich geplant hat zu verschwinden? Ich meine, macht man so etwas einfach?«

»Ich weiß es nicht«, räumte Michael ein. »Aber da ist noch etwas anderes, das mich im Moment wahnsinnig umtreibt.«

»Was meinst du?«

Michael drehte den Laptop um und klickte die Bilder von Rose McCullen an.

»Sie. Die Frau aus Paris. Sie heißt tatsächlich Rose. Ich habe ihr Gesicht auf einem Reklameplakat für eine Gesichtscreme gesehen, in der Apotheke. Bjarne hat sie für mich identifiziert. Sie wohnt in London.«

Ida beugte sich vor und klickte die Bilder durch.

»Wow!« Sie zeigte auf ein Foto von Rose im weißen Bikini, der ihren Körper auf einer Fläche von drei Briefmarken bedeckte. »So perfekt ist niemand. Wie lange haben die das wohl mit Photoshop bearbeitet?«

»Gar nicht«, murmelte Michael.

»Un-glaub-lich. Mein Gott, ist die schön. Und was jetzt?«

Michael legte die Stirn in Falten.

»Was meinst du mit *was jetzt*?«

Sie sah ihn an.

»Ich verstehe ja gut, dass du verletzt bist und dich ausgenutzt fühlst, aber du hast getan, was du getan hast. Niemand hat deinen Schwanz zu irgendwas gezwungen ...«

»Das weiß ich auch! Aber das Ganze ist geplant, Ida. Die ganze Verführung, bis ins kleinste Detail. Das erkenne ich jetzt. Ich weiß nur nicht, warum.«

»Das ist es immer, Michael. Weißt du wirklich so wenig über Frauen?«

Sie ging zu ihm, beugte sich vor und küsste ihn auf die Stirn.

»Steiger dich nicht in was rein. Dazu bist du zu alt, das wäre pathetisch. Gute Nacht.«

Lange, nachdem Ida sich von ihm verabschiedet hatte, dachte Michael noch immer über das Quecksilbergesicht des Models nach. Ihre Stimme in der dunklen Suite in Paris.

In der Gewissheit, dass Ida ihn mit einem Baseballschläger ausgeknockt hätte, konnte er es nicht lassen, die Telefonnummer einzutippen, die Bjarne ihm mitgeschickt hatte.

Es dauerte eine Ewigkeit, in der er nur seinen eigenen Pulsschlag in den Ohren hörte, ehe eine verschlafene Stimme antwortete. Sie war es.

»Hallo ... wer ist da? Hallo? ... Hallo? Okay, fick dich.«

Sie unterbrach die Verbindung.

Michael seufzte. Dann nahm er die SIM-Karte aus seinem Handy und brach sie mittendurch.

LENE BEKAM IM POLIZEIKOMMISSARIAT Eimsbüttel im Zentrum von Hamburg eine enge Kammer zur Verfügung gestellt, in der mit Mühe sie, drei Monitore, ein Notizblock und ein Becher Kaffee Platz fanden. Sie wusste irgendwann nicht mehr, wie lange sie schon dort saß oder ob es Tag oder Nacht war. Sie biss methodisch kleine Stücke von einer Lakritzstange ab, während sie sich die Aufnahmen aus der Joseph-Carlebach-Schule anschaute, bis sie sich am liebsten selbst die Kugel gegeben hätte.

Regelmäßig wie Ebbe und Flut strömte morgens eine Herde Jungs und Mädchen zwischen sechs und fünfzehn Jahren in die Schule hinein und nachmittags wieder heraus. Fahrradständer füllten und leerten sich. Die Überwachungskamera war von hoher Qualität und zeigte die Straße und den Bürgersteig vor dem Nachbargebäude, das für einen kurzen Zeitraum die Germanische Zukunft beherbergt hatte. In unregelmäßigen Abständen, aber mindestens einmal pro Stunde, passierte ein blau-weißer Streifenwagen die Schule, und breitschultrige Männer mit Käppis – vermutlich bis an die Zähne bewaffnet – patrouillierten unermüdlich auf dem Bürgersteig hin und her.

Ihr Kontakt, eine Kriminalinspektorin in etwa ihrem Alter, steckte den Kopf zur Tür herein und lächelte sie an.

Kitta Krupp war ein schlankes, elfengleiches Wesen mit kurzen, schwarzen Haaren, Bikertattoos und vielen Ohrringen. Lene wusste, dass die Kollegin lesbisch war, Motorrad fuhr und einen schwarzen Gürtel in Aikido hatte.

»Brauchst du irgendwas?«, fragte sie mit sanfter, tiefer Stimme. »Kaffee?«

Lene erwiderte das Lächeln.

»Nein danke.«

Der Kaffee im Kommissariat war ein Graus.

»Sicher?«

»Ganz sicher. Danke.«

»Am Freitag gehen wir gerne auf ein Bier runter zum Bootsmann«, sagte Kitta. »Du bist herzlich willkommen, falls du Lust hast. Es ist nicht weit weg.«

»Danke. Wenn ich hier was finde, das ein Grund zum Feiern ist, komm ich gerne später vorbei.«

Kitta zog sich zurück, und Lene nahm sich die nächste Aufnahme vor. Germanische Zukunft, achtzehn Stunden, nachdem Maria de la Reyes, Marissa Castro und Kayla Torres an Frankfurts internationalem Flughafen gelandet waren.

Kurz darauf rief Bjarne an.

»Es kommt immer wieder was aus Manila«, leitete er das Gespräch ein. »Mendoza legt sich wirklich ins Zeug. Es ist übrigens merkwürdig …«

»Was ist merkwürdig?«

»Dass er auf einer Liste von ungefähr einer halben Million verschwundener Mädchen hockt und so viel Zeit darauf verwendet, uns ausgerechnet bei diesen dreien zu helfen.«

»Ich kann ihn verstehen. Eine halbe Million, das ist so abstrakt. Vielleicht hat er das Gefühl, in unserem Fall etwas ausrichten zu können, wenigstens für einen Hauch Gerechtigkeit zu sorgen. Was schreibt er?«

»Vor ihrer Abreise haben sie sich einer Reihe Untersuchungen in einer Privatklinik in Manila unterzogen. Mendoza hat uns Kopien der Patientenakten geschickt. Sie haben die Untersuchungen allesamt ohne Anmerkungen bestanden. Und das Untersuchungsniveau war meiner Meinung nach ziemlich hoch. Und kostspielig. Das Ganze hat ungefähr 50 000 Kronen pro Nase gekostet.«

Lene riss die Folie von einer Lakritzstange und versuchte, die Füße auf den Schreibtisch zu legen, musste allerdings einsehen, dass dort zu wenig Platz war.

»Das hört sich völlig hirnrissig an, wenn du mich fragst. Das war doch kein Astronauteneignungstest, verdammt. Wo ist der rote Faden?«

Bjarne schwieg, aber Lene hörte ihn in einem Stapel Papiere blättern.

»Ich bin kein Arzt ... soweit es geht, mache ich einen großen Bogen um sie ... aber da steht was von Abstrichen, Bürstenbiopsien vom Gebärmutterhals, Hormonprofilen, gynäkologischen Untersuchungen und etwas, das Hysterosalpingografie heißt. Ich hab nachgeschlagen und rausgefunden, dass es sich dabei um eine Röntgen-Untersuchung der Gebärmutter und Eileiter mithilfe spezieller Kontrastmittel handelt. Wenn ich es richtig verstanden habe, gehört das zu den Standarduntersuchungen bei Kinderlosigkeit.«

Lene sagte lange nichts. Ihre Hände bewegten sich nicht, das Handy klemmte zwischen Ohr und Schulter.

»Man wollte sichergehen, dass die Frauen schwanger werden können, Bjarne«, sagte sie langsam und deutlich. »Das ist es, worum es eigentlich geht! Sie sollten als Gebärmaschinen eingesetzt werden. Jung und gesund mussten sie sein, und danach sollten sie verschwinden, wenn sie ihren Dienst getan hatten.«

»Ich gehe davon aus, dass diese Theorie ein paar der Punkte miteinander verbindet.«

Lene trat aus der Kammer in das inzwischen menschenleere Großraumbüro.

»Da kannst du Gift drauf nehmen«, sagte sie. »Das ist großartig, Bjarne. Und einfach pervers, wenn man darüber nachdenkt. Und noch nicht einmal ein neues Phänomen. Wohlhabende Paare können in Osteuropa schon seit vielen Jahren Babys bei professionellen Leihmüttern kaufen. Sie werden wie Sklavinnen gehalten. Einige von ihnen gebären zehn, zwölf Kinder, ehe sie von den Hintermännern umgebracht werden, wenn sie nicht mehr liefern können. Das ist menschenverachtend, aber es passiert.«

»Davon hab ich auch schon gehört«, sagte Bjarne.

Lene blieb stehen und starrte auf die Türöffnung zu der klaustrophobisch engen Kammer mit den Monitoren. Es gab keinen Weg daran vorbei. Sie musste noch einmal dort hinein, was ihr ungeheuer schwerfiel. Sie waren einen wichtigen Schritt weitergekommen, da war sie sicher.

»Fax mir alle Unterlagen aus der Klinik und richte Mendoza einen Gruß aus.«

»Mach ich.«

Zum ersten Mal seit vielen Jahren hatte Lene Lust auf eine Zigarette. Sie ging herum und öffnete einige Schreibtischschubladen. Dann gab sie auf und marschierte zurück an ihren Computer.

Als ob die Götter endlich Interesse an dem Fall bekämen, hielt in der nächsten Aufnahmesequenz ein VW Touran am Bürgersteig gegenüber der Germanischen Zukunft, und die drei philippinischen Mädchen stiegen mit ihren Schultertaschen und ihrem Gepäck aus dem Wagen. Sie redeten aufgeregt miteinander und studierten neugierig ihre Umgebung. 21:45, am 5. April, zwei Tage nach ihrer Ankunft in Deutschland.

Ein junger Mann in dunklem Anzug überquerte eilig die Straße und eskortierte die Mädchen in das Gebäude.

MICHAEL HATTE EINE BANK im Botanischen Garten für sein Treffen mit Jacob Winther gewählt. Falls Bettina Horsts Verlobter zu emotional auf die schlechten Neuigkeiten reagierte, könnte er einfach aufstehen und gehen, ohne vorher noch die Rechnung bei einem Kellner bezahlen und die vorwurfsvollen Blicke der anderen im Nacken spüren zu müssen, weil er einfach einen Menschen zurückließ, der außer sich war.

Eine junge Frau schob einen Kinderwagen auf dem Kiesweg an ihm vorbei. Er schaute ihr nach und entdeckte Jacob. Der junge Mann hatte den Reißverschluss seiner Windjacke trotz des milden Wetters hochgezogen. Er hatte den Kopf geneigt und starrte blass auf den Boden, aber als er Michael sah, verzog sein Mund sich zu einem hoffnungsvollen Lächeln. Er setzte sich mit einer Behutsamkeit auf die Bank, als litte er an fortgeschrittener Osteoporose.

»Hallo. Und noch einmal: Tausend Dank, Michael.«

»Ich befürchte, dass es nichts zu danken gibt«, sagte Michael und bemühte sich um einen neutralen Gesichtsausdruck.

Das Gesicht des jungen Mannes war von schlaflosem Elend zerfressen.

»Nicht?«

»Ich habe sämtliche Kontoauszüge, Steuerbescheide, Telefonlisten und im Großen und Ganzen alle Ausgaben Bettinas durchgesehen, die mit ihrer Kreditkarte ausgeführt wurden, und ich habe nichts für die Aufklärung Relevantes gefunden. Ich schätze, Bettina hat nach dem Verlassen des Konzertsaales eine bekannte Person getroffen. Jemanden, dem sie vertraute, der aber nicht zum *Inner Circle* gehörte. Ich habe allerdings keine Ahnung, wer diese Person sein könnte. Sie?«

Jacob Winther legte den Kopf in den Nacken und schaute in den Himmel. Ein zorniger Erpel jagte ein Blesshuhn über den Kanal.

»Den Gedanken habe ich auch schon unzählige Male gehabt«, sagte er schließlich. »So muss es gewesen sein. Das Problem ist nur, dass Bettina einen Haufen Menschen kannte, von denen ich nichts wusste, geschweige denn, dass ich sie je getroffen hätte. Andere Musiker, Tontechniker, Dirigenten, Geigenbauer, Designer. Und ja, sie war ein vertrauensvoller Mensch. Es gab keinen Grund, es nicht zu sein.«

Danach sagte erst einmal keiner von ihnen beiden etwas, während Michael eine zunehmende Wut in sich aufsteigen spürte. In diesem Augenblick verachtete er sich selbst für seine Unzulänglichkeit, und noch mehr verachtete er Jacob Winther, dass er ihm so eine hoffnungslose Aufgabe aufgehalst hatte. Aber am meisten verachtete er Bettina Horst für ihre unverzeihliche Nachlässigkeit, Naivität und Gutgläubigkeit.

»Das heißt, Sie haben keine Spur?«, fragte der junge Mann still.

Michael zog die Schultern hoch und zündete sich eine Zigarette an. Er blies den Rauch in gereizten Stößen aus.

»Technisch gesehen nicht«, sagte er und sah Jacob Winther an. Nach einer kurzen, besänftigenden Abschiedsphrase wollte er sich so schnell wie möglich aus diesem verfluchten Park verziehen. »Obwohl es eigentlich ungewöhnlich ist, dass ein Verbrechen dieser Größenordnung unaufgeklärt bleibt. Große Verbrechen wollen an die Oberfläche, wo alle sie sehen können. Weil es immer ein paar Menschen gibt, die etwas Wesentliches wissen. Es gibt immer diejenigen, die die Wahrheit kennen. Und die meisten Menschen haben irgendwann das Bedürfnis, sich mit den großen Ereignissen in ihrem Leben auszusöhnen. Dazu gehören auch Verbrechen, die sie begangen haben. Sie wollen sie in eine Perspektive setzen, gestehen, suchen nach Vergebung, wollen etwas niederschreiben oder sich einem Arzt oder Priester anvertrauen. Dieser Zeitpunkt kommt bei fast jedem irgendwann.«

Jacob sah ihn an.

»Ich brauche also nur vierzig Jahre zu warten, bis ein Mörder auf seinem Sterbebett gesteht, dass er Bettina entführt und getötet hat? Wollen Sie das damit sagen?«

Michael stand auf und sah Jacob an.

»Sie haben recht. Das war ein ziemlich schlaffer Versuch. Ich weiß.«

Jacob lächelte schwach.

»Aber Sie haben es wenigstens versucht, und dafür bin ich Ihnen sehr dankbar.«

Sie verabschiedeten sich mit Handschlag, und Michael seufzte erleichtert. Jacob blieb auf der Bank sitzen, als hätte er beschlossen, sich nie wieder vom Fleck zu rühren.

Michael hätte einfach gehen können. Das wäre völlig in Ordnung gewesen. Er hatte alles versucht, was in seiner Macht stand.

»Wenn die Behandlung gegen Kinderlosigkeit positiv verlaufen wäre, wäre es vielleicht leichter für Sie, Jacob. Ein Kind zu bekommen hat etwas von Unsterblichkeit«, sagte er freundschaftlich.

Der junge Mann sagte nichts und zeigte keine Reaktion, und Michael ging gemächlich auf den Parkausgang zu.

Nach vier Schritten hörte er Jacob seinen Namen sagen und drehte sich um.

»Ja, bitte?«

Jacobs Blick glitt in Zeitlupe über die Rasenfläche und den Weg bis zu Michael.

»Was haben Sie da gerade gesagt?«, fragte er.

»Was meinen Sie?«

Jacob schüttelte den Kopf.

»Das mit der Kinderlosigkeit und dem Kinderkriegen.«

Michael ging zurück und setzte sich wieder auf die Bank.

»Mir ist eine Überweisung im letzten Jahr an ein Unternehmen namens Genova Counseling in Skodsborg aufgefallen. Sie sind auf die Behandlung von Kinderlosigkeit und genetische Beratung spezialisiert. Dort erhält man Spermien von Samenbanken oder Eizellen ausgewählter Spenderinnen, oder man bekommt eine gesunde, vertrauenswürdige Leihmutter vermittelt, die das Kind für einen austrägt. Ich bin natürlich davon ausgegangen, dass Bettina ... dass Sie beide ... Jedenfalls hat sie das Platin-Paket bezahlt, was eine umfangreiche und recht kostspielige Untersuchung beinhaltet.«

Jacob schüttelte den Kopf.

»Es war nie die Rede davon, dass wir Kinder haben wollten. Ich glaube nicht, dass das Teil ihrer Pläne war. Bettina war dabei, ihr Repertoire zu erweitern. Sie wollte mehr CDs aufnehmen und mehr Kammermusik spielen. Dafür hat sie knallhart gearbeitet. Ich kann nicht einmal sagen, ob ich selber gerne Kinder gehabt hätte, habe nie darüber nachgedacht.«

»Warum hat sie dann genetische Beratung gesucht?«

Auf Jacobs Stirn bildeten sich tiefe, waagerechte Furchen.

»Ihre Mutter ist an Brustkrebs gestorben, als sie noch ziemlich jung war«, sagte er und sah Michael aufgeregt an. »Ich erinnere mich daran, dass Bettina irgendwann einen Artikel über Angelina Jolie gelesen hatte, die sich vorsorglich die Brüste hatte amputieren lassen, weil es in ihrer Familie ein erhöhtes genetisches Risiko für Brustkrebs gab. Sie hat sich sogar die Gebärmutter und die Eierstöcke entfernen lassen. Das hat Bettina sehr beschäftigt. Ich könnte mir vorstellen, dass das der Grund ist. Mir war nicht klar, dass sie es tatsächlich gemacht hat.«

»Das wissen Sie nicht«, sagte Michael nachdenklich. »War sie ein impulsiver Mensch?«

»Oh Gott, ja! Lange im Voraus zu planen fiel ihr unglaublich schwer. Das war die Aufgabe ihres Agenten. Sie hat im Jetzt gelebt und sich keine großen Gedanken über die Zukunft gemacht. Da bin ich ganz anders. Sie hat mich immer I-Aah genannt, Sie wissen schon, wie der ewig besorgte Plüschesel aus *Pu der Bär*. Außerdem war sie permanent unterwegs. Aber natürlich hätte sie mir erzählt, wenn etwas ernsthaft nicht in Ordnung gewesen wäre.«

Michael stand erneut auf.

»Immerhin ist das ein kleiner Faden, eine Unstimmigkeit, die ich mir gerne näher anschauen würde«, sagte er. »Ich denke, dieses Detail hat bisher noch niemand genauer untersucht. Ich melde mich, wenn ich auf etwas stoße.«

»Dann hören Sie nicht auf?«

Michael lächelte.

»Wir hören niemals auf, und wir geben niemals auf. Das steht im Familienwappen der Familie Sander. Oder stünde es, wenn wir eins hätten.«

MICHAEL SASS IN einem bequemen Sessel in einem luftig großen Büro des ehemaligen Klinikums Skodsborg am Strandvej, dem jetzigen Domizil von Genova Counseling. Er lauschte dem Kreischen der Möwen und schaute sehnsuchtsvoll zu den weißen Segeln auf dem Sund. Die Sonne brannte von einem strahlend blauen Himmel, und Staub und Pollen tanzten Menuett in den Lichtbahnen, die durch die hohen Bürofenster fielen. Hinter dem Schreibtisch saß eine Frau in den Vierzigern im weißen Kittel und mit einer Lesebrille an der Schnur um ihren Hals. Wenn sie sich unbeobachtet fühlte, strahlte ihr Gesicht tiefe Trauer aus. Dr. Louise Nykvist stand auf dem blauen Namensschild über der Brusttasche des Kittels.

Vielleicht hat sie jemanden verloren, dachte er.

Michael lächelte sie aufmunternd an, als sie einen umfangreichen Fragenkatalog aufschlug.

»Was machen Sie beruflich, Michael?«

»Versicherungen.«

Sie nickte ernst.

»Vor dem MRT möchte ich Ihnen ein paar Fragen zur gesundheitlichen Situation Ihrer nächsten Familienangehörigen stellen – das betrifft Eltern, Geschwister und eventuelle Kinder«, leierte sie herunter.

»Schießen Sie los«, sagte Michael.

»Gut. Gibt es chronische Krankheiten in Ihrer Familie? Dabei denke ich beispielsweise an Herzleiden, Diabetes, Asthma, besondere Krebserkrankungen, Nervenleiden, Allergien. Irgendetwas in der Art?«

»Mir nicht bekannt.«

Dr. Nykvist machte ein paar Haken in ihrem Formular.

»Psychische Probleme?«

Michael lächelte entgegenkommend.

»Einige Menschen, kann ich mir vorstellen, bezeichnen meinen Vater als geisteskrank.«

Die Genetikerin schaute mit einem Anflug von Interesse von ihrem Blatt auf.

»Geisteskrank? In welcher Weise?«

»Er hat alles gevögelt, was einen Puls hat, was für einen Dorfpfarrer in einem kleinen Kaff ein gewisses Problem darstellt. Er hat den Abendmahlswein getrunken, seine Kinder regelmäßig für eingebildete Vergehen verprügelt, will sagen, meine Schwester und mich. Meiner Mutter hat er das Herz gebrochen. Wenn er nicht gewalttätig war, zerfloss er in Selbstmitleid und hat um Verzeihung gebettelt. Er ist vor vielen Jahren gestorben.«

Michael registrierte, dass Dr. Nykvist ihn eine Nuance wacher musterte.

»Hat er je eine Diagnose gestellt bekommen? Offiziell, meine ich.«

Michael zuckte mit den Schultern.

»Heute würde man vermutlich sagen, er litte an einer bipolaren Störung. Oder an Sexsucht. Damals wurde er in den Zeitungen als ›der verrückte Pfarrer‹ bezeichnet. Der Bischof hätte ihn am liebsten eigenhändig um die Ecke gebracht. Buchstäblich. Er war ein unbescholtener Mann und gelernter Schmied, ehe er das Theologiestudium begonnen hat. Also, der Bischof.«

Die Ärztin setzte ein Häkchen, zögerte, strich es durch und schrieb ein paar Zeilen an den Rand. Ihre Augenbrauen waren konzentriert hochgezogen.

»Dann wäre da noch meine Mutter«, sagte Michael nachdenklich. »Polyneurotisch ist vermutlich die harmlose Beschreibung für ihren Geisteszustand.«

»Neurotisch?«

»Extrem. Sie hatte einen Jagdschein und hat meiner Schwester zum dritten Geburtstag ein ausgestopftes Hasenjunges geschenkt, das sie selber geschossen hatte. Die Augen waren kleine Glasperlen, das eine blau, das andere braun. Meine Schwester und ich haben es am nächsten Tag begraben. Was unsere Mutter natürlich bestraft hat. Wir waren acht Stunden lang in einem Kleiderschrank eingesperrt.«

Dr. Nykvists Kugelschreiber kratzte hektisch übers Papier.

Michael schaute aus dem Fenster und faltete die Hände auf dem Schoß.

»Meine Schwester ist drei Jahre jünger als ich. Sie ist Augenchirurgin. Sie hat drei Selbstmordversuche hinter sich und war mehrmals über längere Phasen in geschlossenen psychiatrischen Anstalten. Sie hat Elektroschockbehandlungen hinter sich und nimmt zurzeit zwei verschiedene Antidepressiva.«

Die Ärztin hob abwehrend die Hand.

»Ich denke, ich habe genug gehört, Michael. Wie sieht es bei Ihnen aus? Haben Sie selber irgendwelche psychischen Störungen? Das wäre ja völlig nachvollziehbar bei ...«

Michael grinste breit.

»Meine Frau meint, ich sei zu abgestumpft für eine Depression, obwohl ich eigentlich der typische Kandidat dafür wäre. Also, ihrer Meinung nach.«

»Ah ja. Missbrauch?«

»Absolut. Alles Mögliche. Keine Drogen, natürlich ... oder so gut wie keine ... aber ...«

Das Interview lief noch etwa zehn Minuten in diesem Stil weiter, bis Dr. Nykvist meinte, dass es reiche. Sie erhob sich von ihrem Bürostuhl und sah Michael unentschlossen an, als wollte sie noch etwas sagen, was sie dann aber aufgab.

Nach dem MRT und den Blutproben eskortierte die Ärztin ihn eine elegante, mit Teppich ausgelegte und geschwungene Treppe hinunter zum Haupteingang.

»Die Ergebnisse sind Montag, spätestens Dienstag nächster Woche da«, sagte sie.

Michael blieb vor der unteren Stufe stehen.

»Darf ich Sie etwas fragen?«

»Selbstverständlich.«

Er hüstelte verlegen.

»Das Ganze war eigentlich die Idee meiner Frau«, sagte er mit einer allumfassenden Geste mit der Hand. »Sie nennt die Klinik Build-a-Baby-Place, weil hier Kinder nach den speziellen Wünschen der Eltern produziert werden. Haarfarbe, Augenfarbe, Intelligenzquotient und so weiter. Sie ist eine Ecke jünger als ich und arbeitet als Chemikerin bei NOVO. Sie hätte gerne Kinder und ... Na ja, ich vermute, dass ich ihr zu viel über die Psychosen in meiner Familie erzählt habe. Sie will sich wohl absichern, dass das nicht weitervererbt wird.«

Dr. Nykvist nickte erstaunt.

»Build-a-Baby? Das ist neu. Aber in Anbetracht der von Ihnen gemachten Angaben würde ich an ihrer Stelle vermutlich das Gleiche tun«, sagte sie besänftigend. »Wenn es schon die Möglichkeit gibt.«

Michael nickte kleinlaut und studierte die einfachen, ausgetretenen Schuhe der Genetikerin. Es lagen Welten zwischen Dr. Nykvist und Genovas glamouröser Gründerin Ramineh Sherazi-Petersen.

»Natürlich«, sagte er und sah sie hoffnungsvoll an. »Aber könnten Sie sich gegebenenfalls vorstellen, die Untersuchungsergebnisse etwas abzumildern, falls herauskommt, dass meine Gene in welcher Weise auch immer ungenügend sind? Ich meine, Gene sind schließlich nicht alles, oder? Sie sind nicht allein verantwortlich für das, was man am Ende ist? Die ganze Wahrheit? Ich liebe meine Frau über alles, verstehen Sie.«

Dr. Nykvist verschränkte die Arme vor der Brust und musterte ihn kühl distanziert.

»Das würde ich niemals tun. Und wir sind sehr wohl zu der Erkenntnis gelangt, dass Gene im Großen und Ganzen alles bestimmen. Die These von Milieu und Umwelteinflüssen ist überholt, obwohl die schwedischen Kindergärten, wenn ich recht informiert bin, den Unterschied zwischen Mädchen und Jungen nach wie vor leugnen. Dabei liegen Welten zwischen ihnen. Genauso gut könnte man behaupten, die Welt sei ein Würfel oder die Mondlandung habe niemals stattgefunden. Das ist Unsinn.«

»Da stimme ich Ihnen zu«, sagte Michael. »Was den Unterschied zwischen den Geschlechtern betrifft, meine ich.«

Dr. Nykvist lehnte sich an das schwarze, glänzende Geländer. Es war Leben in ihre Augen gekommen. Sie sah Michael direkt an.

»Gene bestimmen nicht nur Ihr Äußeres, will sagen, welche Haar- und Augenfarbe Sie haben, welche Körperform und so weiter. Sie zeigen auch mit fast hundertprozentiger Sicherheit an, ob Sie mit Übergewicht zu kämpfen haben oder sportlich sind, ob Sie ein guter Schach- oder Bridgespieler werden, wie es um Ihre Konzentrationsfähigkeit bestellt ist, Ihren IQ, Ihre Vorliebe für Fremdsprachen, Mathematik oder Musik, ob Sie eher ein Optimist sind oder das Gegenteil ... alles eben. Gene entscheiden, in welchem Maße bewusstseinsverändernde Substanzen oder Alkohol für Sie attraktiv sein könnten, ob Sie manipulierbar oder psychopathisch veranlagt sind, ob Sie Sex mit vielen Partnern haben oder am anderen Ende der Skala asexuell sind. Und sie spielen natürlich in Bezug auf Erbkrankheiten eine große Rolle.«

»Danke«, platzte Michael heraus, und dieses Mal war er es, der abwehrend die Hand hob. »Was das Talent fürs Schachspielen betrifft, wäre meine Schwester völlig mit Ihnen einer Meinung, so viel steht fest.«

Dr. Nykvist lächelte verhalten.

»Da Sie das Gold-Paket gebucht haben, wird Dr. Sherazi mit Ihnen die Ergebnisse durchgehen und die weiteren Schritte besprechen.«

»Sie meinen Dr. Sherazi-*Petersen*?«

»Die beiden sind seit ein paar Jahren geschieden.«

Sie wandte den Blick ab, aber Michael schnappte vorher noch eine gewisse Verachtung in ihren Augen auf. Vielleicht waren ihr Menschen, die sich scheiden ließen, ein Graus. Wundern würde es ihn nicht.

Dr. Nykvist fuhr fort: »Dr. Sherazi ist die Gründerin dieser Klinik, Sie sind also in den besten Händen.«

»Na dann.«

Michael hatte eine Eingebung und sah Dr. Nykvist an.

»Gibt es das überhaupt, das genetisch vollkommene Individuum?«, fragte er. »Ich meine keine Quallen, Bakterien oder Leoparden, sondern einen Menschen. Oder müssen wir akzeptieren, dass wir allesamt unvollkommen sind?«

Dr. Nykvist sah ihn fragend an, dann nahm ihr Gesicht einen nachdenklichen Ausdruck an.

»Sie meinen ein Individuum, dessen DNA keine Aberrationen, Permutationen, Polymorphismen, Mutationen oder Defekte aufweist? Ohne falsch kombinierte Basenpaare oder Fehlcodierungen?«

»Wenn das die Grundlage ist, ja.«

»Das gibt es, aber extrem selten. Sie tauchen immer mal wieder als Fallberichte in der Fachliteratur auf. Genetiker bezeichnen sie als Einhörner.«

»Einhörner?«

Sie nickte.

»So gut wie niemand, der sich mit Humangenetik beschäftigt, nicht mal im Laufe eines ganzen Lebens, stößt jemals auf eins. So wie kein Zoologe je ein Einhorn entdeckt hat. Obwohl es sie gibt. In einem Verhältnis eins zu fünfzig Millionen, schätze ich.«

Michael schaute sich im Raum um und nickte freundlich – wobei seine Instinkte blinkten wie die Warnlampen eines abstürzenden Flugzeuges.

»Haben Sie in Ihrer Klinik schon mal eins gefunden?«

Dr. Nykvist lachte kurz auf und schüttelte sicherheitshalber und nachdrücklich den Kopf.

»Ganz sicher nicht. Nein. Definitiv nicht.«

Sie drehte sich um, und die Tür zum Sekretariat ging auf.

»Wenn man von der Sonne spricht«, murmelte sie.

Michael betrachtete die schöne, selbstbewusste Frau, die den Raum betrat. Eine elegante, nahezu royale Erscheinung, die ihn mit funkelnden, arabischen Augen musterte.

Dr. Nykvist stellte sie einander vor.

»Ramineh, darf ich dir unseren neuesten Klienten vorstellen, Michael Berg.«

Die Frau lächelte höflich und gab ihm die Hand. Ihre Goldarmbänder klingelten.

»Ich hoffe, Louise war nicht zu inquisitorisch?«

»Ganz und gar nicht«, sagte Michael mit der gleichen unverbindlichen Höflichkeit.

Er hatte das vage nagende Gefühl, Dr. Ramineh Sherazi schon einmal irgendwo gesehen zu haben, kam aber nicht darauf, wo. Vielleicht auf einem Bild der Klinik-Homepage.

Dr. Nykvist sah Michael besitzergreifend an.

»Michael ist Gold-Klient, ich habe ihn nächste Woche für das Ergebnis-Gespräch mit dir eingetragen«, sagte sie.

Dr. Sherazi warf einen Blick auf den kostbaren Traum einer diamantbesetzten Armbanduhr und lächelte mechanisch.

»Hast du das? Ich freue mich darauf, Michael.« Sie bedachte ihn mit einem knappen Fahrstuhlblick. »Sie sehen aus, als wären Sie gut in Form.«

»Der Schein kann trügen«, sagte Michael mit einem matten Lächeln.

»Wie bitte? Ach, das glaube ich nicht. Nett, Sie kennengelernt zu haben. Bis nächste Woche.«

Louise Nykvist öffnete ihrer Chefin die Tür. Vom oberen Absatz der Haupttreppe sahen Michael und sie die Klinik-Chefin geschmeidig hinter das Steuer ihres Audis gleiten. Hinter der getönten Scheibe war eine winkende Hand zu erahnen.

Dr. Nykvist kaute auf der Unterlippe und verschränkte die Arme, als ob sie fröre. Die beiden Frauen hatten zu keinem Zeitpunkt Augenkontakt gehabt.

»Iranisch?«, fragte Michael.

»Wie bitte?«

»Dr. Sherazi. Ihr Akzent?«

Dr. Nykvist studierte ihn mit der Andeutung einer Furche zwischen den Augenbrauen.

»Ja, sie ist Iranerin. Ihre Familie hat das Land Ende 1979 verlassen, als der Schah sich in New York niedergelassen hat. Ihr Vater arbeitete bei Standard Oil, die Emigration dürfte also nicht allzu traumatisch gewesen sein. Kennen Sie sich mit Akzenten aus?«

Michael hätte sich in den Hintern treten können.

»Ich reise viel und gerne«, sagte er. »Auf Wiedersehen.«

LENE HATTE MÜHE, die Augen offen zu halten, sie war die drei Monitore vor sich zum Erbrechen leid. Wenn sie nachts in dem schmalen Bett ihrer billigen Pension die Augen schloss, sah sie drei deutlich umrissene, helle Vierecke.

Sie richtete sich auf. Um 22:34, zwei Tage nach Ankunft der Mädchen, fuhr ein dunkler Pkw mit dänischem Kennzeichen an den Bürgersteig in der Grindelallee. Eine Person stieg aus, schloss den Wagen ab, spannte einen Schirm auf und überquerte die Straße. Der junge Mann, der die drei philippinischen Mädchen ins Gebäude begleitet hatte, tauchte hinter der Glastür auf und öffnete sie im gleichen Augenblick, als der Gast dort ankam. Die beiden verschwanden aus dem Bildausschnitt der Kamera. Die Straßenlaternen warfen durch den Regenschleier einen zerfließenden, surrealen Lichtschein über die Straße.

Die ankommende Person hatte einen kleinen schwarzen Koffer dabei.

Lene hatte Maria de la Reyes, Kayla Torres oder Marissa Castro in den verstrichenen zwei Tagen seit ihrer Ankunft in der Grindelallee nicht mehr gesehen.

Sie spulte noch einmal zurück zu der Stelle, wo der lange, dunkle Pkw blinkte und an den Bürgersteig fuhr. Eine Person, nicht eindeutig zu erkennen, ob Mann oder Frau, stieg aus und spannte den Regenschirm auf …

Lene zoomte das Kennzeichen näher ran und kritzelte die Ziffern und Zahlen auf ein Blatt Papier, ehe sie Bjarnes Nummer wählte.

»Bjarne? Dänisches Kfz-Kennzeichen … Sofort, bitte, danke.«

Sie hörte das Klappern seiner Tastatur, während sie ungeduldig mit den Fingern auf der Tischplatte trommelte.

»Komm schon, Bjarne«, murmelte sie.

»Immer mit der Ruhe. Audi A8, 2012 angemeldet, auf den Namen Martin Petersen mit Anschrift in Østerbro.«

»Und was macht dieser Martin Petersen?«

»Augenblick … Shipping. Maersk Containers.«

»Fuck, Bjarne.«

Lene trat gegen den Papierkorb unter ihrem Schreibtisch, der laut scheppernd gegen die Wand flog. Sie schloss die Augen und sah wieder die drei hellen Vierecke vor sich. Wie liebend gern würde sie die Tür hinter sich zumachen. Die anderen hatten längst Feierabend gemacht und tranken ihr Afterwork-Bier im Bootsmann, während sie alleine hier hockte und sich mit Lakritzstangen begnügte. Der bedauernswerte, asoziale Workaholic, in dessen Leben ausschließlich Platz für die Aufklärung von Verbrechen war. Das war es doch bestimmt, was die anderen von ihr dachten – Kitta Krupp und ihre Kollegen –, und sie hatten recht.

»Moment, Bjarne … Wie groß ist Martin Petersen?«, fragte sie.

»Zwei Meter ungefähr. Das steht in seinem Pass.«

Ein Kribbeln stieg von den Fußsohlen in ihren Körper auf. Sie starrte auf die auch nicht annähernd zwei Meter große Person unter dem Regenschirm.

»Ist er verheiratet?«

»War. Mit Ramineh Sherazi-Petersen ... und die ...«

»Was?«

Bjarnes Atem ging schneller. Sie hörte das Zischen seines Asthmasprays.

»Bjarne ...«, murmelte sie drohend.

»Sie ist Inhaberin einer Klinik im Skodsborg Strandvej, die genetische Beratung und Behandlung bei Kinderlosigkeit anbietet. Ausgebildete Gynäkologin. Ursprünglich.«

Lene lehnte sich lächelnd zurück. Sie fühlte sich wie bei den ersten Sonnenstrahlen an einem Frühlingstag.

»Danke, Bjarne«, sagte sie. »Tausend, tausend Dank. Ich will alles über sie wissen, verstanden? Alles.«

»Selbstverständlich.«

Sie beendete das Gespräch und blieb noch eine Weile mit dem Hörer in der Hand sitzen. Bjarne wusste so gut wie sie, was es bedeutete, dass die Gynäkologin und Expertin in Sachen menschlicher Befruchtung, Dr. Ramineh Sherazi, ausgerechnet zu diesem Zeitpunkt an dieser Adresse in Hamburg auftauchte. Deswegen wunderte es sie, weshalb er so freudlos geklungen hatte. Selbst für Bjarne. Sobald sie wieder in Kopenhagen war, wollte sie mit ihm in die Stadt gehen und sich mit ihm betrinken.

Was machte ihm eine Freude? Abgesehen von einem neuen *Star-Wars*-Film natürlich. Lene hatte keine Ahnung, was ihr einen akuten Anfall schlechten Gewissens bescherte, weil sie ihren zuverlässigsten und unentbehrlichsten Mitarbeiter so wenig kannte.

Sie pfiff das Thema aus *Zwei glorreiche Halunken.*

Bei jeder erfolgreichen Ermittlung gelangte man irgendwann an diese Schwelle; davor drängten sich Erschöpfung, Ratlosigkeit, Zweifel, Frustration. Die waren immer noch da, aber jetzt war hinter ihnen doch eine Landebahn zu erahnen. Sie hatten die richtigen Schlüsse gezogen, wussten, was der nächste Schritt sein würde und dass es nur eine Frage der Zeit war, wann man zur Tat schreiten konnte. Das waren gute Aussichten.

Sie feierte den Augenblick mit einer frischen Lakritzstange. Ihre Müdigkeit war wie weggeblasen. Kauend sah sie zu, wie ein grauer Lieferwagen vor Dr. Sherazis dunkelblauem Audi A8 einparkte. Ein paar breitschultrige Männer in Arbeitskleidung mit undeutlichen Logos auf dem Rücken liefen durch den Regen und bugsierten drei große Wäscherollcontainer aus dem Hauseingang zu dem Lieferwagen, wo sie mithilfe einer Hebebühne in den Lastraum gehoben wurden.

Drei Wäschecontainer.

Man musste kein Hercule Poirot sein, um den Inhalt zu erraten.

Kurz nach Abfahrt des Lieferwagens hastete die mittelgroße Person unter dem Regenschirm mit dem kleinen Koffer in der linken Hand über die Straße und fuhr in dem Audi davon.

Der Bootsmann machte seinem Namen alle Ehre: Von den Decken und an den Wänden hingen Netze, Glasbojen und andere maritime Dekogegenstände, und das Lokal verteilte sich auf eine Reihe niedriger, über verschlungene Gänge und Passagen verbundene, rappelvolle Räume.

Sie entdeckte Kitta Krupp in einem der hinteren und niedrigsten Räume mit einem leeren Bierglas vor sich, lebhaft mit ihren Kollegen diskutierend. Lene blieb stehen. In großen Menschenmengen fühlte sie sich unwohl, und ihre Augen und Ohren waren noch auf die grobkörnigen Monitoraufnahmen und das leise Summen der Festplatte eingestellt.

Als ob Kitta telepathische Fähigkeiten hätte, drehte sie sich um und sah Lene an, zog einen Stuhl vom Tisch weg und winkte sie zu sich.

Nach kurzer Begrüßungsrunde beugte sie sich lächelnd zu Lene rüber.

»Hast du einen Grund zum Feiern gefunden?«, fragte sie.

»Ich glaube schon. Ich weiß jetzt mehr über das Wie und Warum. Eigentlich bin ich mir auch ziemlich sicher, wer es war, aber da fehlen mir noch die nötigen Beweise für eine Anklage.«

Kitta legte eine Hand auf Lenes Unterarm. »Die findest du auch noch, da bin ich ganz sicher. Wie wär's zur Feier des Tages mit einer Runde Bier, Lene?«

Lene schaute in das hübsche Elfengesicht. Kittas eng anliegendes, kurzärmeliges T-Shirt betonte ihre kleinen Brüste. Lene folgte mit dem Blick einer Tätowierung, die auf der Mitte des linken Oberarms begann und am Hals endete. Sie sah aus wie der Schwanz einer Eidechse. Die Kommissarin hatte braune, lächelnde Augen voller Tiefe, das schwarze Haar war kurz und dicht, und zum ersten Mal seit der elften Klasse dachte Lene mit einem Ziehen im Bauch daran, wie es wohl wäre, mit einer Frau zu schlafen.

»Aber klar«, sagte sie.

MICHAEL WAR AUF DEM RÜCKWEG aus Skodsborg, als ihm einfiel, dass Simon Hallberg ihm als Gegenleistung für den Bettina-Horst-Fall ruhig einen Gefallen tun konnte.

Michael sah Simon vor sich, in einem Wolkenkratzer in Manhattan, während er sich für *The Economist* einen Überblick über internationale Wirtschaftstrends und -entwicklungen verschaffte. Er war um die dreißig, eine Mischung aus Peter Pan und gelehrtem, augenscheinlich nicht alterndem Ökonom. Er war belesen, weit gereist, verfügte über enzyklopädische Kenntnisse spanischer Weine und lernte Frauen kennen, die nach einem Monat genug von ihm hatten.

Simon antwortete.

»Hi, Michael.«

»Hi. Und danke für Jacob Winther. Das war wirklich reizend von dir, aber nächstes Mal gib mir ein richtiges Problem, okay? Soll ich die Rechnung an dich schicken?«

Es war still am anderen Ende. Dann räusperte Simon sich.

»Ähm … Verlangst du nach wie vor 10 000 Euro pro Tag?«

»Plus Spesen«, sagte Michael.

Simon lachte hohl.

»Ich weiß, ich weiß! Aber Jacob war so furchtbar verzweifelt, gar nicht wiederzuerkennen. Er hörte gar nicht mehr auf, und ich hatte nur noch zwei Stunden, bis mein Flieger ging. Irgendwas musste ich doch tun – und da bist du mir eingefallen.«

»Einfach so? Und was heißt hier, dass du was tun musstest? Ich sollte was tun, meinst du wohl. Das ist wirklich unglaublich edel von dir, Simon. Großartig.«

»Nicht wahr! Und wie läuft es? Hast du was herausgefunden?«

»Das hängt unter anderem davon ab, welche Informationen du mir über eine Firma namens Genova Counseling im Skodsborg Strandvej geben kannst. Eigentumsstruktur, Buchführung, Angestellte. Das ganze Paket. Und besonders wichtig: eventuelle Investoren.«

»Ich werde es mir gleich anschauen.«

»In dem Fall kannst du die Rechnung vergessen. Und: Der Zeitfaktor ist in diesem Fall essenziell, Simon.«

»Bin schon dabei.«

Zu Hause füllte Michael den Kühlschrank auf, duschte rasch und braute sich eine Tasse Kaffee. Nachdem er sich noch eine Zigarette angesteckt hatte, rief er Bjarne an, der ungewohnt reserviert klang.

»Bjarne? Nur eine schnelle, kleine Suche. Eine Bagatelle, im Grunde genommen, okay?«

»Was ist es diesmal?«

»Die Finanzamtsdaten von Louise Nykvist, Griffenfeldsgade 24, Nørrebro. Sie ist Genetikerin.«

»Weiß Lene davon?«

Michael lächelte beruhigend und hoffte, dass das Lächeln über die Satelliten bis zu Bjarne gelangte.

»Das hat nichts mit euren Ermittlungen zu tun. Und ich denke, dass sie gerade genug andere Sorgen hat. Schaffst du das?«

»Natürlich«, sagte Bjarne kurz angebunden. »Aber du erzählst Lene davon, okay? Sie bezahlt mein Gehalt.«

»Selbstverständlich«, log Michael, »erzähle ich ihr davon, wie sehr du mir im Bettina-Horst-Fall weitergeholfen hast. Versprochen.«

Es kam etwas Leben in die Stimme von Lenes Mitarbeiter.

»Danke. Ich finde es richtig, wenn sie Bescheid weiß. Lene schätzt offene Worte.«

»Ich werde sie umgehend anrufen«, sagte Michael und beendete das Gespräch. Lieber würde er sich den Arm brechen, als mit Lene zu sprechen.

Als Ida nach Hause kam, klappte er schuldbewusst den Laptop zu und nahm sich vor, nie wieder Fotos von Rose McCullen im Internet anzuschauen. Niemals wieder.

Seine Schwester gähnte, reckte sich, füllte den Wasserkocher, öffnete den Kühlschrank, schenkte sich ein Glas Milch ein und leerte es in einem Zug.

Sie seufzte.

»Anstrengender Tag?«, fragte Michael.

»Ich bin völlig erschlagen. Müde bis ins Mark, total ...«

»Wie viel verdient eine Fachärztin für Genetik in einer Privatklinik für unfreiwillige Kinderlosigkeit, die obendrein Fachärztin für Gynäkologie und Geburtshilfe ist und zwanzig Jahre Berufserfahrung auf dem Buckel hat?«

Idas halb geschlossene Augen waren auf dem Weg, sich ganz zu schließen.

»Keine Ahnung, aber mit Sicherheit eine Ecke mehr als ich«, sagte sie vage. »Warum?«

»Streng dich an, Schwesterherz. Was schätzt du? Du bist selbst Oberärztin, behauptest du.«

»Auf dem Papier, Michael. Ich weiß es nicht, und ich bin wirklich todmüde … Hunderttausend im Monat? Hundertfünfzigtausend?«

Michael stellte ein paar schnelle Berechnungen auf einem Block an und verglich das Ergebnis mit den Zahlen von Bjarne. Er sah Ida anerkennend an.

»Nicht schlecht. Bis vor vier Jahren war sie an der Clinique Générale Hirslande in Bern angestellt. Das ist die Klinik, die Jennifer Lawrence aufsuchen würde, falls sie Zwillinge erwartet, die verkehrt liegen. Sehr exklusiv. Dr. Nykvist hat dort umgerechnet 140 000 Kronen im Monat verdient.«

Ida goss kochendes Wasser in ein Glas und hängte einen Teebeutel hinein.

»Von der Klinik hab ich schon gehört«, sagte sie. »Die Neugeborenen werden in Dom Perignon oder Eselsmilch gebadet, heißt es. Und von wem reden wir jetzt? Ich bin echt zu fertig für Rätselraten, Michael. Probier du mein Leben nur mal für einen Tag aus, und ich garantiere dir, dass du dich aufs nächste Bahngleis legst.«

Sie rührte in ihrem Glas, nahm den Teebeutel heraus und setzte sich mit dem Kinn auf die Hände gestützt an den Tisch.

»Zigarette?«

Er reichte ihr eine und gab ihr Feuer.

»Dr. Louise Nykvist, Dr. med., ausgebildet an der Universität Kopenhagen, bis vor vier Jahren Chefärztin an der Clinique Générale. Jetzt ist sie genetische Beraterin in Skodsborg, an einer Privatklinik namens Genova Counseling. Dort werden Babys designt. Ich bin heute Nachmittag dort vorstellig geworden. Als Klient.«

Ida legte die Stirn in Falten und sah ihn skeptisch an.

»Warum um alles auf der Welt warst du dort? Willst du dich künstlich befruchten lassen?«

»Sehr komisch, Schwesterherz. Bettina Horst war Klientin im Genova, darum wollte ich mir die Klinik etwas genauer anschauen. Nicht zuletzt, weil Jacob und sie nie vorhatten, Kinder zu kriegen, er hatte keine Ahnung von ihrem Kontakt dorthin. Bettina Horst war seiner Aussage nach sehr spontan, der Weg zwischen Gedanken und Handlung ultrakurz. Jacob vermutet, dass sie sich an die Klinik gewandt hat, um herauszufinden, ob bei ihr ein erhöhtes Risiko für Brustkrebs besteht. Ihre Mutter ist an Brustkrebs gestorben, als sie noch recht jung war.«

Ida inhalierte den Rauch und behielt ihn in der Lunge. Sie war wieder ein bisschen wacher. Dann atmete sie aus.

»Untersuchen die deine DNA? Das tun sie nicht, oder? Du willst mich auf den Arm nehmen, Michael, oder?«

Michael kratzte sich an der Schläfe und senkte den Blick.

Ida schloss die Augen und schüttelte ungläubig den Kopf.

»Michael, verdammt.«

»Dr. Nykvist wirkte nicht allzu begeistert, als ich sie über den Gesundheitszustand unserer Familie in Kenntnis gesetzt habe.«

»Hast du ihr von Vater erzählt?«

Idas Stimme hob sich eine Oktave.

Michael nickte. Jetzt in der Küche zusammen mit seiner Schwester kam ihm das plötzlich illoyal vor.

»Auch von Mutter?« Ida zeigte auf sich selbst. »Und von mir?«

»Die ganze Katastrophe. Ich konnte nicht anders. Spätestens bei der Untersuchung meiner Gene hätten sie den Schwindel bemerkt, meinst du nicht?«

Sie starrte an ihm vorbei, ohne sich zu rühren, und Michael beäugte sie unsicher. In den nicht depressiven Phasen war seine Schwester eigentlich ganz ausgeglichen, aber zwischendurch brach ein bemerkenswert zielgerichteter Zorn vulkanisch aus ihr heraus. Ida konnte mindestens so hart und kompromisslos sein wie er, wenn die Situation es erforderte.

Zumindest war sie jetzt ganz wach.

»Du bist ein hirnverbrannter Idiot, Michael«, sagte sie leise. »Das bist du wirklich. So einfach ist das nicht. Deine DNA ist keine Ingenieursskizze von dir oder deiner Seele.«

»Nicht? Dr. Nykvist hat aber behauptet, dass ...«

»Zum Teufel mit Dr. Nykvist! Sie verkauft Gen-Pakete, wie andere Autos oder Häuser verkaufen. Natürlich redet sie ihr Produkt schön. Jesus, Michael ... Manchmal bist du unerträglich naiv und dickköpfig und tust völlig haarsträubende Dinge.«

»Danke.«

Ida zeigte mit einem ausgestreckten Zeigefinger auf ihn.

»Gene sind Varianten, alternative Vorschläge, Dispositionen, die sich gemäß mendelscher Erbregeln manifestieren oder auch nicht. Sie entfalten sich in einem Milieu, das für die einzelne Erbanlage förderlich ist oder das Gegenteil.

Sie können an- oder ausgeschaltet werden. Das Ganze ist ein Wechselspiel. DNA ist alles und nichts. Farne oder Schildkröten haben viel mehr Chromosomen als du, aber deswegen können sie noch lange keinen Mann zum Mond schicken oder Beethovens Neunte komponieren!«

»Vergiss nicht, dass du diejenige bist, die studiert hat, Schwesterherz. Ich bin zum Militär gegangen. Aber ist ja auch egal … Hörst du mir zu?«

»Ja, aber nur, weil ich die Kombination für den Waffenschrank nicht kenne, um die Flinte zu holen, mit der ich dich erschießen kann.«

Michael lächelte.

»10-10-72, dein Geburtsdatum. Und jetzt hör mir zu, erschießen kannst du mich hinterher.«

»Das hab ich auch vor. Was ist mit dieser Dr. Nykvist? Warum ist sie so wichtig?«

»Den Steuerunterlagen zufolge, die Bjarne mir beschafft hat, hat sie vor vier Jahren ihren persönlichen und finanziellen Tsunami erlebt. Sie hat in der Schweizer Superklinik gekündigt und in der neu gegründeten Genova-Klinik in Skodsborg angefangen. Ihr Haus in Bern hat sie mit großem Verlust verkauft und verdient nun etwa 30 000 Kronen im Monat, lebt in einer Mietwohnung in der Griffenfeldsgade, und verglichen mit ihrem Kleidungsstil wirkt Mutter Teresa wie das reinste Casino-Luder aus Las Vegas.«

Die roten Flecken auf Idas Wangen waren verschwunden.

»Hört sich schräg an. Was ist passiert?«

»Keine Ahnung, aber ich habe vor, es herauszufinden«, sagte Michael. »Spontan würde ich sagen, dass sie erpresst wird oder wurde.«

Er schenkte sich einen Whisky ein und fuhr fort. »Das ist noch nicht alles. Ihre Chefin an der Clinique Générale Horslande war Dr. Ramineh Sherazi, die Gründerin von Genova Counseling. Sie ist sozusagen die einzige Konstante in Nykvists späterer Karriere.«

»Hast du sie auch kennengelernt?«

»Sehr kurz. Sie tritt auf wie die Königin von Katar. Kleid von Balenciaga, Uhr von Patek Philippe und eine Smaragdkette, die ein Vermögen gekostet haben muss. Wir sprechen von ihrer Arbeitskleidung. Sie geht nächste Woche mit mir die Untersuchungsergebnisse durch. Die beiden hassen sich.«

»Tun sie das?«

»Wie Kobra und Zibetkatze.«

Ida stand auf, schluckte halbherzig ein Gähnen herunter und schaute mit zugekniffenen Augen zur Lampe über dem Tisch.

»Das hört sich alles enorm spannend an, Michael, aber ich muss jetzt schlicht und ergreifend schlafen. Ich habe morgen vier große Operationen. Und danach Stationsdienst.«

»Ich bin stolz auf dich, Schwesterherz«, sagte Michael ernst. »Und ich habe in der Klinik übrigens nicht meinen richtigen Namen angegeben. Kein Grund also, so aus der Haut zu fahren.«

»Fein. Davon abgesehen scheinst du auf etwas gestoßen zu sein. Vielleicht solltest du mit Lene über Genova sprechen.«

Michael starrte finster vor sich hin.

»Warum? Das hat nichts mit ihr und ihrem Fall zu tun. Außerdem rechne ich damit, dass sie sich bei mir meldet, weil ich mehrmals Bjarnes Hilfe in Anspruch genommen habe. Sie wird vermutlich behaupten, dass ich ihn ausnutze. Sie hat einen ausgeprägten Besitzanspruch, was ihn betrifft.«

»Er arbeitet schließlich für sie. Leg dir einen eigenen Mitarbeiter zu.«

»Einen wie Bjarne? Unmöglich. Er ist so selten wie ein Eiswürfel in der Hölle.«

KITTA UND LENE LAGEN HAUT AN HAUT, alles war fürchterlich eng, warm, linkisch, verboten, verkehrt, grenzüberschreitend – und wahnsinnig erregend. Kitta küsste sie lustvoll und nachdrücklich, ihre Zungen schlangen sich umeinander, und Lene kam es vor, als bewegten Wände und Decke des kahlen, weißen Schlafzimmers sich weg von dem flackernden Schein der Kerzen und als würde sie immer kleiner in dem großen, weißen Bett. Es war überrumpelnd schnell gegangen nach dem ersten verlegen tastenden, zähneklickernden Kuss hinter Kittas Wohnungstür – ein Kuss, der sich anfühlte, wie an der vorderen Kante des Zehnmeterbrettes in Vordingborg zu stehen –, bis sie ungeduldig fummelnd alle Reißverschlüsse und Knöpfe geöffnet, Schnürsenkel entknotet und Stiefel und Strümpfe ausgezogen hatten.

Die Kleidungsstücke lagen über Boden und Bett verteilt, wo sie gerade gelandet waren. Auch die zwei Dienstpistolen, ein Paar Handschellen in einem schwarzen Lederetui und Pfefferspray mit knallrotem Auslöserknopf.

Sie bewegten sich auf sehr dünnem Eis über sehr tiefes Wasser, und Lene überließ Kittas Fingern und Mund die Steuerung und folgte ihren Bewegungen, so gut sie konnte. Kittas Zunge zog eine langsame, feuchte Spur über ihren

Hals, mit einem kurzen Abstecher zum Ohr und der Mulde über ihrem Schlüsselbein, während Finger und Handfläche zart und hart zugleich Lenes Schambein und Schamlippen massierten. Sie schob einen Finger in Lenes Spalt und fand mit traumtänzerischer Sicherheit den G-Punkt. Lene schnappte nach Luft, drückte den Hinterkopf ins Kissen, legte die Hände vors Gesicht und hätte Kitta um ein Haar weggeschubst, ihr eine unverdiente Backpfeife gegeben, um sich ihre Sachen zu schnappen und mit einer Ausrede zu fliehen. Aber sie konnte nicht. Es war unmöglich und viel zu spät. Sie ließ sich fallen, und während Kitta ihre Brustwarzen küsste, biss und leckte und mit ihrem Mund weiter abwärts wanderte, presste Lene die Hände auf die Ohren und danach auf ihre geschlossenen Augen. Ihr Gesicht glühte.

Das Handy vibrierte ein paarmal penetrant auf dem Holzboden, ehe der Klingelton einsetzte, den sie Bjarne zugeteilt hatte.

»Nein, nein, nein! Oh nein!«

Sie legte eine Hand in Kittas Nacken und presste ihr Gesicht in ihren Schoß.

»Nicht aufhören … Bitte nicht aufhören …«

Das Telefon verstummte, und alle ihre Sinne waren ganz auf Kitta ausgerichtet und ihre unglaublich geschickten Lippen, Finger und die Zunge. Lene schnappte nach Luft, stöhnte erregt und schob ihren Schoß Kittas Mund und Fingern entgegen. Sie begann, ihre Brüste zu massieren, während das Schlafzimmer wie in Zeitlupe immer weiter und heller wurde. Kittas Hände schoben sich unter Lenes Pobacken und stemmten sie hoch, Lenes Bauch- und Oberschenkelmuskeln begannen zu zittern, sie biss sich auf die Unterlippe und …

Das Handy. Eindringlich.

Kitta zögerte, und noch einmal schob Lene ihre Finger in das kurze, dicke Haar der deutschen Kollegin und presste ihren Kopf an sich.

»Bjarne … verdammt …«

Das Klingeln hörte auf.

Kittas Finger glitten in ihr hin und her, füllten sie aus. Sie vollbrachte Wunder mit ihrem Mund und ihren Händen, so zart, sanft und hart zugleich. Lenes Möse zog sich zusammen, sie kam und ließ sich mitreißen, genoss einfach nur.

Kitta holte sie jäh zurück in die Wirklichkeit, als ihr Mund sich zurückzog und danach ihre feuchten Finger. Sie rollte sich neben Lene, die sich in Embryohaltung auf die Seite gedreht hatte, ein Kissen vors Gesicht gepresst, voller Scham, Ekstase und Verzückung.

Kitta strich mit den Fingerspitzen über ihr Haar, danach ihr Gesicht. Dann lag sie still neben Lene, ohne sie zu berühren, aber Lene spürte ihren Atem im Nacken.

Das Handy klingelte erneut.

»Du solltest vielleicht rangehen«, sagte Kitta leise. »Scheint wichtig zu sein.«

Lene tastete mit geschlossenen Augen, die sie nie mehr aufmachen wollte, unter dem Bett nach dem Handy.

»Was ist, Bjarne?! Weißt du, verdammt noch mal, wie spät es ist?«

»Hab ich dich geweckt?«, fragte er mit unglücklicher Stimme.

»Nein! Doch, hast du! Ich hoffe für dich, dass es wirklich wichtig ist«, fauchte sie.

Sie atmete tief ein und schlug die Augen auf. Was blieb ihr anderes übrig. Sie setzte sich auf die Bettkante und sah Kittas zierlichen, blassen Körper mit den Tätowierungen an, die im flackernden Kerzenschein lebendig wurden.

Langsam kam bei Lene an, was sie gerade erlebt hatte. Sie legte die kühle Handfläche an ihre heiße Wange.

Oh Gott!

»Es geht um Michael«, sagte Bjarne vorsichtig.

»Oh nein.«

»Doch.«

»Nein!«

Michael war der absolut Letzte, an den sie jetzt erinnert werden wollte. Als verstünde Kitta ihre Verlegenheit, zog sie rücksichtsvoll die Decke über ihre verführerische Möse und ihren Bauch. Dann legte sie ihren hübschen Kopf auf den abgewinkelten Ellbogen und lächelte Lene an.

»Also, Folgendes ... Das ist auch der Grund, weshalb ich nicht schlafen kann. Er hat mich um Steuerinformationen gebeten zu einer Angestellten von ...«

»Genova Counseling? Von Dr. Sherazi?«

»Ja. Genau.«

»Wer?«

»Louise Nykvist. Genetikerin. Woher weißt du das?«

Lene stand auf und begann mechanisch, sich anzuziehen. Ihr war mit einem Mal unendlich traurig zumute.

»Weil er sich immer, immer, immer in alles einmischen muss und alles kaputt macht. Er gönnt mir einfach nicht, dass … Es ist alles in Ordnung, Bjarne. Gut, dass du es mir erzählt hast. Um den Rest kümmere ich mich.«

Bjarne klang, als würde ihm ein Stein vom Herzen fallen.

»Redest du mit ihm?«

»Ja. Und du hast nichts falsch gemacht. Ich weiß sehr wohl, dass du Michael gut leiden kannst und ihm ab und zu einen Dienst erweist. Das ist okay, Bjarne. Schlaf gut.«

»Ebenso. Aber da wäre noch etwas …«

Lene starrte auf ihre Schuhe, ohne sich zu bewegen. Was würde jetzt kommen?

»Er hat mich gebeten, ein Model aus einer Werbung ausfindig zu machen.«

»Was hat er?«

Sie fasste sich an den Kopf.

»Ein Model. Sie lebt in London.«

»Schlaf gut, Bjarne.«

»Aber …«

Sie schaltete das Handy aus und fuhr mit dem Anziehen fort, fand ein Haargummi und sammelte ihr Haar in einem Pferdeschwanz. Dann nahm sie Kittas Hand. Sie räusperte sich und spürte wieder die Hitzewelle in ihrem Schoß, mit der alles Harte, Bittere und Schwere aus ihr herausgeflossen war.

»Kitta, ich muss jetzt gehen«, sagte sie. »Es tut mir leid. Es war … du bist ganz wunderbar. Danke.«

Kitta setzte sich auf und gab Lene einen Kuss auf die Wange. Dann stapelte sie die Kissen vor der Wand, lehnte sich dagegen und faltete die Hände über der Decke wie ein Kind zum Abendgebet. Sie sah so jung aus.

»Fährst du zurück nach Dänemark?«

Lene nickte.

»Ich muss. Mein Mann hat, mit seinem untrüglichen Talent, mein Leben zu zerstören, mal wieder meine Ermittlungen gesprengt.«

»Ist er auch bei der Polizei?«

»Das war er. Und an einer Reihe anderer Stellen. Er ist Berater. Privater Ermittler für sehr reiche Menschen. Und er ist gut. Im Augenblick arbeitet er am Bettina-Horst-Fall, im Auftrag ihres Verlobten, gratis, obwohl das eher untypisch für ihn ist. Erinnerst du dich an den Fall?«

»Selbstverständlich. Aber ich dachte, der wäre unlösbar. Hat sich etwas Neues ereignet?«

Lene lächelte bitter. Im Moment hatte sie zu nichts anderem Lust, als sich wieder auszuziehen, neben Kitta zu legen und dieses aufregend neue Terrain ausgiebig zu erforschen.

»Ich kann nicht mehr dazu sagen, als dass Michael ... das ist mein Mann ... offenbar davon ausgeht, dass meine Ermittlungen in irgendeiner Form etwas mit Bettina Horsts Verschwinden zu tun haben. Intuitive Kombinationsgabe ist sein Warenzeichen. Er ist konkurrenzlos in seiner Branche.«

»Hört sich interessant an«, sagte Kitta vorsichtig.

»Er ist ein verdammter Idiot, und ich hasse ihn«, sagte Lene.

LOUISE NYKVIST HATTE DREIMAL vergeblich versucht, Michael Berg zu erreichen. Sie legte das Mobiltelefon weg und studierte die DNA-Sequenzierung, die gerade eingetroffen war. Das Ergebnis an sich war schon erstaunlich. Aber der eigentliche Grund ihrer Anrufe war der, dass das Programm Bergs DNA-Analysen automatisch ähnlichen Ergebnissen aus der Datenbank der Klinik zugeordnet hatte. Zwei identische Sequenzen von ganz unterschiedlichem Ausgangsmaterial. Das war unmöglich, es sei denn, Michael Berg hatte schon einmal zu einem früheren Zeitpunkt eine Genanalyse bei ihnen durchführen lassen. Aber das hätte er doch wohl erwähnt? Und wer um alles in der Welt bezahlte doppelt für ein und dieselbe Analyse?

Was sie ernsthaft beunruhigte, war, dass die betreffenden Analysen von vor achtzehn und fünfzehn Monaten anonymisiert waren.

Letzteres war beispiellos und ihr noch nie untergekommen. Es gab keinen Grund für eine Anonymisierung, da Genovas Datensicherheit aus nachvollziehbaren Gründen die beste war, die man für Geld kaufen konnte. Sie wurde permanent überprüft und von den Herstellern aktualisiert, die das gleiche Sicherheitspaket an die Nationalbank lieferten. Bisher hatte es noch kein Hacker über die äußeren Firewalls hineingeschafft, ehe er unschädlich gemacht wurde.

Louise kaute auf ihrem Bleistift und schaute aus dem Fenster. Hier stimmte etwas ganz und gar nicht. Sie musste Ramineh informieren, sosehr ihr das auch widerstrebte. Sie konzentrierte sich auf den gewohnt respektvollen Ausdruck, verankerte ihn in ihrem Gesicht und verließ das Büro.

Die Gründerin und Leiterin der Klinik reagierte auf das dritte Klopfen.

Ramineh Sherazi schaute von ihren Unterlagen auf, als Louise das elegante Büro mit den Wandpaneelen, den Gemälden, dem Aquarium und den Perserteppichen betrat.

»Was gibt es, Louise?«

»Erinnerst du dich an Michael Berg? Den Gold-Klienten. Dunkelhaarig, stahlblaue Augen. Du hast am Mittwoch einen Gesprächstermin mit ihm.«

Louise blieb vor dem Schreibtisch stehen. Ihr würde nicht im Traum einfallen, sich auf einen der Gästestühle zu setzen.

»Und ob ich mich erinnere. Ein attraktiver Typ. Was ist mit ihm?«

»Ich denke, es ist einfacher, wenn ich es dir zeige.«

Ramineh Sherazi schob ihren Stuhl zurück und erhob sich.

»Wenn es sein muss.«

»Muss es.«

Sie verschränkte die Arme vor der Brust, als Louise das Programm auf ihrem Computer öffnete und Michaels DNA-Profil aufrief.

»Sieh dir das an.«

Sie zeigte auf die obere Zeile der Gen-Sequenzen.

Ramineh Sherazi überflog die Analysen mit geübtem Auge.

»Astrein. So saubere und intakte Sequenzen habe ich nicht mehr gesehen, seit ... du weißt schon.«

Louise nickte ernst.

»Ich bin selber überrascht. Die mentale Gesundheit der Familie ist gelinde gesagt nicht gerade ein Aushängeschild, aber offensichtlich hat sich das nicht genetisch ausgewirkt.«

»Interessant«, sagte Ramineh Sherazi. »Aber wieso ...«

Louise klickte die entsprechenden Sequenzen an. Sie spürte, dass Raminehs Konzentration sich verschärfte. Sie hielt die Luft an.

Die Chefin starrte auf den Bildschirm, nahm Louise gar nicht mehr wahr.

»Zwei identische Sequenzen«, sagte Louise leise. »Achtzehn beziehungsweise fünfzehn Monate alt. Ich verstehe das nicht. Warum dreimal für ein und denselben Service bezahlen? Und warum sind die ersten beiden Analysen anonymisiert? Das ergibt keinen Sinn.«

Sie sah ihre Chefin an und bemerkte den gequälten Ausdruck in ihrem Gesicht.

Ramineh starrte mit leerem Blick auf den Monitor und räusperte sich.

»Hast du mit irgendjemand darüber gesprochen? Das ist in der Tat bemerkenswert, aber ich gehe davon aus, dass es ein Systemfehler ist.«

Louise schob die Hände tief in die Kitteltaschen.

»Ich habe mehrfach versucht, ihn anzurufen, aber er geht nicht ans Telefon. Und natürlich habe ich mit niemandem darüber gesprochen.«

Ramineh Sherazi sprang abrupt auf, ging an Louise vorbei und öffnete die Tür zum Vorraum. Sie blieb mit der Hand auf der Türklinke stehen.

»Behalt das hier für dich, bis ich der Sache auf den Grund gegangen bin«, sagte sie schroff.

»Selbstverständlich.«

»Ich habe am Mittwoch einen Termin mit ihm, bestimmt gibt es eine vernünftige Erklärung für das alles.«

»Möglich«, sagte Louise zweifelnd. »Obwohl ich nicht wüsste, wie die aussehen soll.«

Ramineh berührte ihren Arm.

»Nimm dir für den Rest des Tages frei. Du siehst erschöpft aus. Fahr nach Hause.«

»Aber ich habe noch tonnenweise Analysen auf dem Tisch«, protestierte sie.

»Das war kein Vorschlag.«

Die schwere Eichentür schlug mit einem Knall hinter Louise zu.

ÜBER DÄNEMARK LAG SEIT TAGEN ein stabiles Hochdruckgebiet, die Hitzewelle war fast zu viel des Guten. Demnächst würde vermutlich ein Verbot ausgesprochen werden, die Gärten zu wässern und Swimmingpools zu füllen. Das Gras war verbrannt, und Umweltaktivisten sagten den baldigen Untergang des Planeten voraus.

Laut Meteorologen würde das Hochdruckgebiet demnächst von einer Serie nordatlantischer Tiefdruckgebiete verdrängt werden – wie ein König im Mittelalter, der von seinen Söhnen vom Thron geschubst wurde.

Michael tauchte zum Grund, auf der Suche nach der kühlsten Wasserschicht. Er atmete aus, machte eine Rolle und ließ sich rücklings auf den Sand sinken. Er streckte sich auf dem kühlen, harten Meeresboden aus und schaute in das unendliche Blau über sich. Im nächsten Augenblick drehte er sich um und stieß sich ab.

Wenige Sekunden später durchbrach sein Kopf die Wasseroberfläche. Er prustete, orientierte sich und schwamm mit einem langsamen, effektiven Kraulzug zu seinem geheimen Platz.

Seine favorisierte Badestelle am Sund war ein kleiner Anlegesteg kurz vorm Zusammenbruch, der unter der steilen, bewachsenen Böschung kaum zu sehen war. Ein schmaler, zugewucherter Pfad führte am Wassersaum entlang, aber er sah nur selten andere Menschen hier unten.

Er zog sich auf den Steg, nahm sein Handtuch und begann vorsichtig, sich abzutrocknen. Es galt, die Narben und Stellen zu vermeiden, wo die Hauttransplantate nicht richtig zusammengewachsen waren.

Seine Finger ertasteten unter dem linken Schlüsselbein eine scharfkantige, spitze Erhöhung unter der Haut. Als er darauf drückte, entstand eine kleine Wunde, aus der er einen Tropfen Blut presste. Ein weiteres Fragment von Karims Skelett arbeitete sich aus seinem Körper heraus. Er seufzte. Hoffentlich war es bald das letzte. Es jährte sich nun bald zum vierzehnten Mal, dass Karims Knochensplitter seinen Körper invadiert hatten.

Er war im Auftrag von Shepherd & Wilkins in Afghanistan gewesen, um eine Gruppe deutscher Ingenieure zu eskortieren und von einem Staudammprojekt nordöstlich von Kabul in Sicherheit zu bringen, bevor die Taliban kamen, sie als Geiseln nahmen und die Anlage zerstörten.

Karim war Fahrer und Dolmetscher; ein zynischer junger Mann mit Frau und zwei Kindern. Er hatte in den USA gelebt, war aber nach Afghanistan zurückgekehrt, um als Dolmetscher und Führer der NATO-geleiteten Spezialeinsätze im Tora-Bora-Höhlenkomplex und für halbmilitärische Sicherheitsfirmen wie die von Michael ein Vermögen zu verdienen.

Ihr Humvee war das erste Fahrzeug des deutschen Konvois. Die gefährlichen Täler mit den unendlichen Möglichkeiten für Hinterhalte lagen hinter ihnen, sie hatten fast die Hauptstraße nach Golbahar erreicht. Ab dort erwartete sie friedliches Kolonnefahren, und Michael hatte seinen Kopf an die Seitenscheibe gelehnt, um zu schlafen, als seine Welt sich in einem ohrenbetäubenden, unerwarteten Knall auflöste, der ihn auf Tage taub machte. Neben den vorderen zwei Fahrzeugen war eine Straßenrandbombe explodiert, Karim wurde regelrecht zerfetzt und war sofort tot. Michael wurde von der Druckwelle aus dem Wagen geschleudert – und von Karims Knochensplittern durchbohrt.

Zehn Stunden später war er in einem Feldlazarett der Bagram Air Base aufgewacht.

Seitdem arbeiteten sich Knochensplitter an die Oberfläche und bildeten kleine Pusteln unter der Haut, obgleich die Ärzte in dem Feldlazarett die meisten und größten entfernt hatten.

Michael sammelte sie in einer alten Blechdose Navy-Cut-Pfeifentabak.

Er drückte den Splitter heraus und legte ihn in seine Geldbörse.

Danach zog er ein indigoblaues T-Shirt an, schwarze Jeans und Laufschuhe und checkte sein Handy mit hochgezogenen Brauen: drei Anrufe von Genova Counseling.

MICHAEL WARTETE VOR EINEM Schaufenster mit Wasserpfeifen und glitzernden, synthetischen Stoffen aus dem Orient. Er kam sich vor wie in einer Straße in Kairo. Um ihn herum nur arabische Schriftzeichen, Kebabimbisse, scheel dreinblickende, junge Araber und Delikatessenläden. Er wartete, bis der Bürgersteig sich einigermaßen geleert hatte, ehe er die Tür zu Louise Nykvists Haus mit einem Dietrich öffnete, die Treppe in den dritten Stock hochging und an ihrer Tür klingelte. Kurz darauf waren drinnen Schritte zu hören.

»Wer ist da?«

»Michael Berg. Sie haben angerufen. Dreimal.«

»Ja, stimmt ... das habe ich. Wieso kommen Sie hierher?«

Die Sicherheitskette in der Wohnung klirrte, als könnte sie sich nicht entscheiden, ob sie ihn reinlassen sollte oder nicht, aber die Tür blieb verschlossen.

»Bei Genova Counseling wurde mir mitgeteilt, dass Sie nach Hause gegangen sind. Sie brauchen Hilfe, Louise.«

»Brauche ich das?«

»Das glaube ich, ja. Ich arbeite nicht in der Versicherungsbranche, und mein richtiger Name ist Michael Sander. Ich gehe im Auftrag privater Klienten Unregelmäßigkeiten auf den Grund, und ich weiß alles über Ihre Zeit an der Clinique

Générale Hirslande. Sie waren Oberärztin und Chefin der Geburtsabteilung. Jetzt verdienen Sie so viel wie ein Lehrer. Sie haben einen neuen Mercedes gefahren und in einem wunderschönen Haus mit Aussicht auf die Aare gewohnt. Jetzt haben Sie ein Fahrrad und diese Mietwohnung.«

Die Tür öffnete sich einen Spaltbreit, Michael schob sie auf.

Dr. Nykvist ging in Jeans, Sandalen und einem weiten, weißen Herrenhemd, das mit kunterbunten Malerflecken übersät war, vor ihm ins Wohnzimmer. Das lange, mit grauen Strähnen durchzogene Haar war mithilfe zweier gekreuzter Pinsel hochgesteckt. Michael blieb auf der Schwelle stehen, überwältigt von dem unerwarteten Farbspektrum und den gewagten, freizügigen Kompositionen. Überall hingen und standen Leinwände, an den Wänden und auf Staffeleien. Der beißende Geruch von Terpentin und Ölfarben nahm ihm fast den Atem.

Louise Nykvist schob einen Stapel Kunstmagazine zusammen und machte einen Sessel vor den Fenstern für ihn frei. Sie ließ die Magazine auf den verkrusteten Boden fallen und nahm ihm gegenüber Platz.

Ihr grauer Blick war direkt, das Gesicht ausdruckslos.

»Wer ist Ihr Klient?«, fragte sie.

»Ein Hinterbliebener. Ein junger Mann.«

Sie kratzte an einem Farbfleck auf dem Hemdärmel und schaute aus dem Fenster.

»Ich habe, ehrlich gesagt, damit gerechnet, dass irgendwann jemand wie Sie auftaucht. Fragen Sie mich nicht, warum, aber so ist es.«

»Ihre Bilder sind sehr schön. Ansprechend. Stellen Sie sie aus, oder haben Sie einen Galeristen?«, fragte er.

»Ich habe nie probiert, meine Bilder zu verkaufen. Wenn der Platz knapp wird, übermale ich sie oder lagere sie ein. Sie haben mich belogen.«

»Wir haben beide gelogen. Warum haben Sie versucht, mich anzurufen?«

»Ich habe Ihre DNA-Analyse bekommen, und das Ergebnis ist so überraschend, dass ich das Bedürfnis hatte, mit Ihnen zu sprechen.«

Michael war sich nicht sicher, ob er das Ergebnis wissen wollte.

»Werde ich vor meinem sechzigsten Geburtstag vergessen, wie man sich die Schuhe zubindet? Oder wie die Farbe von Apfelsinen heißt?«, sagte er mit einem aufgesetzten Lächeln und gespielter Gelassenheit.

Louise verschränkte mit ernstem Gesichtsausdruck die Hände im Schoß.

»Es ist äußerst unwahrscheinlich, dass Sie an Alzheimer erkranken«, sagte sie. »Ganz im Gegenteil, Sie haben ausgezeichnete Gene. Außergewöhnlich gute.«

»Und das überrascht Sie?«

Die Andeutung eines Lächelns spielte um ihre Lippen.

»Das tut es, insbesondere unter Berücksichtigung der psychischen Verfassung Ihrer Familie. Oder war das auch eine Lüge?«

»Das war die leibhaftige Wahrheit. Heißt das, ich bin ein Einhorn?«

Wieder wurde das feine Lächeln sichtbar.

»Natürlich sind Sie kein Einhorn, aber genetisch betrachtet ist alles in bester Ordnung mit Ihnen. Und Erbanlagen für Verlogenheit konnten bislang noch nicht identifiziert werden.«

Sie stand auf, drehte ihm den Rücken zu und begann, die Pinsel mit einem Lappen abzuwischen.

»Das, was mich beschäftigt, ist, dass unser Programm die Ergebnisse automatisch zwei anderen identischen DNA-Sequenzen zugeordnet hat. Haben Sie schon mal eine Genanalyse bei Genova machen lassen?«

»Noch nie«, sagte Michael. »Jedenfalls nicht mit meinem Wissen.«

»Das habe ich mir gedacht«, murmelte sie müde.

»Warum zwei?«

Sie stellte die Pinsel in ein mit Terpentin gefülltes Marmeladenglas, wischte sich die Hände ab und drehte sich um.

»Ich weiß nicht, warum. Die beiden Analysen sind achtzehn beziehungsweise fünfzehn Monate alt.«

Michael stand ebenfalls auf. Er kniff die Augen zusammen, als er aus dem Fenster runter auf die Straße schaute, wo eine winzige, jähe Verschiebung des Bewegungsmusters der Menschen, Autos, Lieferwagen, Busse und Fahrräder stattfand. Als er die Gardine beiseiteschob, sah er, wie sich jemand aus dem Blickfeld zurückzog.

Sie wurden überwacht. Michael war hundertprozentig sicher. Er ließ die Gardine los.

»Shit«, murmelte er.

»Entschuldigung?«

Er hüstelte.

»Bei meiner Schwester wurde letztes Jahr eingebrochen. Gestohlen wurde augenscheinlich nichts.«

»Man braucht nicht viel«, sagte Louise. »Ein Haar. Den Abdruck einer Zahnbürste. Damit hat man alle genetische Information, die man sich wünschen kann.«

»Wir sehen uns häufig, haben zusammengewohnt. Als sie krank war. Ich hab garantiert das eine oder andere Haar in der Wohnung hinterlassen. Aber warum?«

Michael setzte sich und stützte sich mit den Händen auf den Knien ab. In ihm begann die allzu bekannte Rastlosigkeit zu rumoren. Er schaute von den Fenstern zur Wohnungstür. Seine Pistole lag unten im Auto.

»Auf diese Frage gibt es nur eine logische Antwort«, sagte die Genetikerin.

Ihre umständliche, akademische Art trieb ihn in den Wahnsinn.

»Und die wäre? Dass jemand, der mit Genova Counseling in Verbindung steht, wissen will, ob ich an irgendwelchen Erbkrankheiten leide? Das ist doch hirnrissig.«

»Krankheiten, ja, aber auch Fertigkeiten, Talente, Intelligenzquotient, Lebenserwartung und so weiter.«

Michael konnte nicht stillsitzen. Er ging ans Fenster, danach auf den Flur, um sich zu vergewissern, dass die Wohnungstür abgeschlossen und die Sicherheitskette vorgelegt war, die vermutlich ein einigermaßen robuster Vierjähriger aufstemmen konnte.

Louise betrachtete ihn mit einem unergründlichen Blick, als er von seinem Kontrollgang zurückkam.

»Tee?«, fragte sie.

Michael trank für gewöhnlich nur Tee, wenn er mehr tot als lebendig mit einer Grippe darniederlag oder wenn er gegen Ida Schach spielte, und dann auch nur, weil sie hartnäckig darauf bestand und ihn mit Rum aufpeppte. Louise wirkte nicht wie jemand, der einen Vorrat an Jamaikarum hatte.

»Ja, gerne«, sagte er höflich.

Die Küche war unerwartet gemütlich. Michael blieb in der Türöffnung stehen, als die Genetikerin Wasser aufsetzte, die Teekanne vorwärmte und mit großer Sorgfalt drei gehäufte Teelöffel Darjeeling hineingab.

»Haben Sie mit irgendwem darüber gesprochen?«, fragte er.

»Mit meiner Chefin. Notgedrungen. Sie meinte, es sei einem Systemfehler geschuldet, und hat wenig überzeugend versucht, es zu verharmlosen. Dann hat sie mich, was sie vorher noch nie getan hat und was völlig untypisch für sie ist, nach Hause geschickt. Normalerweise nutzt sie mich bis über die Grenzen aus.«

»Das Ergebnis hat sie also auch überrascht?«

»Erschüttert beschreibt es wohl besser.«

»Sie scheinen nicht sehr angetan von Dr. Sherazi«, sagte er.

Louise sah ihn an.

»Ich hasse sie, und es vergeht kein Tag, an dem ich ihr nicht die niederträchtigste Todesart wünsche, die mich von ihr befreit«, sagte sie seelenruhig. »Sie hat mein Leben zerstört und offensichtlich vor, damit weiterzumachen.«

Der Kessel begann zu pfeifen. Sie goss das kochende Wasser auf die Teeblätter und stellte die Eieruhr ein.

»Der Tee muss drei Minuten ziehen, dann schmeckt er am besten.«

»Warum bleiben Sie? Ich habe Ihren Lebenslauf gelesen, Sie sind extrem hochqualifiziert«, sagte Michael.

»Ich habe keine andere Wahl.«

»Was passiert, wenn Sie gehen?«

Louise schenkte den rötlichen Tee in feine Porzellantassen.

»Ramineh würde auch das letzte bisschen noch zerstören, was mir geblieben ist«, sagte sie.

»Ihre Reputation?«

Sie sah ihn an und bedachte ihn mit ihrem ersten natürlichen Lächeln.

»Akzente … Intuition … Sie machen Ihre Arbeit wirklich gut, Michael. Das ist beeindruckend, und Sie haben vollkommen recht. Kekse?«

»Immer doch.«

Sie gingen zurück ins Atelier, und Michael zwang die heiße Flüssigkeit mit einem höflichen Lächeln hinunter. Er balancierte die Untertasse auf seinem Knie und sah sie eindringlich an.

»Louise, dieses Problem löst sich nicht von selbst, und ich sehe mich gezwungen, ihm auf den Grund zu gehen. Es werden Dinge passieren … radikale Dinge, schätze ich. Gehe ich richtig in der Annahme, dass Sie erpresst werden? Seit der Schweiz?«

Sie stellte ihre Untertasse auf dem Boden ab, legte die Hände vors Gesicht und begann zu weinen. Anfangs leise, dann begannen ihre Schultern zu zittern.

Michael saß unbeweglich auf seinem Platz. Schließlich stand er auf, ging zu ihr und drückte ihr ein Papiertaschentuch in die Hand.

Louise wischte ihre Tränen ab und putzte sich die Nase. Dann schüttelte sie resigniert den Kopf.

»Haben Sie jemals am Anfang von etwas gestanden, das an sich preiswürdig ist, von dem Sie aber wissen, dass es in einer Tragödie enden wird?«, fragte sie und wischte sich mit dem Taschentuch über die Augen.

Statt einer Antwort zog Michael sein T-Shirt hoch.

Sie schnappte nach Luft und presste das Taschentuch vor den Mund.

Er gab ihr eine kurze Führung zu den wichtigsten Sehenswürdigkeiten auf der Torsovorderseite.

»Kasachstan: Maschinengewehr und leichtere Handfeuerwaffen. Weiter unten über dem Gürtel – Somalia: Fragmente einer Mörsergranate. Und da hatte ich mehr Glück als Verstand.« Er zeigte auf eine lange, bläuliche Narbe, die sich von der rechten Achselhöhle bis zum Bauchnabel zog. »Brasilien: vom Messer eines blutjungen, verdammt geschickten Killers. Und all die kleinen Inseln stammen von einem Ausflug in den Irak mit amerikanischen Spezialeinheiten. Ich war Bodyguard einer Celebrity-Journalistin von der BBC, die so nah wie möglich an die Front wollte. Sie kam so nah ran, dass ihre fünfundzwanzigjährige Fotografin nach nicht einmal einer Stunde erschossen wurde. Der Journalistin passierte nichts. Sie wurde noch berühmter und später eine hoch dotierte Nachrichtenmoderatorin. Ich hatte ein halbes Jahr einen künstlichen Darmausgang und hab in Plastikbeutel geschissen.«

Er zog das T-Shirt wieder runter.

»Ich weiß also genau, was Sie meinen«, sagte er.

»Das sehe ich«, sagte sie, und ihr Gesicht nahm einen nach innen gewandten Ausdruck an. Ihre Stimme klang monoton, als hätte sie ihre Geschichte schon tausendmal erzählt, aber nur sich selbst.

»Ich glaube nicht, dass der Erfolg tatsächlich geplant war. Dieser Gedanke drängt sich mir jedenfalls im Rückblick auf. Und ich hatte viel Zeit zum Nachdenken. In meiner Welt sind Ahnungen und Vermutungen nicht die Triebfeder unserer Handlungen. Die Erwartungen an das Projekt waren von Anfang an extrem hoch, und an einem Ort wie Hirslande war es schwer, sich selbst und seine Möglichkeiten nicht zu überschätzen und Gott zu spielen. Uns standen ein Budget und technische Möglichkeiten zur Verfügung, von denen man in Dänemark nur träumen kann. Und in der Regel erreichten Ramineh und ich unsere gesetzten Ziele. Wir produzierten Babys für alte Menschen. Der Ruf der Klinik, ein Ort zu sein, an dem Wunder auf der Tagesordnung stehen, war mehr oder weniger uns zu verdanken.«

Sie sah Michael selbstbewusst an, der auffordernd nickte.

»Vor fünf, sechs Jahren hat sich ein Ehepaar an uns gewendet. Sie waren sehr hartnäckig. Sie war siebenundvierzig, hatte aber noch ihre Tage, wenn auch unregelmäßig. Und er war mordsmäßig reich.«

»Die beiden wollten ein Kind?«

»Oh ja, unbedingt, um jeden Preis der Welt. Also bekamen sie das Komplett-Paket. Hormonbehandlungen. Noch mehr Hormone. Unentwegte Temperaturmessungen zur exakten Feststellung des Eisprungs, Scans der Eierstöcke. Und noch mehr Scans. Und dazu den besten Samenspender auf dem Markt. Das war das absolute Intensivprogramm, und die Frau entwickelte tatsächlich ein paar ausgezeichnete Eizellen, die wir entnahmen, mit den Spermien des eruierten Spenders befruchteten und ihr wieder einsetzten. Und das Wunder geschah: Sie wurde schwanger.«

»Warum ein Spender und nicht ihr Mann?«

Louise zog die Schultern hoch.

»Diese Dinge fielen in Raminehs Zuständigkeitsbereich, wir hatten sozusagen eine Arbeitsteilung. Der Ehemann hatte eine ernst zu nehmende Disposition für Alzheimer, und das Paar wollte nicht, dass diese Anlage weitervererbt wurde.«

»Verständlich. Was geschah weiter?«

Der Blick der Genetikerin wanderte zu einem Lichtjahre entfernten Punkt hinter Michaels Schulter.

»Daran habe ich leider nur noch eine verschwommene Erinnerung.«

Michael legte die Stirn in Falten.

»Sie können sich nicht daran erinnern?«

Sie schüttelte den Kopf.

»Nein. Ich erinnere mich an fast nichts aus der entsetzlichen Nacht. Das ist schrecklich und unbegreiflich, aber das ist von meiner Festplatte gelöscht!«

Michael hätte die zierliche Frau am liebsten geschüttelt.

»Irgendetwas muss Ihnen doch im Gedächtnis geblieben sein!«

»Die Frau hat viel zu früh ihre Wehen bekommen. Nicht katastrophal zu früh, aber ... Haben Sie Kinder?«

»Was? Ja. Aber ich sehe sie kaum. Ihre Mutter ist mit ihrem neuen Mann nach Neuseeland gezogen.«

»Das tut mir leid für Sie«, sagte Louise und klang, als ob sie es tatsächlich meinte. »Wir haben alles für einen Kaiserschnitt vorbereitet, hatten die besten Hebammen dort, einen topmodernen Operationssaal, OP-Schwestern und einen Anästhesisten. Es war spät in der Nacht. Wie meistens. Die Herzlaute und Sauerstoffversorgung des Embryos waren gut. Aber die Klientin bestand darauf, auf natürlichem Weg zu gebären, obwohl ich ihr dringend anriet, einen Kaiserschnitt machen zu lassen.«

»Warum?«

»Sie hatte starke Wehen, aber der Muttermund war noch nicht weit genug geöffnet … es zog sich in die Länge, und alle waren erschöpft. Wir haben uns bewegt wie Schlafwandler. Dann zeigte sie plötzlich Symptome einer Fruchtwasservergiftung. Ihr Blutdruck schoss in die Höhe, die Nierenwerte stiegen an, und trotzdem bestand das Paar darauf, die Geburt wie geplant durchzuziehen. Oder wie sie es sich vorgestellt hatten.«

Louise verbarg das Gesicht in den Händen.

Michael wartete.

Und wartete.

»Was geschah dann?«, fragte er schließlich. »Wie es sich anhört, war ein ganzes Heer an Helfern anwesend?«

»Ich legte der Mutter noch einmal nahe, augenblicklich einen Kaiserschnitt machen zu lassen. Das ist schwarz auf weiß in allen Krankenakten und in den Notizen der Krankenschwestern nachzulesen. Ramineh war wie üblich völlig unbrauchbar.«

»Hat sie Ihnen keine Rückendeckung gegeben?«

»Je reicher die Klienten waren, desto devoter war sie. In der Krankenakte ist zu lesen, dass das Paar irgendwann den Ernst der Situation eingesehen und in die Operation eingewilligt hat. Ich selbst habe den Eingriff vorgenommen, und …«

»Und was? Was ist passiert?«

»Sie bekam eine Spinalanästhesie, und offenbar ist mir bei dem Eingriff ein Fehler unterlaufen. Alle waren hinterher ungeheuer verständnisvoll und tröstend … Jedenfalls ist es komplett schiefgelaufen. Die Plazenta hat sich abgelöst.

Die Mutter hat nicht aufgehört zu bluten, und das Kind hat die Geburt nicht überlebt. Zwei Tage später ist sie an Organversagen im Universitätsklinikum Genf gestorben.«

Michael setzte sich neben sie und legte eine Hand auf ihre Schulter.

»Das ist eine tragische Geschichte, und es ist nur natürlich, dass Sie die Ereignisse verdrängt haben. Alles, was damit zusammenhängt, meine ich.«

Louise sprang auf und lief aus dem Zimmer. Gleich darauf hörte er, wie sie sich im Bad übergab.

Er trat ans Fenster und sah den ersten Beschatter: einen jüngeren, dunkelhaarigen Mann, der sein Rad an einem Straßenschild anschloss und dabei verstohlen zu Louise Nykvists Fenstern hochschaute. Im nächsten Moment zog er ein Handy aus der Tasche und begann, beim Gehen etwas einzutippen.

Michael lehnte die Stirn an die Wand und hoffte, dass Louise Nykvist so schnell wie möglich aus dem Bad kam.

DIE DEUTSCHE VERSION VON GOOGLE fand im Laufe einer Sekunde, sortiert nach Relevanz und Häufigkeit, über tausendzweihundert Links zu RAMINEH SHERAZI.

Lene schaute verloren auf das Ergebnis. Sie war müde und niedergeschlagen. Die Euphorie vom Vortag, auf eine handfeste Verbindung zwischen einer international anerkannten Spezialistin für die Behandlung von Kinderlosigkeit und den drei verschwundenen philippinischen Mädchen gestoßen zu sein, war nach den Ereignissen der vergangenen Nacht verpufft, die sie nach wie vor nicht einordnen konnte. Sie war zu ihrer Pension in der Wohlwillstraße gefahren und hatte sich angezogen auf ihr schmales Bett gelegt, den schnöden Ersatz für Kittas weiches Doppelbett. Den Rest der Nacht hatte sie flach auf dem Rücken gelegen, an die Decke gestarrt und mit wachsender Verzweiflung dem asthmatischen Röcheln ihres Nachbarn gelauscht, bis sie ernsthaft in Erwägung gezogen hatte, zu ihm rüberzugehen und ihn auf ewig von seinem Leiden zu befreien.

Beim Frühstück um acht Uhr morgens hatte sie versucht, die unerträglich wachen Kommentare ihrer Wirtin zu ignorieren, und hatte nur einsilbig geantwortet. Sie hatte ihre Rechnung bezahlt, ihr bescheidenes Gepäck ins Auto gepackt und war raus ins Polizeikommissariat Eimsbüttel gefahren. Sie fürchtete sich vor der Begegnung mit Kitta. Gott sei Dank war sie nirgends zu sehen, und Lene war in ihre verhasste Besenkammer gehuscht, wo sie sich an die mühsame Arbeit machte, die entscheidenden Sequenzen der Überwachungskameras zur Vorlage bei der Anklagebehörde in Dänemark auf einen USB-Stick zu kopieren.

Als sie gegen halb elf fertig war, hörte sie Kittas Stimme im Großraumbüro. Sie hielt die Luft an und hoffte, dass sie nicht zu ihr reinkäme. Kittas Stimme verstummte, und Lene entspannte sich ein wenig.

Danach hatte sie »Ramineh Sherazi« ins Google-Suchfeld eingegeben.

Die meisten Links verwiesen auf Sherazis wissenschaftliche Arbeit. Lene sah sich ein paar Links genauer an. Sie loggte sich in Originalartikel auf PUBMED ein, deren wissenschaftlichen Jargon sie nicht die Bohne verstand. Aber die Titel der Mitverfasser und die Namen der Universitäten lasen sich durch die Reihe weg sehr respektabel.

Sie lehnte sich auf dem Bürostuhl zurück, den Blick auf die vergilbte, perforierte Wandverkleidung gerichtet, und suchte vergeblich nach einer frischen Lakritzstange in ihrer Umhängetasche.

Das war ein enttäuschender Tag, einer, den man wie ein Buch zuschlagen und vergessen sollte.

Sie klickte die entsprechenden Fotos an und betrachtete geistesabwesend die Bilder der hübschen, arabischen Frau: im Labor, zusammen mit glücklichen, frischgebackenen Eltern, in Illustrierten-Artikeln, in denen die Pionierin gerühmt und Einblick in ihre geschmackvoll eingerichteten

Schweizer und Kopenhagener Heime gewährt wurde, bei Empfängen und Premieren.

Sie gähnte und riss die Augen auf. Ihre Augenlider fühlten sich an wie Schmirgelpapier. Ihr schoss ein intensiv unbehaglicher Gedanke an Michael durch den Kopf. Ihr war klar, dass eine Kollision in nächster Zukunft unumgänglich war. Sie waren zwei aufeinander zurasende Züge auf einem Gleis. Es war nur eine Frage der Zeit. Michael war offenbar zu dem Schluss gekommen, dass Ramineh Sherazi in seinen Ermittlungen im Bettina-Horst-Fall eine Rolle spielte, nachdem er Bjarne gebeten hatte, ihm Informationen über eine ihrer Angestellten bei Genova Counseling zu besorgen.

Sie loggte sich bei YouTube ein und wählte eine stimmungsvolle Aufnahme von Bettina Horst und der Academy of St. Martin in the Fields, die Vivaldis *Vier Jahreszeiten* im Glaspavillon eines Botanischen Gartens in Wales aufführten, illustriert mit weichgespülten Nahaufnahmen der Jahreszeiten in dem malerisch vernebelten Garten.

Obwohl sie normalerweise keine klassische Musik hörte, ertappte Lene sich dabei, dass sie das Hauptthema vom *Winter* mitsummte. Sie studierte die ebenmäßigen Gesichtszüge der jungen Frau, die in lebhaftem Kontakt mit den Orchesterstreichern stand, ihre einzigartige Konzentration, beherrschte Kühnheit, und die schier unfassbare Virtuosität und Geschwindigkeit, mit der ihre Finger sich über das Griffbrett bewegten.

Was hatte Monell gesagt? Ihn interessierten nur Winter und Frühjahr, Tod und Auferstehung. Das und die Perfektion in allen Bereichen des Lebens.

In diesem Moment sah Lene alles ganz klar hinter ihren halb geschlossenen Augenlidern vor sich. Sie wusste, worin

Michaels Interesse an Dr. Ramineh Sherazi bestand. Es gab nur eine Erklärung.

Wie sie es Bjarne vor wenigen Tagen gesagt hatte: Niemand hat alles.

»Na klar«, murmelte sie still vor sich hin.

Sie schaltete den Computer aus, packte ihre wenigen Habseligkeiten in ihre Schultertasche, atmete tief ein und öffnete die Tür zur Bürolandschaft.

Lene schloss leise die Tür hinter sich. Das laute Stimmengewirr des Großraumbüros, die läutenden Telefone und klackernden Tastaturen vergewaltigten ihre Trommelfelle, die sich an das stille, elektronische Summen in der Kammer gewöhnt hatten. Einige Kollegen, die am Vorabend mit im Bootsmann gewesen waren, lächelten sie an, der Rest nahm sie kaum wahr.

Als ihr Blick nach rechts wanderte, sah sie Kitta an ihrem aufgeräumten Schreibtisch wie in einer Oase der Ruhe und Stille. Sie hatte die Hände vor sich auf dem Tisch verschränkt, ihr Gesichtsausdruck war unberührt, aber Lene wusste, dass sie sie gesehen hatte.

Sie ging zu der Kollegin und legte ihr eine Hand auf die Schulter.

»Du bist im Aufbruch?«, sagte Kitta.

»Ja.«

»Und du hast gefunden, wonach du gesucht hast?«

»Ich glaube schon. Danke.«

Trotz des kurzen Augenblickes von Verlegenheit sah Lene Kitta weiter in die Augen.

Kitta erhob sich, und sie umarmten sich.

»Sehen wir uns wieder?«, fragte sie.

»Ich weiß es nicht«, sagte Lene. »Ich glaube nicht. Ich bin nicht sicher. Das ist sehr ungewohnt für mich, Kitta.«

Kittas Gesicht war ernst. Sie senkte den Blick.

»Für mich auch.«

»Natürlich. Mach's gut, Kitta.«

»Auf Wiedersehen.«

Lene hängte sich ihre Schultertasche um. Kitta setzte sich wieder hinter ihren Schreibtisch und starrte auf die Tischplatte.

Nach vier, fünf Schritten hörte sie Kitta ihren Namen sagen. Sie drehte sich um.

Kitta richtete ihr Handy auf Lene, die ihr Gesicht nicht im Griff hatte.

»Smile«, sagte Kitta.

Lene versuchte es.

Kitta nahm das Handy herunter und sah sich das Foto auf dem Display an.

»Eine schöne Erinnerung«, sagte sie.

Lene drehte sich um und wünschte sich, mit dem übrigen Planeten von einer Sintflut verschluckt zu werden.

ERIK KAUFMANN MURMELTE einen giftigen Kommentar, als er in der warmen Luftschleuse Schuhe und Jacke auszog und den Beutel mit dem sterilen Kittel, hässlichen Crocs, einer Haube, Gesichtsmaske und Handschuhen öffnete. Er lehnte seinen Stock an die Wand und legte mit nicht unbeträchtlichen Mühen die Ganzkörper-Rüstung an. Sein Knie protestierte. Schließlich war er bereit, das Allerheiligste der Residenz zu betreten: das Kinderzimmer. Obgleich die Bezeichnung »Kinderzimmer« dem großen, hohen Raum hinter der Stahltür kaum gerecht wurde, der wohl eher einer Palast-Suite ähnelte, und er konnte sich nicht vorstellen, dass irgendein anderes Kind auf der Welt von solch antiseptischer Hysterie umgeben war.

Soweit ihm bekannt, war das Kind, um das dieser Aufwand betrieben wurde, ein gesunder, robuster und ganz normaler Säugling, der weder an seltenen Immundefekten litt noch auf eine Knochenmarktransplantation vorbereitet wurde. In dieser Beziehung war Bertram weit übers Ziel hinausgeschossen und in einer Art formalisiertem Wahnsinn gemündet.

Er legte einen behandschuhten Finger auf den blauen Touchscreen unter der Gegensprechanlage und bat um Audienz. Hana nahm ihn in Empfang. Sie trug ebenfalls eine weiße Gesichtsmaske, einen weißen Kittel und eine Stoffhaube. Ihre Augen lächelten matt, als sie Kaufmann sah.

Bertram Monell war damit beschäftigt, die Windeln des lebhaften, blonden Säuglings zu wechseln, der Kaufmann mit großen, tiefblauen Augen neugierig in Augenschein nahm. Die Windeln waren natürlich aus ungebleichter Bio-Baumwolle.

Aus unsichtbaren Lautsprechern strömte eine Mozart-Klaviersonate, und eine Wand bestand augenscheinlich aus einem gigantischen Aquarium mit farbenfrohen tropischen Fischen. Obgleich Kaufmann wusste, dass die Illusion durch einen auf spezielle Kacheln projizierten Film entstand, war er jedes Mal beeindruckt von dem überwältigend naturgetreuen Erlebnis.

Er sah sich um.

»Musik. Fische. Korallenriffe. Hast du keine Angst vor einer Reizüberflutung? Dass irgendwann eine Sicherung durchbrennt?«

Monell schloss sein Projekt ab, und die volle Windel wurde mit einem pneumatischen Seufzer von einer rostfreien, im Boden eingelassenen Stahlkonstruktion aufgesaugt. Er nahm das Kind auf den Arm und sah Kaufmann vorwurfsvoll an.

»Ganz und gar nicht. Ihr Gehirn ist genau in diesem Moment am aufnahmefähigsten. Sie begreift alles, speichert es ab und ordnet es ein.«

»Wie läuft es mit ihrem Schach-Fernstudium?«

»Hör schon auf, Erik.«

Monell trug das Kind zu Hana, die es nahm, sich auf ein niedriges Sofa setzte und es an die Brust legte. Das leise Schmatzen und Schnalzen klang erstaunlich undiszipliniert und viel zu natürlich, dachte Kaufmann. Unsteril. Aber vielleicht desinfizierte Hana vor dem Stillen ja ihre Brustwarzen.

Er sah Monell an und verspürte eine unbändige Lust, den Mann herauszufordern und zu quälen, der sie mit seiner egoistischen Gedankenlosigkeit und Eitelkeit so verwundbar gemacht hatte. Kaufmann waren die Schattenseiten der Eitelkeit nur zu vertraut, aber es gab Grenzen. Rationale Grenzen.

»Wäre es nicht gut für das Immunsystem eines Kindes, an die frische Luft zu kommen und Dreck unter die Fingernägel zu kriegen?«

Monell sah ihn entrüstet an.

»Sie war gestern eine halbe Stunde auf der Veranda«, antwortete er knapp.

»Bestimmt eingewickelt in Zellophan«, murmelte Kaufmann.

»Wie bitte?«

»Nichts.«

»Lassen wir das Kind und dessen Wohlbefinden, von dem du nicht einen Funken Ahnung hast, beiseite«, sagte der Milliardär. »Worüber willst du mit mir reden? Du hast behauptet, es sei wichtig.«

»Und ob es das ist. Sehr wichtig«, sagte Kaufmann mit einem Seitenblick auf Hana, die dem Säugling eine leise Melodie vorsummte.

»Gehen wir raus?«, schlug er vor.

Er setzte sich mit einem befreiten Seufzer in einen bequemen Korbstuhl auf der Veranda und zündete sich eine

Zigarre an. Monell lehnte an der Wand und ließ den Blick über seinen Garten schweifen.

»Ein gemeinsamer Bekannter hat mich heute Vormittag angerufen und mir den Tag versaut. Ich vermute, deinen auch, Bertram.«

»Inwiefern?«

Kaufmann nahm einen tiefen Zug und sah sich die Glut der Zigarre an. Sie schmeckte ihm nicht. Er fischte einen Tabakkrümel von der Unterlippe.

Hana beobachtete die zwei Männer durch die Glastür, während das Baby zufrieden schmatzend an ihrer Brust saugte. Sie hörte nicht, worüber die beiden redeten, aber sie hob eine Augenbraue, als sie Bertram Monell blass werden und das Gesicht verziehen sah. Er drehte Kaufmann den Rücken zu und umklammerte das Geländer der Veranda so fest, dass die Knöchel seiner Hände weiß hervortraten.

Kaufmann redete hinter seinem Rücken weiter. Mit todernster Miene. Dabei starrte er seine Zigarre an, als wäre sie vergiftet.

Sie stöhnte, weil die Kleine so fest saugte. Endlich war sie satt und schlief ein. Sie wickelte das Mädchen in ein Lammfell und setzte ihm eine Mütze auf den Kopf. Es machte ein leises Bäuerchen. Hana stand auf und ging durch eine Tür am anderen Ende der Veranda hinaus. Die Männer waren so in ihr Gespräch vertieft, dass sie sie gar nicht bemerkten.

»Was zum Teufel soll ich tun, Erik? Was um Himmels willen …«, platzte Monell heraus.

Seine Stimme überschlug sich vor verzweifelter Panik, während Kaufmann ihn mitleidslos betrachtete. Der Milliardär ließ das Geländer los und steckte die Hände tief in die Taschen seiner Hose.

»Jura und Beweise sind Michael scheißegal«, sagte Kaufmann hart. »Er weiß, was er weiß, und handelt aus Überzeugung. Er ist Soldat, kein Staatsanwalt.«

»Du musst es ja wissen«, murmelte Monell. »Schließlich hast du ihn damals eingestellt.«

»Und dafür gab es gute Gründe. Ich dachte, darüber waren wir uns einig. Er hat die letzten fünf, sechs Jahre für dich gearbeitet, und das hat er hervorragend gemacht. Das ist kein Zufall.«

Kaufmann drehte sich lächelnd um, als er ihre Anwesenheit spürte.

Monell schaute durch sie hindurch.

»Schön, das Kind an der frischen Luft zu sehen, Hana«, sagte Kaufmann laut. Monells ferner Blick kehrte zurück. Er sah Hana und das Kind mit verzweifeltem Verlangen an. Dann riss er sich zusammen und ging zu der Treppe, die in den Garten hinunterführte.

»Komm mit«, sagte er über die Schulter.

Kaufmann lächelte Hana bedauernd an und stemmte sich mühsam aus dem Korbsessel hoch.

»Bis zum nächsten Mal«, sagte er.

»Ja, bis dann, Erik.«

»Wann immer das sein wird.«

»So wie immer«, sagte sie lächelnd.

Sobald Monell und er außer Hörweite waren, blieb Kaufmann stehen und massierte sein schmerzendes Knie.

»Es gäbe eine Alternative, Bertram.«

»Gibt es die?«

Kaufmann warf einen Blick zu der jungen Frau auf der Veranda.

»Dass du verschwindest. Ich garantiere dir, dass du niemals gefunden wirst. Neuer Name, neues Gesicht, neuer Pass. Patagonien, Französisch-Polynesien, Alaska. Ein neuer Mensch.«

Monell schnaubte und umarmte mit einer großen Geste seinen Garten, die Gebäude und den Strand.

»Das ist keine Alternative, Erik. Lieber sterbe ich. Ich arbeite seit fünfzehn Jahren an diesem Garten, er ist fast vollendet. Jeder einzelne Kubikmeter Erde, Kies und Sand ist sozusagen durch meine Finger gerieselt. Und was ist mit dem Unternehmen? Es wäre alles vergeblich gewesen. *Sie* wäre vergeblich gewesen. Außerdem sind Rebekka und Silas hier begraben. Ich kann sie nicht verlassen. Niemals.«

Kaufmann sah ein, dass alle weiteren Argumente nutzlos waren.

Monell legte in einem seltenen Anflug von Zuneigung und Intimität eine Hand auf seine Schulter. Die starken Finger krümmten sich.

»Erik. Ich flehe dich an. Ich werde dafür sorgen, dass es die Mühe wert ist.«

Kaufmann lächelte traurig.

»Du warst immer mehr als großzügig, Bertram. Vom ersten Tag an, seit deinem ersten Patent, und ich habe mehr Geld als ein saudischer Prinz in drei Leben ausgeben kann.«

»Wirst du es tun?«

Die Bäume lichteten sich. Am Fuß des Hügels lag der kleine Hafen mit der langen, eleganten Aragon, ein paar kleineren Schlauchbooten und dem Speedboot, das ruhig auf dem Wasser schaukelte. Einige von Monells jungen französischen Ex-Legionären wuschen gerade den Deckaufbau der Aragon.

Kaufmann zeigte dorthin.

»Unter einer Bedingung.«

»Ja?«

»Dass du die Aragon Tag und Nacht vollgetankt zur Abfahrt bereithältst. Geld, Papiere. Wasser und Proviant. Das Boot kann euch nach Brasilien bringen, ohne dass ihr unterwegs tanken oder irgendwo anlegen müsst. Versprichst du mir das?«

»Abgemacht«, sagte Monell, und wieder landete eine Hand auf Kaufmanns Schulter.

SIE WAREN BEIDE ZU ANGESPANNT, um still zu sitzen. Michael bewegte sich von einem Fenster zum anderen, spähte vorsichtig durch die Gardinen und stieß undeutliche Verwünschungen aus. Louise Nykvist ging langsam zwischen ihren Leinwänden hin und her, als ob sie Abschied nähme.

»Jetzt kennen Sie meine Vergangenheit«, sagte sie mit dem Rücken zu ihm. »Ramineh hält mich wie eine Haussklavin im Genova, ich arbeite sechzig Stunden die Woche daran, dass sie noch reicher und berühmter wird. Wenn ich mich beschwere, droht sie mit Einzug meiner Approbation, an die Medien zu gehen, mich an den Pranger zu stellen. Sie wird dafür sorgen, dass ich niemals mehr irgendwo eine Stelle kriege. Das ist ihre höchste Priorität.«

Michael sah sie mitfühlend an. Inzwischen waren unten auf der Straße zwei Schatten. Er ließ die Gardine zurückgleiten.

»Ich werde beschattet«, sagte er. »Oder Sie.«

Sie wollte die Gardine aufziehen, aber er hielt sie am Handgelenk fest.

»Lassen Sie das.«

Louise sah ihn ängstlich an, ein Mundwinkel zuckte nervös.

»Wer sind die?«

Er zog sie zu einem Sessel, legte die Hände auf ihre Schultern und drückte sie runter. Dann legte er einen Finger unter ihr Kinn und hob ihr Gesicht.

»Sie wissen es, Louise. Sie wissen es und müssen es mir erzählen.«

Sie wirkte ehrlich überrascht und schüttelte langsam den Kopf.

»Ich weiß nicht, was Sie meinen.«

Michael schlug so heftig mit der Faust auf die Armlehne, dass sie erschrocken zusammenzuckte.

»Rücken sie endlich damit raus, verdammt noch mal!«

»Aber ich habe Ihnen alles gesagt, und ich habe vorher mit niemandem über diese Nacht gesprochen. Sie können sich nicht vorstellen, wie sehr ich mich entblöße! Was wollen Sie noch wissen?«

»Das Einhorn«, zischte Michael. »Erzählen Sie mir von dem Einhorn.«

Sie lehnte den Kopf an die Rückenlehne und schaute an ihm vorbei zu ihrem Lieblingspunkt in einer anderen Dimension und weit, weit weg von Nørrebro.

»Das ist alles ein furchtbarer Albtraum«, murmelte sie.

Michael baute sich vor ihr auf.

»Erzählen Sie mir von Ihrem Albtraum. Ich liebe es, wenn Menschen mir von ihren Träumen erzählen. Der Königsweg zur Wahrheit ist mit Träumen gepflastert, nicht wahr? Darum sind die hinter Ihnen her. Sie haben gesagt, Sie hätten nie ein Einhorn gefunden, aber das haben Sie, stimmt das?«

»Ramineh hat es gefunden«, nickte sie. »Ich habe sie noch nie so ... euphorisch gesehen. Es war reiner Zufall, und sie ist die Allerletzte auf der Welt, die diesen Triumph verdient hätte. Sie hat es mit sich allein gefeiert und war ziemlich berauscht. Es war ein Freitagabend, alle außer uns waren nach Hause gegangen. Natürlich konnte Ramineh die sensationelle Neuigkeit nicht für sich behalten, und ich war vermutlich die Einzige, die die wahre Bedeutung verstehen und beurteilen konnte.«

»Ein Name«, sagte er und schnipste mit den Fingern.

Er kannte die Antwort mit nahezu hundertprozentiger Sicherheit, aber er wollte es aus ihrem Mund hören.

»Ein Name!«

»Ich weiß es wirklich nicht. Sie hat mir nie gesagt, um wen es sich handelt. Ich habe nur die DNA-Ketten auf dem Bildschirm gesehen, und das war unglaublich. Das war wie die Entdeckung eines neuen Planeten, verflucht. Es war wunderschön!«

Michael war kurz vorm Explodieren. Am liebsten hätte er das Inventar des Zimmers pulverisiert, begnügte sich dann aber damit, eine Staffelei durch den Raum zu treten, die mit lautem Scheppern auf dem Flur landete.

»Wenn ich rauskriege, dass Sie lügen, werde ich Sie überall auf der Welt finden und zur Verantwortung ziehen. Verstanden?«

»Das glaube ich Ihnen sofort«, sagte sie mit gedämpfter Stimme. »Aber ich kann Ihnen nichts erzählen, das ich nicht weiß. Ich habe die vergangenen vier Jahre mehr oder weniger jeden Tag mit Drohungen gelebt, das wird Sie kaum weiterbringen, aber ich glaube Ihnen und sehe, dass Sie es ernst meinen.«

Michael schob die Hände tief in die Hosentaschen, als würde er ihnen nicht trauen.

»Das Einzige, was sie preisgegeben hat, war, dass es sich um eine Frau handelt. Eine junge Dänin.«

Michael starrte sie an.

»Wann war das?«

»Vor ungefähr anderthalb Jahren. Möglicherweise etwas länger. Februar.«

Michael ließ sich in den Sessel Louise gegenüber fallen. Er lehnte sich zurück, streckte die Beine aus und starrte auf einen ockerroten Fleck auf dem Boden, der wie angetrocknetes Blut aussah.

»Bettina Horst«, sagte er tonlos. »Die Geigenvirtuosin. Bettina Horst ist zwei Wochen nach ihrem Besuch bei Genova von der Bildfläche verschwunden. Jemand hat sie entführt, an einen sicheren Ort gebracht und ihr in einem perversen Science-Fiction-Zuchtprojekt Eizellen entnommen. Ramineh Sherazi und ihre Auftraggeber. Ich habe keine Beweise, aber nur so kann es gewesen sein. Das haben sie gemacht, Louise. Und hinterher haben sie sie umgebracht. Ramineh hat entweder auf einen Menschen wie Bettina Horst gewartet oder hatte den Auftrag, jemanden wie sie zu finden. Sie hat ihre Gene verkauft, und Bettina Horst hatte keine Ahnung, was mit ihr passierte oder warum. Nicht ihre Hände, ihr Hirn oder ihr Talent waren das Wertvollste, das sie besaß, sondern ihre Gene.«

Als die Worte heraus waren und schwerelos durch den Raum schwebten, wurde Michael von einem seltenen Anfall von Trauer und Sinnlosigkeit überwältigt, die sich wie ein schwerer Mantel auf seine Schultern legten. Er hatte es längst geahnt, aber jetzt war er sicher. Er dachte an Jacob Winther, und sein Herz begann, hektisch und hart zu schlagen.

Wie um Himmels willen sollte er diese Nachricht dem jungen Mann überbringen, der so lange nach seiner Frau gesucht hatte? In der Hoffnung auf ein Wunder, das nicht einmal Gott vollbringen konnte. Trotzdem hatte er Michael gefragt, ob er an Wunder glaubte.

»Vielleicht haben sie sie am Leben gelassen«, sagte Louise.

»Vielleicht.«

Aber das hatten sie natürlich nicht. Sie war viel zu bekannt. Das Risiko, dass jemand sie wiedererkannte, war viel zu groß. Egal wo auf der Welt.

Er sah Ramineh Sherazis lächelndes, hübsches, aristokratisches Gesicht vor sich und stellte sich vor, was er damit anstellen wollte, wenn er die Chance hätte. Eine aus der Ohnmacht geborene Fantasie, eine leere Geste.

Er versuchte vergeblich, das Bild von Sherazis Gesicht beiseitezuschieben, das sich wie ein Porträt an einer ansonsten kahlen Wand auf seiner inneren Leinwand eingebrannt hatte. Er sprang mit einem Aufschrei auf und durchwühlte seine Taschen nach seinem Handy. Louise beobachtete ihn ängstlich.

»Was jetzt?«, fragte sie.

Michael antwortete nicht, loggte sich auf der Seite von Dänemarks Radio und in die Übertragung von Bettina Horsts letztem Konzert auf dieser Welt ein, die er unter Favoriten abgelegt hatte. Er hatte sich die Übertragung bestimmt ein Dutzend Mal angehört. Er fand die gesuchte Passage und sah Louise in müdem Triumph an.

»Da ist es. Ich wusste, dass ich sie schon mal irgendwo gesehen habe, als ich ihr in der Klinik begegnet bin. Alle haben diesen Clip gesehen, aber niemand hat sich über den leeren Stuhl im Konzertsaal gewundert. Niemand hat die Abwesenheit bemerkt, Louise. Weder Scotland Yard noch das FBI.«

»Ich verstehe nicht?«

»Sehen Sie sich das an: das Konzerthaus. Schostakowitsch. Bettina Horsts letztes Konzert.«

Er fror das Bild ein und reichte ihr das Handy.

»Ramineh«, murmelte sie. »Mit all ihren Klunkern. Sie sieht aus wie ein lieblos geschmückter Christbaum.«

»Das stimmt.«

Er nahm ihr das Handy wieder ab und spulte die Aufnahme vor.

»Hier geht es nach der Pause weiter. Carl Nielsen. Sehen Sie, was ich meine?«

»Sie ist nicht mehr da.«

Michael fasste sich an den Kopf.

»Shit, war ich blind. Ich habe die Aufnahme so oft gesehen! Und sie hat die ganze Zeit dort gesessen, direkt vor unserer Nase ... Scotland Yards und FBIs Nase, leck mich am Arsch.«

Er sah sich die entscheidende Passage noch ein paarmal an, ehe er das Handy zurück in die Tasche steckte.

»Haben Sie was zu trinken? Aber bitte keine Blätter eines indischen Teebusches.«

»Ja, habe ich.«

Sie lief in die Küche und kam mit einer Flasche ohne Etikett und zwei hohen Gläsern zurück. Louise knauserte nicht mit der farblosen Flüssigkeit, und Michael leerte sein Glas, ohne nachzudenken. Er hielt inne und krümmte sich, ihm schossen Tränen in die Augen, und er schnappte keuchend nach Luft und hustete sich fast die Lunge aus dem Hals.

»Was in Gottes Namen ist das? Verdünner?«, keuchte er, als er wieder in der Lage war, etwas zu sagen.

Louise leerte ihr Glas, ohne eine Miene zu verziehen. Ihre Speiseröhre muss galvanisiert sein, dachte er.

»Raki aus Mazedonien. Siebzig Prozent. Und ja, ab und zu verwende ich ihn tatsächlich zum Reinigen der Pinsel. Das hält die Borsten feucht. Es braucht etwas Zeit, sich daran zu gewöhnen.«

»Das glaube ich. Jesus. Gibt's noch was davon? Ich glaube, das Zeug hilft.«

Sie schenkte nach, und Michael sah das Glas respektvoll an. Dann zündete er sich eine Zigarette an und nippte daran. Louise sprang auf, um ein Fenster zu öffnen.

»Bleiben Sie von den Fenstern weg, okay? Wir müssen unsere Beschatter da unten ja nicht provozieren.«

»Entschuldigung.«

Er nippte noch einmal an dem Glas und versank in Gedanken – wobei er sich nicht wirklich bewusst darüber war, woran er eigentlich dachte. Er versuchte, eine unangenehme und undurchschaubare Erkenntnis zu greifen, die sich ihm aalglatt immer wieder entwand und zugleich wild zappelnd seine Aufmerksamkeit einforderte.

Er gab es auf, den Gedanken weiterzuverfolgen, und stand auf.

»Sie müssen so schnell wie möglich hier weg«, sagte er. »Gibt es einen Ort, an dem Sie sich verstecken können, den niemand kennt?«

»Ich habe eine Freundin in Viborg. Wir haben zusammen studiert. Ich habe niemals jemandem von ihr erzählt.

Außerdem ist sie gerade erst zurückgekommen. Sie hat viele Jahre in Frankreich gelebt.«

»Ausgezeichnet.«

Er ging in ihr klösterliches Schlafzimmer, fand einen Koffer auf dem Kleiderschrank, öffnete ihn und warf ihn auf das Bett. Dann begann er, Kleidung hineinzuwerfen.

Louise hielt ihn mit einer Hand auf seinem Arm auf.

»Lassen Sie mich das machen«, sagte sie ruhig. »Gehen Sie ins Wohnzimmer und trinken Sie noch ein Glas Raki. Ich brauche höchstens ein paar Minuten.«

Kurz darauf kam sie mit dem Koffer in der Hand ins Wohnzimmer, einer großen Tasche über der Schulter, in Jeans, Pullover und vernünftigen Schuhen.

»Fertig«, sagte sie.

»Geld, Pass?«

Sie nickte.

Louise führte sie über die Hintertreppe hoch zu einem langen Dachbodengang, der sich fast über den gesamten Häuserblock erstreckte und von dem man über eine andere Hintertreppe in den Innenhof gelangte.

Michael öffnete die Tür einen Spaltbreit und überprüfte, ob die Luft rein war. Sie überquerten eilig die offene Fläche und wollten durch eine dunkle, kühle Durchfahrt auf die Tjørnegade laufen. Ein Instinkt ließ Michael stehen bleiben. Er legte eine Hand auf Louises Arm. Sie blieb augenblicklich stehen und ließ sich von ihm um die Ecke zurück in den Innenhof ziehen.

Mit dem Rücken zu ihnen und kaum von den Schatten in der Durchfahrt zu unterscheiden, stand der junge, dunkelhaarige Mann, den Michael das Rad an dem Straßenschild in der Griffenfeldsgade hatte anschließen sehen, breitschultrig, gut gebaut und muskulös.

Michael führte seinen Mund dicht an Louises Ohr. »Warten Sie hier.«

Sie sah ihn mit großen Augen an und nickte.

Er schwebte lautlos wie ein Löwenzahnfallschirm in die Durchfahrt, ganz darauf konzentriert, sich so unsichtbar wie ein Loch in der Luft zu bewegen, um dem eingebauten Radar des anderen Menschen zu entgehen. Er registrierte die Beule unter dem dunkelblauen Shirt des jungen Mannes und wusste, dass er bewaffnet war.

Halb bewusst spielte er gedanklich die kurze Choreografie der zwei nahezu simultanen Bewegungen durch, die er in weniger als drei Sekunden ausführen würde. Dann schlug er blitzschnell und hart die Handwurzel gegen die Schläfe des ahnungslosen Beschatters, während zeitgleich seine linke Faust mit einem kräftigen Haken auf der anderen Seite den Unterkiefer traf und damit die Bewegung des Schädels abblockte.

Der junge Mann verlöschte wie eine Kerze im Wind. Michael fing ihn auf und legte ihn vorsichtig auf den Boden.

Als er sich umdrehte, um Louise zu sich zu rufen, stand sie direkt hinter ihm.

»Ich hatte eigentlich gemeint, dass Sie in sicherem Abstand warten sollen«, sagte er streng.

Sie starrte an ihm vorbei auf den bewusstlosen Mann. »Wie haben Sie das gerade gemacht?«

Michael lächelte und betrachtete leidenschaftslos das bewusstlose Opfer.

»Beim KGB hieß das ›Der Kuss‹. Nicht ganz einfach, muss ich zugeben, aber korrekt ausgeführt verursacht der Schlag augenblickliche Bewusstlosigkeit. Das Gehirn des Gegners wird ultrakurz in Schwingung versetzt, indem man von beiden Seiten nicht exakt gleichzeitig gegen den Kopf schlägt. Akzeleration und Dezeleration. Er wird sich an nichts erinnern, wenn er aufwacht.«

»Der Kuss? Merkwürdige Bezeichnung.«

»Ja.«

»Und wo haben Sie das gelernt? Nicht beim KGB, oder?«

»Vermutlich auf YouTube«, nuschelte er.

Er kniete sich neben den jungen Mann und führte eine schnelle Leibesvisitation durch. Am linken Arm hatte er eine Tätowierung der Fremdenlegion, und die Waffe unter seinem Shirt war eine 9-mm-Glock. Ansonsten hatte er nur ein Mobiltelefon und ein Schlüsselbund bei sich. Keine Brieftasche und keine Ausweise. Im Halsausschnitt des Poloshirts war ein kleines Silberkreuz an einer Kette zu sehen.

Michael stand seufzend auf.

»Gehen wir weiter?«

»Wollen Sie ihn einfach hier liegen lassen?«

»Er ist zu groß für Ihre Schultertasche. Außerdem ist er einer der ganz bösen Jungs, auch wenn er aussieht wie ein Hugo-Boss-Model.«

Vom Ende der Tjørnegade sah man bereits die hohen Bäume auf dem Assistenzfriedhof. Sie liefen durch den Park und verließen ihn auf der Seite der Nørrebrogade. Michael winkte ein Taxi herbei, und Louise stieg hinten ein.

Sie öffnete das Fenster und lächelte ihn vorsichtig an.

Michael drückte ihr ein Bündel Geldscheine in die Hand.

»Benutzen Sie weder Ihre Bankkarte noch Ihr Mobiltelefon. Nehmen Sie den Akku heraus und setzen Sie ihn einmal pro Stunde zwischen fünfzehn und siebzehn Minuten nach jeder vollen Stunde ein. Wenn in diesem Intervall jemand anruft, wissen Sie, dass ich es bin. Und nehmen Sie keinen Zug vom Hauptbahnhof, sondern frühestens ab Høje Tåstrup.«

»Danke«, sagte sie.

»Ich muss mich bedanken. Geben Sie auf sich acht, Louise.«

Er folgte dem Taxi mit dem Blick, bis es verschwand.

EINE STUNDE SPÄTER STAND MICHAEL an einem Check-in-Schalter am Kastruper Flughafen und sicherte sich einen Fensterplatz für den nächsten Flug nach London.

»Wollen Sie kein Gepäck aufgeben?«, fragte die junge Frau hinter dem Schalter.

»Nein.«

»Handgepäck?«

»Nein.«

Sie reichte ihm mit hochgezogenen Augenbrauen die Boarding-Card über den Tresen.

»Gute Reise.«

»Das bezweifle ich«, antwortete Michael.

In der Schlange vor der Sicherheitsschleuse klingelte sein Telefon. Es war Lene. Die Letzte, mit der er im Moment reden wollte. Sie würde ihm nur den Kopf waschen, weil er wieder einmal Bjarne ausgenutzt hatte.

Es klingelte erneut, und er fluchte über Lenes Beharrlichkeit, aber dieses Mal war es Simon Hallberg.

»Ich denke, ich habe etwas für dich.«

»Hört sich gut an«, sagte Michael. »Ich könnte eine gute Nachricht gebrauchen. Ehrlich gesagt hatte ich dich ganz vergessen.«

Es folgte eine vielsagende, überseeische Pause. Dann meldete sich der junge Mann zurück.

»Du hast mich vergessen? Es ist Sonntag, die Sonne scheint zum ersten Mal seit drei Monaten, und ich habe gestern Abend ein Date mit einer fabelhaften und unglaublich geschmeidigen chinesischen Broadwayschauspielerin abgesagt, um mich ganz deiner Anfrage zu widmen. Fahr zur Hölle.«

»Entschuldige ... Was hast du herausgefunden?«

Michael wurde zum Metalldetektor gewinkt. Er schaute auf seine Uhr. Er hatte noch Zeit genug und trat aus der Schlange.

»Louise Nykvist ist arm wie eine Kirchenmaus«, sagte Simon. »Was merkwürdig ist bei der strahlenden Karriere, die sie durchlaufen hat.«

»Ich weiß. Ich checke gerade für den nächsten Flieger nach London ein. Was hast du sonst noch herausgefunden?«

»Monell Industries. Ihnen gehört Genova Counseling über Offshore-Gesellschaften auf den Bahamas, Jersey und Liechtenstein. Bei der Konstruktion könnte man glauben, dass sie Geld für die russische Mafia waschen, aber es ist alles ganz legal. Wenn auch verdammt verzwickt und kompliziert.«

Die Menschen um ihn herum, die Detektoren und die gigantische, schwebende Dachkonstruktion des Gebäudes verschwammen vor Michaels Blick.

»Monell ...«

Monell hatte ihn auf seinen Wunsch im George V einquartiert und ihn in Rose McCullens Arme laufen lassen.

»Alles in Ordnung, Michael?«

»Warum fragen das immer alle?«

»Weil es sich bei mir anhört, als hättest du einen Hirnschlag bekommen?«

Bertram Monell!

Die Steine fielen laut vernehmlich an ihren Platz. Er schaute durch die große Glasfassade in den blauen Himmel. Alles, was er die ganze Zeit vage geahnt hatte, senkte sich logisch und unausweichlich aus den Sphären herab und rutschte in die noch freien Lücken im großen Gesamtbild. Das war kein schönes Bild, ganz und gar nicht, aber es war zum ersten Mal komplett.

»Natürlich«, murmelte er, Simon war in diesem Augenblick vergessen, die Hand mit dem Handy hing schlaff an seiner Seite herunter.

Er nahm den Hörer wieder ans Ohr, als er Simons aufgeregte Stimme hörte.

»Silas Monell«, sagte er.

»Wer? Musst du immer so in Rätseln sprechen, Michael?«

»Wie bitte? Entschuldige. Bertram Monell hatte einen Sohn namens Silas Monell. Junkie, seit er vierzehn Jahre alt war. Er ist im letzten Frühjahr gestorben, ich habe ihn in einem Gefängnis am Arsch der Welt mitten in Kaschmir gefunden. Man hätte sich ihn niemals als Topmanager oder Aufsichtsratsvorsitzenden vorstellen können. Absolut nicht.«

»Und das heißt?«

Michael hörte den Journalisten Simon Hallberg anspringen wie einen alten Generator, der lange ungenutzt herumgestanden hatte. Monell Industries war eine vergoldete, an der NASDAQ notierte Aktie in einer Klasse mit Apple und Intel, und Insiderwissen konnte einen Menschen sehr schnell sehr reich machen.

Michael beeilte sich, das junge, leicht zu begeisternde Gemüt etwas zu bremsen.

»Du kannst nichts darüber schreiben.«

»Kann ich nicht?«

»Definitiv nicht. Ich möchte nicht in die Verlegenheit geraten, deine chinesische Damenbekanntschaft anheuern zu müssen, damit sie dich mit ihren Essstäbchen aufspießt oder etwas in der Art. Das ist mein Ernst.«

»Botschaft angekommen, theoretisch ... Aber ich würde trotzdem gerne auch noch den Rest hören.«

»Mehr ist es nicht: Bertram Monell braucht einen Erben. Eine Person, die sein Lebenswerk weiterführt.«

»Wieso adoptiert er niemanden?«

»Das kann er nicht. Er will alles über die genetische Disposition des betreffenden Kindes wissen, um es sozusagen ganz nach seinen Vorstellungen zu konstruieren.«

»Warum?«

»So ist es einfach.«

Michael sah keinen Grund, Simon in die näheren Umstände einzuweihen.

»Und du bist wirklich ganz sicher, dass ich das nicht verwerten kann? Verdammt, Michael. Das käme auf die Titelseite vom *Economist*. Die Story hat alles, Mann!«

Simon klang unbeherrscht, bettelnd. Wenn Michael wartete, würde er anfangen zu heulen, vom Pulitzer-Preis zu faseln beginnen oder dem Hirntumor einer kleinen Schwester.

»Kein Wort«, bügelte er ihn ab. »Ich darf meinen Flug nicht verpassen. Mach's gut, Simon ... Und du hältst still!«

»Michael ...«

LADBROKE GROVE WAR EINE gemütliche, yuppie-infizierte Straße in Notting Hill mit respektablen, dreigeschossigen Reihenhäusern, sozusagen eine Anabolika-Ausgabe der »Kartoffelreihen« in Kopenhagen. Die Straße war breiter, die Autos von einer anderen Kategorie als in Dänemark.

Er schaute auf die Uhr. Es war genau die Zeit, in der er Louise Nykvist anrufen konnte, auch wenn es ihm völlig widerstrebte.

Sie antwortete nach dem ersten Freizeichen.

»Michael ...«

»Rebekka und Bertram Monell. Sie waren es, oder?«

»Entschuldigung?«

»Das war das Paar in der Schweizer Klinik, habe ich recht?«, fragte er mit angehaltenem Atem.

»Ja, sie waren es.«

Er fuhr sich mit der Hand über die Bartstoppeln.

»Gut. Danke. Sie haben außerdem etwas von biologischem Material von mir gesagt, mein DNA-Substrat könnte man es wohl nennen.«

»Eine sehr präzise Bezeichnung, Michael.«

Er massierte den Nasenrücken hart zwischen Daumen und Zeigefinger und schloss die Augen vor seiner nächsten Frage.

»Woraus bestand es?«

Ihre Stimme war klar und freundlich.

»Nachdem so viel investiert und riskiert worden war, um Bettina Horsts Eizellen zu entnehmen, lag es ja wohl nahe, ebenso viel in den besten Samenspender zu investieren, oder?«

»Davon gehe ich aus«, sagte er, wobei sein Puls immer deutlicher an den Schläfen pochte. »Aber da gibt es vermutlich viele Kandidaten?«

Pause.

»Viele?«, fragte sie freundlich.

Die trotzige Erkenntnis kam aus einem verrammelten Winkel in Michaels geplagtem Gehirn an die Oberfläche, ein albtraumhaftes Ungeheuer aus der Tiefe.

»Sagen Sie es mir, Louise«, sagte er heiser.

»Die zweite, etwa fünfzehn Monate zurückliegende Probe von Ihnen in der Datenbank?«

»Ja, weiter.«

»Das war keine Haarprobe, wie die erste ... Das waren Spermien. Hübsche, lebendige Spermien. Die Qualität Ihrer Spermien ist überraschend gut, Ihre Raucherei und das Alter berücksichtigend. Die Samenzellen waren sehr lebhaft und richtig zahlreich.«

Michael sah Rose vor sich, ihren Schatten in der Türöffnung. Das leise Klirren der Eiswürfel in dem Champagnerkühler.

»An welchem Datum wurden die Proben analysiert?«, fragte er.

»4. März.«

Zwei Tage nach Paris und der Nacht im Hotel George V mit Rose.

»Aha«, murmelte er entwaffnet.

»Und Ihre Gene sind, wie gesagt, herausragend.«

Seine sonst wüstentrockenen Handflächen waren feucht, die schwarzen Härchen auf dem Handrücken stellten sich auf.

»Das heißt, ich habe irgendwo ein Kind?«, murmelte er in freiem, bodenlosem Fall. »Wollen Sie damit sagen, dass ich Vater eines Kindes bin und Bettina Horst, das Wunderkind, die biologische Mutter? Sie wurde mit meinem Samen inseminiert und hat ein Kind zur Welt gebracht? Wollen Sie das damit sagen?«

»Es tut mir leid, Michael, das müssen Sie mir glauben«, sagte sie leise. »Aber ich kann nicht sagen, ob Bettina Horst das Kind selbst zur Welt gebracht hat. Das könnte ebenso gut eine geeignete Leihmutter getan haben. Was glauben Sie, wer Sie als Samenspender auserkoren hat, Michael?«

»Alle, die mich kennen?«, sagte er in einem kläglichen Versuch, komisch zu sein.

Nach diesem sensationellsten Gespräch seines Lebens hatte Michael zwei ewigkeitslange Stunden in seinem Leihwagen gesessen. Er hatte die Zeit damit verbracht, sich mit der Vorstellung eines Säuglings zu quälen, der möglicherweise nicht einmal mehr lebte.

Die Gedanken, die durch seinen Kopf wirbelten, waren alle gleich unmöglich, weltuntergangsschwer und destruktiv.

Es war sechs Uhr geworden, und der einzige menschliche Kontakt hatte in einem von seiner Seite flehenden und vonseiten der Politesse verurteilenden Blickwechsel bestanden, als sie ein Knöllchen hinter seinen Scheibenwischer klemmte.

Er erkannte Rose schon von Weitem an ihrer unverkennbaren Präsenz, als liefe sie über einen Laufsteg. Sie war schlicht, aber elegant gekleidet: Burberry Cottoncoat, eng anliegendes, schwarzes Tanktop, enge Jeans und Bikerstiefel. Das lange dunkelbraune Haar war in einem Pferdeschwanz gesammelt, und sie redete ununterbrochen auf ein vielleicht fünfjähriges, lebhaftes Mädchen an ihrer Hand ein. In der anderen Hand hielt sie mehrere Einkaufstüten. Die Familienähnlichkeit war frappierend. Das Mädchen hopste und rannte abwechselnd neben ihr her, und Rose McCullen sah aus wie dem Cover des Chic Mother Magazine entsprungen.

Michael hatte längst das Klingelschild überprüft, auf dem zu lesen war, dass in dem Haus Rose & Vida McCullen lebten. Andere Mieter oder einen Ehemann schien es unter dieser Adresse nicht zu geben.

Die beiden gingen die kurze Steintreppe hinauf und verschwanden hinter einer schwarz lackierten Tür mit blank polierten Messingbeschlägen.

Michael schaute auf seine Uhr. Es war noch zu früh für sein Vorhaben, und er überlegte, sich ein Café oder einen Pub zu suchen, um etwas zu essen, als sein Handy klingelte.

Lene.

Ihr Gesicht erschien auf seinem Display. Er hatte sich nicht dazu durchringen können, es zu löschen.

»Ja?«

»Ich habe eine Million Mal versucht, dich zu erreichen, Michael. Wo zum Teufel steckst du? Wir müssen reden. Ich habe genauso wenig Lust dazu wie du, aber wir müssen.«

»Die Antwort auf alle Fragen ist Bertram Monell«, sagte Michael ernst. »Er finanziert eine Privatklinik, Genova

Counseling in Skodsborg, die auf die Behandlung von Kinderlosigkeit und DNA-Analysen spezialisiert ist. Eine junge Frau hat sich bei ihnen untersuchen lassen, weil ihre Mutter in jungen Jahren an Brustkrebs gestorben ist. Kurz darauf ist sie verschwunden. Die Untersuchung hatte gezeigt, dass sie ein sogenanntes Einhorn war. Das ist die Bezeichnung für Individuen mit perfekten Genen.«

»Einhorn?«

»Weil sie so selten wie Einhörner sind«, erklärte er.

»Perfekte Menschen? Übermenschen?«

»Genetisch betrachtet. Theoretisch leben sie ewig und lösen die Klimaprobleme der Welt, nehmen an bemannten Mars-Missionen teil, erfinden selbstanspitzende Bleistifte und sind Mittelfeldspieler beim F. C. Barcelona.«

»Hört sich nach Bettina Horst an«, sagte Lene.

»Genauso ist es. Bertram Monell stand ohne Erben da, ein unmöglicher Gedanke für einen Mann wie ihn. Sein Stammbaum geht zurück auf ein Fürstengeschlecht im dreizehnten Jahrhundert. Er ist der Letzte der Ahnenreihe, und seine Eltern würden ihn kreuzigen, wenn er ihnen im Jenseits gegenüberträte, ohne den Fortbestand der Familie gesichert zu haben. Normalerweise sind die Mitglieder der Monell-Familie steinalt geworden und waren bis zuletzt ganz frisch im Kopf. Aber das Arschloch Monell hat eine Gen-Mutation, die irgendwann zu Alzheimer führt.«

Lene sagte nichts.

»Lene?«

»Ich habe Monell auf seiner Insel besucht, Michael«, sagte sie schließlich. »Er ist in den Mord an Maria de la Reyes verwickelt, und er hat mir das Grab seines Sohnes gezeigt.

Der Mann macht auf mich einen echt wahnsinnigen Eindruck, zumindest sehr verhaltensauffällig. Er hatte ein kleines Kind bei sich.«

»Ein Kind? Hast du es gesehen?«

Michael horchte aufmerksam wie noch nie auf jede Nuance in ihrer Stimme.

»Ja, etwa drei Monate alt. Ein Mädchen. Flachsblond und blaue Augen.« Lenes Stimme verebbte. »Eine ganz besondere, tiefblaue Nuance.«

Er spürte etwas Warmes, Nasses auf der Wange, wischte es weg und schaute ungläubig auf seine feuchten Fingerkuppen. Er atmete tief ein und wusste nicht, ob seine Stimme halten würde.

»Wie war sie?«, bekam er nach einer langen Pause heraus.

»Wie Kinder mit drei Monaten eben sind. Sie hat nicht von innen heraus geleuchtet und hatte keinen Glorienschein über dem Kopf.«

»Klar. Ich wusste gar nicht, dass du mit ihm gesprochen hast oder auf der Insel warst. Du hättest verdammt noch mal ...«

Er verstummte. Das war nicht der richtige Zeitpunkt, Lene vorzuwerfen, dass sie nicht mit offenen Karten spielte.

»Was wirfst du mir vor, Michael? Sprich es aus. Du weißt sehr wohl, dass Bjarne im Moment mehr über meine aktuellen Ermittlungen weiß als ich, oder? Das ist verdammt noch mal unakzeptabel, unsere Vereinbarung war anders!«

Michael schloss die Augen.

»Es tut mir leid. Du hast recht. Monells Sohn war ein Junkie. Er ist letztes Jahr in einem indischen Gefängnis gestorben.«

Lenes Stimme war erstaunlich ruhig, aber er wusste, dass das die trügerische Stille vor dem Orkan war.

»War er es, nach dem du die vier Monate gesucht hast, die du weg warst?«

Er hörte sie tief einatmen und kniff die Augen zusammen in Erwartung eines Anpfiffs intergalaktischen Ausmaßes.

»Hättest du mir das nur vor langer, langer Zeit erzählt«, sagte sie traurig.

»Ich weiß. Aber das konnte ich nicht.«

»Das heißt im Klartext also, dass Bettina Horst die Lieferantin des Erbmaterials für einen perfekten Nachkommen Monells war?«

Michael kurbelte das Seitenfenster runter und steckte sich eine Zigarette an. Es gefiel ihm gar nicht, welche Richtung das Gespräch nahm. Ganz und gar nicht.

»Ich denke schon.«

»Hör schon auf. Du weißt genau, dass es so war. Und ich habe ein paar Informationen, die dich interessieren könnten.«

»Hast du das?«

»Maria de la Reyes hat das Wunder für Bertram Monell ausgetragen. Sie, Kayla Torres und Marissa Castro waren zu diesem Zweck nach umfangreichen gynäkologischen Untersuchungen sorgfältigst ausgewählt worden, ehe sie Manila verlassen haben. Drei junge und kerngesunde Frauen. Ramineh Sherazi war für das letzte Gutachten in Hamburg zuständig. Die Mädchen wurden zwei Tage dort festgehalten, ehe sie weitertransportiert wurden. Ich denke, wir erraten beide, wo die nächste Station war.«

Michael schnippte die Kippe in den Rinnstein und steckte sich direkt die nächste an. In Rose McCullens Haus gingen die Lichter an.

»Sehr interessant«, murmelte er. Er bekam die Worte kaum heraus vor Verachtung und Sorge.

Unter Aufbietung höchster Willenskraft brach er aus der gefährlichen, bodenlosen und nicht anzuhaltenden Gedankenspirale über das drei Monate alte Mädchen in Monells Obhut aus, stieg aus dem Wagen und erbrach sich hinter dem Auto in den Rinnstein. Ein vorbeispazierendes, junges Paar blieb stehen und fragte, ob alles in Ordnung wäre, was er würgend bestätigte. Sie gingen weiter, schauten sich aber immer wieder nach ihm um.

»Was ist los?«

»Nichts. Ich hab mich nur übergeben. Habe vermutlich was Falsches gegessen oder getrunken. Tee. Ich vertrage keinen Tee.«

»Was redest du da?«

Lenes Stimme war wie ein Peitschenknall. Er riss sich zusammen. Vermutlich war das eine Art pawlowscher Reflex nach langer Bekanntschaft.

»Nichts. Alles in Ordnung.«

»Monell spielt also Gott?«

»Ich weiß es nicht«, sagte Michael. »Ich glaube nur, dass er jedes Problem auf die gleiche Weise angeht. Für ihn ist alles nur eine Frage des Geldes und der technischen Möglichkeiten. Wenn er ein Kind braucht, konstruiert er es auf die optimalste Weise. Genauso wie er es mit einer neuen Generation Computerchips oder seinem verfluchten Garten tun würde. Ich habe mehrere Jahre lang Aufträge von ihm übernommen. Schon bevor ich dich kannte. Meistens ging es um Industriespionage.«

Michael schaute zu McCullens Haus. In den unteren Etagen brannte kein Licht mehr, aber oben unter dem Dach. Auf der Jalousie waren Peter-Pan-Motive.

»Und wer ist der Vater?«, fragte Lene unausweichlich wie der Tod. »Ein anderes Einhorn?«

»Ich habe keine Ahnung«, sagte er und schloss die Augen. »Wo bist du?«

»Bei einem McDonald's südlich von Frederica. Ich bin auf dem Heimweg.«

»Du kriegst Kopfschmerzen von Junkfood, Lene.«

»Die habe ich schon deinetwegen, aber danke für deine Fürsorge.«

»Könntest du noch einmal über deinen Schatten springen und mir einen Gefallen tun?«

»Das hängt von einer Menge Dinge ab, Michael. Seltsamerweise verspüre ich gerade nicht das geringste Bedürfnis, dir irgendeinen Gefallen zu tun.«

»Ich mache mir Sorgen um Ida. Ich hab zigmal versucht, sie anzurufen. Bestimmt schläft sie nur fest nach ihrem Schichtdienst, aber könntest du trotzdem bei ihr vorbeischauen? Ich weiß, dass ich observiert werde. Das sind Profis, ich konnte sie am Flughafen abschütteln, aber ...«

Michael schloss die Augen und biss sich in die Knöchel. Hart. Er war offensichtlich erschöpfter und aufgewühlter als gedacht.

»Flughafen? Oh Gott, Michael ... Du bist in London, du Arsch! Wegen der Frau aus Paris, stimmt's? Bjarne hat erzählt, dass du ihn gebeten hast, ihren Namen und ihre

Adresse rauszufinden. Fuck you! Und tu mir den Gefallen, dich in Zukunft auf deine eigenen sparsamen Fähigkeiten zu beschränken und meinen Mitarbeiter in Ruhe zu lassen! Die Schuld, in der er fälschlicherweise dir gegenüber zu stehen glaubt, ist längst abgegolten.«

Lenes Stimme war heller geworden, registrierte Michael. Weißglühend.

Er hörte, wie ihre Autotür aufging, im Hintergrund waren Stimmen und Verkehrsgeräusche zu hören. Dänische Satzfetzen. Sie fluchte undeutlich und trat vermutlich gegen die Reifen.

»Mach's gut«, sagte sie.

»Lene! Lene, verdammt noch mal. Leg jetzt nicht auf! Es ist anders, als du glaubst. Mir wurden Spermien gestohlen ... wenn man das von Spermien sagen kann ... in einer Suite des Hotels George V in Paris und in ihr auf Körpertemperatur gehalten ... in der Frau, mit der ich dort zusammen war.«

Am anderen Ende war es totenstill.

»Dieser Abend in Paris war im Voraus arrangiert. Das war eine Falle«, sagte er.

»Eine Falle, dass du ein Model vögelst? Wie schrecklich, Michael, du tust mir wirklich leid. Jetzt hör mir mal ganz genau zu: Du hast immer Verantwortung für dein Handeln übernommen. Das war eins der Dinge, die ich sehr an dir mochte. Wärst du also so gut, jetzt nicht mit irgendwelchen billigen Ausflüchten zu kommen? Das ist jämmerlich, und ich glaube nicht, dass ich das ertrage.«

Michael ging auf dem Bürgersteig hin und her.

»Du verstehst mich nicht«, platzte er heraus. »Ich habe für Monell gearbeitet, und er hat mich ausgewählt. Mich!

Im letzten Jahr gab es einen Einbruch in Idas Wohnung, bei dem sie genetisches Material geholt haben. Ein paar Haare. Mehr braucht es nicht. Er wusste, dass Silas zu nichts anderem imstande war, als sich mit Heroin vollzupumpen. Er muss jahrelang an seinem Plan gearbeitet haben, den er aber erst umsetzen konnte, wenn Silas tot war.«

»Woher weißt du das alles, und was zum Teufel hat das mit Paris zu tun?«

Michael schaute auf seine Uhr. Bald würde er das tun müssen, wofür er nach London gekommen war, damit er den nächsten Flug zurück nach Hause erreichte. Die Sorge um Ida fraß ihn auf.

»Genova hat meine DNA analysiert. Ich habe mit einer der Genetikerinnen gesprochen, und sie sagt, ich hätte ... ich hätte ...«

»Was hättest du?!«

»Extrem gute Gene.« Michael lachte nervös. »Das hättest du nicht gedacht, was?«

»Du?! Das Mädchen, das ich bei Monell gesehen habe ... Du bist wirklich der größte Dreckskerl auf diesem Erdenrund. Du hast ein Kind? Das ist jetzt nicht dein Ernst!?«

Sie schnappte verzweifelt nach Luft, ihre Stimme versagte, es war nur ihr tief sitzender Stolz, der verhinderte, dass sie in Tränen ausbrach, das wusste er. Michael hatte sich noch nie in seinem Leben so elend gefühlt.

»Ich rufe dich in zwei Minuten zurück, du Oberarsch«, sagte sie schließlich. »Und ich hasse dich.«

»Lene? Lene, zum Teufel ...«

LENE SETZTE SICH INS AUTO, schlug die Tür zu und schrie aus vollem Halse los. Dabei trommelte sie mit beiden Händen hart aufs Lenkrad. Dann stieg sie aus, trat die Tür zu und lief über den weitläufigen Parkplatz, bis sie fündig wurde: ein roter Glutpunkt im Führerhaus eines Lkws.

Sie klopfte energisch ans Seitenfenster.

Der Fahrer las in einem Buch und rauchte eine Zigarette. Mittleres Alter, grauer Vollbart, Ohrringe, langes, graues Haar unter einer speckigen, roten Baseballkappe. Er musterte sie neugierig. Nancy Sinatra und Lee Hazlewood sangen ein stimmungsvolles Duett aus den Siebzigern, in denen die Zeit für den Fahrer offensichtlich stehengeblieben war. Er sah sie ohne Lidschlag mit glasigen Augen an.

Lene zog die Jacke hinter das Halfter über der Hüfte und legte eine Hand an den Pistolenschaft. Sie war sicher, dass der Fahrer es gesehen hatte, auch wenn er einzigartig gelassen war.

»Polizei«, sagte sie. »Sie rauchen.«

»Ist das verboten?«

»Ja. Ich muss leider ein paar Ihrer Zigaretten beschlagnahmen.«

Der Mann grinste und reichte ihr das halb volle Päckchen Camel und ein Plastikfeuerzeug nach draußen. Sie fummelte eine Kippe heraus, zündete sie an, inhalierte gierig und begann zu husten. Sie hatte seit dem zweiten Jahr auf dem Gymnasium nicht mehr geraucht. Es gab eine Reihe Dinge, die sie seitdem nicht mehr getan hatte und die sich mit einem Mal wieder ganz natürlich anfühlten. Mit Kitta schlafen, zum Beispiel. Sie ärgerte sich, dass sie sich selbst nie erlaubt hatte, ein bisschen freier zu leben, mehr zu experimentieren.

»Behalten Sie sie«, sagte der Fahrer und sah sie an. »Alles in Ordnung mit Ihnen?«

Lene kämpfte sich durch die Hustenattacke und nahm einen neuen Zug. Es ging schon besser.

»Ganz und gar nicht. Mir geht's zum Kotzen. Was würden Sie machen, wenn Ihre Frau Sie betrügt?«

Die Stirn unter der Kante der Cap legte sich in Falten. Er nickte nachdenklich und drehte sich zu dem mitternachtsblauen Vorhang der Schlafkabine um, der mit Silbersternen und Halbmonden bedruckt war wie das Zelt einer Wahrsagerin.

»Rita? Rita! Bist du wach, Schatz?«

Lene hörte ein Stöhnen aus der Kabine hinter dem Fahrer. Im nächsten Augenblick schob sich ein schlanker, nackter Frauenarm mit knallrot lackierten Nägeln durch den Vorhang, gefolgt von einem herzförmigen, verschlafenen Gesicht. Die Frau gähnte und lächelte Lene an.

»Hi, Schatz. Was willst du?«

Das Gesicht des Fahrers zeigte keine Regung.

»Die Lady hier will wissen, was ich machen würde, wenn du fremdvögelst.«

Die Frau streckte sich. Ihr Gesicht wurde ernst und ihre Augen schmal.

»Tom, nicht schon wieder die alte Geschichte! Das hatte keine Bedeutung. Ich war voll und hab mich eine Million Mal entschuldigt. Was soll ich machen? Mich ertränken?«

Lene starrte das ungleiche Paar mit großen Augen an. Die beiden waren fantastisch.

Der Fahrer verdrehte die Augen und schaute an die Kabinendecke.

»Es geht nicht um uns, verdammt! Ich glaube, sie meinte die Frage eher generell. Hypothetisch, kapiert?«

Lene erhaschte einen Blick auf das aufgeschlagene Buch, das am Lenkrad lehnte: *Nordische Zugvögel.*

Die Frau befeuchtete ihre Unterlippe mit einer hellrosa Zungenspitze. Dann schaute sie Lene tief in die Augen.

»Wenn du ihn liebst, verzeih ihm, wenn du ihn nicht liebst, vergiss ihn. Aber Schatz, egal wofür du dich letztendlich entscheidest: Das Wichtigste ist, dass du mit dir selber klarkommst und ohne ihn leben könntest. Und zahl es ihm um Gottes willen heim!«

»Das habe ich schon«, rutschte es Lene heraus. »Mit einer Frau.«

Rita nahm einen Zug von der Zigarette ihres Mannes und lächelte sanft.

»Braves Mädchen.«

Danach ließ sie sich wieder von der Dunkelheit verschlucken und zog den Vorhang zu.

Der Fahrer zuckte mit den Schultern.

»Sie ist eine kluge Frau. Meistens lohnt es sich, auf sie zu hören. Gute Nacht.«

»Gleichfalls. Und danke«, sagte Lene.

Sie knallte die schwere Tür zu.

MICHAEL HATTE SIE GEBETEN, Gas zu geben, und das tat sie, so viel ihr Peugeot hergab. Sie hatte selber versucht, Ida zu erreichen, genauso erfolglos wie Michael.

Lene fluchte unentwegt und rüttelte zwischendurch rasend vor Wut am Lenkrad. Aus Frust über Michaels Verrat, über den Größenwahn des Milliardärs, über den Zynismus, die Morde – und das Kind. Himmelherrgott, Michaels Kind! Und sie hätte es bei ihrem Besuch auf Virkø um ein Haar auf dem Arm gehalten. Sie hatte in die unergründlichen, tiefblauen Augen geschaut, das unfertige Gesicht. Augen, die exakt Michaels Farbe hatten.

Sie hatte Fünen fast durchquert, ehe sie sich überwinden konnte, den Erzverräter zurückzurufen. Michael nahm nach dem ersten Freiton ab.

»Du hast zwei Minuten gesagt«, brummte er.

»Zeig mich doch an. Du bist also technisch gesehen der Vater von Monells Missgeburt? Und deine Liebhaberin hat deinen Samen gestohlen? Herrgott, was für eine schöne Scheiße, Michael!«

Lene kurbelte das Fenster runter und tastete nach einer Zigarette, die in den Fußraum fiel. Vor ihren Augen tanzten kleine rote Sterne. Sie schnippte das Feuerzeug an. Die Flamme wurde vom Wind ausgeblasen. Sie warf es auf den Beifahrersitz.

»Fuck, Michael! Und was hast du jetzt vor? Was hast du in London verloren, wenn du alles weißt?«

»Weil ich es aus ihrem Mund hören will.«

»Und aus welchem Grund glaubst du, dass sie mit dir reden will? Du hast, verdammt noch mal, keine Beweise, und das dürfte kaum etwas sein, das sie an die große Glocke hängen möchte. Sie ist ein international bekanntes Model, Michael! Weltbekannt!«

»Ich glaube schon, dass sie mit mir reden wird«, sagte Michael tonlos.

»Und was ist mit Bettina Horsts Verlobtem? Was willst du ihm sagen?«

»Das weiß ich noch nicht. Die Wahrheit vermutlich. Er hat ein Recht, die Wahrheit zu erfahren. Sonst findet er niemals Frieden.«

Lene stöhnte erneut, schaffte es endlich, sich eine Zigarette anzuzünden, hustete und trat das Gaspedal bis zum Anschlag durch.

»Du steckst ernsthaft tief in der Scheiße, Michael. Du bist so verdammt fucked up!«

Sie rüttelte wieder am Lenkrad.

»Das weiß ich, danke für den Hinweis.«

Sie beruhigte sich etwas. Irgendwann erreichte sie in der Regel den Punkt, an dem sie die Dinge akzeptierte. An dem sie ihre Wut und die fruchtlosen Spekulationen zügelte, die zu nichts führten, und zu planen begann. Lene war unendlich dankbar für diese Fähigkeit, ohne die sie schon vor Jahren an Magengeschwüren gestorben, irre geworden oder ins Kloster gegangen wäre.

»Wann kommst du zurück?«, fragte sie.

»So schnell wie möglich. Am späten Abend oder im Laufe der Nacht. Das Ganze ist auch sehr neu für mich. Ich habe es erst vor wenigen Stunden hier in London herausgefunden.«

»Du musst das Kind finden, Michael«, sagte sie und hörte ihn tief Luft holen.

»Das weiß ich.«

Lene schaltete runter und überholte einen langen holländischen Trailer.

»Nur, damit die Fronten klar sind zwischen uns: Ich war auch mit jemand anderem zusammen«, sagte sie. »Ich finde, das solltest du wissen, obwohl ... Und nein, ich weiß nicht, wie es weitergeht ...«

»Was hast du? Wer?«

Sie lächelte, als sie die Verzagtheit in seiner Stimme hörte.

»Das geht dich überhaupt nichts an«, murmelte sie und grinste breit. Die schräge Truckerfrau hatte recht gehabt.

»Was meinst du damit, dass mich das nichts angeht? Noch sind wir, soweit ich weiß, verheiratet.«

»Führ dich nicht wie ein kompletter Idiot auf, Michael. Und ich bin schon auf dem Weg zu Ida, um mich zu überzeugen, dass bei ihr alles in Ordnung ist.«

Er schien nicht zuzuhören.

»Wir könnten es doch immer noch schaffen ...«

»Das glaube ich nicht«, sagte sie.

»Dann hoffe ich, dass er es wert ist«, sagte er.

»Das ist sie, finde ich. Fuck! Ich habe einen Platten, verfluchte Scheiße ...«

»Hast du einen Reservereifen dabei?«

»Weiß ich nicht. Mach's gut, Michael. Ich werde es sehen. Sind wir bei einem Pannendienst versichert?«

»Nein.«

»Na super.«

Michael schaute auf das Display.

»Sie?«

Hatte er sich verhört?

Er wählte noch einmal Idas Nummer und fluchte, als wieder ihre Mailbox ansprang.

Er hatte bestimmt ein Dutzend Nachrichten hinterlassen, eine eindringlicher und drängender als die andere. Er schickte ihr noch eine SMS, dass sie so schnell wie möglich das Haus verlassen und zu John fahren sollte, wenn sie nicht bereits dort war.

Michael überquerte die abendstille Straße und ging durch einen schmalen Durchgang bis zur Pforte des kleinen Gartens hinter Rose McCullens Haus. Auf dem Weg zum Flughafen hatte er in einem gut sortierten Eisenwarenladen verschiedene Werkzeuge erstanden, mit denen sich die meisten Schlösser öffnen ließen.

Zwischen zwei Müllcontainern schoss eine Katze mit einer Maus in der Schnauze hervor. Sein Herz setzte einen Schlag aus. Die Katze sprang auf den letzten Container in der Reihe und schlang die Maus hinunter. Das Letzte, was Michael von dem Beutetier sah, war der peitschende Schwanz zwischen den Beißern der Katze.

VIDA LAG AUF DEM RÜCKEN, die Hände auf der Bettdecke, und betrachtete das Zirkus-Mobile über ihrem Bett. Ihr Gesicht glühte nach dem Bad, und sie sah reizend aus in ihrem cremefarbenen Seidenpyjama.

Rose klappte *Der Wind in den Weiden* zu und legte das Buch auf den Oberschenkeln ab.

»Und was passiert morgen?«, fragte ihre Tochter.

Die Mutter gähnte hinter vorgehaltener Hand.

»Da besuchen Ratte und Maulwurf Kröterich in Krötinhall. Ich glaube, er will mit seinem neuen Auto prahlen. Das wird lustig.«

Ihre Tochter war eingeschlafen. Die langen schwarzen Wimpern ruhten auf den Wangen. Ihr Atem ging gleichmäßig und lautlos.

Rose McCullen stand auf, streckte sich und löschte das Licht im Kinderzimmer. Das auf dem Flur ließ sie brennen. Sie ging runter in die Wohnetage, schaltete die Nespresso-Maschine und CNN auf dem Flachbildschirm über dem Küchentisch an.

Sie horchte auf und runzelte die Stirn, als sie aus dem Wohnzimmer gedämpfte Jazzmusik hörte. Sie konnte sich nicht erinnern, dass sie die Stereoanlage hatte laufen lassen.

Die Anlage leuchtete grün in dem dunklen Raum. Nina Simone summte *My Baby Just Cares For Me* mit.

In dem Augenblick knarrte hinter ihr eine Bodendiele, und sie bekam keine Luft mehr. Sie wusste, dass sie sterben und Vida alleine zurücklassen würde, weil es unmöglich war, dem Körper den lebensnotwendigen Sauerstoff zuzuführen, vorbei an dem gnadenlos harten und strammen Fremdkörper, der ihren Hals zuschnürte. Sie hörte die Espressotasse auf dem Boden aufschlagen, und die Todesangst presste ihr den Schweiß aus allen Poren. Der grüne Schimmer der Anlage waberte durch die Luft, versickerte in der Dunkelheit, die Beine sackten unter ihr weg.

Michael lockerte den dünnen Stahldraht, den er um Roses schwanengleichen Hals geschlungen hatte, und wartete, bis sie nach ein paar Herzschlägen die Augen aufschlug und blinzelte. Sie lag mit ihrem ganzen Gewicht in seinen Händen. Dann setzte sie sich aus eigener Kraft auf und schnappte in kurzen, schluchzenden Japsern nach Luft. Er zog sie rückwärts auf einen Stuhl, befestigte die Drahtschlinge um ihren Hals hinter ihr an der hohen Rückenlehne und schaltete eine Stehlampe ein.

Sie war noch schöner, als er sie in Erinnerung hatte, selbst mit von Tränen überfließenden Augen und unter der Haut vorquellenden Venen. Er schaltete Nina Simone aus und baute sich vor ihr auf. Sie blinzelte und starrte auf seine Schuhspitzen. Ihr Atem ging wieder ruhiger, und sie betastete die Schlinge.

»Lass das«, sagte er, und sie legte gehorsam die Unterarme auf den Armlehnen ab.

»Erinnerst du dich an mich?«

Sie antwortete nicht, worauf Michael ihren Kopf mit einer Hand in dem langen Haar hochhob. Sie sah ihn mit zusammengekniffenen Augen an und erkannte ihn mit einem überraschten Schluchzer wieder.

»Erinnerst du dich an mich?«, wiederholte er seine Frage mit einer kurzen Pause nach jedem Wort.

Sie nickte.

»Wer bin ich?«

»Meine Zielperson.«

Michael nickte.

»Korrekt, du Bitch. Deine Zielperson aus Paris. Warum?«

»Ich ...«

Er schlug ihr mit der flachen Hand ins Gesicht. Ihr Kopf schleuderte nach rechts und pendelte langsam in die Ausgangsposition zurück. Sie riss schockiert die Augen auf und öffnete den Mund, um einen Schrei auszustoßen. Michael erstickte den Schrei mit der Schlinge.

Sie winselte wie ein Tier. Ein Streifen Blut lief aus einem Nasenloch vorbei am Amorbogen zum Mundwinkel. Sie wischte das Blut ab und starrte entgeistert auf ihre Fingerspitzen.

»Rose?«

Sie sah ihn versteinert an.

»Rose?«

»Ja.«

»Warum?«

Sie atmete zitternd ein.

»Sie haben mich beauftragt, mit dir ins Bett zu gehen. Zum Auffangen deiner Spermien haben sie mir eine Art Femidom gegeben. Nachdem wir ... fertig waren, sollte ich den Inhalt in ein Reagenzglas umfüllen und in dem Champagnerkühler aufbewahren, bis du eingeschlafen warst. Danach sollte ich das Hotel verlassen und das Reagenzglas dem Nachtportier aushändigen.«

Michael schlug noch einmal mit halber Kraft zu und zwang sie mit der Schlinge, ihn anzusehen.

»Du hast dein Gesicht«, sagte er heiser. »Das ist es, wovon du lebst, nicht wahr?«

Sie schluchzte.

»Das ist es, wovon ich lebe.«

»Wer sind ›sie‹?«

»Ich weiß es nicht ... Ich ...«

Sie ahnte eine Bewegung und hob schützend die Hände.

»Schlag mich nicht. Ich weiß es wirklich nicht. Ich habe für eine Agentur gearbeitet, und der Chef hat mich auf einer Party einem Freund vorgestellt. Ich erinnere mich nicht an seinen Namen oder ob er ihn mir überhaupt genannt hat.«

»Ein reicher Mann?«

»Das sind sie alle. Sie haben mir 10 000 Pfund bezahlt, und ich habe ihn nie wieder gesehen. Ich schwöre es, Michael.«

»Beschreib den Typen.«

Roses Blick wurde fern. Sie wischte sich Blut von der Oberlippe und versuchte, sich zu konzentrieren.

»Er war elegant gekleidet und vielleicht Mitte fünfzig. Langes, graues, zurückgekämmtes Haar. Braun gebrannt ... Er hat kubanische Zigarren geraucht und einen langen Vortrag über ihre Vortrefflichkeit gehalten.«

Sie sah Michael an.

»Er trug eine Hornbrille.«

»Kaufmann«, fauchte Michael.

Er ließ sie los und ging in die Küche, wickelte ein paar Eiswürfel in ein Geschirrhandtuch, zerdrückte sie ein wenig und reichte ihr das Päckchen.

»Nimm das. Deine Nase ist nicht gebrochen. Du wirst wieder so schön wie vorher, Rose. Für dein nächstes Opfer. Oder deinen nächsten Kunden.«

»Danke«, murmelte sie.

»Warum hast du das Foto an meine Frau geschickt?«

»Das war Teil des Auftrags. Weil dich das aus dem Gleichgewicht bringen sollte, damit du nicht zu viel nachdenkst.«

»Damit hatten sie recht«, sagte Michael.

Ihre Augen über dem Eispäckchen waren groß und panisch.

»Du hast gesagt, du könntest keine Kinder kriegen. Das hat mich sehr berührt, Rose.«

Er schaute an die Zimmerdecke.

»Es tut mir leid«, flüsterte sie verzweifelt. »Verzeih mir.«

Er entfernte die Schlinge von ihrem Hals, rollte sie zusammen und steckte den Draht in die Tasche.

»Normalerweise würde ich an dieser Stelle mit grauenvollen Drohungen kommen, falls du jemals irgendwem von unserer Begegnung heute erzählst. Dass ich dich überall wiederfinden werde. Ist das nötig?«

»Nein, das ist nicht nötig«, sagte sie.

ES WAR VIERTEL NACH EINS in der Nacht. Das Parkhaus gegenüber der Ankunftshalle war einsam und menschenleer. Die Deckenbeleuchtung brannte flimmernde Vierecke in Michaels müde Augen. Es war vier Stunden her, dass er mit Lene gesprochen hatte. Er hatte einen direkten Flug vom London City Airport bekommen und war gespannt, was Avis dazu sagte, dass er den Leihwagen an einem anderen Flughafen als Heathrow abgegeben hatte, obendrein auf einem öffentlichen Parkplatz, ohne Parkgebühr zu zahlen.

Sein Mercedes stand, wo er ihn wenige Stunden zuvor abgestellt hatte; als er noch nichts ahnte, in tiefer, seliger Unwissenheit über den Verrat, den Monell und Kaufmann an ihm begangen hatten. Ein Zustand, in dem er gerne verblieben wäre, der ihn nicht vor schwere, schicksalsschwangere Entscheidungen stellte. Es war das A und O des privaten Ermittlers: sich nicht persönlich in einem Fall zu engagieren. Er schwitzte vor Wut.

Er drückte seinen elektronischen Autoschlüssel, und mit kurzer Verzögerung klickte das Schloss auf. Er stutzte, stieg aber trotzdem ein und drückte den roten, runden Startknopf bis zum Anschlag durch. Der Motor brummte sonor, er schaltete das Licht ein, rollte rückwärts aus der Parklücke und ließ das Seitenfenster herunter – worauf Motor und Licht ausgingen.

Er drückte noch einmal den Startknopf. Motor und Standlicht sprangen augenblicklich an, und er fuhr in den Mittelgang. Der Motor ging wieder aus. Michael ließ den Blick über das Parkdeck schweifen, konnte aber niemanden entdecken.

Das Seitenfenster fuhr herunter, obwohl er nichts gemacht hatte. Der Motor sprang an. Erstarb. Das Licht ging an. Und wieder aus.

Da sah er Kaufmann. Der Lebemann kam langsam durch den Mittelgang auf ihn zugelaufen. Die langen Mantelschöße wippten, der Stock schlug taktfest auf den Betonboden. Er hob eine behandschuhte Hand, und Michael sah einen elektronischen Zündschlüssel, der seinem eigenen ähnelte. Er beugte sich vor, klappte das Handschuhfach auf und wühlte nach seiner SIG Sauer.

Sie war nicht dort.

Kaufmann lächelte bedauernd.

Ein dunkler Lieferwagen glitt auf den Mercedes zu. Die Tür auf der Fahrerseite sprang auf. Kaufmann war nur noch wenige Meter entfernt, als Michael sein Smartphone auf lautlos stellte und am linken Innenknöchel in die Socke schob. Kaufmann legte eine Hand auf das Autodach, verlagerte das Gewicht von seinem schmerzenden auf das gesunde Bein und schaute auf Michael herunter. Es lag keine Spur von Triumph in seinem Blick, er sah genauso todmüde aus, wie Michael sich fühlte. Vor dem anderen Fahrzeug hatten sich zwei junge, große und breitschultrige Männer aufgebaut. Mit der lässigen Wachsamkeit professioneller

Soldaten. Michael schätzte, dass sie in einer Eliteeinheit gedient hatten. Sie redeten mit gedämpften Stimmen miteinander. Französisch.

»Warum finden Männer Frauen in Leder so attraktiv, Michael?«, fragte Kaufmann.

»Keine Ahnung.«

»Weil sie nach neuem Auto duften.«

Kaufmann klopfte auf das Mercedesdach.

»Sie haben sicher durchschaut, dass das, was ich in der Hand halte, ein Transceiver ist, mit dem ich die Funksignatur Ihres Autoschlüssels kopiert habe.«

»Ich habe davon gehört«, sagte Michael. »Sie sind wirklich clever, Erik.«

Kaufmanns Lächeln wurde ein wenig breiter. Er hob den Blick und sah die beiden Männer vor dem Wagen an.

»Wenn Sie jetzt so freundlich wären auszusteigen. Und keine Dummheiten, wenn ich bitten darf. Wir haben ein paar Dinge zu besprechen, und ich kann nicht vernünftig mit jemandem reden, der gerade eine Kugel in den Kopf bekommen hat.«

Michael stieg aus, einer der Bodyguards nahm eine Leibesvisitation vor. Das Handy, das beim Aussteigen tiefer in den Schuh gerutscht war, entging seiner Entdeckung.

Kaufmann wechselte einen Blick und ein Nicken mit dem Franzosen. Dann zündete er sich eine Zigarre an und musterte Michael mit ausdruckslosem Gesicht durch den dünnen Rauchschleier.

»Dass Sie Frauen misshandeln, Michael, insbesondere sehr gut aussehende Frauen, hätte ich nicht von Ihnen erwartet. Sie sind tief gesunken. Aber wen kennt man schon richtig?«

»Sie ist eine *fucking bitch*«, sagte Michael.

»Aber loyal. Seien Sie so freundlich und ziehen Sie Ihre Jacke aus.«

Der Franzose untersuchte seine Jacke.

Kaufmann hob eine Augenbraue.

»Kein Handy?«

»Ich mache mir nichts aus den Dingern«, sagte Michael. »Die verraten nur die Position.«

Kaufmann nickte und saugte nachdenklich an der Zigarre.

»Wie geht es jetzt weiter?«, fragte Michael.

»Ist die Frage wirklich nötig? Meine beiden engsten Mitarbeiter werden sich um den weiteren Verlauf kümmern. Sie haben uns keine Wahl gelassen, Michael, und jetzt darf ich den Schaden eingrenzen. Das zwingt mich zu improvisieren, und ich hasse es zu improvisieren.«

Kaufmann drehte sich um, um zu gehen. Dann blieb er stehen und breitete die Arme aus.

»Warum haben Sie weitergemacht, Michael?«, fragte er verärgert. »Was bedeutet das für Sie? Einen Scheißdreck. Wenn Sie ein Problem haben, warum sind Sie damit nicht zu Bertram gegangen? Er ist großzügig. Hätte Sie in Gold aufgewogen. Sie kennen ihn doch, verdammt noch mal!«

»Er ist ein sehr kranker Mann, Erik.«

Kaufmann trat einen Schritt vor und verpasste Michael einen wuchtigen Schlag auf den Solarplexus. Michael krümmte sich zusammen, taumelte gegen einen der Söldner und trat ihm die Füße unterm Leib weg. In dem daraus entstehenden Tumult, der ihn an einen extrem kurzen und unfairen Rugbykampf erinnerte, gelang es Michael, sein Handy in die Tasche eines der jungen Männer zu schmuggeln.

Kaufmann hielt eine Pistole mit Schalldämpfer in der Hand: Michaels SIG Sauer.

»Lassen Sie das, verdammt noch mal. Stehen Sie auf und benehmen Sie sich nicht wie ein erbärmliches Arschloch. Tragen Sie es wie ein Mann.«

Die beiden jungen Männer zogen Michael auf die Beine hoch, drehten seine Arme auf den Rücken und ließen ein Paar Polizeihandschellen um seine Handgelenke einschnappen.

Michael lächelte trotz der Schmerzen.

»Entschuldigung, ich weiß ja, dass Sie Bertram für den wiedergeborenen Messias halten.«

»Das tue ich ganz und gar nicht.« Kaufmann biss fest auf seine Zigarre. »Bertram ist von seiner eigenen Sterblichkeit besessen und von den Verpflichtungen seiner Familie, seinen Angestellten und seiner Firma gegenüber. Ich habe weiß Gott wie oft versucht, ihm dieses wahnsinnige Projekt auszureden, aber er wollte nicht auf mich hören, und ich wusste die ganze Zeit, dass irgendwann genau das hier geschehen würde. Es gibt zu viele lose Fäden und vor allen Dingen zu viele Personen, die alle den Mund halten müssen. Das ist unmöglich. Die Leute reden zu viel.«

Er trat die Zigarre mit seinem eleganten, handgenähten Schuh aus.

»Adieu, Michael. Sie sind ein Narr, aber Sie sind zäh, das muss ich Ihnen lassen.«

»Das liegt in meinen Genen«, murmelte Michael.

Kaufmann lächelte freudlos. Im Augenwinkel sah Michael einen von Kaufmanns Lakaien eine klare Flüssigkeit in eine Spritze aufziehen. Der Mann hinter ihm hielt ihn in einem chancenlosen Würgegriff fest, und die Nadelspitze näherte sich.

»Schlafen Sie wohl«, sagte Kaufmann.

»Halt! Warten Sie, verdammt«, rief Michael. »Erik! Wie geht es dem Kind? Das müssen Sie mir noch sagen.«

Kaufmann nickte dem Mann hinter Michael zu, und der Griff lockerte sich etwas.

»Ein süßer Fratz«, sagte er. »Wenn man Kinder mag, was ich von mir definitiv nicht behaupten kann.«

Kaufmann lächelte.

»Sie hat die Augen ihres Vaters. Ich habe übrigens ein paar meiner Mitarbeiter bei Ihrer Schwester vorbeigeschickt, Michael. Ich weiß, wie eng Sie miteinander verbunden sind, und vermutlich haben Sie ihr viele Dinge erzählt, von denen sie besser nichts wissen sollte. Tut mir leid.«

Michael versuchte, sich loszureißen, um Kaufmann das Gesicht zu zerfetzen, als die Nadel in seinen Hals stieß.

Wenige Sekunden später gaben die Beine unter ihm nach, und seine Umgebung verschwamm.

»Erik ... Sie verdammtes, perverses Schwein ...«

MICHAEL HÖRTE DAS RAUSCHEN von Reifen auf Asphalt unter seinem Kopf, der auf etwas Kaltem, Hartem lag. Im nächsten Augenblick verschwand es wieder: das Rauschen der Reifen, das Kalte und Harte, der Rest der Welt.

Als er das nächste Mal zu Bewusstsein kam, hörte er Regen auf Metall trommeln und stellte mit merkwürdiger Gleichgültigkeit fest, dass er sich in dem dunklen Laderaum eines Kastenwagens befand. Eine Sekunde später schlug das Betäubungsmittel wieder zu und kappte alle Kontakte.

»Michael!«

Er tauchte in einer mondlosen Nacht im Meer ohne aufsteigende Luftblasen, die einem sagten, wo oben und wo unten war.

»MICHAEL!«, sagte eine aufdringliche Frauenstimme.

Die Worte wurden von einem harten, spitzen Stechen in den Oberschenkelmuskel begleitet.

Sie ließ nicht locker. Michael schüttelte den Kopf und würgte. Er stemmte sich in eine halbwegs aufrechte Position hoch und übergab sich. Er hatte dröhnende Kopfschmerzen von dem Chemiecocktail, den sie ihm gespritzt hatten, aber es half ein wenig, den Magen zu leeren. Seine

Zunge schmeckte wie die Socke eines Bischofs, wie sein verstorbener Freund Keith Mallory es ausgedrückt hätte, und sein Mund war knochentrocken.

Konnte die Frau nicht endlich den Mund halten? Und was tat da an seinem Bein so weh?

»Was?«, nuschelte er und zwang seine bleischweren Augenlider auf.

Der Regen trommelte auf das Wagendach.

»Michael!«

Die Frau über ihm materialisierte sich langsam aus der Dunkelheit: Ramineh Sherazi. Im schwachen Licht der Armatur und der Scheinwerfer der entgegenkommenden Fahrzeuge leuchtete ihre eine Gesichtshälfte unnatürlich weiß und die andere unnatürlich grün. Das sah sehr seltsam aus. Sie hatte was von einem Tropenfisch.

»Hallo, verdammt noch mal!?«

Ramineh Sherazis Stimme war schrill und eindringlich, dabei weinerlich. Sie saß mit gespreizten Beinen auf dem Boden, um das Gleichgewicht zu halten. Er konnte ihre Hände nicht sehen, vermutlich waren sie wie bei ihm hinter dem Rücken gefesselt.

Sie drückte ihren Stilettoabsatz in seinen Oberschenkel.

»Aufhören!«, rief er.

Sie schluchzte verzweifelt, die Mascara malte schwarze Streifen auf ihre weißgrünen Wangen. Die weiße Seidenbluse konnte sie wegschmeißen.

Einer der Entführer drehte sich auf seinem Sitz um und bedachte sie kommentarlos mit einem strengen Blick. Dann drehte er sich wieder um und schaltete das Radio ein. Der Wagen bog auf eine Autobahnauffahrt, und Michaels eingebauter Kompass sagte ihm, dass sie nach Westen fuhren. Er hatte eine klare Vermutung, wohin sie unterwegs waren, und der Gedanke lähmte ihn. Monells Insel.

»Was haben die mit uns vor?«, schluchzte sie. »Ich verstehe nicht, was los ist. Ich verstehe das nicht! Warum bin ich hier?«

Michael funkelte sie wütend an.

»So dumm können Sie doch nicht sein, dass Sie nicht wissen, was hier passiert. Ihr Sponsor, Bertram Monell, hat den Vertrag gekündigt. Sie sind gefeuert. Das passiert hier gerade. Ich an Ihrer Stelle würde nicht mit dreimonatiger Kündigungsfrist oder einem goldenen Händedruck rechnen.«

Seine Worte lösten eine neue Serie herzzerreißender Schluchzer aus.

Als sie ein beleuchtetes Straßenschild passierten, sah Michael zwischen ihrer zerstörten Bluse und der schwarzen Hose etwas aufblinken. Sie hatten ihm den Gürtel abgenommen, ihr aber offensichtlich nicht. Französische Galanterie, vielleicht. Er zwang sein betäubtes Gehirn, einen Gang hochzuschalten.

Er versuchte, sich zu ihr rüberzuschieben, wobei er sich um seine eigene Achse drehte, bis er sich mit dem Rücken zu ihr zwischen ihre Beine schieben konnte.

»Was tun Sie da?«, fragte sie panisch.

»Könnten Sie sich vorstellen, eine Sekunde lang die Klappe zu halten?«, murmelte er genervt. »Ich versuche, Sie vor Ihrem sicheren Tod zu retten, auch wenn Sie es weiß Gott nicht verdient haben.«

Céline Dion intonierte das Thema von *Titanic*.

»Nicht das auch noch«, stöhnte Michael.

Er spürte die Gürtelschnalle zwischen seinen steifen, fast gefühllosen Fingern.

»Warum haben Sie Louise Nykvist verraten?«, fragte er über die Schulter.

Sie versteifte sich.

Er spürte ihren Atem im Nacken.

»Ich weiß nicht, wovon Sie reden oder welche Lügen sie Ihnen aufgetischt hat.«

Er öffnete ihren Gürtel und zog ihn mit einem Ruck aus den Gürtelschlaufen.

»Hören Sie auf mit dem Quatsch!«, fauchte er. »Den Punkt haben Sie längst hinter sich. Ich will die Wahrheit, hören Sie? Und wenn ich die nicht bekomme, lasse ich Sie hier zurück. Das ist ein Versprechen. Ich weiß alles über Monell und seine Frau in der Klinik in der Schweiz. Sie haben es auf die altmodische Art versucht, nicht wahr? Obwohl sie eigentlich zu alt war, war er zu reich, als dass Sie es hätten ablehnen können.«

»Wie um alles in der Welt ...«, setzte sie an und verstummte abrupt, als hätte sie sich die Zunge abgebissen. Michael wartete, aber es kam nichts mehr.

Der Gürtel rutschte ihm aus der Hand, und er fluchte ungehalten. Er wurde an sie gepresst, als sie durch eine lange Rechtskurve fuhren, während seine Finger wie aufgeschreckte Spinnen über den Boden huschten. Sie stank nach Angstschweiß. Endlich bekam er die Gürtelschnalle wieder zu fassen und drehte sie zwischen den Fingern um.

»Als klar war, dass nichts mehr zu retten war, haben Sie Louise irgendeine Droge verabreicht, damit sie nicht mehr wusste, wo oben und wo unten ist bei einem Skalpell. Ich tippe auf Propofol. Das löst hochgradige Verwirrungszustände und den perfekten Gedächtnisverlust aus, damit sie sich hinterher an nichts mehr erinnern konnte. Sie wird auf ewig glauben, dass es ihre Schuld war.«

Er beugte sich von ihr und ihrem verdichteten Schweigen weg.

»Sagen Sie endlich was, zum Teufel!«, rief er.

»Ja. Ja, verdammt! Sie haben recht. Es war Propofol. Es tut mir so furchtbar leid …«

»Klappe! Das ist jetzt das zweite Mal heute, dass mir eine Psychopathin erklärt, wie leid ihr alles tut«, blaffte er sie an. »Ich hoffe, Sie schmoren dafür in der Hölle.«

»Da bin ich sicher«, murmelte sie geschlagen. »Würden Sie Louise trotzdem sagen, dass es mir schrecklich, entsetzlich leidtut?«

Michael blieb gnadenlos.

»Einen Teufel werde ich tun. Sie haben Ihr Einhorn gefunden, und Sie haben Bettina Horst mit Bertram Monell zusammengebracht. Es war klar, dass sie jemandem wie Ihnen vertrauen würde. Ich habe Sie bei Bettina Horsts letztem Konzert gesehen, Ramineh. Die Aufnahme steht im Netz, verdammt noch mal!«

Ihr Schweigen war Bestätigung genug.

Es blieb nicht mehr viel Zeit. Die strammen Handschellen klemmten die Blutzufuhr in seinen Fingern ab, Michael spürte nicht mehr, wie rum er die Gürtelschnalle in der Hand hielt.

Er versuchte, sie von dem Lederriemen zu lösen, riss und zerrte mit aller Kraft daran, bis irgendwann das Leder nachgab. Er dachte an Ida, und kalter Schweiß brach zwischen seinen Schulterblättern aus. Wenn die Schweine ihr auch nur ein Haar krümmten, würde er dafür sorgen, dass sie den Tag ihrer Geburt bereuten, und sie auf mittelalterlichste Art ins Jenseits befördern.

»Ich wusste nicht, dass sie sie umbringen wollten«, stammelte Ramineh.

Ihre Stimme war kaum zu verstehen.

Michael verzerrte vor Schmerz das Gesicht, während er sich mit der Gürtelschnalle, seinen abgestorbenen Händen und den Handschellen abmühte.

»Haben Sie etwa erwartet, dass die sie einfach gehen lassen? Damit der Weltstar bei der nächsten Pressekonferenz zweihundert Journalisten von dem sehr bizarren Erlebnis erzählt, das sie gerade hinter sich hat, und alles wäre vergessen?«

»Ich weiß es nicht«, schluchzte sie. »Bertram hatte mich in der Hand. Er wusste, dass das, was in der Schweiz geschehen war, meine Schuld war. Er hat mir gedroht, dass er mich überall finden würde.«

»Das heißt, Bertram hat Sie erpresst und Sie Louise? Was für ein grandioses Paar. Ich bezweifle, dass sie euch in der Hölle haben wollen. Was ist an jenem Abend passiert?«

Sie sah ihn hilflos an.

»Ich habe erfahren, dass sie das Konzerthaus immer durch eine bestimmte Tür verließ. Und dass sie zu Proben nach New York fliegen wollte. Da würde sie sich doch sicher über eine Mitfahrgelegenheit mit einem vertrauten Menschen freuen.«

»Was haben Sie ihr gesagt?«

»Ich habe sie mit runtergelassener Seitenscheibe erwartet, als sie aus der Hintertür kam, hab sie zu mir gewinkt und ihr gesagt, wie fantastisch ich das Konzert gefunden hätte und dass ich ihre Analysen durchgegangen wäre und etwas entdeckt hätte, das ich unbedingt vor ihrem Abflug mit ihr besprechen wollte.«

»Und darauf ist sie hereingefallen?«, murmelte er.

»Sie war ein sehr naiver und vertrauensvoller Mensch«, sagte Ramineh Sherazi nüchtern, und Michael hätte sie auf der Stelle erwürgt, wenn seine Hände nicht gefesselt gewesen wären.

»Einer von Kaufmanns Männern war dabei. Er war ihr mit der Reisetasche und der Geige behilflich, und sobald sie ihren Platz eingenommen hatte, hat er eine Spritze in ihren Hals gestochen. Sie war in weniger als drei Sekunden bewusstlos. Ich weiß nicht, was sie ihr gespritzt haben.«

»Und dann?«

»Wir sind in eine Tiefgarage in der Stadt gefahren. Mir wurde eine Mütze über den Kopf gezogen, die ich erst nach einer Viertelstunde absetzen durfte. Auf dem Beifahrersitz lag eine Eieruhr. Danach bin ich direkt nach Hause gefahren.«

Michael hatte den Dorn der Gürtelschnalle zwischen die Finger geklemmt und stocherte am Schließmechanismus der Handschellen herum.

»Sie sind nach Hause gefahren und haben eine Tasse Kaffee getrunken?«, hakte er nach. »Großartig, Ramineh. Sie sind wirklich bewundernswert. Und als letzte barmherzige Tat sind Sie nach Hamburg gefahren, um sich zu vergewissern, dass Maria de la Reyes und die anderen Mädchen schwanger werden konnten, haben die Eizellen entnommen, sie befruchtet und wieder eingesetzt, korrekt?«

Sie schwieg, und er wollte die Frage gerade wiederholen, als sie flüsterte: »Woher wissen Sie das alles? Das ist alles streng geheim, Michael, hören Sie? Niemand darf etwas davon erfahren.«

Michael warf ihr einen Blick über die Schulter zu. Er hatte selten einen derart verlorenen Blick bei einem anderen Menschen erlebt und fragte sich, welchen Dämonen sie gerade gegenüberstand und ob sie kurz davor war, dem Wahnsinn zu verfallen. Dann konzentrierte er sich wieder auf seine Handschellen.

Es gab fünf inoffizielle Arten, Polizeihandschellen zu knacken, und Michael kannte sie alle bis zur Bewusstlosigkeit. In seiner Zeit als Sicherheitsberater bei Sherpherd & Wilkins hatten sie in ruhigen Phasen Wettkämpfe ausgefochten, wer sich am schnellsten aus Handschellen und Kabelbindern befreien konnte. In der Regel hatte Michael gewonnen. Alle fünf Methoden ignorierten das eigentliche Schloss. Das beste Werkzeug dafür war eine simple Haarklammer aus elastischem Blech. Man brach die Klammer in der Mitte durch und erhielt zwei biegsame Metallstifte. Danach war es ein relatives Kinderspiel, den Metalldraht zwischen Zahnraste und Ratsche entlang bis zur gefederten Schließsperre zu schieben und die Handschelle zu öffnen. Für einen routinierten Ausbrecherkönig eine Angelegenheit von wenigen Sekunden.

Das Problem war, dass er keine dünne, elastische Haarnadel hatte, sondern nur den unnachgiebigen Dorn von

Sherazis Gürtelschnalle, der möglicherweise nicht lang genug war, um den Schließmechanismus zu öffnen.

Er stöhnte, fluchte, kämpfte mit seinen geschwollenen, steifen Fingern und dachte an Ida.

Endlich klickte die Handschelle um das linke Gelenk auf. Michael stieß einen triumphierenden Ruf aus, der glücklicherweise von dem Regen und dem Rauschen der Reifen übertönt wurde.

IDA WURDE VON EINEM durchdringenden Ton, der wie das Heulen einer auf ewig verdammten Seele klang, aus der Tiefe eines langen, chaotischen Traumes gerissen. Sie öffnete verwirrt die Augen und hörte ihren eigenen Herzschlag, als der Heulton jäh verstummte. Für einen kurzen Augenblick wusste sie nicht, wo sie war, und erst recht nicht, wo das Geräusch herkam.

Sie hatte eine Sechzehn-Stunden-Schicht hinter sich, in der kaum Zeit gewesen war, auf die Toilette zu gehen. Sie konnte sich nicht erinnern, wann sie das letzte Mal so todmüde gewesen war.

Ida setzte sich im Bett auf, rieb sich die Augen und kam zu der Einsicht, dass der Lärm wohl von der neu eingebauten Alarmanlage kam. Sie drückte auf den Schalter ihrer Nachttischlampe, aber nichts tat sich. Dann tastete sie nach ihrem Handy neben der Lampe und stöhnte, als sie die zahllosen Nachrichten von Michael und Lene sah.

»Shit«, murmelte sie und schob nervös das Haar aus der Stirn. »Shit, shit … shit.«

Die Nachrichten hatten alle den gleichen Inhalt. »Gib auf dich acht.« »Sieh zu, dass du aus dem Haus kommst.« »Fahr zu John. Raus! SOFORT!«

Ida lauschte in die Dunkelheit. Der nächtliche Verkehr rauschte leise, und die Zweige vom Kirschbaum schlugen klickernd an das Fenster, und sie wusste, dass sie nicht mehr allein im Haus war. Die Gefahr war greifbar; eine Verdichtung der Atmosphäre, und das Geräusch ihres eigenen Atems war überlaut.

Sie schwang die Beine aus dem Bett und schlich zur Tür, die auf den Flur führte, von dem alle Zimmer abgingen. Ihr ganzer Körper war angespannt und sträubte sich, in ihr kämpfte der Fluchtinstinkt, so schnell wie möglich das Weite zu suchen, gegen den vernünftigen Teil, der ihr sagte, dass kopflose Flucht Selbstmord wäre.

Sie biss sich auf die Fingerknöchel, als sie am Fenster zum Garten einen Schatten vorbeihuschen sah. Im Kies waren Schritte zu hören. Sie schob die Tür zum Flur langsam Millimeter um Millimeter auf und legte ein Auge an den Spalt.

Es war mindestens noch eine Person da, und die war in der Wohnung: Ida starrte auf die Umrisse eines schwarz gekleideten, mit einer Maschinenpistole bewaffneten Mannes, der lautlos und systematisch Küche und Speisekammer durchsuchte. Im nächsten Augenblick drehte er sich um und füllte die gesamte Türöffnung.

Sie schlich durchs Schlafzimmer in das Badezimmer zwischen ihrem und Michaels Raum. Die Tür auf Michaels Seite, die er nie benutzte, war hinter einem Kleiderschrank in die Wand eingelassen. Ida konnte sich nicht einmal erinnern, ob sie überhaupt eine Klinke hatte.

Es war alles eine Frage von Timing. Und Glück.

Sie schaute auf das Display ihres Handys und überlegte, ob sie die Polizei anrufen sollte, ließ es aber aus Angst, dass die Männer sie hörten. Außerdem bestand die Gefahr, dass die Polizei mit Blaulicht und Sirenen anrückte. Ehe sie im Haus waren, könnten die Killer sie ein Dutzend Mal umbringen und entkommen.

Falls die Polizei überhaupt käme, was alles andere als sicher war. Soweit sie wusste, rückten sie nur aus, wenn ein Einsatz ohne allzu viel Papierkram im Schlepptau zu erledigen war.

Sie sah ihr Spiegelbild über dem Waschbecken. In dem schwachen Licht des Mondes und der Straßenlaternen, das durch das Milchglasfenster fiel, erkannte sie sich kaum wieder: kreidebleiches Gesicht, zitternde Lippen und riesige Augen. Sie sah aus wie ein aufgescheuchter Waschbär.

Der Eindringling war schneller mit dem Durchsuchen der Wohnräume fertig als gedacht. Ida hörte Michaels Zimmertür mit jammernden Angeln aufschwingen und hielt die Luft an. Der Fremde bewegte sich durch den Raum, schien die Tapetentür zum Badezimmer aber nicht zu entdecken.

Nur ein paar dünne Bretter trennten sie von ihm und dem Jenseits. Sobald sie ihn wieder draußen auf dem Flur hörte, schob sie sich lautlos in Michaels Zimmer, das er gerade verlassen hatte.

Jetzt war ihr Schlafzimmer an der Reihe, und der Fremde brauchte kein Sherlock Holmes zu sein, um festzustellen, dass ihr Bett noch warm war und die Bewohnerin nicht weit gekommen sein konnte.

Sie stand vor Michaels Waffenschrank, der ausreichend Mordwaffen und Munition enthielt, um den IS auszuradieren, konnte sich aber ums Verrecken nicht an den Code erinnern, obwohl ihr vage vorschwebte, dass er ihn ihr erst vor Kurzem gesagt hatte. Sie hätte vor Frust schreien können, aber ihr Hirn war komplett leer.

In ihrer Verzweiflung lief sie zu der französischen Balkontür.

Bis zum Boden waren es ungefähr anderthalb Meter, sie könnte durch den undurchdringlichen, forstbotanischen Garten zu den Nachbarn fliehen. Wenn sie es bis dahin schaffte, war sie gerettet.

Ida brach sich einen Fingernagel an den widerspenstigen Haken ab und fluchte lautlos. Schließlich bekam sie die Glastüren auf. Die Luft schien rein zu sein. Sie wollte gerade ein Bein über das Geländer schwingen, als direkt neben ihrem Kopf die Kugel einer schallgedämpften Waffe die Hauswand streifte und ihr eine Wolke Farbsplitter und Putz ins Gesicht blies, ehe sie weiter durch die Nacht pfiff.

Sie hatte sich gefragt, wo der andere Killer wohl war. Jetzt wusste sie es.

Ida zog den Kopf zurück und schloss die Flügeltür. Sie hatte zwischen den Bäumen und Büschen einen Schatten gesehen. Der Mann hatte sie gehört und einen Schuss abgefeuert, der sie nur haarscharf verfehlt hatte. Sie war immer wieder erstaunt, wie Menschen sich so schnell und tödlich präzise bewegen konnten.

Eine Sekunde später kam die rasende Wut: zwei bis an die Zähne bewaffnete Profikiller gegen eine einsame, unbewaffnete Augenärztin Mitte vierzig!

Das war nicht fair! Das war wirklich nicht fair.

Mit übermenschlicher Kraft, die sie nie bei sich vermutet hätte, stemmte sie Michaels schweres Doppelbett hochkant und kippte es so über den Scheitelpunkt, dass es gegen die Balkontür fiel. Danach wuchtete sie den Kleiderschrank von der Wand weg, um die Tür zum Flur zu blockieren.

Die Glastüren zum Garten klirrten, und Scherben, Holzsplitter, Putz und Füllwattefetzen wurden ins Zimmer geblasen, als der Killer draußen eine Salve abfeuerte. Eine der Kugeln streifte ihren T-Shirt-Ärmel.

Sie rüttelte verzweifelt an der Tür von Michaels Waffenschrank. Auf dem Flur waren Schritte zu hören, im nächsten Moment knallte die Tür gegen den Kleiderschrank.

Verdammt, die Kombination!

Ida presste die Stirn an den kalten, grünen Stahl und fluchte und betete. Was hatte Michael gesagt?

Sie stieß einen befreienden Schrei aus. Ihr Geburtstag: 10-10-72!

Sie riss die Tür auf, schnappte sich die Schrotflinte und eine Schachtel mit der passenden Munition und begann, sie in das Magazin zu fummeln, den Blick starr auf die Tür zum Flur gerichtet. Das untere Paneel der Tür wurde eingetreten, und sie sah eine schwarze Stiefelspitze in der entstandenen Öffnung.

Die Patronen fielen auf den Boden, und sie kniete sich wimmernd hin, um sie zu suchen, als die Wand zum Flur von einer schnurgeraden Reihe Löcher perforiert wurde. Hätte sie die Patronen nicht fallen lassen, hätte die Salve sie in der Mitte durchgesägt.

Sie streckte sich auf dem Boden aus, bekam die verlorenen Patronen zu fassen, schob sie in das Magazin und schoss Richtung Tür und Wand, so schnell sie den Abzug drücken und nachladen konnte.

Die Schüsse dröhnten durch den kleinen Raum und hinterließen einen lauten Pfeifton in ihren Ohren.

Die Patronen hatten vom Boden bis etwa in Kopfhöhe fünf rauchende Krater vom Durchmesser eines Handballs in die Wand gerissen.

Ein paar Sekunden hörte sie nur den Heulton in ihrem Kopf, dann ein gequältes Stöhnen, rasselndes Keuchen und etwas Schweres, das auf den Boden aufschlug. Ida wagte einen vorsichtigen Blick durch eines der Schusslöcher.

Auf der anderen Seite der Wand lag eine reglose Gestalt. Ihr Blick wanderte über den Körper zum Kopf hoch, und sie schloss die Augen. Das Gesicht war eine einzige riesige Fleischwunde ohne irgendwelche anatomischen Merkmale. Der Unterkiefer war weggeschossen, und die Zunge hing aus der Fleischmasse heraus.

Ida warf die Flinte von sich, lehnte sich an die Wand und legte die Hände vors Gesicht. Sie begann zu zittern, Adrenalin pumpte durch ihre Adern, aber sie fühlte keinen Triumph, nur tiefe Trauer. Sie wollte nicht mehr. Sollte der Killer draußen im Garten doch kommen. Sollte er sie doch umbringen, wenn es das war, was er wollte. Sie würde sich nicht verteidigen. Sie wollte gar nichts mehr.

Mit kompletter Gleichgültigkeit hörte sie, wie die Balkontür geöffnet wurde. Das Bett kippte in den Raum und donnerte krachend auf den Boden.

Er stand unbeweglich vor dem Geländer des französischen Balkons: ein junger Mann mit hübschem Gesicht und tief liegenden, hellen Augen. Die Maschinenpistole saß in seinen

Händen wie gegossen. Die weißen Zähne waren in einem lässigen Lächeln entblößt, als er die Pistole hob und auf ihren Kopf richtete.

Sie starrte den jungen, schwarz gekleideten Mann an, atmete tief ein und hielt die Luft an.

Das war das Ende.

MICHAEL VERSUCHTE, auf dem ruckelnden, glatten Wagenboden auf die Füße zu kommen, aber er hatte so lange in einer verkrampften Haltung gesessen, dass seine Beine ihm nicht gehorchten. Er fiel über Ramineh, die in ihrer eigenen, grenzenlosen Hölle unterwegs war und ihn überhaupt nicht wahrnahm. Als er es endlich in eine aufrechte Position schaffte, rutschte er quer durch den Laderaum und knallte mit dem Schädel gegen die Wagenwand. Bis jetzt hatten der Regen, das Autoradio und das Rauschen der Reifen seine Befreiungsbemühungen übertönt, aber es war nur eine Frage der Zeit, wann einer der Kidnapper einen Blick hinter sich in den Laderaum werfen würde. Das wäre dann das Ende. Er bezweifelte keine Sekunde, dass es sich bei den beiden um Top-Profis mit der Treffsicherheit von Eichhörnchenjägern handelte.

Der junge Mann auf dem Beifahrersitz wechselte den Radiosender, während der Fahrer mit einer Zigarette in der Hand dasaß und ab und zu Asche aus dem heruntergelassenen Seitenfenster schnipste. Sie fuhren auf einer schmalen Landstraße mit weit verstreuter Bebauung, und das Führerhaus wurde nur äußerst selten von den Scheinwerfern entgegenkommender Fahrzeuge erhellt.

Endlich spürte Michael wieder seine Füße und konnte besser das Gleichgewicht auf dem ruckeligen Boden halten. Die Handschelle baumelte von seinem rechten Handgelenk, und er versuchte verzweifelt, so etwas wie einen Plan zu schmieden. Ein Blick auf den Tachometer vor dem Fahrer verriet ihm, dass sie etwa hundert Stundenkilometer fuhren, was einerseits gut war – andererseits eine Katastrophe.

Er kniff die Augen zu und akzeptierte, dass kein Plan A kommen würde. Es gab keine andere Möglichkeit, als für Chaos zu sorgen und das Beste zu hoffen für die wenigen Sekunden, die ihm blieben, bis einer der beiden Männer sich umdrehte und ihm eine Kugel zwischen die Augenbrauen pflanzte.

Er schlug gleich gut mit beiden Händen und ballte die linke zur Faust, während er mit der rechten die freie Handschelle so umfasste, dass das offene Ende wie ein Haken zwischen den Fingern hervorragte.

Er spreizte die Beine, sank auf die Knie, beugte sich vor und schlug mit voller Wucht die linke Faust gegen den Nacken des Fahrers.

Der komplett unvorbereitete Mann knallte mit der Stirn aufs Lenkrad. Als sein Kopf zurückschwang, bohrte Michael die offene Zange der Handschelle ins rechte Auge des Fahrers und zog seinen Kopf nach hinten. Der Fahrer stieß einen markerschütternden Schrei aus und riss die Hände vors Gesicht. Der Kastenwagen schlingerte über die Fahrbahn und näherte sich bedrohlich dem Seitenstreifen. Michael zog mit der Kraft der Verzweiflung und starrte auf die zitternde Tachonadel, die immer noch über hundert

Kilometer pro Stunde anzeigte. Der Beifahrer griff mit einer Hand ins Lenkrad und brachte den Wagen wieder auf die Fahrbahn zurück, während er mit der anderen Hand nach der Pistole in seinem Schulterholster tastete. Michael führte einen Handkantenschlag gegen seinen Hals aus, traf aber nicht richtig. Seine Hand glitt wirkungslos von der lederbedeckten Schulter des Mannes ab. Ein Straßenschild zeigte an, dass sie gerade über einen Fluss fuhren. Um endlich an die Pistole zu kommen, musste der Beifahrer den Gurt öffnen und für einen Augenblick das Steuer loslassen. Der Wagen rammte mit lautem Scheppern die Leitplanke und richtete sich auf zwei Reifen auf.

Eine ewig lange Sekunde schwebten alle schwerelos in der Luft. Ramineh hinter ihm schrie laut. Als die Wagenreifen wieder auf der Straße landeten, sackte Michael in die Knie.

Der Fuß des Fahrers schien am Gaspedal zu kleben. Sie rasten mit unverminderter Geschwindigkeit weiter. Der Kastenwagen rammte erneut die Leitplanke mit einem ohrenbetäubenden Knall, drehte sich um die eigene Achse und hob ab – über einen tiefen Graben, eine Steilböschung hinunter auf eine Wiese, an deren Ende ein Schuppen aus alten, soliden Baumstämmen stand. Die Stämme standen dicht wie eine unausweichliche Mauer.

Michael stemmte sich mit seinem ganzen Gewicht gegen die Sitze, als die Scheinwerfer einen massiven Baumstamm anstrahlten, der jedem Orlogschiff Ehre als Großmast gemacht hätte. Der Baum näherte sich in unsäglichem Tempo, und Michael hatte bereits Blutgeschmack im Mund bei der Aussicht auf die bevorstehende, katastrophale Kollision.

»Merde!«, schrie der Killer auf dem Beifahrersitz, während der vor Schmerz brüllende Fahrer nichts von der Gefahr mitbekam.

Michael schleuderte es bei dem dumpfen, alles beendenden Aufprall über die Rückenlehnen. Der Fahrer knallte erneut mit dem Kopf auf das Lenkrad, den Bruchteil einer Sekunde, bevor er vom Airbag zurückgeschleudert wurde, beide Hände noch immer auf das durchbohrte Auge gepresst. Michael klemmte mit Kopf und Oberkörper unter dem Armaturenbrett fest, während seine Beine in den Laderaum ragten. Der Beifahrer begann, mit Fäusten, Füßen und dem Pistolenkolben auf ihn einzuschlagen, aber Michael steckte unverrückbar und wehrlos fest.

Der Fahrer trat die Tür auf und taumelte blind durch das nasse Gras, laut schreiend vor Schmerz. Die hinteren Türen waren bei dem Aufprall aufgeflogen, und wie durch ein Wunder war Ramineh Sherazi die Flucht aus dem Wagen gelungen.

Als Michael den Kopf hob und das Blut aus den Augen blinzelte, sah er, wie sie sich im Lichtkegel des einen noch funktionierenden Scheinwerfers mit auf dem Rücken gefesselten Händen die Böschung zur Landstraße hochkämpfte.

»Nicht weiterlaufen, Wahnsinnige«, murmelte er.

Der Killer lehnte sich aus der Öffnung der abgerissenen Beifahrertür und streckte die Ärztin mit zwei Rückenschüssen nieder. Sie sackte wie eine Stoffpuppe in sich zusammen und rutschte langsam durch das nasse Gras die Böschung hinunter.

Das war das Letzte, was Michael mitbekam, ehe der Franzose die Pistole auf ihn richtete.

IDA REGISTRIERTE, dass die Aufmerksamkeit des Mörders von etwas draußen vor dem Haus abgelenkt wurde. Er hatte ein Bein über das Geländer geschwungen und befand sich halb draußen und halb in Michaels Zimmer, als er zögernd den Kopf nach rechts drehte.

Sie schrie laut auf, als draußen ein Schuss ertönte. Sie schlug die Hände vor den Mund und schloss die Augen.

Es folgte ein zweiter Schuss, und der junge Mann kippte leblos in den Raum.

»IDA? IDA!«

Die Stimme kam aus dem Garten. Ida erkannte sie wieder, aber sie traute ihren Ohren nicht.

»Lene!«

Sie hörte schnelle Schritte und sah gleich darauf eine Hand auf dem Geländer landen. Lenes blasses Gesicht und ein Paar große Augen tauchten zwischen den Sprossen auf.

»Versprichst du, nicht auf mich zu schießen, wenn ich jetzt hereinkomme?«, fragte sie.

»Versprochen«, murmelte Ida. Dann krümmte sie sich zusammen und begann zu weinen.

Glasscherben knirschten unter Lenes Stiefelsohlen, dann stand sie vor ihr.

»Sind noch mehr da?«

»Ich glaube, es sind nur zwei.«

»Wo ist der Zweite?«

Ida zeigte zu den Löchern in der Wand.

»Auf dem Flur. Er ist tot.«

Lene roch nach Nacht, rauchfreiem Pulver, Regen und Schweiß. Sie setzte sich neben Ida und legte einen Arm um ihre Schulter.

Sie saßen ein paar Minuten schweigend nebeneinander und hörten die ersten Einsatzwagen auf dem Kildegårdsvej anrücken. Lene musterte Ida von der Seite, schob die Pistole zurück ins Halfter über der Hüfte und massierte ihre Finger.

»Wieso gehst du nicht ans Telefon?«, fragte sie streng.

»Ich war so schrecklich müde. Hab es gerade noch geschafft, die Zähne zu putzen. Entschuldige.«

Lene erhob sich mit einem Seufzer.

Sie schaltete ihre Stablampe ein, schob den Schrank beiseite, öffnete die Tür und untersuchte den Toten.

Sie stieß einen überraschten Laut aus und kam mit einem Silberkreuz an einer Halskette zurück.

»Ich dachte, er wäre ein rechtschaffener junger Mann«, sagte sie traurig.

»Kanntest du ihn?«

»Oberflächlich. Er nannte sich Rafael. War bei der Fremdenlegion, was gut passt, würde ich sagen.«

Der erste Einsatzwagen fuhr auf die Einfahrt. Sie hörten Kommandos, plärrende Funkgeräte und sahen das blaue und rote Flackern auf Wänden und Gesichtern.

Lene zog Ida vom Boden hoch.

»Wir gehen besser zu ihnen raus, bevor irgendein übereifriger Idiot uns mit den Terroristen verwechselt. Wieso geht das Licht nicht?«

Eine Viertelstunde später saßen sie am Küchentisch. Ein Feuerwehrmann hatte die Hauptsicherung wieder eingeschaltet, und die Küche war voll beleuchtet. Die Krankenwagen waren abgefahren und hatten einem Wagen der Kriminaltechnik Platz gemacht. Polizisten und weiß vermummte Techniker schwärmten durchs Haus, aber Lene hatten ihnen untersagt, die Küche zu betreten.

Ida saß mit einer Decke über den Schultern da, ab und zu lief ein Zittern durch ihren Körper.

Lene goss einen Tee auf und hatte gerade eine von Michaels allerliebsten Sachen entdeckt: einen vierundzwanzig Jahre alten Single Malt von einer unaussprechlichen Destillerie in den schottischen Highlands.

»Glaubst du, er hätte was dagegen, wenn wir ihn aufmachen?«

»Natürlich nicht«, sagte Ida.

Ihre Blicke begegneten sich, und sie grinsten sich an.

Michael wäre ausgerastet.

Lene schenkte ein.

»Prost.«

Sie tranken, und Lene schaute wieder auf ihr stummes Handy. Sie hatte zigmal versucht, Michael zu erreichen. Sie wollte es gerade in die Tasche stecken, als Bjarnes Erkennungs-Jingle ertönte. Automatisch dachte sie an Kitta Krupp, und ihr Herz machte einen Salto. Sie musste unbedingt einen anderen Klingelton für ihren Mitarbeiter suchen.

»Bjarne?«

»Michael ist vor anderthalb Stunden in Kastrup gelandet«, sagte der Techniker.

»Vor anderthalb Stunden?«

»Korrekt.«

Lene sah Ida an. Die Augen ihrer Schwägerin waren groß und besorgt, aber voller Vertrauen. Lene hoffte, dass sie dieses Vertrauen verdiente.

»Danke, Bjarne.«

»Ich kann versuchen, sein Handy zu orten«, bot der Mitarbeiter an.

Lene schlug mit der flachen Hand auf den Tisch, und Ida fuhr mit einem erschrockenen Ausruf zusammen.

»Natürlich. Du bist ein Genie.«

»Augenblick.«

Lene lief rastlos hin und her, zündete sich eine Zigarette an und rauchte in hastigen, kurzen Zügen.

»Hast du angefangen zu rauchen?«, fragte Ida.

»Was? Nein. Nicht wirklich. Hoffe ich. Hab ich?«

Lene sah die Zigarette an. Zum Glück waren nur noch drei Zigaretten in dem Päckchen, und es würde ihr im Traum nicht einfallen, ein neues zu kaufen.

»Bjarne versucht, Michael über sein Handy zu orten«, sagte sie.

»Smart«, sagte Ida.

»Warum zum Teufel habe ich ihm nicht zugehört?«

Ida stand auf, legte die Decke weg und nahm Lene in den Arm.

»Du bist gekommen und hast mir das Leben gerettet. Hör auf mit den Selbstvorwürfen. Du bist fantastisch, und

Michael ist ein Idiot, dass er etwas getan hat, das die Gefahr barg, dich zu verlieren.«

»Was hat er dir erzählt?«

»Ein wenig über das Model.«

»Michael war Samenlieferant für Monells genetisches Projektkind«, sagte Lene tonlos. »Du bist Tante, Ida. Glückwunsch.«

»Wie bitte …?«

Ida ließ sich auf ihren Stuhl fallen und starrte Lene an.

»Was sagst du da?«

Lene warf die Kippe ins Waschbecken.

»Vielleicht bin ich auch selber schuld«, sagte sie. »Unsere Beziehung war wie ein Kaktus geworden, den wir glaubten, nicht mehr gießen zu müssen. Zumindest konnten wir uns nicht darauf einigen, wer dafür verantwortlich war.«

Bjarnes Stimme unterbrach sie.

»Odsherred. Südlich von einem Kaff, das Skarresø heißt, an der Landstraße 225. Er bewegt sich in nordwestlicher Richtung, und das schnell. Ungefähr hundert Stundenkilometer. Soll ich einen Einsatzwagen schicken? Wegsperren organisieren?«

»Nein, auf keinen Fall. Das ist zu gefährlich. Ich bin sicher, dass er entführt wurde, und die hören garantiert die Polizeifrequenz ab. Damit riskieren wir nur, dass sie ihn hinrichten und wie Maria de la Reyes in den Straßengraben werfen. Ich werde mich selber darum kümmern.«

»Bist du sicher?«

»Nein. Aber so machen wir es. Behalte du seine GPS-Daten im Auge, dann finde ich ihn schon.«

»Wenn sein Akku nicht schlappmacht oder sie sein Handy finden«, murmelte Bjarne. »Eigenartig, dass das nicht schon lange passiert ist.«

»Danke für den Plausch, Bjarne.«

Sie beendete das Gespräch.

»Sie haben ihn«, sagte sie in den Raum.

»Wer?«

»Die gleiche Sorte wie die zwei, die hier waren.«

Idas Augen schwammen und ihre Hände begannen zu zittern.

»Findest du ihn und bringst ihn nach Hause?«, fragte sie.

Lene seufzte.

»Ja. Aber ... Nein, weißt du, was? Genau das werde ich tun. Ich werde ihn finden.«

Sie schob ein frisches Magazin in die Pistole, lud nach, sicherte den Abzug und steckte die Pistole ins Halfter.

»Ich halte deinen Bruder nach wie vor für ein grandioses Arschloch«, sagte sie. »Aber ich werde ihn finden. Kann ich deinen Porsche leihen?«

»Selbstverständlich.«

Ida saß alleine am Küchentisch. Durch die offenen Fenster hörte sie Lene über den Kies laufen. Das Autoschloss klickte, und die Lichter gingen an.

Der Motor heulte auf, und die Reifen drehten auf dem Kies durch. Sie blieb sitzen und hörte den Porsche noch lange auf der nachtleeren Straße.

LENE FUHR IN NÖRDLICHER RICHTUNG auf dem Lyngbyvejen zur Auffahrt auf die Ringstraße 3. Die Tachonadel zitterte bei 130 km/h, aber es fühlte sich nicht sonderlich schnell an. Die aerodynamische Form des Porsche und der tiefe Schwerpunkt machten sie geschwindigkeitsblind. Der Wagen durchschnitt die Kurven wie ein Samuraischwert.

Bjarne meldete sich.

»Er ist jetzt zwischen Svinninge und Snertinge ... aber ...«

»Aber was?«

160 km/h.

Sie peitschte den Wagen durch die Schleife am Vintappersee über eine dunkelrote Ampel und die Auffahrt auf die Ringstraße. Das war berauschend. Bjarnes folgende Worte rissen sie aus der Trance.

»Er bewegt sich nicht mehr.«

»Nicht?«

»Nein.«

»Bjarne, verdammt. Haben die ihn umgebracht?«

Sie dachte nach, rief sich Sjællands Karte ins Gedächtnis.

»Soll ich eine Polizeieskorte schicken?«, fragte er.

190 km/h.

Die wenigen Fahrzeuge, die unterwegs waren, wirkten wie abgestellt, und die Fahrbahn verengte sich, bis sie so breit wie eine Minigolfbahn war.

»Ich habe den Porsche 911 Carrera seiner Schwester geliehen und fahre momentan zweihundert Stundenkilometer, eine Eskorte würde mich auch nicht schneller ans Ziel bringen.«

Plötzlich kam ihr ein Gedanke, und sie drückte unwillkürlich das Gaspedal noch weiter durch. Der Motor schnurrte satt unter ihr, als sie gegen die Lehne gepresst wurde.

»Virkø, Bjarne. Sie bringen ihn raus auf die Insel.«

Sie saß am Steuer eines der schnellsten Autos im Wegenetz, aber Virkø war ... eine Insel ...

»Dort hat alles seinen Anfang und sein Ende«, sagte sie. »Dort hat Monell die philippinischen Mädchen gefangen gehalten und vermutlich auch Bettina Horst, während sie sie ... verarbeitet haben. Helle Englund hat es eigentlich klar und deutlich ausgesprochen, aber ich war so beschränkt, ihr nicht zuzuhören. Ich bin so eine verdammte Idiotin!«

Bjarne sagte nichts.

»Du könntest mir ruhig widersprechen«, murmelte sie.

»Entschuldige. Du bist keine Idiotin. Hilft das?«

»Nein.«

Sie versank in finstere Grübelei.

»Bitte, rede weiter«, bat sie ihn.

»Natürlich.«

»Ich störe dich nicht bei etwas Wichtigem, oder?«

»Gar nicht. Netflix.«

»Was sagst du?«

»Die drei Tage des Condor.«

260 km/h.

Es war wie ein Flug durchs All.

»Das ist der mit Robert Redford und Max von Sydow, oder?«

»Genau. Du musst jetzt rechts runter, Lene.«

»Folgst du mir auf GPS?«

»Ja.«

Sie warf einen kurzen Blick auf den Tacho und erwartete jeden Augenblick blinkende Blaulichter hinter sich. Sie würde ihnen davonfahren, hatte keine Zeit für Erklärungen.

»Bewegt Michaels Handy sich wieder?«

»Nein. Aber ...«

Ihre Nackenmuskeln verspannten sich. Sie legte den Kopf gegen die Kopfstütze und versuchte, sie zu lockern.

»Was willst du sagen?«

»Ich weiß es nicht. Es sieht aus, als würde es vibrieren. Als würde er herumlaufen, aber in einem lächerlich kleinen Radius. Das ergibt keinen Sinn, er wird wohl kaum nach einer verlorenen Kontaktlinse suchen. Vielleicht ist es auch nur eine elektronische Störung.«

Sie flog über die Autobahn und sah vor sich die Ausfahrt nach Hedehusene. Das war magisch. Sie war noch nie so schnell gefahren, und es fiel ihr schwer, die animalische Spannung aus ihrer Stimme herauszuhalten. Sie verspürte den völlig unpassenden Drang, laut zu kichern, konnte sich aber gerade noch beherrschen. Bjarne würde das nicht verstehen.

»Wenn ich noch schneller fahre, reise ich rückwärts in der Zeit«, sagte sie.

»Das wäre gut. Dann könntest du Michael am Flughafen abholen, bevor er gekidnappt wird«, antwortete Bjarne ruhig. »Aber vielleicht solltest du jetzt ein bisschen vom Gas gehen, seine Schwester möchte ihr Auto vermutlich heil zurückhaben.«

»Kriegt sie aber nicht«, sagte Lene. »Niemals.«

Die folgenden zwanzig Minuten wechselten sie nicht viele Worte. Es hatte geregnet, und der schwarze Asphalt glänzte nass.

»Jetzt bewegt es sich wieder«, sagte Bjarne. »Siebzig Stundenkilometer, auf der 225, fast exakt nach Norden. Sieht aus, als hätten sie Kurs auf Havnsø.«

»Wie weit bin ich hinter ihnen?«

»Etwa zwölf Kilometer.«

»Wie weit von der Stelle, wo sie gehalten haben?«

»Augenblick.«

Wenige Sekunden später hatte er die Position berechnet.

»Hey, du bist fast dort! Brems!«

Der Porsche schaltete runter, und der Sicherheitsgurt straffte sich über ihrer Brust, als sie die Bremse durchtrat. Der Wagen schlingerte leicht auf der nassen Fahrbahn, lag aber ansonsten stabil auf der Straße.

»Zweihundert Meter ... hundert Meter«, leierte Bjarne herunter.

Lene sah den Platz.

Der nächste erleuchtete Hof war mindestens einen Kilometer entfernt. An der Leitplanke war ein langer, dunkler und frischer Lackstreifen, dahinter sah sie die hell leuchtenden Bruchstellen abgebrochener Zweige im Gestrüpp auf dem Seitenstreifen. Am Ende der Leitplanke sah sie tiefe Reifenspuren in der Erde, aber keine Anzeichen einer Vollbremsung.

Sie stellte den Porsche mit laufendem Motor ab, bewaffnete sich mit ihrer Pistole und der Stablampe und stieg aus dem Wagen.

»Sie haben Ihr Ziel erreicht«, sagte Bjarne lakonisch.

»Ich muss gleich mal unterbrechen. Ich sehe einen grünen Kastenwagen. Er steht auf einer Wiese ... um einen Baumstamm gewickelt. Christ, ist das Teil zerknautscht, Bjarne. Shit.«

Sie rutschte im nassen Gras aus, fiel hin, stützte sich mit der freien Hand ab und kam in derselben Bewegung wieder auf die Beine. Die Böschung war steil, nass und glatt. Zufällig sah sie ihre Hand an und runzelte die Stirn. Sie war rot und verschmiert im Schein der Stablampe. Das war Blut.

Sie war krank vor Sorge um Michael und rechnete jeden Augenblick damit, ihn tot in dem hohen Gras liegen zu sehen.

Der Kastenwagen musste den Baum frontal gerammt und sich dann um hundertachtzig Grad verdreht haben. Die feuchte, fette Erde und die darüberliegende Grasschicht waren in einem Halbkreis aufgepflügt worden. Die Windschutzscheibe war zerborsten, die abgerissene Beifahrertür lag ein Stück entfernt im Gras. Die Fahrertür stand offen.

Lene entsicherte ihre Waffe und hob sie vor sich.

»Michael?«

Sie ging an die offen stehende Rückseite. Der Laderaum war leer, aber auf dem Boden und an den Seiten glänzte Blut im Lichtkegel der Taschenlampe.

Sie schaute in die Fahrerkabine. Beide Airbags hatten sich geöffnet und hingen wie schlaffe Säcke vom Armaturenbrett.

Sie kniete sich ins Gras und angelte mit dem Ende eines Kugelschreibers zwei metallisch schimmernde 9-Millimeter-Patronenhülsen vom Boden auf und ließ sie in eine Tasche fallen. Sie rochen, als wären sie gerade abgefeuert worden.

»MICHAEL?!«

Lene sah sich verwirrt um. Sie löschte das Licht, betrachtete die dunklen Konturen des Wagens und fühlte sich alleine und verloren wie selten. Im Walddickicht war kein Laut zu hören. Nicht einmal Vogelgezwitscher. Die Lichter vom nächsten Hof sahen aus wie auf einem anderen Planeten. Zwischen ein paar dunklen, verwischten Wolkenbänken funkelten ein paar Sterne, und die gelbe, geschwungene Mondsichel segelte durch die Wolkenlöcher.

»Michael ...«, flüsterte sie.

Das einzige Geräusch war das leise Brummen des Porschemotors. Sie ging zurück und kletterte die Böschung hoch, als ihr Fuß gegen etwas Metallisches im Gras stieß. Lene bückte sich und schaltete die Lampe ein: ein Set Polizeihandschellen aus rostfreiem Stahl. Der eine offene Bügel war braunrot von eingetrocknetem Blut.

Ihr Handy klingelte. Bjarne klang aufgeregt.

»Was machst du da eigentlich?«

»Hier ist Blut, aber keine Menschen, Bjarne. Viel Blut.«

»Sie haben jetzt Havnsø erreicht, Lene. Meinst du nicht, du solltest ...?«

Lene setzte sich in den Porsche und legte die Handschellen auf den Beifahrersitz.

»Doch, ja, ich muss nur noch …«

»Was? Jetzt fahr schon los, verdammt.«

Bjarne hatte noch nie so mit ihr geredet, und Lene erneuerte ihren Vorsatz, ihn besser kennenzulernen. Wenn er es ihr erlaubte.

Sie legte den ersten Gang ein und drückte das Gaspedal durch.

RAUM UND ZEIT ZERFIELEN in traumartige, chaotische Fragmente. Es war, als würde das alles nicht ihm passieren. Dunkelheit. Autoscheinwerfer. Das schwerelose Gefühl, wie ein Kind getragen zu werden. Dunkelheit. Stimmengewirr, unzusammenhängende Lautfetzen ohne Sinn. Zuschlagende Autotüren, die ein schmerzendes Echo hinterließen. Dunkelheit.

Er wurde wie ein wehrloses Beutetier zur Schlachtbank transportiert.

Michael lag zusammengekrümmt da und stöhnte. Bei jeder Unebenheit der Straße schwappte heftige Übelkeit durch seinen Körper, und er war von der lähmenden Gewissheit besessen, dass sein Gehirn einen irreparablen Schaden davongetragen hatte.

Dann begannen die optischen Eindrücke, wieder Form anzunehmen, Geräusche, Tastempfinden, Gerüche verdichteten sich und nahmen ihren Platz in einem Stück maßlos bedrohlicher Wirklichkeit ein, zu der er sich aber jedenfalls verhalten konnte. Er fuhr mit den Händen übers Gesicht, entfernte verkrustete Blutklümpchen aus den Augenwinkeln und stellte fest, dass er im Laderaum eines anderen Kastenwagens lag.

Das war so trivial.

Der Wagen bog rechts ab, und Ramineh Sherazis toter, noch warmer Körper rutschte an ihn heran wie eine Frau, die sich im Schlaf an ihren Mann kuschelte. In der folgenden Linkskurve nahm der Körper widerstrebend Abschied.

Endlich hielten sie an. Der gelbe Lichtkegel hoher Straßenlaternen breitete sich wie ein Fächer über dem Wagenboden aus, als die hinteren Türen aufgingen. Michael wurde herausgezogen, auf die Beine gestellt und auf Englisch mit französischem Akzent aufgefordert loszugehen.

Das dunkle, schmale und verbissene Gesicht vor ihm trug eine Bandage über dem rechten Auge. Der Blick aus dem anderen Auge war tödlich. Der Fahrer, den er mit der Handschelle verletzt hatte.

Es roch nach Meer und Jod. Michael erhaschte kurze Blicke auf weiße Möwen, die die unsichtbare Barriere zwischen Dunkelheit und Lichtkegel durchflogen und wieder verschwanden.

Er hing wie ein Kartoffelsack im Klammergriff zweier Männer. Ein paar Schritte schaffte er aus eigener Kraft, dann knickten die Beine wieder unter ihm ein.

Er hörte das niedrigfrequente Grummeln großer Dieselmotoren, im nächsten Augenblick glitt eine gigantische Jacht aus der Dunkelheit in den Hafen.

Er wäre um ein Haar von der Gangway, die aufs Achterdeck führte, ins Wasser gestürzt, aber seine wachsamen, kräftigen Wächter rissen ihn so ruckartig hoch, dass sein Kinn auf den Brustkorb schlug.

Benommen bewunderte Michael das elegante Deck aus Teakholz unter seinen Füßen, ehe er in einen palastähnlichen Salon mit weißen Ledersofas und glänzend roter Mahagoniwandverkleidung geschleift wurde und sie ihn mit einem Handtuch unter seinem blutenden Kopf auf den dicken, weichen Teppich legten. Er kam sich vor wie in einer Hotellobby in Dubai.

M/S Aragon stand mit weißen Buchstaben auf azurblauem Untergrund auf dem Handtuch. Der gleiche Name wie am Achtersteven der Jacht.

Das Grummeln des Motors wurde intensiver, die Laternen im Hafen bewegten sich von Fenster zu Fenster. Sie hatten abgelegt.

Michael stöhnte leise, als ein Paar schwarze Lederschuhe neben seinem Gesicht auftauchten. Er hatte keine Kraft, den Kopf zu heben und nachzuschauen, wer in ihnen steckte. Der beißende Geruch von Zigarrenrauch erreichte seine überempfindlichen Schleimhäute, und er begann zu würgen.

»Sie sind wirklich ein extraordinär irritierendes Arschloch«, sagte Erik Kaufmann irgendwo tausend Kilometer entfernt. Es klang, als spräche er in ein leeres Ölfass. »Warum akzeptieren Sie nicht, dass Sie verloren haben, und sterben wie jedes andere zivilisierte Wesen? Warum müssen wir dieses Gespräch immer wieder führen?«

»Vielleicht, weil ich nicht sonderlich ... *zilisiert* ... bin«, murmelte Michael in das weiche, nach Seife duftende Frotteehandtuch.

Was für ein unfassbar langes und schwieriges Wort mit den viel zu vielen Vokalen.

»Zivilisiert«, verbesserte er sich matt und hauptsächlich aus eigener Eitelkeit.

Kaufmann ließ sich auf einem der Ledersofas nieder. Schuhe, Seidenstrümpfe und die dunklen, akkurat gebügelten Hosenbeine befanden sich anderthalb Meter vor Michaels Gesicht. Er schlug die Beine übereinander. Der eine Schuh wippte wie ein Metronom auf und ab. Die Bewegung war einschläfernd.

»Weiß Gott«, sagte er.

Seine Stimme klang weder unfreundlich noch bedrohlich, eher neutral und vielleicht ein wenig resigniert.

»Aber jetzt ist Schluss«, sagte er weiter. »Hören Sie?«

Es hörte sich nicht an, als ob er selbst daran glaubte, registrierte Michael zufrieden und schloss die Augen.

»Ich höre Sie«, nuschelte er.

DER PORSCHE SCHOSS DURCH das dünn besiedelte Villenviertel von Havnsø. Lene ignorierte alle Ampeln und die harten Schläge, wenn die Bremsschwellen die Stoßdämpfer bis zum Anschlag durchdrückten. Den Mann beim nächtlichen Gassigang, ein paar knutschende Jugendliche im Schatten hinter einem Laden. Der Porsche legte sich mit quietschenden Reifen in die letzte Kurve vor dem Hafen, und Lene sprang heraus, ehe er richtig stand.

Im Hafenbecken lagen dunkle Segelboote und Kutter. Sie lief auf die äußere Holzmole zu der grünen Laterne und schaute verzweifelt dem weiß brodelnden Kielwasserstreifen hinter der Luxusjacht hinterher, die sich vom Land wegbewegte. Das aufgepeitschte Wasser schlug gegen die Pfähle unter ihr. Als das Boot nördlichen Kurs aufnahm, tauchte die grüne Seitenlaterne auf.

Sie stand eine Weile reglos da. Dann fummelte sie das Handy aus der Tasche.

»Kannst du es sehen?«, fragte sie Bjarne.

»Es ist weg. Aber ich sehe dich. Was gedenkst du jetzt zu tun?«

Lene sah sich verzweifelt um.

»Das ist ein Hafen. Es wird ja wohl irgendwo ein Boot geben, das ich leihen kann.«

»Kennst du dich mit Booten aus?«

»Meine einzige maritime Erfahrung besteht in den Tretbooten auf dem Peblinge-See«, sagte sie.

»Dann sieh zu, dass du ein Tretboot findest.«

»Kennst *du* dich mit Booten aus?«, fragte sie gereizt.

»Nein, aber die Marine, Lene. Jetzt erlaub mir endlich, Unterstützung für dich zu organisieren«, bettelte Bjarne.

Lene stampfte auf die Planken.

»Das sind Profis. Wenn Michael noch am Leben ist, ist er auf diesem beschissen überdimensionierten Luxuskahn, und was sollte sie daran hindern, die Ankerkette um seine Füße zu wickeln, ihn an der tiefsten Stelle über Bord zu werfen und Zollbeamte, Froschmänner und Marineschutztruppe mit einer heißen Tasse Kaffee zu empfangen und in überzeugendem Bedauern zu beteuern, keine Ahnung zu haben, wovon sie reden? Die Jacht ist vermutlich ähnlich mit Überwachungselektronik ausgerüstet wie eine Raumfähre, die orten andere Fahrzeuge mindestens schon zehn Seemeilen entfernt.«

Bjarne schwieg.

»Wahrscheinlich hast du recht«, sagte er widerstrebend.

Lene ging zu einem Mastkran auf einem der kleineren Stege. Vor einem offenen Aluminiumboot mit Außenborder und Steuerkonsole in der Mitte blieb sie stehen. Das Boot war mit einem einfachen Nylonseil vertäut, sie sah nirgends Hängeschlösser oder Ketten.

Sie schaute sich um und sprang in das Boot. Es wackelte kurz, lag aber ansonsten erstaunlich stabil im Wasser.

Es gab einen Gashebel, ein Funkgerät, eine Tankanzeige, einen Drehzahlmesser und einen Tacho auf der Steuerkonsole. Und ein leeres Zündschloss.

»Kennst du dich mit dem Kurzschließen von Zündschlössern aus?«, fragte sie.

»Ja klar. Ich habe mein erstes Auto mit vierzehn Jahren geknackt.«

Bjarne klang schlagartig wacher.

»Du hast was?«

»Ich bin in Vestegnen aufgewachsen. Da war das ganz normal.«

Lene kniff die Augen zu.

»Okay? Na, dann schieß mal los.«

»Such das blaue und das rote Kabel.«

MICHAEL KAUERTE PUDELNASS in einem kleinen, zweirädrigen Anhänger, der von einem elektrischen Golfwagen gezogen wurde, den die zwei jungen Franzosen fuhren, die ihn begleiteten. Er hatte die Knie ans Kinn gezogen und zitterte vor Kälte. Aus Erfahrung klug geworden, hatten die Kidnapper seine Hände mit weißem Kabelbinder vor seinem Körper gefesselt. Vor ihm saß die Leiche von Ramineh Sherazi in kräftige, durchsichtige Plastikplane gewickelt. Er konnte ihr weißes, entseeltes Gesicht sehen. Sie fuhren einen schmalen, steilen Kiesweg zum höchsten Punkt der Insel hoch.

Eine Kaltfront zog über das Land, dicke Regentropfen trommelten auf das Dach des Golfwagens und die Kunststoffhülle der Ärztin. In einer Hinsicht war Michael dankbar für den Regen: Die kalte Dusche wusch das Blut aus seinem Gesicht und machte seinen Kopf klarer. Selbst in der schmerzhaften, verkrampften Körperhaltung spürte er mehr oder weniger alle Gliedmaßen, die sich überraschend intakt anfühlten.

Natürlich stellte der Regen nur einen beschränkten Segen dar, weil er ihn langfristig schwächte und auskühlte. Er biss die Zähne fest zusammen, damit sie nicht aufeinanderschlugen, und schlang die Arme um die Knie, um den Wärmeverlust zu minimieren.

Der Golfwagen rollte still aus dem Wald auf ein Plateau. Michael sah Arbeitsschuppen und Container, ein großes kreisrundes Betonfundament und die unteren Abschnitte eines Windrades, die weiß in der Nacht aufragten. Auf einer Seite lagen die gigantischen Windradflügel bereit, und weit über ihnen blinkten die roten Signallampen des Baukranes als Warnung für den tief fliegenden Flugverkehr und die Piloten, die Monells Helikopterlandeplatz anflogen. Der Wind heulte melancholisch in den Stahldrähten.

Der Golfwagen blieb stehen. Der Fahrer ging zu einem der Schuppen, öffnete ein Vorhängeschloss, ging hinein und schaltete eine im Freien stehende Betonmischmaschine ein, die mit ohrenbetäubendem Scheppern zu rotieren begann. Im gleichen Moment leuchteten um den Bauplatz herum eine Reihe kräftige Arbeitsscheinwerfer auf und verwandelten ihn in ein festlich beleuchtetes Stadion. Michael brauchte keine extra Ansage, um zu verstehen, wofür der Beton angemischt wurde. Der Franzose mit der Bandage über der rechten Gesichtshälfte funkelte ihn hasserfüllt mit dem gesunden Auge an. Ohne jedes Feingefühl öffneten er und sein Kollege die hintere Klappe und zogen Raminehs Leiche von der Ladefläche. Der Körper landete mit einem dumpfen Klatschen auf dem Boden. Sie packten die Plane an zwei Ecken und zogen sie über das raue Betonfundament zu einer viereckigen Vertiefung, die wie ein eigens für sie und Michael passender Sarkophag aussah.

Aber Michael hatte nicht vor, diese Welt auf unwürdige Weise zu verlassen. Er stemmte sich hoch und ließ sich mit dem Kopf voran von dem Anhänger in den Schotter kippen, ignorierte den schmerzhaften Aufprall und aalte sich über den Kiesweg in das Gestrüpp am Waldrand. Er versuchte erneut, auf die Beine zu kommen, als er hinter sich ein Rufen hörte.

Sie hatten ihn entdeckt.

Die beiden Männer lachten und gaben amüsierte Kommentare zu Michaels linkischen Bemühungen und vergeblichen Fluchtversuchen ab. Die erste Kugel streifte die Innenseite seines rechten Oberschenkels. Er schrie vor Schmerz. Die nächste schlug neben seiner Wange in die Erde und bedeckte seinen Kopf mit einer feinen Schotterschicht.

Sie benutzten ihn als Zielscheibe für ihre Schießübungen, die Munition aus ihren schallgedämpften Pistolen so dicht wie möglich um seinen Kopf und die Gliedmaßen herum zu platzieren. Michael biss die Zähne aufeinander und robbte weiter, was mit schallendem Gelächter kommentiert wurde.

Auf der Rückseite der Büsche, sichtbar für Michael, aber nicht für seine Henker, führte ein tiefer Abwassergraben vorbei, den die Arbeiter zur Entsorgung überschüssigen Baumaterials und kaputter Werkzeuge genutzt hatten. Michael glitt unter die kalte Wasseroberfläche und suchte verzweifelt mit seinen gefesselten Händen nach irgendetwas, womit er sich zur Wehr setzen konnte. Er durchbrach die schwarze, ölige Oberfläche mit dem Kopf, füllte die Lunge mit Luft und ließ sich wieder auf den Grund sinken. Dieses Mal ertasteten seine Hände etwas Langes, Rundes, Holziges. Er schloss die Hände darum und richtete sich auf dem schlammigen, unebenen Grund auf. Sein Körper ragte halb aus dem Wasser.

Er blinzelte den Schlamm aus den Augen und atmete tief ein, als die grinsende Visage des bandagierten Mörders zwischen den Zweigen auftauchte. Als er Michael sah, riss er das gesunde Auge auf und öffnete den Mund, um seinen Kollegen zu warnen.

Michael schwang mit aller Kraft seiner gefesselten Hände seine Waffe durch die Luft, die sich als Spaten mit abgebrochenem Schaft entpuppte. Das rostige Stahlblatt traf den Killer unmittelbar über dem Haaransatz und spaltete seinen Schädel mit dem Geräusch einer zerplatzenden Kokosnuss. Der Mann kippte ausgeknipst und ohne einen Laut um und rutschte mit dem Kopf voran in den Graben.

Sein Kollege rief etwas aus dem Hintergrund, während Michael hektisch den Leichnam zu sich zog und nach der Pistole suchte, von der er wusste, dass sie irgendwo sein musste. Er sah den Schatten des Kollegen über den Kiesweg fallen und fand die Pistole im gleichen Augenblick, als der zweite Söldner sich auf der anderen Grabenseite vor ihm aufbaute. Michael traf ihn mit zwei Schüssen in der Brust.

Er richtete sich in voller Größe auf – schwarz, matsch- und blutverschmiert, am ganzen Leib zitternd – und schaute auf den verwundeten Franzosen runter. Der Kerl war höchstens dreißig Jahre alt. Das junge Gesicht drückte eine Mischung aus Schmerz, Schock und Ungläubigkeit aus. Michael betrachtete ihn ausdruckslos, als blutiger Schaum aus seinen Nasenlöchern pumpte.

Dann schoss er ihm in den Kopf.

Zehn Minuten später hatte er sein Handy aus der Jackentasche seines Gegners im Graben geborgen und betrachtete melancholisch das Wasser, das aus dem Gehäuse tropfte.

Mithilfe eines Kreissägeblattes in einem der Schuppen hatte er sich von den Kabelbindern befreit und einen stummen, verbissenen Tanz aufgeführt, als das Blut mit tausend Nadelstichen allmählich zurück in die Finger pumpte. Als krönenden Höhepunkt hatte er in der Lederjacke des einen Franzosen eine intakte Schachtel Caporal gefunden und genoss nun im Windschatten eines Schuppens kauernd seine dritte Zigarette.

Als er die Kippe ausgedrückt hatte, stand er auf und trat an den Rand des runden Fundamentes. Unten, dicht am Ufer, lag Monells erleuchtete Residenz. Die Bewohner warteten dort vermutlich ab, dass die Söldner Raminehs und sein Begräbnis unter einer dicken Betonschicht zu Ende brachten.

Nachdem er in den letzten Stunden dem Tod so oft ins Auge geblickt, fühlte er sich seltsam fatalistisch und gleichgültig. Möglicherweise beruhte seine Sorglosigkeit aber auch auf seiner Unterkühlung. Er hatte irgendwo gelesen, dass Euphorie eine Begleiterscheinung von Hypothermie sein konnte – jedenfalls kurzzeitig. Aber vielleicht war auch einfach die Grenze überschritten, wie lange man es mit Todesangst aushalten konnte.

Sein Blick blieb an einem keilförmigen Umriss auf dem Meer hängen. Er kniff die Augen zusammen und hätte gerne einen Feldstecher gehabt. Das sah nach einem kleineren, offenen Fahrzeug ohne Laternen aus. Es hielt direkten Kurs auf den Strand unter ihm.

An der Steuerarmatur stand eine einsame Gestalt.

Nach weiteren kurzen Sekunden fluchte Michael aufgebracht, weil er die Silhouette erkannt hatte.

»Jesus, Lene«, murmelte er ungläubig. »Halt dich fern von der Insel, du schwachköpfige Idiotin. Du machst es nur noch schlimmer und kannst mir nicht helfen.«

Andererseits war er unglaublich dankbar und voller Bewunderung.

Er musste runter an den Strand.

Er schaute zu dem Golfwagen, schob den Einfall aber schnell wieder beiseite. Viel zu auffällig.

KAUFMANN LIEF RASTLOS DURCH einen der Räume in Monells Residenz. Monell saß in Yogahaltung auf einer flachen Tatami-Matte und zelebrierte seine rituellen Atemübungen. Für Kaufmanns schmerzende Knie waren diese Matten Reliquien der Spanischen Inquisition.

Monell öffnete die Augen und sah ihn an.

»Würdest du bitte nachschauen, wie es Hana und dem Kind geht?«

Kaufmann seufzte und verdrehte die Augen, ging aber gehorsam zu einer Reihe Flachbildschirme. Das Licht im Kinderzimmer war runtergedimmt und verbreitete einen goldenen Schimmer. Er erkannte Mozarts Flötenkonzert und zoomte das Bett heran. Hana lag auf der Seite, einen Arm beschützend um das Mädchen gelegt. Sie schliefen beide friedlich.

»Alles in Ordnung, Bertram. Das ist zwar jetzt völlig uninteressant, aber es geht ihnen rundum gut.«

Monell sah ihn mit merkwürdig abwesendem, verschwommenem Blick an. Vermutlich befand er sich noch immer im Kelch einer Lotusblüte und betrachtete andächtig Prinz Siddharthas Füße, dachte Kaufmann gehässig.

»Du machst dir zu viele Sorgen, Erik.«

»Und du dir zu wenig!«

Der Milliardär schlug die Augen auf und kehrte aus seinen Sphären zurück.

»Ist das so?«

»Ich habe ein Team zu Michael Sanders Schwester geschickt«, sagte Kaufmann wutschnaubend. »Zwei toptrainierte Elitesoldaten. Sie sind verschwunden. In Luft aufgelöst. Zwei Männer gegen eine nicht mehr ganz junge, unbewaffnete Augenärztin in Gentofte. Was zum Teufel ist da schiefgelaufen?«

»Eine rhetorische Frage, da ich nicht selber dabei war und die Aktion beobachtet habe. Aber merkwürdig ist das schon«, antwortete Monell, noch immer nicht ganz bei der Sache.

Erik schlug fest mit einer Faust in die offene Hand.

»Unmöglich ist das!«

»Aber Ramineh und Michael habt ihr, oder?«

Kaufmann schwieg und fühlte sich nicht in der Lage, seinem Gegenüber in die Augen zu schauen.

»Habt ihr doch, Erik, oder?«

Monell klang jetzt doch leicht beunruhigt.

»Ja, aber aus unerfindlichen Gründen ist es Michael gelungen, sich aus seinen Handschellen zu befreien und Jacques zu verstümmeln. Der Wagen ist Totalschrott, und Ramineh wurde bei ihrem Fluchtversuch liquidiert. Wir mussten auf einer gottverlassenen Landstraße einen Wagenwechsel vornehmen, was nicht spurlos und glatt über die Bühne ging.«

Monell sah ihn an.

»Ich habe vor etwa einer Stunde die Aragon anlegen hören.«

»Ja. Und die beiden Schwachköpfe haben den Auftrag, Michael und Ramineh oben beim Windrad einzubetonieren, aber ich habe noch keine Rückmeldung.«

»Hast du versucht, sie anzurufen?«, fragte Monell.

Kaufmann konnte sich nur mit Mühe beherrschen. Er hatte den allergrößten Respekt vor Bertram Monells Intelligenz, aber seine natürliche Umgebung war und blieb nun einmal das Labor. Außerhalb des Labors, seines Gartens oder des Aufsichtsrates war er wie ein verwirrter Teenager.

»Natürlich habe ich versucht, sie anzurufen. Ich habe nichts anderes getan, während du meditiert hast, zum Teufel!«

Endlich landete Monell wieder ganz in der Realität und kam auf die Beine.

»Das ist eine Katastrophe! Was machen wir jetzt?«

Kaufmann antwortete nicht. Er humpelte zu der Glasfront, die zum Garten rausging, und starrte hinaus in die Dunkelheit. Der Regen peitschte gegen das schusssichere Glas. Er spürte Monells beunruhigten Blick im Nacken.

»Ich glaube nicht, dass wir irgendetwas unternehmen müssen. Falls Michael ihnen tatsächlich entkommen ist, wird er hier auftauchen wie ein aus der Hölle verstoßener Racheengel. Ich denke, wir können jeden Moment mit ihm rechnen.«

Er tippte eine Nummer ein.

»Ich schicke den Landrover hoch. Ich muss wissen, ob er noch dort ist oder nicht.«

DIE INSEL ERHOB SICH unheilschwanger und dunkel aus dem Meer. Lene sah erleuchtete Fenster in den nördlich gelegenen Gebäuden, ansonsten wirkte die Insel unbewohnt. Als sie sich der Küste näherte, sah sie den weißen Schaumstreifen der Brandung am Strand. Im nächsten Augenblick blitzten in der Nähe des höchsten Punktes der Insel vier oder fünf helle, kleine Sterne auf, zweifelsohne Mündungsfeuer von Handfeuerwaffen. Schüsse waren keine zu hören.

Sie drückte den Gashebel vor, und das Wasser spritzte um den Steven auf.

Es schleuderte Lene gegen die Steuerkonsole, als der Rumpf einen Felsen am Grund rammte. Das Boot schrammte an einem weiteren Stein vorbei und kollidierte mit dem nächsten. Der Aluminiumrumpf schwang wie eine Glocke hin und her. Sie griff mit einer Hand nach der Anlegeleine und ließ sich ins Wasser gleiten, das ihr bis an die Brust reichte. Die Brandung war höher, stärker und steiler, als sie erwartet hatte. Wellen schlugen über ihrem Kopf zusammen.

Hustend und spuckend fand sie kurz mit den Füßen Halt auf dem verräterisch glatten Boden, rutschte aber im nächsten Moment schon wieder seitwärts von einem unsichtbaren, glitschigen Felsen. Sie streckte instinktiv beide

Arme vor sich aus, um sich abzufangen, wobei ihr die Leine entglitt. Die Jolle trieb sofort seitwärts mit dem Wind und der Strömung von ihr weg. Den Versuch hinterherzuschwimmen gab sie nach wenigen Zügen auf.

Irgendwann gelang es ihr, sich auf den schmalen Sandstreifen zu ziehen. Sie stand auf, sah sich um und entdeckte eine hellere Öffnung in der ansonsten undurchdringlichen, dunklen Vegetation. Sie ging darauf zu und stieß auf einen schmalen Fußpfad zwischen windgepeitschten Krüppelkiefern und niedrigem Gestrüpp. Plötzlich prallte sie gegen einen anderen Menschen. Sie stießen mit den Köpfen zusammen und kippten beide nach hinten.

Lene massierte sich die Stirn und kniff die Augen zusammen.

»Michael ...? Michael, bist du das? Au, verdammt!«

»Ich glaube schon.«

Sie streckte die Arme aus und bekam seine eiskalte Hand zu fassen.

»Alles in Ordnung mit dir?«, fragte sie.

»Ganz und gar nicht, aber danke, dass du gekommen bist.«

Sie hörten ein Fahrzeug in niedrigem Gang in der Nähe vorbeifahren. Sie ließ sich tiefer in das Gestrüpp hineinziehen, und als die Scheinwerfer des Autos über sie streiften, erhaschte Lene einen Blick auf Michaels verzerrtes, totenbleiches Gesicht. Als sie sich näher an ihn schob, merkte sie, dass er vor Kälte zitterte. Sie drückte sich an ihn, und nach einem verwirrten Augenblick legte er die Arme um sie.

»Um dich zu wärmen«, flüsterte sie.

»Danke. Die sind auf dem Weg zu dem verdammten Kahlschlag auf dem Hügel.«

»Und was werden sie dort oben finden?«

Seine Lippen waren ganz dicht an ihrem Ohr, trotzdem verstand sie kaum etwas, weil seine Zähne so laut aufeinanderschlugen.

»Zwei tote Ex-Soldaten und Ramineh Sherazi. Sie haben sie einfach erschossen, Lene, kaltblütig hingerichtet.«

Er ließ die Arme sinken, aber sie bekam eine Hand zu fassen und hielt sie fest. Es war, wie ein Stück Holz zu halten.

»Komm, Michael. Wir müssen hier weg.«

»Ich glaube nicht, dass ich das schaffe«, sagte er ganz ruhig. »Du ahnst nicht, was ich …«

»Natürlich schaffst du das«, sagte sie und hörte die Panik in ihrer eigenen Stimme.

Oben auf dem Plateau knallten Autotüren, ein Hund bellte.

»Glaubst du wirklich?«, fragte er.

Lene schossen Tränen in die Augen, aber sie zwang sie zurück. Später, vielleicht.

»Natürlich schaffst du das. Du musst.«

Der Mond warf einen Lichtstreifen zwischen die Bäume. Sie sah sein Profil und dass er konzentriert lauschte.

»Wenn der Hund nicht komplett hirntot ist, hat er in wenigen Sekunden meine Blutspur aufgenommen«, sagte er.

»Genau. Also, worauf warten wir?«

Sie legte einen Arm um seine Taille und humpelte mit ihm Richtung Strand.

»Wo ist dein Boot?«, fragte er.

»Abgetrieben, als ich an Land gegangen bin.«

»Super. Wohin sind wir dann unterwegs, Lene? Das hier ist eine Insel. Eine kleine Insel und nicht Australien.«

Lene biss die Zähne zusammen und hätte ihn am liebsten getreten. Michael zuckte resigniert mit den Schultern, und sie gingen weiter am Wasser entlang.

Eine Minute später zeigte sie in die Dunkelheit vor sich.

»Da ist der Hafen«, sagte sie eifrig. »Und ein Hafen bedeutet Boote. Und von denen gibt es hier jede Menge. Wir entern eins und hauen ab.«

Eine zwei Meter hohe Granitmauer, die weiter im Wald in einen noch höheren Stacheldrahtzaun überging, hinderte sie an ihrem Vorhaben.

»Scheiße«, fluchte sie.

Die Lichter der wenigen Laternen in dem kleinen Hafen beleuchteten Michaels bleiches, blutverschmiertes Gesicht. Er hatte noch ein paar Narben zu seiner bereits imposanten Sammlung hinzubekommen. Der Regen peitschte waagerecht vom Meer herein, und sie schlotterten vor Kälte.

Sie spürte den Blick seiner erloschenen, tief liegenden Augen auf sich.

»Ich hatte gerade eine geniale Idee«, sagte er. »Das hier ist keine Insel mitten im Pazifik oder den Äußeren Hebriden. Bis zum Festland sind es gerade mal sieben Seemeilen. Wieso alarmieren wir nicht einfach die Polizei und suchen uns ein trockenes, gemütliches Plätzchen, bis sie uns retten kommen?«

»Weil ich vergessen habe, das Handy aus der Tasche zu nehmen, als ich an Land gewatet bin«, nuschelte Lene.

»Das heißt, du hast kein Boot und kein Handy mehr?«

Ihr war zu kalt, und sie war zu nass, um ihm an die Gurgel zu gehen, obgleich er es verdient hätte.

»Ich hab mir Sorgen um dich gemacht, verdammte Scheiße!«

»Du müsstest dir keine Sorgen machen, wenn du auf dein Boot und das Handy aufgepasst hättest. Was ist mit deiner Pistole?«

Sie zog sie aus dem Halfter, nahm das Magazin heraus und klickte ein paar Patronen in die Handfläche.

»Sieht aus, als wäre sie in Ordnung.«

»Was ist mit Ida? Hast du sie getroffen?«, fragte er.

»Natürlich.«

»Geht es ihr gut?«

Lene schaute konzentriert ans obere Ende der Mauer.

»Ihr geht es gut.«

»Sicher?«, fragte er skeptisch. »Das hört sich nicht sehr überzeugend an.«

»Ich bin sicher. Sie ist bei Charlotte Falster einquartiert, die sie bestimmt gerade zu einem Besuch in der Glyptothek oder einem Wochenendworkshop in fünischer Landschaftsmalerei überredet. Wollen wir weiter? Ich höre den Hund.«

Sie schob die Pistole zurück ins Halfter, streckte die Hand aus, fand ein paar Unebenheiten zwischen den Steinen und zog sich hoch. Michael verschränkte die Hände unter ihrem freien Fuß und half ihr. Kurz darauf lag sie bäuchlings auf der breiten Mauer. Sie streckte eine Hand nach ihm aus, aber er hatte sich in die Richtung umgedreht, aus der sie gekommen waren, und wischte sich Regen und Blut aus dem Gesicht.

»Michael.«

»Siehst du das?«

Lene sah die weißen, schmalen Leuchtkegel ihrer Verfolger zwischen den Bäumen ein paar Hundert Meter weiter unten am Strand. Der Hund kläffte wie besessen. Michael griff nach ihrer Hand und kletterte die Mauer hoch.

Sie schlichen zwischen verstreuten, alten Holzschuppen hindurch, die seinerzeit als Lager für Netze, Gerätschaften und Boote gedient hatten. Plötzlich öffnete sich das Hafenbecken vor ihnen, und dort lag sie, die Aragon, und strahlte in ihrer weißen Mittelmeerpracht. Lene wollte gerade den Landungsplatz mit der antiken Schleppwinde überqueren, als Michaels Hand sich fest um ihren Oberarm schloss.

Er zeigte stumm auf einen Unterstand fünfzehn Meter entfernt, und da entdeckte auch Lene die Konturen des regungslosen Wachpostens. Seine Jacke schimmerte feucht, ansonsten war er in dem Schatten unter dem Dach kaum zu sehen.

Michaels Lippen bewegten sich an ihrem Ohr.

»Um den musst du dich leider kümmern«, hauchte er. »Ich schaffe es in meiner Verfassung nicht einmal, einen Plüschbären unschädlich zu machen.«

Lene nickte, richtete sich auf und verschwand lautlos in einem schmalen Durchgang zwischen zwei Schuppen. Michael kniete still wie eine Statue auf dem Boden, saugte das Regenwasser von seinen Lippen und betrachtete konzentriert den Wachposten. Der Mann verlagerte das Gewicht von einem Fuß auf den anderen, als sich sein Umriss mit der dunklen Silhouette eines anderen Menschen vereinte, der sich schnell und zielstrebig bewegte. Es knallte wie vom Schlag eines Baseballschlägers auf eine Wassermelone, und der Mann sackte in sich zusammen.

SIE HATTEN ÜBERPRÜFT, dass die gigantische Jacht menschenleer war. Jetzt humpelte Michael an der Backbordreling hin und her und löste die Vertäuung. Das Schiff schrammte seitwärts mit dem Knarren überstrapazierter Glasfaser an den Holzpollern entlang. Als alle Leinen gelöst waren, ging er die kurze Treppe hoch zu Lene auf die Flybridge.

Sie sah zerzaust aus wie eine kurz vorm Ertrinken aus dem Wasser gezogene Katze, aber vermutlich bedeutend besser als er selbst. Sie stand kleinlaut vor dem ausladenden, komplizierten Steuerstand.

»Was zum Teufel ist hier was?«, jammerte sie. »Das sind ja mehr Instrumente als in einem Airbus A380.«

Michael überlegte, ob es möglicherweise ein fataler Fehler gewesen war, die Leinen so früh loszumachen. Die Jacht bewegte sich rückwärts durch das Hafenbecken, und wieder war so ein unschöner Ton zu hören, als der Rumpf die Steinmole rammte. Vermutlich bedeutete jedes der Geräusche mehrere Tausend Euro Reparaturkosten.

Er sah sich um.

»Fang mit dem Grundlegenden an«, sagte er. »Irgendwo muss ein Zündschloss sein.«

Sie zeigte auf eine Vertiefung in einer der Konsolen.

»ON/OFF. Da. Aber da steckt kein Schlüssel, verdammt.«

»Na super«, sagte er, kniete sich hin und begann, die Mahagoniverkleidung abzureißen.

»Warte«, platzte sie heraus.

Michael sah zu ihr hoch. Ihre Augen strahlten.

»Hast du eine bessere Idee?«

»Vielleicht.«

Sie wühlte in ihren Taschen und hielt triumphierend ein Schlüsselbund vor sich hoch. Sie zeigte auf ein kleines, schwarzes Ding an dem Schlüsselring.

»Bjarne hat das für mich gebastelt. Das ist eine Art ... Ich weiß nicht genau, wie es funktioniert, aber es ist so eine Art Verstärker, der das Funksignal eines elektronischen Zündschlüssels kopieren kann, sodass man ein Auto stehlen kann, wenn der Schlüssel des Besitzers in der Nähe ist.«

»Ich kenne die Dinger nur zu gut, Lene, aber das hier ist ein Boot.«

»Es kann ja nicht schaden, es auszuprobieren.«

Michael fuhr mit verstärkter Vehemenz mit seiner Zerstörung fort.

Lene hielt das Zauberding mit ausgestrecktem Arm in Richtung der Lichter von Monells Residenz. Sie drückte beharrlich auf den Knopf und schaute erwartungsvoll auf die elektronische Armatur, die keinen Mucks von sich gab.

»Richte Bjarne einen Gruß von mir aus und sag ihm, dass er wirklich ein Genie ist«, zischte Michael über die Schulter.

»Fuck ... Ich versteh das nicht.«

Sie kniete sich neben ihn und half ihm, die Mahagoniverkleidung aus dem Rahmen zu reißen.

Ein lang gezogener Klagelaut wie von einem harpunierten Wal lief zitternd durch den Rumpf.

»Ich hoffe, Monell hat das Teil gut versichert«, murmelte Lene.

Michael wollte gerade antworten, als die Backbordscheiben der Bridge explodierten. Zehn Zentimeter neben Lenes Kopf prallte eine Kugel vom Steuer ab.

Sie drückten sich flach auf das trockene, intensiv duftende Teakdeck und sahen sich stumm an. Lene reichte Michael ihre Pistole.

»Das kannst du besser«, sagte sie.

Michael nickte, stemmte sich zwischen den herumliegenden Glasscherben hoch und sprang durch die Türöffnung runter aufs Deck.

Auf der Mole kam ein großer schwarzer Schäferhund auf ihn zugestürmt. Ein paar Meter hinter ihm folgte der Hundeführer mit einer Pistole in der einen und der Hundeleine in der anderen Hand. Michael traf den Hund mitten im Sprung. Er überschlug sich in einer Vorwärtsrolle und landete mit dem Kopf zwischen den Hinterbeinen auf den Brettern, rollte über die Kante und verschwand im Wasser.

Der Hundeführer blieb abrupt stehen, als wäre er gegen eine Glaswand gerannt, und schaute bestürzt hinter dem Tier her. Dann starrte er Michael in einer Mischung aus Trauer und Hass an.

Michael traf den Oberschenkel des Mannes, worauf der mit den Händen um das Bein auf den Steg stürzte.

Drüben am Landeplatz auf dem Weg raus auf die Mole sah Michael noch ein paar weitere dunkle Gestalten und platzierte ein Sperrfeuer vor ihren Füßen. Er drehte sich langsam zur Seite und leerte das Magazin, tauschte es gegen ein volles aus und feuerte ein paar Schüsse in die verlassenen Schatten.

Er wäre um ein Haar über Bord gegangen, als die Aragon plötzlich einen Ruck nach vorne machte. Die Dieselmotoren tief im Heck grummelten beruhigend, hinter dem Achtersteven schäumte das Wasser, und der Bug begann, von der Mole wegzuschwingen. Als er vor der Hafenmündung lag, bewegte die Jacht sich majestätisch durch die Einfahrt.

Michael zog sich die Treppe hoch und wurde von Lenes breitem Grinsen empfangen. Sie stand am Steuer und bediente die roten und blauen Gashebel der Zwillingsschrauben, als wäre sie nie etwas anderes als Skipper auf einer Milliardärsjacht gewesen. Michael lehnte sich an die Schott und betrachtete ihr wunderschönes Gesicht, das von den bunten Lampen der Armatur angeleuchtet wurde.

Sie strich sich das Regenwasser aus dem Gesicht und sah bezaubernd aus. Aber er hatte sie verloren, und das war unerträglich.

»Was hast du gemacht?«, fragte Michael.

Sie grinste ihn an.

»Keine Ahnung. Ich habe ein blaues und ein rotes Kabel gesucht, habe sie aneinandergehalten, et voilà: reine Magie. Außerdem habe ich herausgefunden, wie die Schiffsschraube funktioniert. Das ist fantastisch.«

»Bau bitte keine zu enge Beziehung zu dem Boot auf«, warnte Michael sie. »Ich gehe davon aus, dass du es zurückgeben musst.«

»Keine Sorge. Übernimm du das Ruder, dann suche ich einen Verbandskasten.«

Michael schaute zu den Lichtern von Monells Residenz etwa eine Seemeile entfernt.

»Wie bitte?«

Sie sah ihn mit hochgezogenen Augenbrauen an.

»Hier an Bord gibt es garantiert einen Verbandskasten, Michael. Du verblutest mir noch.«

»Ich bin okay«, sagte er.

»Bist du ganz und gar nicht. Übernimm jetzt das Ruder oder stell den Autopiloten ein.«

»Verdammt, Lene, ich habe einen Hund erschossen«, sagte er niedergeschlagen.

Sie legte eine Hand auf seine Schulter.

»Ich weiß.«

Sie musterte ihn einen kurzen Moment mit skeptisch zusammengekniffenen Augen, dann zuckte sie mit den Achseln und machte sich auf die Suche nach dem Verbandskasten.

Michael übernahm das Steuer und korrigierte den Kurs 90 Grad nördlicher. Er zog die Gashebel zurück und starrte durch die zersplitterte Scheibe. Die Lichter von Monells Gebäuden kamen langsam näher. Und das Echolot zeigte, dass sie noch dreizehn Meter Wasser unterm Kiel hatten.

Er überprüfte das Magazin der Pistole, fand eine Plastiktüte unter dem Kartentisch und wickelte die Waffe sorgfältig darin ein, ehe er sie hinterm Rücken in den Hosenbund steckte. Er hörte Lene in den unteren Regionen der Jacht rumoren.

Michael stellte auf Autopilot und fand nach kurzem Suchen das Funkradio. Dann schaltete er die Stromversorgung ein und wartete, bis auf dem Display der Name des

Bootes erschien, Tonnage, Rufname und Position. Michael klappte den knallroten Deckel über dem Alarmknopf hoch, drehte die Lautstärke des Funkgerätes ganz runter und drückte den Knopf so lange durch, bis das Display verkündete, dass ein MAYDAY an alle Schiffe und Küstenfunkstationen im näheren Umkreis gesendet worden war. Danach drückte er mit einem Lächeln PIRACY als Grund des abgesetzten Notrufes. Nach kurzem Zögern schickte er noch ein FIRE ON BOARD hinterher.

Auf allen Handelsschiffen, Fähren und Segeljachten in einem Radius von 30 Seemeilen ertönte in diesem Augenblick ein Alarm, der Tote zum Leben erwecken konnte, und der Seenotrettungsdienst würde automatisch mit Langstrecken-AgustaWestland-Helikoptern ausrücken.

Michael beeilte sich, den CB-Funk abzustellen, ehe die ersten Rückmeldungen einliefen. Dann schaltete er den Kartenplotter ein und rechnete aus, dass sie sich etwa eine halbe Seemeile von Monells Behausung befanden und problemlos bis auf vielleicht fünfzig Meter ans Ufer heranfahren konnten.

Michael änderte den Kurs Richtung Küste.

»Was machst du?«, fragte Lene hinter ihm.

Sie studierte den Kartenplotter und stellte einen üppig gefüllten Verbandskasten ab.

»Ich dachte, wir wollten auf dem kürzesten Weg nach Havnsø und alles zwischen Himmel und Erde alarmieren?«, sagte sie.

»Genau das habe ich vor, aber wir schleppen backbord irgendetwas hinter uns her«, sagte er. »Schau nach, ob du etwas im Wasser erkennen kannst, bevor es in die Schrauben gerät und wir hier draußen festsitzen oder an Land getrieben werden.«

Lene lief wie ein geölter Blitz die Treppe runter und an der Backbordreling entlang aufs Achterdeck. Michael folgte ihr in gemächlicherem Tempo.

Sie beugte sich hinaus und schaute an der Schiffsseite herunter. Ihr Haar flatterte im Wind.

Michael zeigte ins Wasser.

»Da!«

»Wo? Ich sehe nichts!«

Das Haar klebte in ihrem blassen Gesicht. Michael schaute zur Küste. Fünfzig Meter. Der Kiel schabte mit einem weich kratzenden Laut über den Sand. Sie beugte sich weiter über die Reling. Michael holte tief Luft, packte Lene an Gürtel und Kragen und warf sie über Bord.

Die Aragon glitt langsam an ihr vorbei, als sie wütend fuchtelnd wieder auftauchte.

»MICHAEL! Du verdammtes Arschloch.«

»Ich muss das Kind holen, Lene! Ich muss.«

»Du bist wahnsinnig! Hol mich wieder an Bord!«

Er wandte sich von dem Schwall an Flüchen und Verwünschungen ab, hob einen Rettungsring aus der Halterung und warf ihn zu ihr runter. Unglücklicherweise traf der harte Ring sie am Kopf, und sie verschwand mit einem Schmerzensschrei unter Wasser. Das trug sicher nicht zu ihrer Laune bei, dachte er.

Er ging auf das Seitendeck und wartete, bis sie wieder auftauchte.

»Schwimm an den Strand und versteck dich, bis alles vorbei ist«, rief er. »Ich habe über Funk den Seenotrettungsdienst alarmiert, es kann nicht mehr lange dauern, bis ein Schwarm Helikopter und der Küstenschutz auftauchen.«

Sie trat im Wasser, den Rettungsring vor sich. Ihre Nase blutete.

»Und wie finden sie dich?!«, schrie sie.

»Ich schicke ein Signal«, rief er ihr zu.

»Was für eins?«

»Wart's ab.«

Er lief zurück auf die Brücke und riss die Gashebel nach hinten. In der letzten Sekunde. Der Kiel hatte Bodenkontakt, und es dauerte ein paar ängstliche Sekunden, bis die Jacht sich langsam rückwärts zu bewegen begann und sich aus der klebrigen Umarmung des Grundes befreite.

Er steuerte aufs offene Meer hinaus, stellte wieder auf Autopilot um und ging unter Deck.

Als er zurück auf die Brücke kam, legte er den Leerlauf ein. Die Aragon lag jetzt genau vor Monells Gebäudekomplex, und er hätte zu gerne die Reaktion der Bewohner auf die neue Sehenswürdigkeit auf dem Meer gesehen. Es hatte aufgehört zu regnen, als Michael die Scheinwerfer am Mast einschaltete und an Land richtete. Er sah den hellen Sand in Bertram Monells japanischem Garten und grinste wölfisch. Hinter ihm standen die Salons, Kajüten und Badezimmer in hellen Flammen. Im Maschinenraum hatte er mehrere Schränke mit brennbaren Flüssigkeiten gefunden: Aceton, diverse Lacke und Farben, Grillanzünder für den Holzkohlengrill, Reinigungsbenzin. Zu diesen wunderbaren Zutaten hatte er ein paar Flaschen Cognac und Tequila aus dem Barfach gegeben und den Cocktail in allen Räumen verteilt, durch die er kam. Zu guter Letzt hatte er eine Notlichtfackel gezündet und die Treppe runtergeworfen.

Das Resultat übertraf seine wildesten Erwartungen.

Die Aragon trieb gemächlich unter einer lodernden Feuerkuppel dahin. Michael lief aufs Vorderdeck und feuerte ein paar rote Notsignale ab, die ewig zu den dunklen Regenwolken aufstiegen, ehe sie explodierten. Jetzt dürfte am Festland selbst ein Blinder bemerkt haben, dass auf Virkø etwas im Argen lag.

Er dachte an die großen Propangasbehälter, die die Öfen in der Kombüse mit Gas versorgten, und überlegte kurz, was wohl passierte, wenn das Feuer sie erreichte.

Ganz zu schweigen von den fast viertausend Litern Diesel in den Tanks.

Seine Kleider dampften in der Hitze, und zum ersten Mal seit sehr, sehr langer Zeit war Michael behaglich warm.

HANA, KAUFMANN UND MONELL standen nebeneinander auf einer der breiten Veranden und schauten zu dem brennenden Schiff. Das grüne Wasser war bis zum Meeresgrund erleuchtet.

Die Jacht trieb auf sie zu. Michaels flackernde, schwarze Gestalt vor der Flammenwand erinnerte Kaufmann an einen zerstörerischen Dämon. Hana drückte das schlafende Kind fest an die Brust, während die zwei Männer ausdruckslos das Inferno betrachteten. Die Funken reichten bis in den Himmel.

Kaufmann nahm ruhig eine Zigarre aus dem Lederetui in der Innentasche seiner Jacke, hielt sie unter die Nase, hob den Blick zur Aragon und schob mit einem Seufzer die Zigarre zurück ins Etui. Er hatte noch immer Michaels Pistole in der Tasche, und theoretisch befand sich ihr Berater in Schussweite, aber der Anblick der todgeweihten Jacht war so überwältigend, endgültig und Ehrfurcht einflößend, dass der Gedanke, sich mit einer Handfeuerwaffe in das Schauspiel einzumischen, ihm lächerlich erschien. Der vom Meer kommende Wind trug den Rauch verkohlter Glasfaser, Kunststoffe und Holz zu ihnen herüber.

»Warum stirbt er nicht einfach«, murmelte Monell.

Seine grauen Augen funkelten wie Glassplitter, die Flammen flackerten über sein mageres Gesicht.

Kaufmann sah ihn mitleidig an.

»Weil das nie so geplant war«, sagte er.

»Was meinst du damit?«

»Ich habe es dir immer und immer wieder gesagt, Bertram, aber du wolltest ja verdammt noch mal nicht auf mich hören. Jetzt erntest du, was du gesät hast.«

Kaufmann verließ das Paar auf der Veranda und humpelte die Treppe in Monells kostbaren Garten hinunter.

»Erik!«

Kaufmann drehte sich nicht um.

Bertram sah sich um Jahre gealtert nach Hana um, die mit dem Kind auf dem Weg ins Haus war.

MICHAEL STUDIERTE DIE GEBÄUDE an Land durch einen Feldstecher. Er sah Monell auf der Veranda und Kaufmann, der im Garten Position eingenommen hatte. Wartend. Mit leeren Händen. Das Feuer konnte jeden Augenblick die großen Dieseltanks erreichen, und er und die Jacht würden in einer Feuerkugel explodieren, die vom Mond aus zu sehen wäre. Hinter der Panoramaglaswand in Monells Rücken sah er die zierliche Gestalt einer jungen Frau. Sie hielt etwas im Arm. Ein beunruhigender Instinkt rührte sich in Michaels Brust.

Er ging zurück auf die Brücke, obgleich die Hitze dort wie eine Mauer war. Er hielt die Luft an, damit seine Lunge nicht verglühte wie Reispapier. Michael schob die Gashebel etwas vor, lief zurück aufs Vorderdeck und starrte an Land, während die Aragon auf den Strand zuglitt.

Die Gasbehälter im Küchenbereich explodierten, die Seitenwände wurden herausgedrückt, und weiße Feuerflügel breiteten sich über dem Wasser aus. Der Lärm war ohrenbetäubend.

Michael schaute auf seine Hände, die vollkommen ruhig waren. Dann schaute er wieder zu Kaufmann und schätzte die Distanz.

Trotz der tödlichen Wunde war die Aragon noch immer ein solides Fahrzeug. Alle Lämpchen auf der Armatur leuchteten grün, die Motoren brummten beruhigend unter seinen Fußsohlen, die dicken Antriebswellen standen still, und die Bronzepropeller ruhten im Wasser.

Im nächsten Augenblick zog er die Gashebel mithilfe eines Bootshakens, den er durch die zerborstene Windschutzscheibe geschoben hatte, bis zum Anschlag durch.

Die zwei Dieselmotoren im Maschinenraum mobilisierten im Laufe weniger Sekunden 7000 Pferdestärken und ließen die Jacht wie einen Seevogel abheben. Michael sprang auf das Seitendeck und sah die Küste in wahnwitziger Geschwindigkeit auf sich zukommen. Es regnete brennende Fragmente auf ihn herab, die Kleider verfärbten sich schwarz und begannen zu knistern, sein Haar roch versengt.

Michael sprang aus dem Fegefeuer in das traumhaft kalte Wasser und schwamm so weit unter Wasser, wie er konnte, ehe er japsend ein Stück die Küste hinauf auftauchte.

Die Aragon rauschte durch die Nacht, die Bugwelle hob sich hoch über den Steven, und die Schrauben quirlten das Wasser zu Strudeln. Michael betrachtete voller Ehrfurcht die todbringende Lawine der Zerstörung, die er losgetreten hatte. Die Aragon rammte die Uferfelsen. Die Jacht bäumte sich auf, angetrieben von den kraftvollen Schrauben, der Steven zermalmte einen Badesteg zu Kleinholz. Einen unwirklichen Augenblick schien die Jacht zu schweben, dann riss es den unteren Fahrzeugteil weg. Der Aufbau kenterte, das sterbende Schiff legte sich auf die Seite, der brennende Rumpf brach unter seinem eigenen Gewicht zusammen.

Michael robbte auf den Strand, erhob sich und packte die Pistole aus.

Im Schein der Flammen entdeckte er hundert Meter entfernt Kaufmann. Er stand reglos mitten im Meditationsgarten und starrte Michael mit einem Blick an, der ein unschönes Wiedersehen in der Hölle versprach.

Mit einem dröhnenden Knall bettete das Schiff sich schließlich dicht neben Monells Miniatur-Fujiyama zur ewigen Ruhe. Ein paar Sekunden badeten der Garten und die Gebäude in dem flackernden, gelben Feuerschein, als ein Unheil verkündendes Grummeln ertönte. Die großen Glasfasertanks platzten, und mehrere Tausend Liter Dieselöl ergossen sich über das Wasser und den Strand und entzündeten sich mit einem dumpfen Knall.

Michael bedeckte Augen und Mund mit den Händen.

Das Feuer stieg wie ein schwarz-schwefelgelber Atompilz auf und saugte den Sauerstoff aus seiner Lunge.

Im nächsten Augenblick kam die Luft zurück wie ein starker Sturmwind.

Mit der Pistole in Augenhöhe ging Michael auf Kaufmann zu. Die Luft war voller Aschepartikel, die sich auf seine Hände und sein Gesicht legten. Kaufmann drehte seinen Löwenkopf zu ihm und schickte ihm einen Blick, den Michael niemals vergessen würde. Lange Zungen brennenden Öles hatten seine Füße erreicht, aber es kam kein Laut über seine Lippen. Michael erwog, ihn mit einem Kopfschuss von seinen ohne Frage wahnwitzigen Schmerzen zu befreien, als Kaufmann in Zeitlupe eine Pistole aus seinem Schulterhalfter zog und sie mit absoluter Ruhe entsicherte, den Mund öffnete, den Lauf in den Mund steckte – wobei sein Blick keinen Millimeter von Michaels Gesicht wich – und abdrückte.

Kaufmann kippte nach vorne, kniete andächtig mit beiden Händen in dem brennenden Öl – und wurde von den Flammen erfasst.

MICHAEL STIEG DIE LETZTEN STUFEN der breiten Verandatreppe hoch. Der Ruß in der Luft erschwerte das Atmen, die Hitze war unbeschreiblich und die Nacht taghell erleuchtet wie ein Sommertag. Von der oberen Stufe aus sah er am anderen Ende der Veranda einen schreienden Bertram Monell mit einer jungen, schwarzhaarigen Frau um einen Säugling kämpfen. Der Milliardär zerrte das nackte Kind aus dem Lammfell, trat der Frau in den Bauch und drehte sich mit dem Kind an einer Hand herabhängend zu Michael um.

Die Frau krümmte sich mit auf den Bauch gepressten Händen auf dem Boden zusammen.

»STOPP!«, brüllte Michael, und alles erstarrte.

Er war Kommandant der Leibgarde-Husaren gewesen, und seine Stimme hatte für große Exerzierplätze gereicht.

Monell war außer sich vor Zorn. Das Kind hing kopfüber an einem Fuß an seiner Hand und schrie aus voller Lunge, ein Ton, der Michael durch Mark und Bein ging. In der anderen Hand hielt Monell eine japanische, vermutlich rasierklingenscharfe Kornsichel.

Er sah Michael irre an.

»Legen Sie die Pistole weg, oder ich schneide das Kind der Länge nach durch. Die Hälfte, die Ihnen zusteht, ist für Sie.«

Michael kniete sich hin und legte vorsichtig die Waffe ab. Dann erhob er sich und sah dem Milliardär tief in die Augen.

»Das ist nicht Ihr Kind, Monell.«

Der Milliardär trat einen Schritt auf ihn zu, und Michael zwang sich, nicht zu der Stelle zu schauen, wo die Frau gelegen hatte. Sie war weg.

Das Kind schrie mit zusammengekniffenen Augen und hochrotem Kopf. Die winzigen Hände waren zu Fäusten geballt, und das freie Bein strampelte in der Luft.

Monell starrte versteinert auf das brennende Ölmeer.

»Sie haben meinen Garten zerstört. Meine Jacht. Alles.«

Michael hob die Hände in einer unterwürfigen Geste und kratzte alles an Diplomatie zusammen, was er aufbringen konnte:

»Monell, Sie sollten jetzt ganz genau nachdenken. Ich bin sicher, dass wir eine vernünftige Lösung finden werden. Eine, mit der Sie leben können, okay?«

Monell hörte nicht zu. Er starrte mit einer Mischung aus Abscheu und Sorge auf das kleine, rußverschmierte Mädchen, das unermüdlich schrie.

»Treten Sie die Pistole zu mir rüber«, rief er.

Michael tat, was er sagte, und Monell hob sie auf. Er sah Michael mit komplett emotionsloser Miene an.

»Seien Sie so gut und behandeln Sie mich nicht wie einen Idioten, Michael. Sie wissen so gut wie ich, dass die Insel ein Friedhof ist. Sie werden mit ihren Baggern, Rechtsmedizinern und idiotischen, altnordischen moralischen Vorstellungen anrücken und mich in eine Anstalt stecken. Das wissen Sie!«

Michael nickte und drückte seine Fingernägel fest in den Daumenballen.

»Sie werden in einer Anstalt enden, wie Sie es verdienen. Sie sind wahnsinnig. Und dort gehören wahnsinnige Kriminelle hin.«

Ein professioneller Geisel-Unterhändler hätte ihm für die letzte Bemerkung Punktabzug gegeben, dachte er, aber er hatte es sich nicht verkneifen können.

Monell lächelte totengleich und drückte die Pistole an den Kopf des Kindes.

»Ich danke Ihnen zumindest, dass Sie ehrl…«

Der Satz wurde von einem Krachen unterbrochen. Die junge Frau trat mit einer rauchenden doppelläufigen Schrotflinte an der Schulter aus dem Haus. Monell war in Höhe der Oberschenkel und des Unterleibes getroffen und ging vor der Verandabrüstung zu Boden. Das Kind befand sich im freien Fall. Michael stürzte vor und packte es, ehe es auf die Planken aufschlug.

Er richtete sich auf den Knien auf und schaute zu der jungen, dunkelhaarigen Frau, die sich Monell mit steifen Schritten näherte. Der Milliardär war schon in einer anderen Welt, ein Blutsee breitete sich auf den sorgsam lackierten Zedernholzplanken aus. Die junge Frau setzte die Gewehrmündung an den Hals des Milliardärs und drückte ab. Dann warf sie die Flinte weg und setzte sich neben Michael.

Es dauerte fünf Minuten, bis das Kind in Michaels Arm sich beruhigt und die Frau ihre panische Heulattacke überstanden hatte.

»Erik hat mir meinen Sohn weggenommen, eine Stunde, nachdem er geboren war«, flüsterte sie.

Michael sah in die blauen Augen des Kindes. Bestimmt bildete er es sich nur ein, aber er hatte das Gefühl, dass das Mädchen ihn mit so etwas wie Wiedererkennen im Blick ansah.

Wenigstens war es jetzt still.

»Ich weiß«, sagte Michael. »Oder zumindest habe ich geahnt, dass es so gewesen sein muss. Sie brauchten eine Identität für das Kind. Eine Geburtsurkunde. Ich gehe davon aus, dass Ramineh Sherazi Ihre Hebamme war und Maria de la Reyes' Kind anstelle von Ihrem in die Urkunden eingetragen hat?«

»Genauso war es. Offiziell wurde mein Kind nie geboren. Aber das wurde es!«

»Das ist nur Papier. Natürlich wurde das Kind geboren.«

»Ich habe zwei Monate nach Maria entbunden und wusste, dass ich als Amme für ihr Kind eingesetzt werden sollte. Und ich wusste, dass die sie von dem Moment an nicht mehr brauchten. Darum habe ich versucht, ihr zu helfen, von hier zu fliehen.«

Sie drehte sich zu ihm.

»Wissen Sie, dass alle Mädchen hier waren? Nicht nur Maria. Auch Marissa und Kayla. Sie waren auch hier. Ich habe bei ihnen geputzt und ihnen das Essen gebracht, durfte aber nicht mit ihnen reden. Ich habe trotzdem mit ihnen geredet, durch die Tür, wenn niemand in der Nähe war. Und dann ... dann ...«

»Sind sie verschwunden?«

»Ja. Zuerst Kayla und Marissa, mit wenigen Tagen Abstand. Sie wurden nicht schwanger, Bertram war rasend. Und später

Maria. In der Nacht war großer Lärm. Die Hunde und Männer waren draußen unterwegs, ich hab Schüsse gehört unten am alten Bootshaus. Ich hatte so gehofft, dass sie es schafft. Sie war so stark.«

»Sie ist tot«, sagte Michael. »Es tut mir leid, Ihnen das sagen zu müssen. Sie hat es ans Festland geschafft, dort haben sie sie erschossen. Sie war wirklich außergewöhnlich, wie Sie es sagen.«

Die Frau starrte mit leerem Blick vor sich hin, ihr Mund verzerrte sich.

»Ich habe geahnt, dass ... Als ich so weit war, bedeutete das das Todesurteil für Maria. Ich fühle mich so schuldig ...«

Michael nahm ihre Hand und drückte sie ganz fest, bis sie ihn ansah. Die Flammen spiegelten sich in ihren goldenen, verweinten Augen.

»Vergessen Sie das! Hören Sie? Sie tragen keine Schuld an irgendwas. Sie mussten an Ihr Kind denken. Und Sie mussten tun, was Sie getan haben. Sie haben geholfen, so gut Sie konnten. Sie trifft keine Schuld. Das war das Werk größenwahnsinniger Männer.«

Er ließ ihre Hand los.

»Ich heiße übrigens Michael.«

»Hana. Sind Sie der Vater?«

»Ich denke, ja«, sagte er benommen. »Was ist mit Ihrem Sohn? Wo ist er?«

Sie sah ernst vor sich hin und wischte mit dem Kimonoärmel über Augen und Nase.

»Bevor ich antworte, muss ich wissen, ob Erik tot ist.«

»Mausetot.«

»Erik war der Vater«, sagte sie. »Während Bertram sich selbst dafür hielt. Glauben Sie, dass sie meinem Sohn was angetan haben?«

»Nein«, sagte Michael.

»Sind Sie sicher?«

»Absolut. Ich bin bei allem sicher, was ich sage, und Sie dürfen sich niemals Vorwürfe machen. Was sollten sie ihm angetan haben? Erik war kein Psychopath. Er war über alle Maßen loyal. Viel zu loyal. Das sind Psychopathen nicht.«

Die Aragon brannte noch immer, der Himmel über dem Wrack war erleuchtet, und Michael hielt das Kind im Arm, als wären sie zusammengewachsen. Hana weinte still vor sich hin, und Michael legte einen Arm um ihre schmalen Schultern.

»Sie haben gesagt, ich soll sie annehmen, sie stillen und mich um sie kümmern«, schluchzte sie.

»Sieht aus, als hätten Sie diese Aufgabe ausgezeichnet gemeistert«, sagte Michael. »Wo ist Ihr Sohn, Hana?«

Ihre dunklen Augen hatten sich zu schmalen Schlitzen verengt, und ihr Gesicht war aus Sorge und Schock verzerrt.

»Bei meinen Eltern in der Türkei. In Ankara. Erik hat mir erlaubt, jeden Abend fünf Minuten mit ihnen zu skypen. Das hat er mir gewährt. Er hat es gut dort.«

Das Kind war eingeschlafen, und Michael suchte nach passenden und tröstenden Worten, die er der jungen Frau sagen konnte, als am Ende der Veranda eine rasende, pudelnasse und rothaarige Gestalt auftauchte.

Zum zweiten Mal innerhalb weniger Stunden sah ein Mensch Michael an, als wäre er das niederträchtigste und verabscheuungswürdigste Wesen auf diesem Erdenrund. Er blieb auf dem Boden sitzen, um das schlafende Kind nicht zu wecken, und schickte Lene ein breites Lächeln, das von ihrer Seite nicht erwidert wurde. Dann nahm er den Arm von Hanas Schulter.

»Hana, das ist meine Frau. Sie heißt Lene.«

»Exfrau«, fauchte Lene. »Und wir wurden uns bereits vorgestellt.«

Hana kam auf die Beine und begrüßte Lene freundlich, die auf den kleinen Menschen in Michaels Armen starrte.

»Und Lene, das hier ist ... das ist ...«

Michael sah mit hochgezogenen Brauen zu Hana. »Wie heißt sie eigentlich? Projekt X?«

Hana nahm Michael das Kind ab, damit er aufstehen konnte.

»Ich nenne sie Maria, nach ihrer Mutter.«

Maria hatte einen Daumen in den Mund geschoben und saugte im Schlaf daran.

Michael sah Lene an.

»Das ist doch passend, oder?«

»Absolut«, murmelte Lene. Sie starrte noch immer wie hypnotisiert und mit verlorener Sehnsucht auf das Kind und berührte die entspannte Stirn mit einer zärtlichen, aber verzweifelten Geste. Dann drehte sie ihnen den Rücken zu, lehnte sich an einen Pfosten und schaute auf den Feuerstrom, der bald die Gebäude erreicht hatte. Der Bambushain mit Silas und Rebekka Monells Grabstätten stand in hellen, knisternden Flammen, die Bambusstämme wurden fleckig und explodierten laut knallend.

Hana betrachtete Lene und sah dann fragend zu Michael, der nur den Kopf schüttelte und einen Finger an die Lippen legte.

Der erste Helikopter kreiste über der Insel, und Michael sah die Laternen großer Fahrzeuge, die schnell näher kamen.

»Da kommt die Kavallerie«, sagte Michael und stellte sich neben Lene an das Geländer.

Hana wiegte das Kind.

»Es wird sich bestimmt alles klären, Hana«, sagte Michael und sah die schweigende Lene irritiert von der Seite an. »Bald werden Sie Ihren Sohn wiedersehen.«

»Glauben Sie das wirklich?«

»Ich bin sicher.«

»Was werden Sie mit Maria machen?«

Michael schaute in das kleine Gesicht.

»Alles, was in meiner Macht steht.«

RECHTSMEDIZINER UND Kriminaltechniker aus dem gesamten Land durchkämmten zwei Wochen lang die Insel. Vor den niedergebrannten Gebäuden gab es so viele Gräber und Gänge wie bei einer archäologischen Ausgrabung – in gewisser Weise ein passender Vergleich, dachte Michael, der routiniert zwischen Zeltpavillons, provisorischen Kühlräumen, brummenden Generatoren, Containern, Baggern und Bauwagen hin und her pendelte.

Die Aragon lag da wie ein jämmerlicher Schatten ihrer einstmaligen Pracht; ein an eine ungastliche, von gnadenlosen Pyromanen bevölkerte Küste gespülter, rußschwarz verkohlter Leviathan. Der säuerliche Gestank von verbrannter Glasfaser, Holz und Kunststoffen hing noch immer in der Luft.

Über der Insel kreisten zwei Pressehelikopter, aber das Interesse der Welt verflüchtigte sich schnell, mit jedem Tag kamen weniger Journalisten.

Michael hielt ein Stück Segeltuch zur Seite und ließ Jacob Winther in das grell erleuchtete Zelt treten. Die Techniker hatten mit Tischböcken und Sperrholzplatten Arbeitsflächen geschaffen, auf denen lange weiße Plastikwannen mit kompletten Skeletten lagen.

Vor der Nummer vier in der Reihe blieb Michael stehen. Auf der Segeltuchplane, mit der die Wanne abgedeckt war, klebte das Schwarz-Weiß-Foto einer lächelnden Bettina Horst. Das Becken war offensichtlich das einer Frau. Der Schädel war intakt, abgesehen von einem sternförmigen Einschussloch am Hinterkopf, und die Zähne waren weiß und perfekt.

Michael stellte sich hinter den jungen Mann.

Es vergingen ein paar Minuten, bis Jacob Winthers Schultern zu zittern begannen. Er legte die Hände vor den Mund, um seinen keuchenden, von Tränen erstickten Atem zu dämpfen. Michael bot ihm ein Taschentuch an. Trockene, tiefe Schluchzer schüttelten den jungen Mann, als er das Skelett vor sich betrachtete.

Es verging eine weitere Ewigkeit, bis er sich schließlich umdrehte.

Michael musterte aufmerksam das zutiefst verzweifelte Gesicht. Er hoffte innig, dass es einen Menschen gab, der ihm aus dieser Verzweiflung heraushalf.

Er legte eine Hand auf Jacobs Arm.

»Sie müssen nicht mehr weitersuchen«, sagte er ruhig. »Sie haben Bettina gefunden.«

EPILOG

Frühjahr

IDA UND MICHAEL WAREN NICHT mehr in der Kirche gewesen, seit ihr Vater sein Amt hatte niederlegen müssen. Auf der anderen Seite konnten sie sich nichts anderes vorstellen, als das Mädchen in der Kirche ihrer Kindheit zu taufen, in der sie selber getauft und konfirmiert worden waren. Sie trug das sandersche Taufkleid, das eigentlich zu klein war. Aufmerksam und todernst betrachtete das Mädchen seine Umgebung und schien mit dem Rahmen und dem Ritual einverstanden. Das Licht fiel in Strahlenbündeln durch die hohen Fenster hinter dem Altar herein. Die Gemeinde hatte die Kirche nach dem Sonntagsgottesdienst verlassen, jetzt waren nur noch die Pastorin, das Kind, Michael, Ida und Louise dort.

Michael hätte gerne Hana als Patin dabeigehabt, aber die junge Frau hatte geschworen, nie wieder dänischen Boden zu betreten, was äußerst nachvollziehbar war.

Sie standen um die Taufschale, und die junge Pastorin machte das Kreuzzeichen über den weit aufgerissenen, tiefblauen Augen des Mädchens.

»Nimm an das Zeichen des Heiligen Kreuzes an der Stirn und an der Brust, als Zeugnis, dass du nun der Gemeinschaft unseres gekreuzigten Herrn Jesus Christus angehörst.«

Die Pastorin lächelte Michael und Ida an.

»Wie ist der Name des Kindes?«

»Maria de la Reyes Sander«, sagte Ida laut und deutlich.

Nach der Taufe verabschiedeten sie sich von der Pastorin. Sie gingen die Treppe hinunter, und Ida setzte Maria de la Reyes Sander eine große, pinke Sonnenbrille auf, was das Mädchen mit stoischer Ruhe akzeptierte.

»Das ist hier keine Realityshow«, murmelte Michael.

Louise Nykvist lächelte und machte ein paar Bilder.

»Ich finde, sie sieht damit supercool aus. Und ich hätte nie geglaubt, dass ich jemals ein Einhorn aus Fleisch und Blut sehen würde.«

»Die Hälfte eines Einhorns«, sagte Ida. »Eventuelle Fehler in der Software kommen von dem da.«

Michael lächelte nicht.

»Danke, Schwesterherz. Und Gott sei Dank. Ich weiß nicht, was ich mit einem perfekten Individuum machen sollte. Das stelle ich mir ungefähr so vor, wie die Verantwortung für die Kunstsammlung im Vatikan zu haben. Ich hätte keine ruhige Minute mehr.«

»Ich denke, daran wirst du dich gewöhnen«, sagte Louise. »Sie ist jedenfalls das ruhigste Kind, das ich bis dato erlebt habe. Was wirst du machen, wenn sie eines Tages anfängt, Geige zu spielen?«

»Kleinholz daraus machen und ihr alle zarten Finger brechen«, sagte Michael. »Können wir dich irgendwo mit hinnehmen, Frau Doktor?«

»Wenn ihr mich zum Bahnhof fahrt, das wäre toll.«

Sie standen eine Weile da, ohne etwas zu sagen.

»Was ist nun eigentlich mit Bettina Horst?«, fragte Louise. »Ich kann mir vorstellen, dass die juristische Klärung wahnsinnig kompliziert war. Wer ist die eigentliche Mutter?«

»Gute Frage«, sagte Michael. »Die beiden hatten nie konkret darüber gesprochen, Kinder zu kriegen, aber wenn, dann eigene. So viel stand fest. Jacob hat bei der staatlichen Aufsichtsbehörde und dem Adoptionsausschuss keine Forderungen geltend gemacht. Bettina Horsts Eizelle wurde unter Zwang entnommen, und ich wurde als biologischer Vater anerkannt.«

»Das ist schön«, sagte Ida mit einem Lächeln. »Und deine Samen wurden nicht unter Zwang entnommen.«

Michael lächelte verkrampft. Dann setzte er Maria de la Reyes Sander in einen Sportbuggy, von wo sie ernst den über den blauen Himmel treibenden Wolken hinterherschaute.

Louise sah ihn an.

»Danke, Michael. Für alles.«

Er nahm sie fest in den Arm.

»Ich habe zu danken. Du hast nichts verkehrt gemacht. Du hast nur Gutes getan. Denk immer daran, Louise.«

Vier Monate später

IHRE WADEN KRIBBELTEN VOR Sauerstoffmangel. Lene stützte sich mit der Spitze des Pflanzspatens auf dem Kies ab und stemmte sich hoch. Ein Zweig der Trauerweide hinter Josefines Grab strich über ihre Schulter. Sie hob den Blick und ließ ihn in dem satten Grün über sich baden. Sie hatte es gelernt, den Verkehrslärm von der Allégade nach Lust und Laune wegzufiltern. Dieser Platz auf dem Alten Friedhof von Frederiksberg war ihre kleine Oase in der Großstadt und würde es immer bleiben. Sie war oft hier. Vielleicht zu oft, aber die Toten sollten schließlich in Erinnerung bleiben.

Sie lächelte und zwinkerte wie immer dem kleinen Granitstein im Kies zu: *Josefine Jensen 1993–2012 - Immer geliebt.*

Dann drehte sie sich um und verließ das Grab.

Normalerweise erfüllten sie die Besuche bei Josefine mit einem gewissen wehmütigen Frieden oder Erleichterung, dem Gefühl, nicht alleine zu sein. Aber nicht heute. Heute war da nur Leere, trotz der vielen Menschen in der Stadt, der Sonne, des Lärms, der Geschäfte, Gebäude, gelebten

Leben, Sehnsüchte und Bedürfnisse, die genau in diesem Moment überall um sie herum realisiert wurden und entstanden.

Sie überlegte, in die Kirche zu gehen, überquerte aber stattdessen die Straße und ging in den Frederiksbergpark, in dem sommerliches Gewimmel herrschte.

Sie suchte sich eine Bank an einem der flachen Becken, in denen sich die Bäume und der Himmel spiegelten.

Es ging weiter. Alles ging weiter, obwohl sie sich zutiefst danach sehnte, die Zeit anzuhalten. Nur eine Stunde, einen Tag oder einen Monat. Hinter ihr stieg die Sonne langsam ihre Bogenbahn empor, und Lenes Schatten in dem fast leeren Becken wurden immer kürzer.

Sie sprang so jäh auf, dass in dem Busch hinter ihr erschrocken ein Vogel aufflatterte.

Sie schaute reglos dem Vogel hinterher. Und plötzlich erschien ihr alles ganz klar und natürlich.

MICHAEL SASS IN EINEM LIEGESTUHL auf der sonnenbeschienenen Rasenfläche, las mit einem Auge Zeitung und beobachtete mit dem anderen Maria und den Hund. Seine Tochter hatte planmäßig gehen und laufen gelernt, aber der rote kanadische Retriever hatte sie an Größe und Gewicht überholt, obwohl er viel jünger war. Sie floh über den Rasen, nackt bis auf ihre Windel, und der Hund machte sich einen Spaß daraus, sie von hinten zu stupsen und umzuwerfen.

Sie konnten überhaupt nicht genug kriegen von dem Spiel, wenn es denn ein Spiel war. Maria schnaufte und plapperte jedes Mal empört, wenn sie vornüberkippte, aber sie weinte nur selten. Stattdessen bellte sie den Hund an.

»Hört endlich auf, ihr zwei«, murmelte Michael müde. Er schob eine Hand unter den Liegestuhl und fand einen zerfledderten Tennisball.

Der Hund stand über Maria und leckte ihr durchs Gesicht, wogegen sie sich zu wehren versuchte. Michael pfiff und warf den Ball ans entfernteste Ende des Gartens. Der Hund schoss hinter dem Ball her, und Michael vertiefte sich wieder in die Sportseiten.

Maria verschwand an einen ihrer Lieblingsplätze: eine Höhle zwischen den Johannisbeersträuchern. Der Hund kam zurück, Michael luchste ihm den Ball ab und warf ihn erneut.

»Störe ich?«

Michael schaute hoch.

»Überhaupt nicht«, sagte er überrascht.

Er hatte Lene seit Monaten nicht mehr gesehen. Bis auf das leichte Sommerkleid sah sie aus wie immer.

»Du trägst ein Kleid«, sagte er dumm. »Ich dachte, so was ziehst du nicht an.«

Sie wurde rot und zog die Schultern hoch.

Maria steckte den Kopf aus ihrem Versteck und schaute, wer gekommen war. Dann zog sie sich wieder zurück. Michael kämpfte sich aus dem Liegestuhl hoch, wischte Hundespeichel von seiner Hose und streckte lächelnd die Hand aus.

»Hi«, murmelte er.

»Hi.«

Sie schaute zum Haus.

»Wie geht es Ida?«

»Gut. Richtig gut sogar. Sie ist mit ihrem Freund zusammengezogen ... wir wohnen also nur noch zu zweit hier. Oder zu dritt, wenn du den Hund mitzählst.«

Der Hund kam angestürmt, bremste beim Anblick des fremden Menschen jäh ab, ließ den Ball fallen und kam schwanzwedelnd auf sie zu. Lene kniete sich hin und kraulte ihn hinter den Ohren.

»Hat er einen Namen?«

»Fuck off.«

»Michael, sag schon. Wie heißt er? Das sähe dir gar nicht ähnlich, ihm keinen ordentlichen Namen zu geben.«

»Skipper«, murmelte er.

Der Hund drehte sich auf den Rücken und präsentierte zur allgemeinen Bewunderung seine Geschlechtsteile.

Michael schaute an den Himmel.

»Wie läuft es mit Maria?«

»Ich glaube, ganz okay. Der Arzt ist sehr zufrieden. Gestern habe ich sie mit einem durchgebissenen Regenwurm in der Hand gefunden, nachdem ich eine halbe Stunde nach ihr gesucht hatte.«

»Sie sieht aus, als ob sie sich wohlfühlt«, sagte Lene.

»Ja.«

Sie sah ihn an, und er ahnte, was jetzt kommen würde.

»Es gab ein paar Dinge, die wir nie zu Ende gebracht haben, bevor die Ereignisse sich überschlugen«, sagte sie.

»Die Scheidungsunterlagen?«

»Ja.«

»Klar, wir können sie gleich klarmachen, wenn du willst«, sagte er. »Gehen wir rein? Die junge Dame sollte längst schon ihren Mittagsschlaf machen, das passt also.«

Lene sah den Hund an, der sich immer noch in der Aufmerksamkeit sonnte.

»Ich dachte, wir könnten vielleicht noch ein bisschen warten. Selbstverständlich nur, wenn du nichts dagegen hast«, sagte sie.

Michael sah sie an.

»Warum? Warum sollen wir warten? Auf was?«

Lene verlagerte das Gewicht auf den anderen Fuß.

»Musst du es noch schwerer machen als unbedingt nötig? Ist das ein unwiderstehlicher Drang bei dir?«

»Überhaupt nicht. Aber könntest du mir bitte erklären, warum ... Oder glaubst du, dass ...«

»Genau das meine ich.«

Michael verlor sich für einen kurzen Moment in einer ästhetischen Studie ihres Mundes, ihrer Nase, der Augen, des Halses, um am Ende mit dem Blick zu ihrem breiten, humorvollen Mund zurückzukehren. Es gab so viel anzuschauen.

»Was ist mit deiner Freundin?«

»Ich will nicht unter den Teppich kehren, dass es ein sehr schönes Erlebnis war, für das ich mich nicht schäme, aber ich habe kein Bedürfnis, es zu wiederholen.«

Der Hund sprang hoch und vergrub seine Pfoten in Michaels Schritt.

Michael krümmte sich zusammen.

»Das hört sich gut an, Lene, und ich könnte gut Katastrophenhilfe gebrauchen.«

»Romantisch. Wo soll ich anfangen?«

»Lass uns reingehen, dann zeige ich dir das Programm«, sagte er.

»Du hast ein Programm?«

»Selbstverständlich habe ich ein Programm.«

Als sie zum Haus gingen, tauchte Maria aus ihrem Versteck auf und schloss sich ihnen an. Das Kind schaute ernst runter ins Gras, aber ab und zu schielte es hoch zu Lene.

Lene erwiderte ihren Blick und lächelte.

»Hat sie ... ich meine, gibt es Anzeichen von, du weißt schon, übermäßiger Begabung?«

»Überhaupt nicht. Wenn sie eine Begabung hat, dann, von Mücken und Wespen gestochen zu werden, Erde und Würmer zu essen und Wasser aus dem Hundenapf zu trinken. Ich glaube, sie hält sich selber für eine Art Hund.«

Das Mädchen sah Lene mit ernstem Blick an, die den Arm senkte und seine Hand nahm.

So gingen sie zusammen ins Haus.

Der Nachmittag neigte sich seinem Ende entgegen, als Michael wieder in den Garten kam, um eine Zigarette zu rauchen. Er trug einen Bademantel, sonst nichts. Und er lächelte zufrieden. Lene hatte ihr ausgeprägtes Talent für Babysprache vorgeführt, und Maria hatte ihr einen halben Puppenkopf verehrt.

Nachdem die Tochter eingeschlafen war, hatten sie miteinander geschlafen. Linkisch und verzweifelt, aber innig.

Der Hund schob seine feuchte, kalte Schnauze in seine Kniekehle, und er beugte sich vor, um ihn zu streicheln.

Im Abendlicht entdeckte Michael den gelben Tennisball unter den Johannisbeersträuchern. Er ging dorthin und kniete sich davor. Die schwarzen Johannisbeeren hingen in vollen Trauben an den Rispen und dufteten intensiv nach Sommer. Es war kühl und grün zwischen den Büschen. Er streckte die Hand nach dem Ball aus und schaute nach unten. Zwischen den Zweigen spannte sich ein perfektes Netz, in der geometrischen Mitte die reglose Kreuzspinne.

Maria de la Reyes Sander hatte mit großer Sorgfalt ein Quadrat von vielleicht dreißig mal dreißig Zentimetern von Blättern und Insekten freigefegt und die Erde hart und glatt geklopft. Neben dem kleinen Platz lag ein dünner Zweig.

Mit der Akkuratesse einer Schulbuchillustration hatte seine Tochter die anatomisch korrekte grafische Darstellung einer Spinne gezeichnet.